Tariq Ali

Die steinerne Frau

Tariq Ali

Die steinerne Frau

Roman

Aus dem Englischen
von Petra Hrabak,
Gerlinde Schermer-Rauwolf
und Robert A. Weiß

Diederichs

Die Originalausgabe erschien 2000 unter dem Titel
The Stone Women
bei Verso, London

Die Übersetzer sind Mitglieder des Kollektiv Druck-Reif
Lektorat: Alice Grünfelder, Berlin

Für Susan Watkins und ihre
nunmehr zwanzig Jahre währende Liebe und Kameradschaft,
in guten wie in schlechten Zeiten.

Die Deutsche Bibliothek – CIP-Einheitsaufnahme
Ali, Tariq:
Die steinerne Frau : Roman / Tariq Ali. Aus dem Engl. von
Petra Hrabak ... - Kreuzlingen ; München : Hugendubel, 2001
(Diederichs)
Einheitssacht.: The stone woman <dt.>
ISBN 3-89631-416-5

Umschlaggestaltung: Zembsch' Werkstatt, München
Produktion: Maximiliane Seidl
Satz: EDV-Fotosatz Huber / Verlagsservice G. Pfeifer, Germering
Druck und Bindung: GGP Media, Pößneck
Printed in Germany

ISBN 3-89631-416-5

Inhalt

Eins

Sommer 1899. Nach einer unfreiwilligen Abwesenheit kehrt Nilofer nach Hause zurück. Das Exil des Jussuf Pascha. Iskander Pascha erleidet einen Schlaganfall.

Mythen gewinnen in Familiengeschichten stets die Oberhand über die Wahrheit. Und so fragte ich vor zehn Tagen meinen Vater, warum unser großer Vorfahr Jussuf Pascha vor nahezu zweihundert Jahren beim Sultan von Istanbul in Ungnade gefallen und verbannt worden war. Ich stellte diese Frage meinem Sohn Orhan zuliebe, der schüchtern neben mir saß und hin und wieder einen verstohlenen Blick auf seinen Großvater warf, den er bis dahin noch nie gesehen hatte.

Wenn man nach langer Abwesenheit über die kurvigen Straßen durch die grünen Hügel fährt und schließlich hier eintrifft, wird man von den vielen Wohlgerüchen schier überwältigt, und der Gedanke an Jussuf Pascha drängt sich förmlich auf. Denn dies war in all den Jahren der Verbannung sein Palast, und die grazile, doch beständige Schönheit des Anwesens hatte noch nie ihre Wirkung auf mich verfehlt. Als Kinder flohen wir oft in der stickigen, lähmenden Sommerhitze von Istanbul hierher, und noch ehe wir die kühle Brise tatsächlich auf unserer Haut spürten, hatte uns der Anblick des Meeres bereits in gehobene Stimmung versetzt. Nun endlich war unsere beschwerliche Reise zu Ende.

Jussuf Pascha selbst hatte dem Architekten den Auftrag erteilt, einen abgelegenen Platz ausfindig zu machen, der jedoch nicht allzu weit von Istanbul entfernt sein durfte. Zwar sollte sein Haus am Rande der Einöde erbaut werden, aber dennoch in Reichweite seiner Freunde liegen. So sollte allein schon der Standort die Strafe widerspiegeln, die über ihn verhängt worden war – einerseits sehr nah der Stätte seines Triumphs in der alten Stadt, doch zugleich auch unendlich fern. Dies war der einzige Punkt, in dem sich Jussuf Pascha den Auflagen des Sultans beugte.

In seiner Anlage ähnelt das Gebäude einem Palast. Zwar wurden einige Kompromisse gemacht, doch im Großen und Ganzen war es ein Zeichen des Trotzes und somit Jussuf Paschas Botschaft an den Sultan: Ich mag zwar aus der Hauptstadt des Reiches verbannt worden sein, doch mein Lebensstil wird sich niemals ändern. Und wenn seine Freunde hier zu Besuch weilten, klangen ihr Lärmen und ihr Lachen bis hinüber in den Palast von Istanbul.

Eine ganze Heerschar von Aprikosen-, Walnuss- und Mandelbäumen wurde gepflanzt, stille Bewacher des Exils und zugleich Schutz vor den Stürmen, die alljährlich den Wintereinbruch ankündigten. Solange ich zurückdenken kann, hatten wir Sommer für Sommer im Schatten dieser Bäume gespielt, wir scherzten und spotteten, lachten und brachten einander zum Weinen, wie Kinder es eben tun, wenn sie unter sich sind. Der Garten auf der Rückseite des Hauses war wie ein sicherer Hafen, dessen Stille noch eindrucksvoller wirkte, wenn das Meer im Hintergrund von Stürmen aufgepeitscht war. Hierher kamen wir, um innezuhalten und nach unserer ersten Nacht auf unserem Sommersitz die berauschend frische Morgenluft einzuatmen. Die unerträgliche Langeweile der Sommer in Istanbul wurde abgelöst vom Zauber dieses Palasts. Als ich zum ersten Mal hierher kam, zählte ich noch nicht einmal drei Jahre und kann mich dennoch gut an diesen Tag erinnern: Es regnete, und ich war sehr traurig, weil der Regen das Meer nass machte.

Und da waren noch andere Erinnerungen. Erinnerungen voller Leidenschaft und voller Pein. Die süße Qual gestohlener Augenblicke bei einem spätabendlichen Stelldichein. Der Wohlgeruch des Grüns im nächtlichen Orangenhain, der das Herz besänftigte. Hier geschah es auch, dass ich Orhans Vater zum ersten Mal küsste – den »hässlichen, knochigen Dmitri, diesen griechischen Schulinspektor aus Konya«, wie ihn meine Mutter streng und unnachgiebig nannte, wobei sich ihre Miene verhärtete. Schon dass er Grieche war, war schlimm genug. Aber dass er auch noch ein einfacher Schullehrer sein musste! Im Grunde war es die Kombination aus beidem, die meine Mutter so erboste. Wäre Dmitri Spross einer der Phanarioten-Familien des alten Konstantinopel gewesen, sie hätte nichts gegen ihn gehabt. Aber wie konnte ihre einzige Tochter eine solche Schande über Iskander Paschas Haus bringen?

Diese Haltung war ungewöhnlich für sie, die sich nie viel um Stammbäume geschert hatte. Aber meine Mutter hatte schlicht einen anderen Freier für mich im Sinn: Ich hätte den ältesten Sohn meines Onkels Sifrah heiraten sollen, dem ich schon kurz nach meiner Geburt versprochen worden war. Und deshalb fuhr diese sonst so sanfte und nicht aus der Ruhe zu bringende Frau vor Wut und Ärger schier aus der Haut, als sie hörte, dass ich solch einen Niemand heiraten wollte.

Meine verheiratete Halbschwester Zeynep schließlich erzählte ihr, dass besagter Vetter sich überhaupt nicht für Frauen interessierte, nicht einmal als Mittel zur Fortpflanzung. Sie spann ein Lügennetz und schilderte lüsterne Szenen in solch schlüpfriger Sprache, dass meine Mutter ihre detaillierten Beschreibungen als unpassend für die Ohren einer unverheirateten Frau wie mir erachtete. Zeynep rückte meinen armen Vetter in so ein schlechtes Licht und stellte ihn als verworfenen Lüstling dar, dass ich schließlich aus dem Zimmer geschickt wurde.

Später an diesem Tag brach meine Mutter in lautes Wehklagen aus, denn Zeynep hatte sie davon überzeugt, dass unser armer Vetter ein unbarmherziges Monster war. Voller Selbstvorwürfe angesichts der Vorstellung, dass sie ihre einzige Tochter beinahe gezwungen hätte, dieses entartete Geschöpf zu ehelichen und somit deren lebenslanges Unglück zu besiegeln, umarmte und küsste sie mich und weinte dabei bittere Tränen der Reue. Natürlich verzieh ich ihr, und wir sprachen lachend von dem, was hätte passieren können. Ich weiß nicht, ob sie jemals entdeckte, dass Zeynep sich das alles nur aus den Fingern gesogen hatte. Als mein viel geschmähter Vetter kurz darauf bei einer Typhusepidemie starb, hielt Zeynep es jedenfalls für besser, meiner Mutter weiterhin die Wahrheit zu verschweigen. Mit bedauernswerter Folge: Als ihr Neffe in Smyrna beerdigt wurde, fiel es meiner Mutter zur großen Bestürzung meines Onkels Sifrah schwer, auch nur die geringste Trauer zu zeigen, ja, sie bedachte mich gar mit einem entsetzten Blick, als ich meinerseits ein paar Tränen herausquetschte.

Doch all dies war Vergangenheit. Jetzt gab es nur noch eines, das zählte: Nach neun Jahren des Exils war ich hierher zurückgekehrt. Mein Vater hatte mir verziehen, dass ich weggelaufen war. Er wollte meinen Sohn sehen. Ich wiederum hatte Sehnsucht nach der Steinernen Frau.

In unserer Kindheit hatten meine Schwester und ich uns häufig in den Höhlen nahe eines alten Felsens versteckt, der früher einmal die Statue einer heidnischen Göttin gewesen sein musste. Er überragte die Mandelbäume hinter unserem Haus, und von ferne ähnelte er einer Frau. Umgeben von Ruinen und anderen Felsen beherrschte das Monument den kleinen Hügel, auf dem es stand. Doch handelte es sich weder um Aphrodite noch Athene, denn die kannten wir. Dieser Stein hingegen ließ, allerdings nur bei Sonnenuntergang, Spuren eines geheimnisvollen Schleiers erkennen: Ihr Gesicht war verhüllt. Vielleicht sei es eine lokale Göttin, mutmaßte Zeynep, die schon seit langem in Vergessenheit geraten sei. Vielleicht habe der Bildhauer es sehr eilig gehabt. Oder die Christen seien auf dem Vormarsch gewesen, so dass ihn die Umstände zu einem Sinneswandel bewogen hätten. Möglicherweise handelte es sich gar nicht um eine Göttin, sondern um ein erstes Bildnis Mariams, der Mutter Jesu.

Da wir uns nie über ihre Identität einigen konnten, wurde sie für uns Kinder die Steinerne Frau. Ihr vertrauten wir uns an, wir richteten heimlich Fragen an sie und stellten uns vor, was sie antworten würde.

Eines Tages entdeckten wir, dass unsere Mütter, unsere Tanten und unsere Dienerinnen dasselbe taten. Da versteckten wir uns oft hinter den Felsen und lauschten ihren Kümmernissen. Allein auf diese Weise konnten wir in Erfahrung bringen, was sich wirklich in dem großen Haus abspielte. Und ebenso schütteten auch wir der Steinernen Frau unsere Herzen aus und luden bei ihr unsere Sorgen ab. Geheimnisse sind schrecklich. Manchmal sind sie zwar notwendig, doch sie zerfressen einem die Seele. Es ist immer besser, sich nicht zu verschließen, und die Steinerne Frau gab allen Frauen in diesem Haus die Möglichkeit, sich ihrer Geheimnisse zu entledigen und somit ein gesünderes Leben zu führen.

»Mutter«, flüsterte Orhan und umklammerte meinen Arm, »ob Großvater mir wohl je erzählen wird, warum dieser Palast erbaut wurde?«

In unserer Familie kursierten viele Versionen von Jussuf Paschas Geschichte, und nicht wenige hatten einen feindseligen Unterton unserem Ahnherrn gegenüber. Allerdings wurden diese meist von jenen Großonkeln und Großtanten verbreitet, deren Linie von meiner Familie enterbt worden war. Wir alle wussten, dass Jussuf Pascha erotische Gedichte geschrieben hatte, die man samt und sonders verbrannt hatte, nur ein paar wenige Verse wurden noch mündlich von einer Generation an die nächste überliefert. Aber warum hatte man sein dichterisches Werk zerstört? Und wer hatte dies getan?

Bevor ich ins Exil gegangen war, pflegte ich meinem Vater diese Fragen mindestens einmal jährlich zu stellen. Doch er hatte stets nur gelächelt und schien sie gar nicht gehört zu haben. Ich vermutete, dass es meinem Vater vielleicht unangenehm war, so etwas mit einem Kind, und dazu noch mit einer Tochter, zu erörtern. Doch dieses Mal reagierte er anders. Vielleicht wegen Orhans Anwesenheit. Er sah Orhan zum allerersten Mal, und vielleicht wollte mein Vater die Geschichte an ein jüngeres männliches Familienmitglied weitergeben. Vielleicht aber war er einfach nur in der richtigen Stimmung. Erst später wurde mir klar, dass er eine Vorahnung von der Katastrophe gehabt haben musste, die bald über ihn hereinbrechen sollte.

Es war spät am Nachmittag und noch immer warm. Die Sonne nahm ihren Lauf gen Westen und ihre goldroten Strahlen tauchten jeden Winkel des Gartens in zauberhaftes Licht. Nichts hatte sich in dieser Residenz an dem sommerlichen Alltag geändert. Während die alten Magnolienbäume mit ihren großen Blättern im Glanz der ersterbenden Sonnenstrahlen leuchteten, war mein Vater von einem wohltuenden Nickerchen erwacht, und seine Gesichtszüge wirkten entspannt. Seit er in die Jahre gekommen war, wirkte Schlaf bei ihm wie ein Lebenselixier und schien seine Stirnfalten zu glätten. Als ich ihn betrachtete, wurde mir klar, wie sehr ich ihn in diesen vergangenen neun Jahren vermisst hatte. Ich küsste ihm die Hand und wiederholte meine Frage. Doch er lächelte nur, antwortete nicht gleich darauf.

Er wartete.

Und das tat ich auch, während ich an die vielen gleichförmig verlaufenen Sommernachmittage zurückdachte. Wortlos fasste mein Vater Orhans Hand, zog ihn an sich und strich über den Kopf des Jungen, der seinen Großvater nur von einer verblassten Fotografie her kannte, die ich mitgenommen und neben meinem Bett aufgestellt hatte. Während er heranwuchs, hatte ich ihm außerdem Geschichten aus meiner Kindheit und von dem alten Haus über dem Meer erzählt.

Da betrat der alte Petrossian, unser Haushofmeister, das Zimmer. Er hatte schon zur Familie gehört, als ich geboren wurde. Ihm folgte ein Junge, nicht viel älter als Orhan, mit einem Tablett in Händen. Der alte Petrossian servierte meinem Vater den Kaffee genau so, wie er es seit mehr als dreißig Jahren tat und wie es wahrscheinlich schon sein Vater vor all den Jahren bei meinem Großvater getan hatte. Sein Gebaren hatte sich nicht verändert. Wie stets würdigte er mich in Anwesenheit meines Vaters keines Blickes. Als junges Mädchen hatte mich dies derart erzürnt, dass ich ihm hin und wieder die Zunge herausstreckte oder eine ungehörige Geste machte. Doch was ich auch tat, nichts vermochte sein Verhalten zu ändern. Als ich älter wurde, lernte ich, seine Anwesenheit nicht weiter zu beachten, er wurde für mich unsichtbar. Aber spielte mir meine Fantasie einen Streich, oder hatte er heute gelächelt? In der Tat, doch galt dies Orhan. Ein weiteres männliches Wesen war zu unserem Haushalt gestoßen, was Petrossian erfreute. Nachdem er sich mit respektvoll geneigtem Haupt erkundigt hatte, ob mein Vater noch etwas benötige, und dieser verneint hatte, zog sich Petrossian wieder zurück, zusammen mit seinem Enkel, den er zu seinem Nachfolger in unserem Haushalt ausbildete. Eine Weile sagte keiner von uns ein Wort. Ich hatte schon vergessen, wie still es hier sein konnte, wie schnell dieser Ort meine aufgewühlten Sinne zu beruhigen vermochte.

»Du fragst, warum Jussuf Pascha vor zweihundert Jahren hierher geschickt worden ist?«

Begierig nickte ich, ich konnte meine Aufregung nicht verhehlen. Nun, da ich bereits zweifache Mutter war, wurde ich endlich als reif genug erachtet, die offizielle Version der Geschichte zu hören.

Mein Vater setzte in einem Tonfall zu sprechen an, der zwar vertraulich war, aber auch keinen Zweifel duldete – als hätten die Ereignisse, von denen er erzählte, erst letzte Woche und in seiner Gegenwart stattgefunden und nicht vor zweihundert Jahren in einem Palast am Ufer des Bosporus in Istanbul. Während er sprach, schenkte er mir keinen Blick. Stattdessen galt sein Augenmerk ganz dem kleinen Orhan, er wollte keine Gemütsregung des Knaben verpassen. Vielleicht erinnerte er sich dabei seiner eigenen Kindheit und jenes ersten Mals, da er diese Geschichte gehört hatte. Aber auch Orhan starrte wie gebannt seinen Großvater an. Seine Augen funkelten voll vergnügter Vorfreude, als mein Vater weitschweifig und im übertriebenen Singsang eines Geschichtenerzählers auf dem Dorfplatz zu erzählen begann.

★

»Wie es seiner Gewohnheit entsprach, schickte der Sultan des Abends nach Jussuf Pascha, und unser großer Vorfahr erschien und entbot ihm mit geneigtem Haupt seinen Gruß. Er war mit dem Sultan zusammen aufgewachsen, die beiden kannten einander gut. Eine Dienerin stellte einen Becher Wein vor Jussuf Pascha, und der Sultan bat seinen Freund, ein neues Gedicht vorzutragen. Doch an diesem Tag war Jussuf Pascha in merkwürdiger Stimmung, niemand wusste den Grund zu benennen. Normalerweise war er ein solch mustergültiger Höfling, dass er jede Bitte seines Herrschers wie einen Befehl des Himmels zu erfüllen bestrebt war. Überdies war er so geistreich, dass er einen Vierzeiler aus dem Stegreif erfinden und vortragen konnte. Doch an diesem Abend verhielt es sich anders, und keiner wusste, warum. Vielleicht hatte man ihn aus dem Bett einer Geliebten geholt, und er war verärgert. Vielleicht hatte er einfach genug von seinem Höflingsdasein. Oder er litt an schweren Verdauungsstörungen. Keiner kannte die Ursache.

Als der Sultan merkte, dass sein Freund sich in Schweigen hüllte, machte er sich zuerst große Sorgen. Er erkundigte sich nach dessen Gesundheit, bot ihm an, seinen Leibarzt zu rufen. Doch Jussuf Pascha lehnte dankend ab. Dann sah er sich um und stellte fest, dass er ausschließlich von Sklavinnen und Eunuchen umgeben war, was zwar nichts Neues war, unseren Vorfahr an diesem Tag jedoch aus unerfindlichem Grund erzürnte. Nach langem Schweigen bat er den Sultan um die Erlaubnis, sprechen zu dürfen, und sie wurde ihm gewährt.

›O großer Herrscher und Quell aller Weisheit, Sultan der zivilisierten Welt und Kalif unseres Glaubens, dein unwürdiger Diener bittet um Vergebung. Die wankelmütige Muse hat mich verlassen, kein Vers findet heute seinen Weg in meinen leeren Kopf. Mit Eurer gütigen Erlaubnis werde ich heute Abend stattdessen eine Geschichte zum Besten geben, doch möchte ich meinen erhabenen Herrscher zuvor eindringlich bitten, jedem meiner Worte aufmerksam zu lauschen, denn was ich zu erzählen habe, ist wahr.‹

Inzwischen war der Sultan recht neugierig geworden, und auch all die anderen am Hof spitzten die Ohren, um nur ja keines von Jussuf Paschas Worten zu verpassen.

›Fünfhundertachtunddreißig Jahre vor der Geburt jenes christlichen Heiligen Jesus gab es in Persien ein mächtiges Reich. Auf dem Herrscherthron saß ein großer König mit Namen Kyros, der in diesem Glück verheißenden Jahr zum König aller Könige ausgerufen wurde, und zwar in Babylon, also einem Gebiet, das heute von unserem großen und weisen Sultan regiert wird. In jenem Jahr schien das Große Persische Reich unbesiegbar. Es beherrschte die Welt. Man bewunderte es für seine Toleranz, denn die Perser gestatteten die Ausübung jeglicher Religion, respektierten alle Sitten und Gebräuche und passten in ihren neuen Gebieten gar ihre Regierungsform den dortigen Gepflogenheiten an. Alles ging gut. Das Reich blühte und gedieh und entledigte sich seiner Feinde mit einem Fingerschnippen wie ein Mensch eines lästigen Flohs.

Zweihundert Jahre später waren Kyros' Erben zu Spielbällen von Eunuchen und Frauen geworden, die Satrapen des Reiches hatten ihnen die Treue aufgekündigt, ihre Beamten waren korrupt, abgestumpft und unfähig. Zwar retteten Mesopotamiens ungeheure Reichtümer das Imperium vor dem rapiden Untergang, doch je länger sich sein Verfall dahinschleppte, umso unvermeidlicher war er. Und da gewannen die Griechen an Einfluss. Ihre Sprache verbreitete sich. Und so geschah es, dass schon lange vor der Geburt Alexanders die Route seiner Eroberungen auf der Karte der Geschichte vorgezeichnet war.

Schließlich geschah es, dass zehntausend griechische Soldaten ihren persischen Schutzherrn ohne Vorwarnung meuchelten, ihre Offiziere zu Gefangenen machten und von der Stadt, die wir heute Bagdad nennen, nach Anatolien marschierten, ohne dass sich ihnen irgendein Hindernis in den Weg stellte. Nur zehntausend Soldaten brachten dies zuwege, und so wurde dem Volk sehr bald klar, dass Herrscher und Heerführer leicht entbehrlich waren, wenn ...‹

Jussuf Pascha hatte seine Geschichte noch nicht zu Ende gebracht, doch ein Blick ins Antlitz des Sultans unterbrach seinen Redefluss. Er verstummte und wagte es nicht, seinem Herrscher in die Augen zu blicken, der wütend aufgesprungen war und aus dem Zimmer stürmte. Jussuf Pascha fürchtete schon das Schlimmste. Dabei hatte er seinen Jugendfreund lediglich vor zu viel Trägheit und Sinnenfreuden und dem erstickenden Einfluss der Eunuchen warnen wollen. Er wollte seinen Herrscher an das unabänderliche Gesetz gemahnen, dass nichts ewig währt. Doch der Sultan hatte die Geschichte als eine düstere Anspielung auf die Zukunft des Osmanischen Reiches, auf seine Herrschaft verstanden. Jeder andere wäre deshalb hingerichtet worden, doch die Erinnerungen an die gemeinsame Kindheit bewogen den Sultan, Gnade walten zu lassen. Jussuf Pascha wurde nur leicht bestraft, er wurde für immer aus Istanbul verbannt. Der Sultan wollte nicht mehr in derselben Stadt weilen wie er. Und so geschah es, dass unser Ahnherr mit seiner Familie in diese abgeschiedene, felsige Einöde kam und beschloss, hier den Palast seines Exils zu erbauen. Nie hörte er auf, sich vor Verlangen nach der alten Stadt zu verzehren, doch er sollte den Bosporus niemals wieder sehen.

»Es heißt, dass auch der Sultan seine Gesellschaft vermisste und sich oft nach ihm sehnte, aber seine Höflinge, die stets eifersüchtig auf Jussuf Paschas Einfluss gewesen waren, stellten sicher, dass die beiden Freunde einander nie wieder trafen. Das ist alles. Bist du nun zufrieden, mein Täubchen? Und du, Orhan, wirst du dich meiner Worte entsinnen und die Geschichte deinen Kindern weitererzählen, wenn ich nicht mehr unter euch bin?«

★

Orhan lächelte und nickte, während meine Miene ausdruckslos blieb. Ich wusste, dass mein Vater uns mit Halbwahrheiten abgespeist hatte, denn über Jussuf Pascha kursierten gänzlich andere Geschichten, die ich von den Onkeln und Tanten eines anderen Familienzweigs gehört hatte. Die wiederum waren Kinder eines Großonkels, den mein Vater verabscheute, und wurden deshalb niemals eingeladen, uns hier oder in Istanbul zu besuchen.

Sie hatten von weit aufregenderen Eskapaden zu erzählen gewusst, die wahrer und unendlich überzeugender klangen. Ihnen zufolge hatte Jussuf Pascha sich in des Sultans weißen Lieblingssklaven verliebt und die beiden waren erwischt worden, als sie gerade den Liebesakt vollzogen. Den Sklaven richtete man auf der Stelle hin, seine Genitalien wurden vor der königlichen Küche an die Hunde verfüttert. Jussuf Pascha hingegen soll öffentlich ausgepeitscht und dann fortgeschickt worden sein, um den Rest seines Lebens in Schimpf und Schande zu verbringen. Nun, vielleicht stimmte ja auch die Version meines Vaters, vielleicht vermochte eine Begebenheit allein nicht zu erklären, warum unser Ahnherr der Gunst des Sultans verlustig gegangen war. Vielleicht kannte auch gar niemand den wahren Grund, und keine der vielen Geschichten, die in Umlauf waren, entsprach der Wahrheit.

Nun, vielleicht.

Ich verspürte jedenfalls kein Bedürfnis, meinen Vater nach unserer langen Trennung gleich wieder vor den Kopf zu stoßen, deshalb wollte ich auch nicht weiter nachfragen. Denn es hatte ihn tief getroffen, dass ich mich vor vielen Jahren damals in diesen durchreisenden Schulinspektor verliebt hatte und mit ihm weggelaufen war, dass ich ihn geheiratet und ihm Kinder geboren hatte und dazu noch seine Gedichte liebte – heute weiß ich, dass sie schlecht waren, aber damals hatten sie einfach wunderschön geklungen. Nun, Dmitri hatte sich schon seit jeher zum Dichter berufen gefühlt, doch da er sich seinen Lebensunterhalt verdienen musste, hatte er angefangen zu unterrichten. So konnte er etwas Geld verdienen und sich zugleich um seine Mutter kümmern, denn sein Vater war in Bosnien gefallen, als er für unser Reich kämpfte. Ja, was mein Herz vornehmlich betört hatte, war die sanfte Stimme gewesen, mit der Dmitri seine Gedichte vortrug.

All dies war in Konya geschehen, wo ich bei der Familie meiner besten Freundin zu Besuch war. Sie hatte mir die Stätten des Zeitvertreibs in Konya gezeigt, wir hatten die Gräber der alten Seldschuken-Könige besichtigt und in die Häuser der Sufi gespäht. Als ich Dmitri hier zum ersten Mal begegnete, war ich siebzehn Jahre alt. Er war beinahe dreißig.

Ich wollte der beklemmenden Atmosphäre meines Vaterhauses entfliehen, und so waren mir Dmitri und seine Dichtkunst wie ein Glück verheißender Ausweg erschienen. Eine Zeit lang war ich auch glücklich, doch nie war mein Glück so vollkommen, dass es den Schmerz gedämpft hätte, den ich empfand, weil man mir den Zutritt zum Haus meiner Familie verwehrte. Mir fehlte meine Mutter, und schon bald vermisste ich auch die Annehmlichkeiten unseres Zuhauses. Doch mehr als alles andere fehlten mir die Sommer hier in diesem Haus über dem Meer.

Natürlich hatte ich mein Heim verlassen wollen, aber zu meinen eigenen Bedingungen. Das Verdikt meines Vaters hingegen, mit dem er mich zur unerwünschten Person erklärte, traf mich wie eine Ohrfeige. Damals hasste ich ihn, ihn und seine Engstirnigkeit. Ich hasste die Art und Weise, wie er meine Brüder behandelte – vor allem den ungestümen Halil, der sich, einem ungebärdigen Hengst gleich, nicht an die Kandare nehmen lassen wollte. Manchmal gab ihm mein Vater vor der ganzen Familie die Peitsche zu spüren, und in diesen Augenblicken hasste ich ihn am meisten. Doch Halils Widerstandsgeist blieb ungebrochen. Und da er in den Augen meines Vaters ein fauler, respektloser Anarchist war, war er verblüfft, als Halil in die Armee eintrat, aufgrund seiner familiären Verbindungen rasch Karriere machte und mit Aufgaben im Palast betraut wurde. Iskander Pascha misstraute den Motiven seines jüngeren Sohnes und nicht ohne Grund.

Wie wir von unserem älteren Bruder Salman gehört hatten, machte Vater als langjähriger Botschafter der Hohen Pforte in den Pariser Salons stets einen vornehmen und kultivierten Eindruck. Salman wusste dies, weil er Vater hatte begleiten dürfen und seine höhere Bildung an der Akademie in Paris erhielt, weshalb er jetzt für alles Französische schwärmte, außer für die französischen Männer.

Und wann immer Vater mit neuen Möbeln und Stoffen sowie Aktgemälden für den westlichen Flügel unseres Hauses und Parfüm für seine Frauen nach Istanbul zurückkehrte, waren wir frohen Mutes. »Vielleicht ist er ja jetzt endlich ein moderner Mann geworden«, flüsterte Halil uns dann zu, woraufhin wir aufgeregt kicherten. Vielleicht würde es ja doch einmal einen Silvesterball bei uns zu Hause geben, und wir würden festliche Kleidung tragen und tanzen und Champagner trinken wie unser Vater und Salman in Paris und Berlin. Müßige Träumerei. Unser Leben änderte sich nie. In der gewohnten Umgebung seiner Stadt, zu Hause in seinem Heimatland war Vater sofort wieder der türkische Aristokrat.

Und nun war ich also zum ersten Mal seit meiner Hochzeit eingeladen worden, in unser altes Sommerhaus zurückzukehren, wenngleich nur in Begleitung von Orhan. Dmitri und meine allerliebste kleine Emineh mussten zu Hause bleiben. Vielleicht nächstes Jahr, hatte meine Mutter in Aussicht gestellt. Vielleicht nie, hatte ich wütend zurückgeschrien. Meine Mutter hatte mich heimlich dreimal besucht, um den Kindern Kleider und mir Geld zu bringen. Dabei agierte sie als Vermittlerin, und ganz allmählich begann sich die Beziehung zwischen mir und meinem Vater zu entspannen. Wir fingen an, einander zu schreiben. Und nachdem wir zwei Jahre lang höfliche und unerträglich steife Formalitäten ausgetauscht hatten, bat er mich, Orhan zu ihm auf den Sommersitz zu bringen. Ich bin froh, dass ich seiner Bitte nachgekommen bin. Beinahe hätte ich abgelehnt, ich wollte darauf beharren, dass ich ihn erst besuchen würde, wenn ich auch meine Tochter mitbringen durfte. Aber Dmitri, mein Mann, überzeugte mich davon, dass diese Haltung dickköpfig und dumm war. Jetzt bin ich froh, dass ich dieses Wiedersehen nicht falschem Stolz geopfert habe. Wenn ich mich für meinen Trotz entschuldigt und mich meinem Vater zu Füßen geworfen hätte, wäre mir schon vor Jahren vergeben worden. Denn im Gegensatz zu dem Bild, das ich vielleicht von ihm gezeichnet habe, war Iskander Pascha weder grausam noch nachtragend. Er war einfach ein Mann seiner Zeit, streng gläubig und hart im Umgang mit uns.

Als Orhan in dieser ersten Nacht eingeschlummert war, ging ich noch einmal nach draußen und schlenderte durch die Obstgärten. Der vertraute Geruch der Thymian- und Pfeffersträucher weckte viele alte Erinnerungen.

Auch die Steinere Frau war noch da, und ich flüsterte ihr zu: »Ich bin zurückgekommen, Steinerne Frau. Mit einem kleinen Jungen. Du hast mir gefehlt, Steinerne Frau, denn es gab so viele Dinge, die ich meinem Ehemann nicht erzählen konnte. Neun Jahre sind lang, wenn man nie von seinen Sehnsüchten sprechen darf.«

Drei Tage nachdem mein Vater Orhan die Geschichte von Jussuf Pascha erzählt hatte, erlitt er einen Schlaganfall. Die Tür seines Schlafzimmers stand halb offen, ebenso die Fenster und Türen zum Balkon, und eine sanfte Brise trug den süßen Duft der Zitronenbäume herein. Stets ging meine Mutter am frühen Morgen in sein Zimmer, öffnete Fenster und Türen, damit ihr Mann das Meer riechen konnte. Doch als sie an diesem Morgen ins Zimmer kam, lag er schwer atmend auf der Seite. Sie drehte ihn um und sah in ein stummes, blasses Gesicht. Sein Blick war in die Ferne gerichtet, und sie fühlte, wie seine Augen nach etwas außerhalb dieses Lebens suchten. Er hatte den kalten Hauch des Todes gespürt und wollte nicht länger leben.

Gelähmt, unfähig, die Beine zu bewegen, und stumm, schien er – sofern man dies aus seinem Blick schließen durfte – jede bewusste Minute zu Allah zu beten, dass dieser seinem irdischen Dasein ein Ende bereiten möge. Doch Allah überhörte sein Flehen, und ganz langsam erholte sich Iskander Pascha wieder.

In seine Beine kehrte Leben zurück, und mit Petrossians Hilfe unternahm er erste Gehversuche. Doch seine Zunge blieb gelähmt, wir würden niemals wieder seine Stimme hören. Fortan schrieb er seine Instruktionen und Befehle auf Zettel, die uns auf einem kleinen Silbertablett überreicht wurden.

Und so geschah es, dass sich allabendlich nach dem Essen ein Grüppchen von uns in dem alten Zimmer einfand, dessen Balkon aufs Meer hinausging. Sobald es sich jeder bequem gemacht hatte, schlürfte mein Vater mit einem Mundwinkel ein bisschen Tee – sein Gesicht war von dem Schlaganfall schrecklich in Mitleidenschaft gezogen worden –, und während Petrossians Enkel Akim ihm sanft die Füße massierte, lehnte er sich zurück und wartete darauf, dass wir ihn mit Geschichten unterhielten.

Es war niemals leicht gewesen, sich in Anwesenheit meines Vaters zu entspannen. Er war stets ein fordernder Mann gewesen, der schon bei der leisesten Kritik an ihm als Familienoberhaupt immer den anderen die Schuld zuschob – selbst wenn besagte Angelegenheit schon lange Zeit zurücklag.

Zwar glaubten meine Brüder und Schwestern, die aus den verschiedensten Gegenden des Reiches an sein Krankenbett gerufen wurden, dass ihn sein Gebrechen nachsichtiger stimmen würde. Doch ich war überzeugt, dass sie irrten.

Zwei

**Die Familie versammelt sich.
Der beeindruckende Auftritt des Barons.
Salmans Trübsal.**

Ich lag in einem verdunkelten Zimmer mit einer kalten Kompresse auf der Stirn im Bett. Ich ruhte mich aus, damit der dumpfe Kopfschmerz wich, der mich so hartnäckig plagte. An diesem Tag sollten Salman und Halil eintreffen. Und so war ich auch nicht zugegen, als die übrige Familie samt der Dienerschaft von der Terrasse aus zusah, wie die beiden aus unserer alten Kutsche stiegen, mit der sie, flankiert von je sechs Reitern, von Istanbul hergeeilt waren. Später erzählte mir meine Mutter, wie der Anblick meines Vaters, der reglos in einem schweren Sessel saß, die beiden zutiefst erschüttert hatte. Sie waren links und rechts von ihm auf die Knie gesunken und hatten seine Hände geküsst. Halil in seiner Generalsuniform erkannte als Erster, dass das Schweigen schnell bedrückend werden konnte.

»Ich freue mich, dich noch lebend anzutreffen, Ata. Allein der Himmel hätte mir beistehen können, wenn Allah beschlossen hätte, uns zu Waisen zu machen. Mein Bruder, dieser Rohling, hätte womöglich Petrossian angewiesen, mich mit einer seidenen Kordel zu erdrosseln.«

Bei dieser absurden Vorstellung spielte ein Lächeln um die Lippen des alten Mannes, woraufhin alle Versammelten in jenes laute Gelächter ausbrachen, das mich so plötzlich aus meinem Schlummer riss. Doch der Kopfschmerz war verschwunden, also sprang ich aus dem Bett, benetzte mein Gesicht mit Wasser und lief hinunter, um meine Brüder zu begrüßen. Gerade als ich auf die Terrasse trat, schloss Halil Orhan in seine Arme. Er kitzelte den Jungen mit seinem Schnurrbart im Nacken, dann warf er ihn hoch, fing ihn wieder auf und drückte ihn liebevoll an sich. Anschließend stellte er Orhan dem Onkel vor, den er noch nie gesehen hatte. Der Junge betrachtete den neuen Onkel mit einem schüchternen Lächeln, und Salman tätschelte seinem Neffen verlegen den Kopf.

Beinahe fünfzehn Jahre lang hatte ich Salman nicht gesehen. Er hatte sein Vaterhaus verlassen, als ich dreizehn war. Ich erinnerte mich an ihn als einen großen, schlanken Mann mit vollem schwarzen Haar und einer tiefen, melodiösen Stimme. Als ich nun seine Silhouette auf der Terrasse erblickte, war ich irritiert. Denn im ersten Moment hielt ich ihn für Vater. Salman war alt geworden. Obwohl noch keine fünfzig, hatte er bereits graues, schütteres Haar, und als ich ihn zuletzt gesehen hatte, war er mir auch größer erschienen. Sein Leib war gedrungener geworden, sein Gesicht aufgedunsen, er ging in leicht gebeugter Haltung, und seine Augen waren traurig. Grausames Ägypten. Warum hatte es ihn so altern lassen? Wir umarmten und küssten uns. Seine Stimme klang kühl. »Jetzt bist du also eine Mutter, Nilofer.«

Das waren die einzigen Worte, die er an jenem Tag an mich richtete. Und in ihnen lag ein Erstaunen, als wäre es etwas gänzlich Neues, dass man Kinder in die Welt setzte. Aus irgendeinem Grund ärgerte ich mich über Salmans Ton und seine Bemerkung. Ich weiß nicht, warum, aber ich entsinne mich, dass ich damals ein bisschen böse auf ihn war. Vielleicht weil er mir das Gefühl vermittelte, mich weder als eine erwachsene Frau zu sehen noch mich als solche zu behandeln. In seinen Augen war ich noch immer ein Kind. Aber ehe mir eine angemessen scharfe Erwiderung eingefallen war, hatte Petrossian ihn bereits zu einer privaten Unterredung mit meinem Vater weggeführt.

Nun war Halil an der Reihe. Er hatte nie die Verbindung zu uns abgebrochen und legte Wert darauf, sich regelmäßig mit Orhans Vater auszutauschen. In Zeiten der Not war er uns eine große Hilfe gewesen. Er hatte dafür gesorgt, dass wir ausreichend zu essen hatten und uns ordentlich kleiden konnten, nachdem man Dmitri, wie den meisten Griechen in Konya, verboten hatte, weiter seiner Arbeit nachzugehen. Ich hatte Halil zum letzten Mal gesehen, als er eines schönen Frühlingsnachmittags ohne Vorankündigung in Konya aufgetaucht war. Damals war Orhan erst drei Jahre alt gewesen, doch er hatte seinen Onkel, genauer dessen Schnurrbart, niemals vergessen, mit dem er den Kleinen immer ärgerte. Ich musterte Halil. Er sah so gut aus wie eh und je, und die Uniform stand ihm gut. Manches Mal fragte ich mich, wie es dazu gekommen war, dass ausgerechnet der Ungebärdigste aus unserer Familie sich für die Disziplin und den Drill der Armee entschieden hatte. Während er mich umarmte, flüsterte er: »Ich bin froh, dass du gekommen bist. Hat er Orhan eine Geschichte erzählt?«

Ich nickte.

»Die von Jussuf Pascha?«

»Von wem sonst?«

»Welche Version?«

Wir mussten beide lachen.

Gerade als wir den anderen ins Haus folgen wollten, bemerkte Halil in der Ferne eine Staubwolke, die über dem Zufahrtsweg zu unserem Haus aufstob. Es musste sich um eine weitere Kutsche handeln, aber wer mochte darin sitzen? Iskander Pascha war in der ganzen Familie bekannt für seine Ungeselligkeit und sein reizbares Gemüt. Daher erschien nur selten jemand uneingeladen in unserem Haus in Istanbul, und ich kann mich nicht erinnern, dass jemals einer hierher gekommen wäre. Was seine weitläufigere Verwandtschaft betraf, war meinem Vater die traditionelle Gastfreundschaft fremd. Besonders feindselig verhielt er sich seinen Vettern ersten Grades und deren Nachkommen gegenüber, aber auch zu seinen Brüdern wahrte er gern Distanz. Aus all diesen Gründen war es für uns als Kinder immer eine angenehme Überraschung gewesen, wenn unerwartet Gäste kamen, insbesondere Onkel Kemal, der stets mit einer ganzen Wagenladung voller Geschenke eintraf.

»Wird heute sonst noch jemand erwartet?«

»Nein.«

Halil und ich verharrten auf der Terrasse und warteten auf die Kutsche. Wir tauschten einen Blick und kicherten. Wer wagte es, ungebeten bei unserem Vater aufzukreuzen? Als wir noch sehr klein waren, hatte das Haus Großvater gehört, und in jener Zeit waren ständig Gäste zugegen gewesen. Für Großvaters engste Freunde, die hier nach Belieben ein und aus gingen, hielt man stets drei Gästezimmer bereit. Das gesamte Hauspersonal wuss-te, dass man immer und zu jeder Tageszeit mit ihnen und ihrer Dienerschar rechnen musste. Doch das war lange her. Kurz nachdem das Haus in den Besitz meines Vaters übergegangen war, stellte er klar, dass Großvaters Freunde hier nicht länger erwünscht waren. Dies löste einen Familienstreit aus, denn Großmutter erhob heftige Einwände dagegen, und zwar in einer für sie ungewöhnlich deutlichen Sprache. Aber mein Vater blieb unnachgiebig: Er pflege eben eine andere Lebensart und habe diese Lüstlinge, die sich zu Zeiten seines Vaters im Haus herumtrieben und den hübscheren unter den Dienstmädchen das Leben schwer machten, noch nie ausstehen können.

Als die Kutsche näher kam, erkannten wir den Kutscher und den Diener, der neben ihm saß. Halil lachte leise in sich hinein, während wir die Treppe hinunterstiegen, um den älteren Bruder unseres Vaters, Mehmed Pascha, und seinen Freund, Baron Jakob von Hassberg, zu begrüßen. Beide Männer, inzwischen Anfang siebzig, schienen bei guter Gesundheit zu sein. Ihre normalerweise sehr blassen Gesichter waren sonnengebräunt. Sie trugen Strohhüte und leichte helle Leinenanzüge, jedoch von unterschiedlichem Schnitt. Denn jeder war fest davon überzeugt, den besseren Schneider zu haben. Wenn die beiden über ihre Kleidung diskutierten, konnte mein Vater seinen Unmut nie verhehlen.

Halil entbot dem Preußen einen herzlichen Gruß und küsste seinem Onkel ehrerbietig die Hand.

»Willkommen in deinem Haus, Onkel, und seien auch Sie uns willkommen, Baron. Welch unverhofftes Vergnügen! Wir hatten keine Ahnung, dass ihr im Lande weilt.«

»Wir auch nicht, bis wir endlich ankamen«, erwiderte Mehmed Pascha. »Der Zug aus Berlin hatte wie üblich Verspätung.«

»Aber erst, nachdem er die Grenze des Osmanischen Reichs überquert hatte«, warf der Baron ein. »Das sollte man gerechterweise schon erwähnen. Bis zur Grenze war der Zug auf die Minute pünktlich. Wir sind nämlich sehr stolz auf unsere Züge.«

Mehmed Pascha ging über den Einwand hinweg und wandte sich an Halil. »Stimmt es, dass der Pfeil des Todes meinen Bruder durchbohrte, er sich aber weigerte zu fallen? Ist das wahr?«

»Ich fürchte, ich habe deine Frage nicht verstanden, Onkel.« Hilfe suchend blickte Halil zu mir.

»Unser Vater hat sein Sprechvermögen verloren, Onkel«, murmelte ich. »Ansonsten geht es ihm wieder gut, allerdings wird er fortan nicht ohne fremde Hilfe gehen können.«

»Das halte ich für nicht allzu tragisch. Er hat schon immer zu viel geredet. Wisst ihr, was eure Mutter zum Abendessen kochen lässt? Gibt es Champagner im Haus? Nein? Das habe ich mir schon gedacht, deshalb habe ich ein paar Kisten vom Gut des Barons mitgebracht. Ich habe zu viele trübsinnige Abende in diesem elenden Haus zugebracht, als ich in eurem Alter war. Nie wieder! Habt ihr Eis in der Grube?«

Ich nickte.

»Gut. Lass ein paar Flaschen für den Abend kühl stellen, Kind, und sag Petrossian, er soll unsere Zimmer herrichten. Bestimmt sind sie seit dreißig Jahren nicht mehr gelüftet worden. Und du, junger Mann, bring mich nun zu meinem Bruder.«

Vater hatte Mehmed Pascha nicht sonderlich gern, doch er behandelte ihn niemals unhöflich, und zwar aus gutem Grund. Als mein Großvater starb, erbte Mehmed Pascha als ältester Sohn das Herrenhaus der Familie in Istanbul ebenso wie dieses Anwesen, das er jedoch noch nie gemocht hatte. Den Grund dafür hatten wir niemals verstanden. Wie konnte sich irgendjemand in dieser Umgebung nicht wohl fühlen? Allerdings sprachen wir nie allzu ausführlich darüber, zogen wir doch in ganz erheblichem Maße Gewinn aus Onkel Mehmeds Abneigung. Unsere Freude wog stärker als unsere Neugier, denn wir liebten dieses Haus. Und wir liebten unsere Steinerne Frau. Ich erinnere mich an meine Aufregung, als Vater erzählte, Onkel Mehmed habe uns dieses Haus geschenkt. Halil, Zeynep und ich hatten vor Begeisterung in die Hände geklatscht und uns umarmt. Nur Salman war ernst geblieben und hatte eine peinliche und unpassende Frage gestellt: »Wird es nach deinem Tod wieder an seine Kinder zurückfallen?«

Vater hatte ihn wortlos angefunkelt, als wollte er sagen: Du Trottel, gerade haben wir dieses Haus geschenkt bekommmen, und schon denkst du an meinen Tod. Meine Mutter hingegen versuchte ein Lächeln zu unterdrücken. Allerdings hätte keiner von uns je den Grund für ihre heimliche Freude erfahren, hätte sich Zeynep, die vertraut war mit den Gepflogenheiten meiner

Mutter, nicht an jenem Tag nach Sonnenuntergang hinter einem Felsen versteckt und Mutter dabei belauscht, wie sie mit der Steinernen Frau redete.

⋆

»Was darf man Kindern heutzutage sagen, Steinerne Frau? Wie weit darf man gehen?

Armer Salman. Dabei wollte er doch nur wissen, ob er das Haus eines Tages erben würde. Aber mein Gemahl hat ihn angesehen, als hätte er ihn zu ermorden versucht. Wenngleich ich nicht seine Mutter bin, so ist mir der Junge doch sehr ans Herz gewachsen. Ich wünschte, sein Vater würde mit ihm sprechen, ihm sagen, wie lieb er ihn im Grunde hat. Es ist doch nicht Salmans Schuld, dass seine Mutter bei seiner Geburt gestorben ist. Aber er spürt die Zerrissenheit seines Vaters. Beim Anblick des Jungen fühlt sich Iskander Pascha meist an seine erste Frau erinnert, und dann liebt er ihn. Aber in anderen Momenten wieder sieht er Salman so gehässig an, als hätte der Junge seine Mutter vorsätzlich umgebracht. Einmal habe ich Iskander Pascha nach seiner ersten Frau gefragt. Da wurde er sehr zornig auf mich und verbot mir, ihn jemals wieder darauf anzusprechen. Ich hatte ihn nur aus Anteilnahme gefragt, doch er benahm sich höchst eigenartig. Ja, ich fragte mich damals ernstlich, ob er etwas zu verbergen habe. Was ist nur mit den Knaben in dieser Familie los, Steinerne Frau? Sobald sie in die Pubertät kommen, werden sie verschlossen und blicken auf ihre Mütter und Schwestern herab. Hoffentlich wird Halil niemals so. Auch wenn ich nicht seine leibliche Mutter bin, werde ich mein Bestes tun, um ihn daran zu hindern.

Und was Mehmed Pascha betrifft, was soll ich da sagen? Niemand hätte etwas dagegen gehabt, wenn er ebenfalls geheiratet und Kinder gezeugt hätte, doch er weigerte sich und wurde für seinen Ungehorsam von seinem Vater streng bestraft. Er stand andauernd unter Aufsicht und wurde von ausgesuchten Hauslehrern unterrichtet. Wer hätte denn ahnen können, dass dieser junge Baron, der vor mehr als fünfzig Jahren hierher kam, um Mehmed und seine Brüder in der deutschen Sprache zu unterrichten, Mehmed so zugetan sein würde? Nicht einmal die

Dienstboten schöpften Verdacht. Als die Angelegenheit ans Licht kam, wurde Petrossians Vater einem eingehenden Verhör unterzogen, doch er schwor im Namen Allahs, er habe von nichts gewusst.

Wenn du doch reden könntest, Steinerne Frau. Dann könntest du Salman sagen, dass sein Onkel Mehmed niemals Kinder haben und er, Salman, eines Tages dieses Haus erben wird.«

★

All das erfuhr ich von Zeynep, und ich erzählte es Halil. Als Halil wiederum Salman einweihte, brach dieser in Gelächter aus. Er hielt kurz inne und schaute uns ernst an, doch konnte er nur wenige Sekunden lang an sich halten, bevor er erneut losprustete. Sein Lachanfall geriet immer mehr außer Kontrolle. Mittlerweile hatte sich das Zimmer gefüllt, Petrossian und auch die ansonsten stillen Dienstmädchen waren hereingekommen, angesteckt von der ungewohnten Heiterkeit, die wie ein sommerlicher Sturm durchs Haus fegte. Alle wollten sie mitlachen, aber Salman brachte kein Wort heraus.

Halil, Zeynep und ich wurden still und sogar ein bisschen ängstlich, besonders als Iskander Pascha die Treppe herunterkam. Anfangs lächelte er, doch da erblickte Salman seinen Vater und lachte noch schallender heraus. Die Atmosphäre wurde zusehends angespannt. Petrossian, der um die Launen seines Herrn wusste, scheuchte die Dienstmägde aus dem Zimmer. Erst als sie gegangen waren, fragte Iskander Pascha in trügerisch sanftem Ton: »Warum lachst du, Salman?«

Abrupt verstummte Salman. Er wischte sich die Tränen aus dem Gesicht und sah seinen Vater freimütig an.

»Ich lache, Ata, über meine eigene Torheit und Verblendung. Wie hatte ich nur so dumm sein können, dich nach Onkel Mehmeds Erben zu fragen. Ich meine, es ist wohl noch kein Fall bekannt geworden, in dem ein Baron, selbst mit preußischem Blut in den Adern, Kinder gebären konnte.«

Meine Mutter sog scharf die Luft ein. Und Iskander Pascha war außer sich vor Zorn. Alles, woran ich mich noch erinnere, ist sein raubtierhaftes Profil, als er die Faust ballte und Salman hart ins Gesicht schlug. Erschrocken taumelte mein Bruder zurück.

»Solltest du in meiner Gegenwart oder in der deiner Mutter jemals wieder respektlos über deinen Onkel sprechen, werde ich dich enterben. Ist das klar?«

Salman nickte stumm, während Zorn, Schmerz und Bitterkeit ihm Tränen in die Augen trieben. Obwohl ich noch keine neun Jahre alt war, hasste ich meinen Vater in diesem Augenblick aus tiefstem Herzen. Es war das erste Mal, dass ich sah, wie er jemanden schlug.

Ich nahm Salmans Hand, während Zeynep Wasser brachte, um ihm die brennende Wange zu kühlen. Halil war blass geworden. Er war entsetzt, so wie ich, doch ihm ging dieser Vorfall noch viel näher. Von da an, glaube ich, hatte er jede Achtung vor seinem Vater verloren. Ich war noch sehr jung, aber jenen Nachmittag werde ich niemals vergessen.

Was uns so verstörte, war nicht allein Vaters Gewalttätigkeit, sondern vielmehr der Ausbruch einer tiefen Verbitterung, die bislang unter der Oberfläche geblieben war. Er hatte die Maske fallen gelassen und ein verzerrtes Gesicht mit derben, rohen Zügen gezeigt. Immerhin war Salman damals sechsundzwanzig Jahre alt. Wir, die vier Kinder von Iskander Pascha, verließen wie im Delirium das Haus. Zusammen gingen wir zu einem flachen Felsen unweit der Stelle, wo die Steinerne Frau stand, doch ein Pinienwäldchen verdeckte den Blick auf sie.

Jeder von uns hatte seinen Lieblingsplatz auf diesem Felsen, aber es war das erste Mal, dass wir alle gemeinsam hierher kamen. Abgesehen von einigen kleineren Vertiefungen war die Oberseite des Steins vollkommen glatt. Doch war dies angeblich nur zu einem geringen Teil auf Naturkräfte zurückzuführen. Petrossian behauptete, hier habe Jussuf Pascha oft gesessen und im Angesicht des weiten Meeres so manches seiner gelungeneren Gedichte verfasst. Deshalb hätten mehrere Steinmetze in harter Arbeit den Fels abgeflacht und seine Oberfläche geglättet.

Dort saßen wir also schweigend und sahen aufs Meer hinaus, bis dessen Anblick die aufgewühlten Wogen in unserem Inneren besänftigte. Wir blieben lange auf diesem Felsen sitzen und warteten auf den Sonnenuntergang. Schließlich brach Halil als Erster das Schweigen. Er wiederholte ebenjene Bemerkung über Onkel Mehmed, an der sich der Zorn unseres Vaters entzündet hatte. Dann wiederholte Zeynep diese Worte, doch als ich an der Reihe war, legte mir Salman die Hand auf den Mund.

»Kleine Prinzessin, du solltest nicht über Dinge sprechen, von denen du noch nichts verstehst.«

Und wir alle brachen erneut in Gelächter aus, um jede Erinnerung an jenen Vorfall aus unserem Gedächtnis zu tilgen. Von unserer Reaktion gerührt, bekannte Salman, dass er für immer von zu Hause weggehen wolle. Dieses Haus werde er nie wieder betreten und auch nicht mehr nach Istanbul zurückkehren. Er werde nach Aleppo oder Kairo ziehen oder vielleicht sogar noch weiter, in Länder, in denen es keine Osmanen gab. Erst dann würde er sich wirklich frei fühlen.

Wir waren untröstlich. Vorher solle er wenigstens noch heiraten, bat Zeynep ihn. Er könne doch auch zur Armee gehen, schlug Halil vor. Sie unterhielten sich darüber, was sie für sich selbst und für ihre Kinder, die erst noch geboren werden mussten, vom Leben erhofften, vertieften sich in Gespräche über ihre Zukunftsvorstellungen. All das war neu für mich. Ich war noch zu jung, um mitzureden oder auch nur zu begreifen, wovon sie sprachen, doch die Intensität ihrer Gefühle brannte jenen Tag in mein Gedächtnis ein. So hatte ich meine Geschwister noch nie gesehen. Ihre Gesichter strahlten lebhaft, sie wirkten glücklich, und ich entsinne mich, dass mich das ebenfalls glücklich machte. Es schien beinahe, als hätte das tragische Ereignis jenes Nachmittags einen Wendepunkt in ihrem Leben herbeigeführt, der sie hoffnungsvoll in die Zukunft blicken ließ. Sogar meine Schwester Zeynep, über deren Sanftmut in der Familie gern gewitzelt wurde, war an jenem Tag wütend und aufgeregt. Als es Abend wurde, wollte keiner von uns ins Haus zurückkehren. Wir waren voller Empörung über Iskander Pascha und seine Welt. Schließlich kam Petrossian, der stets wusste, wo wir uns aufhielten, und teilte uns mit, dass es Zeit für das Abendessen sei. Doch wir würdigten ihn keines Blickes. Da setzte er sich zu uns und überredete uns mit honigsüßen Worten und versöhnlichen Schmeicheleien heimzukehren. Salman stand auf und ging voran, wir anderen folgten widerstrebend.

Ich weiß nicht mehr ganz genau, wann Salman von zu Hause auszog. Aber es war wohl kurz nachdem Iskander Pascha ihn geschlagen hatte. Ich entsinne mich nur noch, welchen Schreck die ganze Familie bekam, als Salman eines Morgens beim Frühstück verkündete, er wolle seine Stellung aufgeben und sich für ein paar Jahre die Welt ansehen. Da er in Onkel Kemals Reederei arbeite, würde er ja ohne größere Probleme zurückkehren können, wann immer es ihm beliebe.

Weil Salmans leibliche Mutter bei seiner Geburt gestorben war, hatte sich schon bald darauf Zeyneps und Halils Mutter um ihn gekümmert. Sie war eine entfernte Base und hatte auch mich stets mit Zuneigung überschüttet. Ihre Hochzeit mit Iskander Pascha war recht schnell in die Wege geleitet worden. Zwar war er zu jener Zeit noch immer untröstlich, doch er beugte sich dem Druck der Familie und heiratete erneut, damit Salman eine Mutter hatte. Sie sorgte für den Knaben, hegte und pflegte ihn und wurde ihm tatsächlich eine Mutter. Ja, sie liebte ihn wie einen eigenen Sohn und nahm ihn stets in Schutz, auch nachdem sie Halil und Zeynep geboren hatte.

Da sie nur selten im Sommerhaus weilte, hatte sie Salmans Demütigung nicht miterlebt. Allerdings war die Kunde davon bis nach Istanbul gedrungen, und meine Mutter meinte, Iskander Pascha habe deshalb bestimmt so manche Spitzzüngigkeit von ihr ertragen müssen. Vielleicht hatte sie sogar versucht, Salman zum Bleiben zu bewegen. Doch Salman hatte seine Entscheidung getroffen, und nichts und niemand konnte ihn mehr davon abbringen. Uns sagte er, dass er für einige Zeit auf Reisen gehen und uns Bescheid geben würde, wenn er sich in einer bestimmten Stadt niederließ.

Sein zerknirschter Vater bot ihm Geld für seine Reisen an, doch Salman wies es zurück. In den letzten vier Jahren hatte er von seinem Lohn genügend abzweigen können. Er hatte uns noch einmal alle umarmt und war dann aufgebrochen. Viele Monate lang hörten wir nichts von ihm. Dann erhielten wir gelegentlich Briefe, aber nur unregelmäßig. Ein Jahr nach seiner

Abreise kam eine Nachricht von Onkel Kemal, der soeben aus Alexandria zurückgekehrt war. Er teilte uns mit, er sei bei Salman gewesen, der nun ein erfolgreicher Diamantenhändler sei und eine Frau aus Alexandria geheiratet habe. Zudem hatte Salman einen Brief an Zeyneps Mutter geschickt. Was darin stand, wurde uns jedoch niemals offenbart. Obgleich Zeynep das ganze Zimmer ihrer Mutter durchsuchte, konnte sie den Brief nicht finden. In unserer Verzweiflung fragten wir sogar einmal Petrossian, ob er den Inhalt des Briefes kenne. Er schüttelte betrübt den Kopf.

»Wenn man zu viele Steine nach jemandem wirft, hat er irgendwann keine Angst mehr davor.«

Bis zum heutigen Tag bin ich mir nicht sicher, was Petrossian damit gemeint hat. Zeynep und ich hatten zwar klug genickt, aber prustend gelacht, als er das Zimmer verließ.

*

Merkwürdig, dass sie sich alle am selben Tag hier eingefunden hatten. Welche Erinnerungen mochten in Iskander Pascha aufflackern, als er sah, wie Salman, Onkel Mehmed und der Baron gemeinsam sein Zimmer betraten? Später berichtete mir Halil, Vater habe beim Anblick von Salman geweint, ihn innig in die Arme geschlossen und auf die Wangen geküsst. Salman war gerührt, vergoss jedoch keine Träne. Die Geste war zu spät gekommen. Dass erwachsene Männer stets einen solchen Stolz an den Tag legen, ist mir schon vor langer Zeit aufgefallen, aber ich habe es nie richtig verstanden. Dieser Stolz ist auch meinem Gatten Dmitri nicht völlig fremd, wurde aber von ihm bewusst unterdrückt.

Im Lauf der nächsten Tage hatte ich Gelegenheit, Salman genauer zu beobachten. Mein Bruder, in jungen Jahren der Lebhafteste und Ehrgeizigste von uns allen, war nun schwermütig und verbittert. Ich denke, er litt daran, dass er nicht mehr aus seinem Leben gemacht hatte. Ja, es hatte ganz den Anschein, als wäre sein Erfolg als Diamantenhändler die Wurzel seines Unglücks. Nie war er zufrieden. Er hatte in Alexandria eine Ägypterin geheiratet, »eine wunderschöne Koptin«, wie Onkel Kemal es ausdrückte, doch er hatte sie nie seiner Familie vorgestellt. Und nicht einmal jetzt, da sein Vater von einem Schlaganfall gezeichnet war, hatte Salman seine Söhne mitgebracht, damit sie wenigstens einmal ihren Großvater sahen. Einzig Halil hatte schon einmal eine Einladung nach Ägypten erhalten und das Privileg genossen, Salmans Frau und Kinder kennen zu lernen. Aber als ich Halil einmal hartnäckig mit der Frage bedrängte, warum Salman uns gegenüber so gleichgültig sei, erhielt ich eine gleichermaßen scharfe wie überraschende Antwort.

»Salman leidet daran, dass das Reich seit dreihundert Jahren seinem unaufhaltsamen Niedergang zustrebt. Auch mir ist diese Tatsache bewusst, aber Salman geht es zu Herzen.«

Rein gefühlsmäßig lehnte ich diese Begründung ab. Ich wusste durchaus, dass Salman die Istanbuler Lebensweise zuwider war, dass er tief enttäuscht war und eine Veränderung herbeisehnte. Aber das konnte sein Verhalten bestenfalls teilweise erklären. Mir gefiel der Gedanke nicht, dass mein früher so lustiger Bruder aufgrund der historischen Entwicklungen in eine derartige Hoffnungslosigkeit versunken war. Unsere Familie hatte seit jeher Geschichte geschrieben. Wie konnten wir es da zulassen, dass sie uns nun zerstörte? Es musste einen anderen Grund für Salmans Trübsal geben, und ich war fest entschlossen, diesen herauszufinden.

Drei

Der Baron zitiert aus dem Fürstenspiegel Qabus-nameh eine Passage mit der Überschrift »Romantische Leidenschaft«. Die unvollständige Geschichte von Enver dem Albaner. Sabiha und die tscherkessische Magd, die sich nur dadurch zu retten wusste, indem sie davonflog.

»Dein Osmanisches Reich gleicht einer betrunkenen Prostituierten, die mit gespreizten Beinen daliegt und nicht weiß und auch gar nicht wissen will, wer sie als Nächstes nimmt. Übertreibe ich, Mehmed?«

Der Baron und Mehmed leerten gerade die zweite Flasche Champagner.

»Wie üblich bringst du hehre Gedanken sehr anschaulich zum Ausdruck«, entgegnete Mehmed. »Aber ich frage mich zuweilen, ob der große Gelehrte Hegel nicht vielleicht ein wenig von dir enttäuscht wäre. Den Äußerungen deiner Zeitgenossen zufolge hast du in Berlin als hoffnungsvoller Student gegolten ...«

Der Baron stimmte ein Lachen an, das sich staccatoartig wie eine Maschinengewehr-Salve entlud: Ha-ha-ha-ha, ha-ha-ha-ha, ha-ha-ha und ein abschließendes ha. Der Lachsalve war kein Lächeln vorausgegangen, aus dem allmählich ein Lachen wurde, nein, es war Teil eines verbalen Rüstzeugs, angelegt zur Demütigung, Niederwerfung, Störung oder Ablenkung eines jeglichen Widersachers.

»Wann immer ich dieser Familie einen Besuch abstatte, geht mir die wahre Welt verloren. Die reale Welt ist eine Welt der Ameisen, wie ich dir ja bereits des Öfteren erklärt habe. Ein menschliches Wesen kann dort nur überleben, wenn es selbst zu einer Ameise wird. Und da liegt unsere Zukunft. Diese Welt lockt uns an, aber ihr verweigert euch ihr. Ihr tut so, als wäre euer Reich die reale Welt, und haltet euch auf diese Weise die Ungeheuer vom Leib – indes wie lange noch, Mehmed? Wie lange noch? Euer Reich ist so heruntergewirtschaftet, dass ihr euch noch nicht einmal Zeit kaufen könnt, wie ihr es annähernd dreihundert Jahre lang getan habt.«

Mein Onkel verharrte eine Weile schweigend. Dann antwortete er leise: »Was deine Philosophen Fortschritt nennen, mein lieber Baron, hat die Menschen innerlich verdorren lassen. Sie gehen unbedacht miteinander um. Sieh dir doch Frankreich an, ein Land, das wir beide lieben. Oder gar England. Keine Spur von Solidarität unter den Menschen. Kein gemeinsames Streben, nur der Wunsch zu überleben und reich zu werden – koste es, was es wolle. Vielleicht ist dies der Lauf der Dinge. Vielleicht werden auch wir eines Tages so sein. Du und ich natürlich nicht. Bis dahin sind wir schon lange tot, und wer vermag zu sagen, ob wir nicht doch glücklich gestorben sind? Warum sollten wir nicht Glück und Zufriedenheit in gegenseitiger Gesellschaft finden? Warum sollte ich nicht mein Leben, dieses Haus, meine Familie lieben?«

Der Baron lachte lauthals heraus. Dieses Mal war sein Gelächter echt.

»Weshalb lachst du?«

»Mir ist soeben der Fürstenspiegel Qabus-nameh eingefallen. Als ich ihn ins Deutsche übertrug, kam er mir ungeheuer langweilig und banal vor, als reine Zeitverschwendung. Ich erinnere mich noch gut, was mir damals durch den Kopf ging: Wenn das der Moralkodex des Sultans und seiner Fürsten ist, nimmt es einen kaum Wunder, dass sie binnen so kurzer Zeit degeneriert sind. Selbst geistesschwache, mit kaiserlichen Rauchschwaden gefüllte Köpfe konnten diesen Unsinn gefahrlos ignorieren. Dann stieß ich allerdings auf eine verblüffende Passage. Sie trug die Überschrift ›Romantische Leidenschaft‹, und ich habe sie meinen starrsinnigen Onkeln, Basen und Vettern so oft vorgetragen, dass sich die Worte unauslöschlich in mein Gedächtnis gebrannt haben. Sie sind mir wieder eingefallen, als du von jenen sprachst, die einfach nur reich werden wollen. Nun, mein lieber Mehmed, lausche der Weisheit des Qabus-nemah: ›Hütet euch davor, in Leidenschaft zu erglühen und zum Liebenden zu werden, denn das Leben eines Liebenden ist mit Seelenschmerz behaftet. Insbesondere dann, wenn der von Liebe Erfüllte arm ist. Ein mittelloser Liebender wird niemals sein Ziel erreichen, schon gar nicht, wenn er bereits fortgeschrittenen Alters ist. Zur Erlangung seines Ziels bedarf er des Geldes. Solange der Liebende über keines verfügt, wird er nur eines erreichen: Seelenpein.‹«

Nun war es an Mehmed zu lächeln. »Im fortgeschrittenen Alter und arm zu sein ist schon schlimm genug, auch wenn man nicht von diesem Gefühl gequält wird. Der Satz birgt vermutlich eine Menge Wahrheit. Du hast Recht, mein lieber Baron, wir werden allmählich alt, aber ich bezweifle, dass die Passage, die du eben so gekonnt vorgetragen hast, auf uns zutrifft. Ich glaube, selbst wenn wir mittellos wären, würden wir uns an der Gesellschaft des anderen erfreuen. Wie wäre es, wenn wir noch eine Flasche öffnen, um die Sinnlosigkeit des Qabus-nameh zu besiegeln?«

In Vaters Empfangszimmer, im Stil eines französischen Salons möbliert und dekoriert, hatten sich heute viele Besucher eingefunden. Vor Vaters Erkrankung war osmanischen Frauen der Zutritt zu diesem Heiligtum verwehrt gewesen. Für Französinnen, so stellten wir fest, galt dieses Verbot allerdings nicht, wenn sie in Begleitung ihrer Ehemänner oder Väter waren. Doch in der Regel war dieses Zimmer – das schönste und größte des Hauses – ausschließlich männlichen Freunden und Besuchern vorbehalten.

Als Vater sich einmal in Paris aufhielt, waren Zeynep, ich und unsere beiden Mütter in dieses Zimmer gegangen, hatten uns Pfefferminztee und Rosenwasser bringen lassen und Karten gespielt. Von dort sah man durch die drei großen Balkonfenster, die tagsüber Licht in den Raum ließen, hinaus auf das Meer mit seinen wechselhaften Stimmungen. Wie sehr genoß ich diesen Anblick. Bald hielten wir uns täglich in diesem Zimmer auf, zur Belustigung der Dienstmädchen, die in Petrossians Abwesenheit ebenfalls oft und gerne hier weilten.

Aber jetzt war alles anders. Abend für Abend kamen wir hier nach dem Nachtmahl zusammen, tauschten Neuigkeiten aus und lauschten einer Geschichte, bevor wir uns zum Schlafen zurückzogen. Mit sichtlicher Missbilligung hatte Vater das Gespräch zwischen Onkel Mehmed und dem Baron verfolgt. Offenbar erregte es seinen Zorn, wenn im Beisein seiner Frau und seiner Töchter von Prostituierten geredet wurde. Zum Glück schlief Orhan auf einer Chaiselongue am Fenster und hatte die anstößige Bemerkung nicht gehört.

Iskander Pascha pochte mit dem Stock, auf den er nie verzichtete, hart auf den Fußboden. Dies galt als Zeichen dafür, die in den jeweiligen Ecken geführten Unterhaltungen zu beenden, damit der Erzähler mit seiner Geschichte beginnen konnte. Onkel Mehmed räusperte sich, Salman lächelte, Halil zupfte nervös an seinem Bart, und Sara, meine Mutter, schlang ihr Tuch enger um sich. Zeynep und ich sahen einander an und bemühten uns nach Kräften, nicht loszuprusten. Wenn Onkel Mehmed zu sprechen begann, musste man auf alles gefasst sein.

Mit besorgtem Gesicht winkte mein Vater Petrossian zu sich und deutete auf Orhan. Der Diener begriff, trat zu dem schlafenden Kind, nahm es behutsam in die Arme und trug es hinaus. Da wünschte ich, ich hätte auch meine kleine Tochter Emineh mitgebracht. Sie sollte an unserem Familienleben teilhaben. Onkel Mehmed setzte eine scheinbar demütige Miene auf und begann zu sprechen.

*

»Ich werde euch nun die Geschichte von Enver, unserem großen albanischen Vorfahren, erzählen, wie sie nach den Worten seines Sohnes aufgezeichnet worden ist. Einst wurden seine Aufzeichnungen alle fünf Jahre anlässlich des Geburtstags unseres Propheten vorgelesen, zu dem sich stets unsere ganze Familie versammelt hat. Mit diesem Ritual wollten wir dafür Sorge tragen, dass wir nie unsere bescheidene Herkunft vergessen würden. Bedauerlicherweise ist das Schriftstück vor fünfzig oder sechzig Jahren abhanden gekommen. Manche sagen, unser Großvater Mahmud Pascha habe das schmale, gebundene Buch vernichtet, weil er beabsichtigte, die Familiengeschichte neu zu erdichten, und ihn die Wahrheit nur verwirrte, wiewohl sie bereits vier Jahrhunderte zurückreichte. Mahmud Pascha gelang es, ein zweites Buch zu schreiben, das sich nach wie vor in der Bibliothek befindet, wenngleich es trotz der ausnehmend schönen Handschrift ungelesen und ungeliebt geblieben ist.

Wir, die wir das Werk zu lesen gewagt hatten, haben es nach dem zweiten Lügengebilde wieder aus der Hand gelegt. In dem Buch heißt es nämlich, reines arabisches Blut sei in den Adern des Begründers unserer Familie geflossen, er stamme vom Propheten ab und sei keineswegs ein Albaner gewesen, der in jungen Jahren die Pferdeäpfel weggeräumt hat, die sich rings um ein osmanisches Militärlager türmten. Dabei hat er diese Pferdeäpfel so meisterhaft weggeschafft, dass er sich schon bald eines hohen Ansehens erfreute. Der befehlshabende Aga dieses Lagers nahm ihn mit nach Istanbul und übertrug ihm die Verantwortung für die Sauberkeit und Hygiene des Palastes.

Mahmud Pascha ersann Unwahrheiten, weil er eine Nichte des Sultans heiraten wollte und es daher als vorteilhaft erachtete, seinen Stammbaum etwas aufzupolieren. Vermutlich hätte es der Täuschung nicht bedurft. Der Sultan wusste sicherlich ohnehin die Wahrheit und stand ihr gleichgültig gegenüber. Hätte er andere Gründe ins Feld geführt, um die Heirat zu unterbinden, wäre unserer Familie indes eine unnötige Tragödie erspart geblieben.

Den Ertogruls war von jeher daran gelegen, dass sich die Minister und Gefolgsleute zu ihrer bescheidenen Herkunft bekennen. Der Sultan ernennt Wesire und richtet sie zu Grunde, wie es ihm gefällt. Dieser Stil lässt sich leichter pflegen, wenn es keinen Adelsstand gibt. Das Wissen, die einzige wahrhaftige Herrscherfamilie durch Erbfolge zu sein, verleiht unseren Sultanen das Gefühl von Stärke und Selbstbewusstsein. In ihren Augen sind die Ertogruls das einzig echte, auf Erbfolge gegründete Herrschergeschlecht in der Geschichte unseres großen Reiches. Und das ist leider wahr! Im Übrigen ist das einer der Gründe, weshalb dieses Reich vor unseren Augen verkommt. Die anschauliche Darstellung des Barons kommt also der Wirklichkeit recht nahe. Und Sultan Abdulhamid II. ist sich dessen wohl bewusst. Auf unserer gemeinsamen Reise nach Berlin im vergangenen Jahr fragte er mich: »Meinen Sie, ich bin der letzte islamische Kalif?« Ich lächelte nur, blieb ihm eine Antwort schuldig.

Mein Großvater Mahmud war ein eitler, dünkelhafter Pfau, doch kein kompletter Trottel. Sicherlich wusste er um die

Empfindlichkeiten der Ertogruls. Der Sultan führt seine Abstammung auf Osman zurück, den Begründer der Dynastie. Weshalb behauptete unser verrückter Großvater, Nachfahre des Propheten zu sein? Warum verspürte er das Verlangen, die Wahrheit auszuschmücken? Weshalb hat er eine Welt erfunden, der unsere Familie angeblich entstammt? Großvater hat sich damit zum Narren gemacht. Sein Buch ist dumm und hochmütig, ein Produkt aus Hirngespinsten und Tatsachen zu jeweils gleichen Anteilen.

Unsere Familie kannte natürlich die Wahrheit, doch wenngleich sie Mahmud verlachte und sich für sein Verhalten schämte, fand dennoch keiner den Mut, ihn zur Rede zu stellen. Hätte eine Abordnung älterer Familienmitglieder ihn ernsthaft aufgefordert, das Lügen zu unterlassen, hätte das vielleicht vorübergehend Wirkung gezeigt. Wer weiß? Vielleicht war es ja auch gar nicht von so großer Bedeutung. Denn trotz seiner weithin bekannten Neigung, die Wahrheit schönzufärben, durfte Mahmud Pascha schließlich die Nichte des Sultans heiraten, die alsbald unseren Vater und dessen drei Schwestern zur Welt brachte. Doch glaube ja niemand, dass dies den Sultan und seine Höflinge davon abhielt, sich weiterhin über Mahmud lustig zu machen.

Der Sultan, so erzählte mir einmal meine Tante, befragte Mahmud Pascha bei jedem Besuch am Hof über dessen Buch und drängte ihn, vor den Höflingen einige der skurrileren Geschichten zum Besten zu geben. Während Mahmud Pascha las, bewahrte der Sultan selbstverständlich Haltung. Seine Speichellecker hatte er indes zuvor ermuntert, ihrer Erheiterung in regelmäßigen Abständen Ausdruck zu verleihen, so dass Mahmud Paschas Vortrag unablässig durch kaum zurückgehaltenes Gelächter gestört wurde.

Was mochte da in Mahmud vor sich gegangen sein? Wie überwand sein viel gerühmter Stolz diese geradezu rituelle Demütigung? Kaum war er aus dem Palast nach Hause zurückgekehrt, erzählte er seiner Frau, wie viel Anerkennung ihm der Sultan auch diesmal wieder gezollt hatte. Und selbst der Wesir hätte ihm zu dem wirklich bedeutsamen und streng geheimen *aide-mémoire* gratuliert, welches er, Mahmud, zu der russischen

Frage verfasst hatte und das dem Kanzler in Berlin ohne die kleinste Änderung zugegangen sei.

Ob unsere schöne Großmutter Sabiha, deren Porträt jeden Gast in unserem Haus in Istanbul willkommen hieß, diesen Unsinn geglaubt hat? Ich bezweifle es. Sie hatte Mahmud nicht geheiratet, weil er gut aussah, wohlhabend oder ein gewohnheitsmäßiger Lügner war, sondern nur weil ihr Vater befunden hatte, Mahmud Pascha würde einen liebevollen, guten Ehemann abgeben. Ich sehe, dass Orhans Mutter lächelt. Sie fragt sich gewiss, ob ihre Urgroßmutter tatsächlich so dumm hatte sein können? Und die Antwort, meine entzückende Nilofer, lautet schlicht und einfach Ja.

Deine Urgroßmutter Sabiha war zweifellos sehr hübsch. In dieser Hinsicht ist das Porträt wirklich gut getroffen, doch leider war Bragadini, der Maler, kein sonderlich begabter Künstler. Er malte nur, was er sah. Es mangelte ihm sowohl an Intelligenz als auch an echtem Interesse, was ihn ansonsten vielleicht dazu bewogen hätte, sich etwas eingehender mit seinem Modell zu befassen und Sabihas wahres Wesen zu ergründen. Ihr Innerstes herauszuarbeiten ist ihm gründlich misslungen. Sabiha hatte einen hellen Teint, sinnliche Lippen, eine hohe Stirn, dunkle, wallende Locken und blaue Augen, und unter ihrem Gewand verbarg sich angeblich – und der Maler wusste, wovon er sprach – ein Körper von ›verblüffender Üppigkeit‹. Ich hasse diese Beschreibung, aber Großvater Mahmud bediente sich dieser Worte häufig, wenn er betrunken war: Einerseits wollte er sich damit vor alten Freunden brüsten, andererseits ihnen erklärlich machen, wie er ihre dümmliche Liebe zu trivialen Dingen überhaupt zu tolerieren vermochte.

Mahmud war beileibe kein Mann von ausgeprägter Tiefsinnigkeit. Er hatte entschieden, sich nicht mit zu viel Wissen zu belasten, sondern, Allah sei gepriesen, sich stattdessen den drei Vergnügungen zu widmen, denen die Gläubigen seit den Tagen des Propheten nachgehen. Er liebte den Wein, die Jagd und die Unzucht, und zwar in genau dieser Reihenfolge. Ohne einen Schluck konnte er nicht jagen, und meine Großmutter konnte er nicht besteigen, ohne zuvor ein unglückseliges Tier erlegt zu haben. Dafür genügte ihm oft schon ein Kaninchen.

Zu seinem Leidwesen betrachtete Sabiha alle drei Lustbarkeiten mit abgrundtiefem Ekel. Sie war im Palast großgeworden. Bereits als Achtjährige hatte sie betrunkene Männer zu Gesicht bekommen und sprach oft davon, wieviel Übelkeit sie bei ihrem Anblick empfunden hatte, ohne indes auf Einzelheiten einzugehen. Wer weiß, was sie als Kind alles im Palast, in dem die Kalifen unseres Glaubens herrschten, gesehen und miterlebt hatte und wie tief es sich in ihrem Innern eingebrannt hatte. Es heißt, der Entschluss ihres Vaters, eine japanische Kurtisane zu heiraten, hätte sie sehr erzürnt. Bei den darauf folgenden Auseinandersetzungen zwischen ihr und den Kindern hatte sich ihr Vater stets auf die Seite seiner neuen Gattin gestellt. Sabiha fühlte sich im Stich gelassen, was sich auf ihre Haltung gegenüber Männern und deren Macht auswirkte. Über diese Dinge verlor sie ihren Freundinnen gegenüber jedoch kein Wort.

Vielmehr erfuhren sie von Sabiha ganz beiläufig, dass Mahmud Pascha kein richtiger Mann sei und ihr der Beischlaf mit ihm kein Vergnügen bereite. Und dass er es nicht einmal mit einem Hund aufnehmen könne. Nach der Geburt der Kinder, Allah sei gepriesen, sei er impotent geworden. Wie sehr Sabiha sich auch bemühte, sein Gürkchen wollte sich nicht regen. Tatsächlich aber hatte sie es auch gar nicht versucht, sondern ihren Gatten einfach nicht mehr in ihr Bett gelassen.

Mahmud Pascha, narzisstisch und vergnügungssüchtig wie ehedem, war zutiefst entrüstet über diese Anwürfe gegen seine Männlichkeit. Es war typisch für ihn, dass er daraufhin einer tscherkessischen Küchenmagd eine Kammer neben seinem Schlafgemach zuwies und sie zu seiner Geliebten machte. Auch Petrossians Großvater, damals oberster Gebieter der Küche, hegte eine Schwäche für dieses Mädchen, doch beugte er sich den höheren Wünschen seines Herrn.

Die Tscherkessin, nie habe ich ihren wahren Namen vernommen, war Analphabetin. Unsere Familie hatte sie bereits als junges Mädchen einem fahrenden Händler in Istanbul als Haushaltshilfe abgekauft und als Küchenmagd angelernt. Man sagte, sie besäße eine natürliche Intelligenz. Durch sie habe Mahmud Pascha das Lachen wieder erlernt, und sie habe ihm – und das war noch wichtiger – zu einer wieder erstarkenden

Manneskraft verholfen. Schon kurz darauf war sie auch außerhalb der Familie zu einem Gesprächsthema geworden.

Immer öfter begleitete sie Mahmud Pascha auf seinen Jagdausflügen. Ihre Gegenwart zwang ihn, die Reihenfolge seiner Vergnügungen zu ändern. Erst nachdem die Tscherkessin bei ihm gelegen hatte, konnte er auf die Jagd gehen, und nach der Jagd tranken sie gemeinsam einen Becher Wein. Er hätte sie heiraten sollen, aber Mahmud Pascha war ein Feigling. Drei Ängste verfolgten ihn: Er fürchtete zum einen das Missfallen des Sultans, zum andern den Verlust seines gesellschaftlichen Ansehens und zum dritten den Zorn seines Vaters.

Nichtsdestotrotz schlugen Sabihas Bemühungen fehl, die tscherkessische Rivalin zu vergraulen. Aber weshalb wollte Sabiha gerade diese Konkubine loswerden? Vielweiberei war damals wie heute gang und gäbe. Vermutlich war es eher die öffentliche Demütigung, die ihren Zorn schürte. Hätte sich mein Großvater etwas diskreter verhalten, hätte sie sich nicht so herabgesetzt fühlen müssen. Aber da Mahmud Pascha erbost war, weil Sabiha seine Männlichkeit in Zweifel gezogen hatte, weigerte er sich, seine Geliebte vor der Öffentlichkeit zu verbergen. Er wollte, dass sie sich wie eine Dame kleidete, damit er sie bei seinen Freunden vorzeigen konnte. Einmal fand Halils Mutter im Haus eine Schachtel, in der sich, sorgsam aufbewahrt, ein prächtiges, wenngleich ausgebleichtes Gewand aus Paris befand. Es hatte der Tscherkessin gehört.

Eines schönen Tages war sie aus unserem Haus in Istanbul verschwunden. Zunächst zeigte Sabiha sich darüber hocherfreut, doch nach einem Monat bemerkte sie, dass sich Mahmud Paschas Laune durch die Abwesenheit der Rivalin nicht etwa verschlechtert, sondern vielmehr gehoben hatte. Ihr dämmerte, dass man ihr etwas verschwiegen hatte. Also rief sie Petrossians Großvater zu sich, der indes abstritt, irgendetwas über die Liebesbeziehung seines Herrn zu wissen.

Ich vermute, dass sie die Wahrheit letztendlich von einer der Mägde erfuhr, die eifersüchtig war auf den gesellschaftlichen Aufstieg der einst gleichrangigen Tscherkessin. Das tscherkessische Mädchen war von Mahmud Pascha schwanger, und man hatte sie für die Niederkunft hierher geschickt. Wer weiß, vielleicht sollte das Kind in diesem Zimmer zur Welt kommen, in dem Bett, in dem nun Iskander Pascha liegt, der Stimme beraubt, aber mit gerunzelter Stirn, weil ihm die Geschichte missfällt? Vergib mir, lieber Bruder. Aber jeder Anfang bedarf eines Endes. Oder bist du anderer Ansicht?«

*

Mein Vater notierte etwas auf seinem Schreibblock, den ich an meinen lächelnden Onkel weiterreichte.

»Iskander meint, es hätte kein Ende gegeben. Alles sei reine Vermutung. Böse Zungen aus der Dienerschaft hätten Geschichten erfunden. Er sei jetzt müde und wünsche zu schlafen. Er schlage uns vor, morgen weiter zu reden. Wir müssen seine Wünsche respektieren, zumal die Geschichte rasch zu Ende erzählt ist.

Es hat ein Ende gegeben, und zwar ein recht tragisches. Mahmud Paschas Tscherkessin verschwand mit dem ungeborenen Kind und wurde nie wieder gesehen. Als ich klein war, erschreckten mich die Bediensteten oft mit Geschichten über das Gespenst eines Babys, dessen Geschrei man immer wieder vor diesem Balkon höre. Fragt Petrossian. Er wird euch erzählen, dass Sabiha das Mädchen hat töten lassen. Er wiederum habe es von seinem Vater. Also hat es sehr wohl ein Ende gegeben, wenngleich Mahmud Pascha wie auch sein Nachfahre Iskander lieber glauben würden, die Tscherkessin sei davongelaufen. Mahmud stellte jedem, der ihm Nachricht von ihr zutragen würde, eine hohe Belohnung in Aussicht, aber sie wurde nie eingefordert.«

Nach diesen Worten erhoben sich der Baron und Onkel Mehmed, verneigten sich ehrerbietig in Richtung meines Vaters, der missbilligend die Augen geschlossen hielt, und verließen das Zimmer. Schweigend folgten wir ihnen.

Vier

Die Tscherkessin vertraut sich der Steinernen Frau an und beklagt ihr Schicksal. Wie die Reichen immer wieder die Liebe der Armen unterbinden.

»Willst du meine beklagenswerte Geschichte hören, Steinerne Frau, oder finden nur der Pascha und seine Familie dein Gehör? Ich bin nun seit über drei Monaten hier in diesem Haus. Der Haushofmeister und seine Frau sorgen gut für mich, es fehlt mir nicht an Nahrung, und ich bin froh, aus Istanbul fort zu sein. Aber in meiner Einsamkeit vermisse ich Hikmet mehr als jemals zuvor. Jeden Morgen erwache ich noch lange vor den Vögeln, noch ehe der Tag angebrochen ist und die Gestirne verblasst sind. Schlaflosigkeit quält mich, denn Hikmets Antlitz und seine Stimme erfüllen meine Träume. Sieh mich Unglückliche an! Ich gehe im achten Monat schwanger mit Mahmud Paschas Kind, doch immer noch ist mein Herz schwerer als mein Leib.

In meinen Träumen steht Hikmet in seiner Soldatenuniform vor mir. Verbittert sehen mich seine grauen Augen an, als wollten sie sagen: ›Wir haben dir vertraut, aber du konntest nicht warten. Du hast unsere Liebe verraten um der Bequemlichkeiten willen, die ein reicher Mann dir zu schenken vermag.‹ Ich flehe um Vergebung. Ich flehe um Nachsicht, doch in meinem Innern weiß ich, dass diese Augen die Wahrheit sprechen. Ich war ihm versprochen. Ja, ich wollte mir gerade ein Herz fassen und die Herrin um Erlaubnis bitten, Hikmet heiraten zu dürfen, als mich unser Gebieter Mahmud Pascha an jenem verfluchten Tag erblickte und an seinem Schnurrbart zu zwirbeln begann. Vor dieser verhängnisvollen Geste hatte man mich schon gewarnt, als ich zehn Jahre war, und nun, acht Jahre später, wurde sie mir tatsächlich zum Verhängnis. Mir war angst und bange.

Die Mägde im Haus warnen noch heute jeden Ankömmling vor jener althergebrachten Familiensitte. Wenn nämlich der Hausherr eine von ihnen ansieht und sich dabei über den

Schnurrbart streicht, heißt das, dass sie noch in selbiger Nacht in sein Gemach bestellt wird. Und so war es auch, Steinerne Frau, ausnahmslos. Wobei dies nicht nur für die Mägde galt, auch ein paar junge Kutscher hatten schon einen solchen Befehl erhalten. Einer von ihnen rannte deswegen fort und ward nie wieder gesehen. Die Mägde unterhielten sich oft über Mahmud Paschas Gepflogenheiten, doch ihre derbe Sprache beleidigte meine Ohren, weshalb ich ihre Geschichten lieber gleich wieder vergaß.

Schließlich war ich nur eine Küchenmagd und hatte nicht einmal Zugang zu den anderen Räumen des Hauses. Meine Aufgabe war es, den Köchen zur Hand zu gehen und dafür zu sorgen, dass die benötigten Zutaten vorhanden waren. Als ich noch jünger war, hätte ich nicht gedacht, dass der Herr von so einer wie mir überhaupt Notiz nehmen würde. Daher hatte ich nie Angst um mich, im Gegensatz zu einigen anderen Mägden, die ihre Brüste wie überreife Melonen vor sich hertrugen.

Doch als ich eines Tages neben dem Gemüsegarten auf einer Bank saß und Gurken wusch, stand er am Fenster, und sein Blick fiel auf mich. Ich senkte die Lider, aber er kam schnell die Treppe heruntergelaufen und ging ganz nah an mir vorüber. Ich erhob mich und verhüllte mein Gesicht. Lächelnd strich er sich über den Bart, und ich wusste, dass ich verloren war. Welch grausames Schicksal, Steinerne Frau! Ich wäre noch vor Einbruch der Nacht fortgelaufen, aber wie es das Unglück so wollte, war mein glatt rasierter rothaariger Hikmet, der sonst Tag für Tag vor dem Haus Wache hielt, heim in sein Dorf gegangen, um dort der Beerdigung seiner Mutter beizuwohnen. Ich war allein. Wäre Hikmet an diesem Tag da gewesen, ich schwöre bei Allah, dass ich mit ihm zusammen fortgerannt wäre. Aber es hatte wohl nicht sollen sein. Der Ruf ereilte mich in Gestalt der ältesten Dienerin des Hauses, die auf die fünfzig zuging und gern damit prahlte, dass sie nicht nur Mahmud Paschas Bett, sondern auch schon das seines Vaters und seines Großvaters gewärmt hatte. Ach, wie hatte sie in der Vergangenheit ihre privilegierte Stellung dazu benutzt, die anderen Diener herumzukommandieren! Einst war sie verachtet und zugleich gefürchtet gewesen, doch das lag lange zurück. Jetzt war sie nur noch des

Paschas Kupplerin, doch hatte dieser gesellschaftliche Abstieg ihr Herz erweicht. Ich glaube, insgeheim war ihr wohl die Demütigung klar. Um es uns leichter zu machen, sagte sie: ›Ich habe drei Generationen dieser Familie kennen gelernt, und dieser junge Herr ist der freundlichste von allen. Er wird dir keine Gewalt antun und dir keinen Schmerz zufügen, so wie es sein Großvater getan hat, wenn seine Lust geweckt war.‹

Aber ihre beruhigenden Worte verfehlten ihre Wirkung auf mich. Ich lag in meinem schmalen Bett und schluchzte haltlos. Und kaum hatte mich die alte Frau dann in das Gemach des Paschas geführt, fiel ich auf die Knie und küsste Mahmud Pascha die Füße. Dabei flehte ich ihn an, mir nicht die Unschuld zu rauben, und wisperte, dass ich bereits einem anderen versprochen sei. Ich bekannte meine Liebe zu Hikmet, sprach von meinem drängenden Wunsch, Mutter zu werden und meinen Kindern all die Liebe zu schenken, die mir versagt geblieben war. In meiner Einfalt hoffte ich, dass meine Ehrlichkeit Eindruck auf ihn machen würde, doch ganz das Gegenteil trat ein. Er empfand mein Flehen als Widerstand, was seine Liebesglut nur noch stärker anfachte. Ich musste mich ausziehen, dann warf er mich aufs Bett und verschaffte sich sein Vergnügen. Was mich betraf, Steinerne Frau – und ich schwöre, das ist die reine Wahrheit –, empfand ich nichts als Wut und Trauer und Hilflosigkeit. Ich fand keinen Gefallen daran, nicht einen einzigen Augenblick. Zudem ängstigte mich das Blut, das an den Innenseiten meiner Schenkel hinunterrann, während sein plumper, fleischiger Körper sich auf mir hob und senkte. Ich zürnte meinen Eltern, dass sie gestorben waren, als ich erst drei Jahre zählte, und verfluchte meinen Großvater, der mich wie ein Stück Tuch an einen durchreisenden Händler verkauft hatte.

Mahmud Pascha spürte meine Teilnahmslosigkeit und war erbost darüber. ›Komm morgen Nacht wieder‹, befahl er mit der Stimme eines Herrn, der einen undankbaren Sklaven rügt, und ich war entlassen.

Also kehrte ich nächste Nacht zurück, ebenso die darauf folgende und jede weitere Nacht. Meine Gleichgültigkeit schien ihn nur umso mehr zu erregen, und er versuchte immer entschiedener, meinen Willen zu brechen. Er wollte hören, dass ich es mit ihm genoss. Manchmal sah er mich an und fragte mich, ob ich ihn wohl je werde lieben können. Ich gab ihm nie eine Antwort auf diese Frage, doch mein Widerstand erlahmte. Mahmud Pascha kaufte mir Kleider, er schenkte mir kostbaren Schmuck. Bei einer Gelegenheit staffierte er mich sogar aus wie eine europäische Dame von Stand, um mich zu einem Empfang in der Deutschen Botschaft mitzunehmen – wo er mich als seine europäische Gattin vorstellte, die nach dem tragischen Tod ihres Vaters die Sprache verloren habe. Auch bekam ich im Haus ein besonderes Zimmer zugewiesen und verfügte über eine eigene Dienerin. Als er eines Tages ein paar Gäste in seinen Gemächern bewirtete, saß ich neben ihm und konnte beobachten, wie die Männer zunehmend betrunkener wurden. Einige von ihnen betrachteten mich voller Begierde. Da betrat unvermutet seine Frau, Prinzessin Sabiha, den Raum. Sie bebte vor Zorn. Ohne des Paschas Stirnrunzeln zu beachten, blieb sie mitten im Zimmer stehen, bedachte ihn mit Schmähungen und teilte seinen Freunden mit, dass er schlimmer sei als ein Eunuche. Als er aufstand, um sie aus dem Zimmer zu weisen, ließ sie ihre Hose fallen und hob ihre Tunika hoch, so dass ihre Scham sämtlichen Blicken preisgegeben war. Als die Männer die Augen abwandten, schrie sie ihren Ehegatten an: ›Das war dir wohl nicht gut genug, was? Antworte mir, du Pferdeäpfelklauber!‹ Des Paschas Miene war starr vor Entsetzen. Und ihr Auftritt hatte noch eine weitere, geradezu magische Wirkung: So rasch hatte ich betrunkene Männer noch nie nüchtern werden sehen. Befriedigt über ihre Tat stürmte Sabiha anschließend aus dem Zimmer. Schon seit vielen Jahren – und lange bevor mich der Pascha zu sich rufen ließ – hegte ich eine Abneigung gegen sie, denn die Herrin sprang grob mit uns um, und ihre persönlichen Dienerinnen hassten sie geradezu. Doch nach diesem Auftritt galt ihr meine ganze Bewunderung. Wie gerne hätte ich mit ihr gesprochen und ihr von meiner Verzweiflung erzählt, aber ich fand nie den Mut, mich ihrem Zorn zu stellen. Ich bete, dass Allah mir meine Feigheit vergeben wird.

Trotz allem ging mir Hikmet nie aus dem Sinn. Nur wenn der Herr sich sein Vergnügen mit mir verschaffte, verdrängte ich jeden Gedanken an ihn. Was nicht heißt, dass ich jemals Gefallen an diesen Nächten fand. Man erzählte mir, dass die Herrin eine Nachricht an Hikmet geschickt und ihn von den Geschehnissen unterrichtet hatte. Er ward nie wieder gesehen. Dabei habe ich mich so nach ihm gesehnt, Steinerne Frau! Ich hätte ihm mit meinen Tränen die Füße gewaschen und ihn angefleht, mir zu vergeben und mich mit sich zu nehmen, an einen fernen Ort, doch er kehrte niemals wieder zurück. Vielleicht liebte er mich nicht genug. Vielleicht hatte ihm der Pascha Angst eingejagt oder mit einer dicken Geldbörse sein Verschwinden erkauft.

Und nun trage ich das Kind eines Mannes unterm Herzen, den ich verachte. Ich bin sicher, dass es ein Junge ist, was mich noch mehr erzürnt. Ich werde sein Kind nicht bekommen. Ich werde diese arme Kreatur nicht in die Welt setzen. Stattdessen werde ich hinauf in den Himmel springen und davonfliegen, Steinerne Frau. Und wenn ich des Fliegens müde bin, lasse ich mich ins Meer fallen, so dass ich, wenn sie mich finden, auf dem Wasser treibe wie ein aufgedunsener toter Fisch. Allerdings werden meine Augen geschlossen sein, denn ich schlafe einen Schlaf so tief wie das Meer. Verstehst du, warum ich das tue, Steinerne Frau? Um ihn zu strafen. Diese verfluchten Begs und Paschas halten sich für Götter. Sie glauben, sie müssten zu einem armen Mädchen nur sagen: ›Ich liebe dich, kriege ein Kind von mir‹, und schon ist sie ihnen für ihre Aufmerksamkeit, ihr Essen, ihre Kleidung, ihr Geld so dankbar, dass sie auf dieser Welt keinen Wunsch mehr offen hat. Ich fürchtete seine Berührungen. Und stets war es meine größte Angst, dass der Pascha eines Tages seinen vergifteten Samen in mich pflanzen und dieser sprießen würde. Doch als es schließlich geschehen war, verflog all meine Furcht. Ich wurde ganz ruhig und wusste, was zu tun war. Die Zeit der Qualen war vorbei.

An dem Tag, da ich Hikmet verlor, mit seiner weichen, glatten Haut und den lächelnden Augen, verdunkelte sich auch die Sonne für mich. Schon in Istanbul vermied es der Pascha, mich allein zu lassen. Er glaubte, dass ausgerechnet er mich aufheitern könnte. Dabei fühlte ich mich in seiner Gesellschaft nur noch einsamer – insbesondere wenn er voller Lust wie ein brünstiger

Esel schrie. Nicht ein Tag verging, da ich mich nicht fragte, was ich mit meinem Leben anfangen sollte.

Was soll ich tun, Steinerne Frau? Du hörst zwar zu, doch du antwortest nie. Wenn du doch nur sprechen könntest, nur ein einziges Mal. Kannst du den Abendhimmel sehen, über den wie stets die Mondsichel huscht, als sei sie auf der Suche nach einem Geliebten? Schon bald wird sie voller werden und sich runden wie mein Bauch, und wenn es so weit ist, weiß ich, was ich zu tun habe. Ich werde zu den Klippen gehen und von dort zum Mond fliegen. Mit einem Lachen auf den Lippen werde ich springen, die Entfernung wird schwinden, und an diesem Tag weiß ich endlich gewiss, dass kein anderer Mann sich je wieder in mein Leben drängen wird. Ich werde lachen beim Gedanken an das fette, vor Zorn bleiche Gesicht des Paschas, wenn er hört, dass seine Sklavin sich selbst befreit hat. Er wird wissen, warum ich dies tat, was ihn umso tiefer treffen wird. Er wird wissen, dass ich aus dieser Welt geschieden bin, weil ich weder seine Berührungen noch die Last seines Kindes länger ertrage. Zwar wird er niemandem die Wahrheit anvertrauen, doch ich hoffe, dass dieses Geheimnis seine Eingeweide zerfrisst. Sein Tod soll die reinste Höllenqual sein, und ich bedauere nur, dass ich diesen Tag nicht mehr erleben werde.«

Fünf

Petrossian erzählt von der Blütezeit des Osmanischen Reichs. Salman betont, Dichtung und Zeitgeschichte seien nicht mehr klar voneinander abgegrenzt. Nilofer schreibt einen letzten Brief an ihren griechischen Gatten. Orhans überfällige Beschneidung wird von dem jungen Selim vorgenommen.

Zuerst fielen mir von Ferne seine merkwürdigen Gesten ins Auge. Ich musste lächeln. Ich wusste genau, was der alte Armenier da gerade tat. Wie alles andere in diesem Haus rief auch das Erinnerungen an meine Kindheit wach. Szenen aus meiner eigenen Vergangenheit wiederholten sich hier, diesmal jedoch dienten sie der Unterhaltung meines Sohnes. Und ich freute mich darüber. Petrossian kam einem allwöchentlichen Haushaltsritual nach, mit dem er niemals jemand anderen betraute. Er polierte die alte silberne Rasierschüssel, die mein Vater vor vielen Jahren aus Paris mitgebracht und die er lieb gewonnen hatte. Deshalb hatte Petrossian es sich zur persönlichen Aufgabe gemacht, dafür zu sorgen, dass diese Schale niemals ihren Glanz verlor. Für gewöhnlich wurden derlei Dinge Dienern von niedrigerem Rang überlassen, aber Petrossian, der Iskander Pascha stets auf seinen Reisen nach Paris begleitet hatte, wusste offenbar um den Wert dieses Gegenstands für seinen Herrn.

Orhan und die Kinder der Diener blickten mit verklärten Gesichtern zu Petrossian auf, genau wie wir damals, als wir noch klein waren. Ich schlenderte zu ihnen hinüber, aber noch ehe ich die Worte verstehen konnte, wusste ich bereits, welche Geschichte er zum Besten gab. Das freute und ärgerte mich zugleich. Ich wollte, dass Orhan an dieser Welt teilhatte, dass er von meinem Vater akzeptiert wurde, doch ich wollte auch eine Veränderung. Hier schien alles so fern von jedem Wandel zu sein und stillzustehen wie die Steinerne Frau.

»Und glauben Sie, mein junger Herr Orhan, dass Mehmed der Eroberer auf das Gewimmer und Gejammer dieses ängstlichen alten Weibs von einem Wesir gehört hat? O nein. Er hob die Hand und sagte nur: ›Schweig!‹ Er war dieses Geredes überdrüssig. Nun dürstete ihn danach, die Stadt einzunehmen, die sie Konstantinopel nannten. Er wollte hoch erhobenen Hauptes auf den Mauern von Byzanz stehen und nach Europa schauen. Mehmed wusste, dass wir jene Stadt erobern mussten, wenn wir in Europa mächtig werden wollten. Ohne sie wäre unser Reich unvollkommen. Wir brauchten Konstantinopel, um einen Blick jenseits des Bosporus zu werfen.

Es heißt, es sei ein wunderschöner Frühlingstag gewesen, als Sultan Mehmed Anweisung gab, die Vorbereitungen für die Schlacht zu treffen und die Stadt zu belagern. ›Wir werden eine Festung auf der anderen Seite des Wassers errichten und so alle Zufahrtswege zu ihrer Stadt überwachen. Sie wird fallen.‹ Mehmed der Große war sich dessen ganz sicher, und seine Willensstärke und Entschlossenheit erfasste all seine Soldaten gleichermaßen. Mütter sagten zu ihren Söhnen, sie sollten hingehen und für die Ehre ihres Glaubens kämpfen. Stellt euch vor, welche freudige Erregung von der Armee Besitz ergriff! Der Sultan hatte befohlen, die Stadt einzunehmen. Überdies hatte Seine erhabene Majestät angewiesen, dass die Soldaten ordentlich zu essen bekommen sollten. So wurden an jenem Abend Hunderte von Lämmern geschlachtet, mit frischen Kräutern eingerieben und an Spießen geröstet. Das ganze Lager war erfüllt vom köstlichen Duft gebratenen Fleisches. Bestimmt rochen es sogar die Verteidiger von Konstantinopel ...«

*

Warum verändert sich niemals irgendetwas in diesem Haus? Einst hörte ich ebendiese Geschichte aus dem Mund desselben Erzählers, doch bin ich mir sicher, dass er damals von Ziegen anstelle von Lämmern sprach, und in zehn Jahren werden es womöglich Pfaue sein. Aber ich habe aufgehört, mir darüber Gedanken zu machen. Es kümmert mich nicht mehr, und dennoch war ich gerührt, als ich Orhan mit leuchtenden Augen sah. Wie er seinen Blick nicht mehr von Petrossian wenden konnte! Mein kleiner Junge war in die Welt der Sultane und heiligen Kriege eingetreten. Wie anders waren all die Gute-Nacht-Geschichten, die Dmitri und ich ihm zu Hause erzählten! Er war mit Erzählungen über unsere Familie mitsamt meiner Onkel, Tanten, Vettern und Basen in den verschiedenen Regionen des Reichs aufgewachsen. Auf diese Weise brachte ich ihm auch die Geografie unserer Welt und ihrer Städte nahe. Das waren Geschichten voller Glück und Abenteuer, die dazu angetan waren, dass er sich in dieser Welt, in der Heimat seiner Familie, wohl fühlte.

Orhans Vater verlor nie ein Wort über unser großes Reich. Auf diese Weise vermied er sowohl Verunglimpfung als auch Lob. Die Stärken und Schwächen der Osmanen waren kein Thema, das Dmitri sonderlich am Herzen lag. Erst wenige Jahrzehnte zuvor hatte sein Volk sich von unserer Herrschaft zu befreien versucht. Verständlicherweise galten Dmitris Sympathien den Griechen, wenngleich er als Lehrer seine Ansichten für sich behalten musste. Doch auch zu Hause redeten wir selten über diese Dinge. Ja, wenn ich ganz ehrlich mit mir bin, muss ich zugeben, dass wir seit unserer Hochzeit kaum jemals mehr über irgendetwas von Bedeutung gesprochen haben. Bei manchen Gelegenheiten forderte ich ihn bewusst heraus. Dann wurde er zornig auf mich und verfluchte den Tag, an dem er sich in eine Osmanin verliebt hatte. Über derlei Bemerkungen konnte ich bloß lachen, was mir zum Nachteil geriet, weil sein Ärger dadurch nur umso länger anhielt. Er konnte sich schwerlich vorstellen, dass meine beiden Brüder die Sultane und ihren Hof kritischer betrachteten als er, andererseits hätten sie ja auch nichts zu befürchten, wie er immer wieder betonte.

Dmitri ist ein guter Mensch. Das steht für mich außer Zweifel. Trotzdem kann Güte mitunter auch ein bisschen langweilig werden. Nachdem meine Tochter geboren war, regten sich Zweifel in mir, ob ich nicht einen Fehler begangen hatte. Hatte ich ihn wirklich geliebt, oder war nur die Unerbittlichkeit meines Vaters daran schuld, dass ich mich jeder anderen Wahl verschlossen hatte? Doch Iskander Pascha zu trotzen war für mich schon lange keine Herausforderung mehr, vielmehr sah ich mich nun mit den Schwierigkeiten des Alltags konfrontiert. Ich war Dmitri überdrüssig geworden. Hatte genug von seinen Witzen, seinen schlechten Gedichten, seinem Groll. Ich war es leid, jeden Tag mitansehen zu müssen, wie er sich in der immer gleichen Art kleidete. Und was noch schlimmer wog: Mir war auch sein Körper zu viel. Er verschaffte mir keinen Genuss mehr. Alles war dahin. Das Leben wurde mir zur Qual. Mir war, als müsste ich ersticken.

Natürlich spürte er meine zunehmende Gleichgültigkeit, denn es fiel mir schwer, meine Gefühle ständig zu verbergen. Und das verletzte ihn in seinem Stolz. Insgeheim empfand er sicherlich Hass gegen mich. Manchmal verriet mir seine Miene, was in ihm vorging, aber er hielt seinen Ärger im Zaum. Er fürchtete, ich könnte ihn eines Tages mitsamt der Kinder verlassen und ins Haus meines Vaters zurückkehren. Wahrscheinlich ertrug er deshalb die Entfremdung von mir in vollkommenem Schweigen, doch dadurch wurde alles nur schlimmer. Dass er sich äußerlich niemals etwas anmerken ließ, brachte mich nämlich nur noch mehr gegen ihn auf. Ich hätte ihm eher Achtung entgegenbringen können, wenn er seine Zurückhaltung aufgegeben und mich beschimpft oder angeschrien hätte, doch er blieb stumm. Indes vernachlässigte er niemals die Kinder, was ich ihm hoch anrechnete. Darin bestand der wesentliche Unterschied zu meiner Familie. Hier und in Istanbul blieben die Männer von Kindern und deren Bedürfnissen unbehelligt. Diese Aufgaben oblagen den Frauen, die dabei wie stets von einer Heerschar Bediensteter unterstützt wurden. Wir hingegen hatten in Konya nur ein einziges Dienstmädchen. Ja, nur ein einziges!

Wenn Dmitri Orhan zu Bett brachte, erzählte er ihm für gewöhnlich Geschichten von den altgriechischen Göttern und Göttinnen. Und Orhan wollte immer Hermes sein. Nicht Zeus, Poseidon, Apollo, Mars oder Eros, sondern immer Hermes. Ihm gefiel die Vorstellung von einem göttlichen Boten, und manchmal »flog« er mit Fantasiebotschaften von seinem Vater zu mir. Was Orhan und ich an Dmitris Erzählungen von den alten Göttern besonders schätzten, war, dass sie so menschliche Züge trugen. Sie befehdeten einander, hatten ihre jeweiligen Günstlinge auf der Erde, wetteiferten um Zeus' Zuneigung. Das klang alles sehr lebensnah.

Des alten Petrossian Geschichten von den osmanischen Helden hätten in derselben Art sein können, doch hatte der Alte seinen Beruf in der Sklavenschule erlernt. Ich habe keine Ahnung, wann Petrossians Vorfahren in unseren Haushalt eingetreten waren, aber er wusste ebenso wie wir, dass diese Beziehung weit zurückreichte. Seit beinahe einhundertfünfzig Jahren hatte es in unserer Familie Petrossians gegeben. Deshalb war Mehmed der Eroberer über jegliche Kritik erhaben, und mochte sie noch so milde sein.

Als wir klein waren, hatte mein Bruder Salman mit Vorliebe Geschichten erfunden, die Mehmed in ein sehr schlechtes Licht rückten. Er pflegte Petrossian mitten in seiner Erzählung zu unterbrechen und stellte ihm mit Unschuldsmiene eine Frage wie: »Aber, Petrossian, ist das nicht derselbe Mehmed, der den Bruder seiner eigenen Mutter bei lebendigem Leib in Öl kochen ließ und seine Eingeweide an die Hunde verfütterte, nur weil der arme Kerl in des Sultans Gegenwart seine Winde nicht beherrschen konnte?«

Mit solchen Bemerkungen wollte Salman uns einerseits zum Lachen bringen, was ihm auch gelang, andererseits die Geschichte in Zweifel ziehen und den Erzähler ärgern. Petrossian aber reagierte auf jede Provokation mit Gelassenheit. Er zeigte weder Verärgerung noch Belustigung, nicht das leiseste Lächeln oder der Anflug eines Stirnrunzelns stahl sich je auf sein Gesicht. Allerdings wurde er ungehalten, wenn unsere Aufmerksamkeit nachließ, und in solchen Augenblicken erinnerte er an einen Schäfer, dem man seinen Hirtenstab gestohlen hat und dessen Schafe sich in alle Winde zerstreuen. Anstatt Salmans Witze zu ignorieren, ging Petrossian letztlich doch immer ganz ernsthaft darauf ein und verteidigte den Sultan gegenüber jeder vermeintlichen Gräueltat, die sich mein Bruder nur ausgedacht hatte, um die Sultane in Misskredit zu bringen.

Nur einmal konnte Petrossian nicht mehr an sich halten und lachte lauthals heraus. Salman hatte ihn mitten in seinem Redefluss unterbrochen und ihn um seine Meinung in einer wichtigen Angelegenheit gebeten.

»Es geht um Sultan Selim den Säufer. Meinst du, die Geschichten über ihn sind wahr, Petrossian? Es heißt, er habe so viel getrunken, dass er nicht einmal mehr seine wichtigste Pflicht als Mann habe erfüllen können. Das erzürnte ihn sehr, denn je mehr Alkohol er zu sich nahm, desto stärker wurde seine Begierde. Er verzweifelte schier, weil das kleine Ding zwischen seinen Beinen sich nicht regen und seiner Aufgabe nachkommen wollte. Doch Allah hatte es leider so gewollt. Man sagt, wenn der Sultan eine seiner Frauen in sein Gemach rief, ließ er sich von Eunuchen an Seidenbändern in die Luft hieven. Während ihn junge Knaben mit zarten Händen zwischen den Beinen streichelten, damit er überhaupt etwas empfand, wurde ein kräftiger, nackter Soldat, ein Janitschar, mit verbundenen Augen hereingeführt. Ohne etwas sehen zu können, drang der ergebene Soldat dann in die Prinzessin ein, die unter dem schwebenden Sultan lag und das Schlimmste befürchtet hatte, doch in Verzückung geriet ob der unverhofften Manneskraft. Und der sinnlos betrunkene Stellvertreter Allahs auf Erden konnte dabei stets das glückliche Gesicht seiner Frau betrachten und ihre Lustschreie hören. Auf diese Weise waren alle zufrieden, oder zumindest wird das behauptet. Aber kann dies wirklich stimmen? Denn dann wäre die Abstammungslinie unserer Sultane, die ja angeblich Osman höchstselbst begründet hat, vorsätzlich gebrochen worden. Gib mir darauf mal eine Antwort, Petrossian!«

Schon während dieser Geschichte hatte Petrossian seine Gesichtszüge nicht mehr beherrschen können. Als Salman geendet hatte, ließ der Alte alle Zurückhaltung fahren und brach in schallendes Gelächter aus, sehr zur Freude von Salman, der noch nie einen derart süßen Sieg gekostet hatte. Von da an waren wir Petrossian innig zugetan, denn wir erkannten, dass seine Zurückhaltung größtenteils aufgesetzt war.

»Diese Geschichten muss Ihnen der Teufel persönlich eingeflüstert haben, Salman Pascha. Mir sind sie jedenfalls nicht bekannt.«

Als ich den alten Mann nun genauer anschaute, verrieten mir seine Gesten und sein Mienenspiel, dass Konstantinopel eingenommen worden war. Sultan Mehmed hatte der Plünderung Einhalt geboten und empfing die Oberhäupter der christlichen Kirchen. Das Abenteuer war zu Ende, und der kleine Orhan wollte nicht länger still sitzen. Es war an der Zeit ihn aus der Lage zu befreien.

»Ist das alles wirklich geschehen?«, fragte er mich, als wir weggingen.

Ich nickte.

»Würde mein Vater auch sagen, dass es so gewesen ist?«

»Das weiß ich nicht, Orhan. Vermisst du ihn denn?«

Er zuckte mit den Achseln und wandte sich ab, so dass ich sein Gesicht nicht sehen konnte. Er wusste, dass Dmitri und ich uns nicht mehr nahe waren. Solche Dinge spürt ein Kind viel stärker, als seine Eltern ahnen. Mein Sohn wusste, dass wir nicht mehr glücklich miteinander waren. Doch hier, fern von unserer engen Behausung in Konya, war meine Wut nicht länger bedeutsam. Nun konnte ich großmütiger sein. Ich empfand nicht mehr das Bedürfnis, ihn zu bestrafen, ich wünschte ihm auch nicht mehr den Tod. Ich wollte nur nicht mehr mit ihm zusammenleben. Bei dem Gedanken, noch einmal in seinen Armen zu liegen, wurde mir so übel, dass sich mein Unterleib verkrampfte.

Orhan streifte nun auf eigene Faust umher. Er erkundete nach und nach das Haus und die geheimnisvollen Dinge in der Umgebung. Oft sah ich ihn den Weg zu den Felsen einschlagen, in Selbstgespräche vertieft. Was mochte in ihm vorgehen? Was hielt er von meiner Familie? Gelegentlich beobachtete ich ihn, wie er meine Brüder anstarrte, ehe er dann rasch das Gesicht abwandte, um das frohe Lächeln auf seinen Lippen zu verbergen. Er war hier glücklich, das sah ich ihm an, aber mir entging auch nicht, dass ihm sein Vater und seine Schwester fehlten. Meine Mutter schlug vor, ich sollte Dmitri einen Brief schicken und ihn einladen, mit Emineh ein paar Tage bei uns zu verbringen, damit sein Sohn ihn sehen konnte. Da ich mich auf keine Streitereien mit ihr einlassen wollte, kam ich ihrer Bitte nach.

»Lieber Dmitri«, schrieb ich widerwillig, »mein Vater hat einen Schlaganfall erlitten. Orhans Anwesenheit ist ihm ein großer Trost. Ich habe vor, den Rest des Sommers hier zu verbringen. Dann werde ich mit meiner Familie nach Istanbul zurückkehren und Pläne für die Ausbildung und die Zukunft unseres Sohnes schmieden. Orhan vermisst dich und Emineh sehr. Meine Mutter hat vorgeschlagen, ihr könntet beide herkommen und uns besuchen. Das scheint mir eine gute Idee zu sein, aber natürlich nur unter der Voraussetzung, dass du keine Erwartungen an mich stellst. Nilofer.«

Mit diesem Brief wurde der Sohn unseres Gärtners nach Konya gesandt. Am selben Tag brachte meine Mutter noch ein anderes Thema zur Sprache. Etwas, was ich befürchtet hatte, doch in der Hoffnung, es würde in Vergessenheit geraten, aus meinen Gedanken verbannt hatte.

»Nilofer«, sagte sie mit trügerisch freundlicher Stimme, »ich muss dich etwas fragen.«

Ich nickte.

»Ist Orhan beschnitten?«

»Ja, natürlich.«

»Kind, du lügst. Die Dienstmädchen, die ihn baden, haben mir das Gegenteil versichert. Die Dienerschaft redet von nichts anderem mehr.«

Ich schwieg, während Zorn in mir aufwallte. Als Orhan geboren worden war, hatte ich ihn beschneiden lassen wollen, aber Dmitri war dagegen. »Das ist ein barbarischer Brauch«, hatte er eingewandt, »und ich möchte nicht, dass meinem Sohn so etwas angetan wird.« Damals war ich noch so verliebt, dass ich ihm nichts abschlagen konnte und mich fügte, obgleich mir seinerzeit schon nicht ganz wohl dabei gewesen war. Als ich nun in die schönen Augen meiner Mutter sah, erzürnte mich die Erinnerung an meine Nachgiebigkeit.

»Es muss sein, Nilofer. Sowohl nach dem Glauben deines Vaters als auch nach dem meinen kommt diesem Ritual eine große Bedeutung zu. Je früher es vollzogen wird, desto besser. Ich habe Hasan aus Istanbul herbestellt.«

»Nein!«, schrie ich. »Hasan ist doch fast neunzig Jahre alt. Was, wenn ihm die Hand ausrutscht? Er wird bald sterben, aber soll er etwa meinen Orhan seiner Männlichkeit berauben? Der Junge ist schon zu alt, Mutter. Können wir ihm diese Qual nicht ersparen?«

Zu meiner Verwunderung brach meine Mutter in Gelächter aus. »Denkst du etwa, ich würde diesen alten Bock mit einem Rasiermesser in Orhans Nähe lassen? Inzwischen hat sein Enkel Selim diese Aufgabe übernommen. Aber Hasan muss dabei sein, weil er zeitlebens gewissermaßen zur Familie gehört hat. Sein Vater hat Iskanders Großvater rasiert, und Hasan hat deinen Vater, deine Onkel und Brüder beschnitten. Als persönlicher Barbier hat er deinen Vater sogar nach Paris begleitet. Wenn wir ihn nicht zur Zeremonie einladen würden, wäre er wie vor den Kopf gestoßen und gekränkt. Und bedenke eines, Nilofer: Ein Mann ist nie zu alt für die Beschneidung. Als ich klein war, hat mir meine Mutter oft von unseren Vorfahren erzählt, die sich in Spanien nicht beschneiden ließen, aus Angst, die Katholiken könnten herausfinden, dass sie Juden waren. Doch kaum waren sie in Istanbul angekommen, ließen sie die Zeremonie von einem Barbier nachholen. Das war damals eine Frage des Stolzes.«

Ich war erleichtert, aber unglücklich. Tränen strömten mir über die Wangen. Sachte streichelte mir meine Mutter mit ihren langen, schlanken Fingern, deren Nägel mit Henna bemalt waren, das Gesicht. Wäre Mutter doch eine Christin, nicht eine Jüdin! Dann hätte sie mich sicherlich unterstützt. Wir hätten den Barbier bestechen können, damit er vorgab, Orhan beschnitten zu haben. Jetzt war der Junge alt genug, um allein zu baden, und es passte mir nicht, dass junge Dienstmädchen seinen Körper in Augenschein nahmen, wenn er sein tägliches Bad nahm. Es war einfach nicht richtig.

Am nächsten Tag trafen Hasan und sein Enkelsohn aus Istanbul ein. Hasan war vollkommen kahl geworden. Er ging gebeugt und stützte sich auf einen dicken Stock, dessen unteres Ende von einem rostigen Eisenring zusammengehalten wurde. Ich begrüßte ihn im Empfangszimmer meiner Mutter.

»Sieh mal einer an«, krächzte er. »Da haben Sie einen Jungen auf die Welt gebracht und es nicht geschafft, ihn beschneiden zu lassen! Hat Sie der Grieche davon abgehalten?«

»Aber nein, Hasan Baba«, erwiderte ich in einem so gekünstelten Ton, dass ich mich selbst kaum wieder erkannte. »Wie hätte ich denn Orhan in Ihrer Abwesenheit beschneiden lassen können? Dann hätte ich ja mit einer alten Familientradition gebrochen.«

»Ich wäre schon nach Konya gekommen«, sagte er und verzog seinen zahnlosen Mund zu einem Grinsen, »und hätte auch gleich den Vater beschnitten.«

Meine Mutter kämpfte gegen ein Lächeln an. Ich beschloss, das Thema zu wechseln.

»Ich wusste gar nicht, dass mein Vater Sie nach Paris mitgenommen hat. Da konnten Sie sich sicherlich von diesen Beschneidungen ein wenig erholen.«

»Da hatte ich überhaupt nichts zu tun«, brummte er. »Ich bin nur mitgenommen worden, um Eindruck zu schinden. Auf Wunsch Ihres Vaters. Er dachte, es würde den Franzosen imponieren, wenn er mit einem eigenen Barbier auftauchte. In Paris hat sich Ihr Vater von einem alten französischen Sodomiten die Haare schneiden lassen. Wenn Sie mich fragen, da habe ich in Istanbul schon bessere gesehen. Meine Aufgabe bestand nur noch darin, ihm einmal wöchentlich den Bart zu stutzen und die Nägel zu kürzen. Eines Tages gefiel es Ihrem Vater, mich zu demütigen. Der französische Barbier wollte einmal einem osmanischen Barbier bei der Arbeit zusehen. Gerade als ich meine Scheren bereitlegte, um Iskander Pascha das Haar zu schneiden, schlug er vor, ich solle stattdessen dem Franzosen die Haare schneiden, als kleine Gefälligkeit sozusagen. Anfangs war ich verärgert, doch dann sah ich in diesem Angebot endlich eine Chance, mich für meine Schmach zu rächen. Ich gab mich fröhlich und aufgeräumt, ließ den Franzosen in einem Sessel Platz nehmen und massierte ihm den Kopf mit Öl, damit er sich vollkommen entspannte. Er schloss die Augen und gab sich ganz diesem Gefühl hin. Und dann verpasste ich ihm einen Bürstenschnitt! Zornig brüllte er auf, als er seine grauen Locken zu Boden fallen sah, aber da war es bereits zu spät. Er verfluchte mich, doch ich hatte gewonnen. Ihr Vater musste ihm eine sündteure Perücke kaufen und ihm obendrein eine wohlgefüllte Geldbörse schenken. Nach diesem Ereignis brachte es der Franzose nicht über sich, mir in die Augen zu sehen. Jedes Mal wenn er mich erblickte, wandte er sein gepudertes Gesicht ab, doch ich ging immer zu ihm hin und flüsterte: ›Istanbul couture. Très bien, eh, monsieur?‹« Bei der Erinnerung daran gackerte Hasan wie eine Henne.

Ich konnte nicht umhin, ihn ein wenig zu necken. »Und wie haben Sie sich sonst die Zeit vertrieben, Hasan Baba? Ich habe gehört, Sie hätten sich nach Art der Pariser gekleidet und Nachtklubs aufgesucht. Man munkelt sogar, Sie hätten eine französische Geliebte gehabt.«

»Möge Allah jenen die Zunge ausreißen, die solch böse Gerüchte verbreiten«, entgegnete er. »Meine Zeit in Paris habe ich größtenteils mit dem Studium des Koran zugebracht.«

Das war eine so plumpe Lüge, dass wir alle drei in Lachen ausbrachen. Danach bat er um Erlaubnis, uns seinen Enkel Selim vorzustellen.

»Er hat ein Barbiergeschäft in Istanbul eröffnet, mit drei Lehrlingen, und einer von ihnen ist überaus begabt. Sein Laden wird vorzugsweise von Kunden aus dem Westen aufgesucht. Anfangs zögerte er, mich hierher zu begleiten, aber ich habe ihm gesagt, dass es ein großes Privileg ist, den Enkel von Iskander Pascha beschneiden zu dürfen. Selim! Selim!«

Ein junger Mann von höchstens fünfundzwanzig Jahren betrat den Raum und verbeugte sich steif in unsere Richtung. Meine Mutter bedeutete ihm sich zu setzen, und ohne eine Spur von Verlegenheit nahm er Platz. Mein erster Eindruck war sehr positiv. Selim hatte ein intelligentes Gesicht. Er war frisch rasiert, trug westliche Kleidung und senkte den Blick nicht in vermeintlicher Demut zu Boden, als ich das Wort an ihn richtete. Im Unterschied zu Hasan sprach er mit leiser, ruhiger Stimme.

»Orhan Beg ist fast zehn Jahre alt, und mir ist klar, dass Sie wegen der Zeremonie besorgt sind, *hanim effendi*, doch sie wird ungefährlich und schmerzlos sein. Der Gedanke daran macht ihm Angst, und deshalb wird er schreien, aber nicht wegen der Beschneidung an sich. Haben Sie bereits einen Termin festgelegt?«

»In drei Tagen. Sind Sie sicher, dass Sie so lange von Istanbul wegbleiben können?«

Selim lächelte. »Ich habe gesagt, ich würde eine Woche fort sein, *hanim effendi*.«

Meine Mutter gab den beiden Männern mit einem knappen Nicken zu verstehen, dass sie sich zurückziehen konnten. Beim Hinausgehen fiel Hasan ein, dass er uns noch nicht seine Anteilnahme wegen der Krankheit meines Vaters ausgesprochen hatte.

»Ich werde nun Iskander Pascha meine Aufwartung machen. Es wird das erste Mal sein, dass ich rede und er zuhören muss. Vielleicht ist der Schreck darüber so groß, dass Allah ihm seine Sprache zurückgibt.«

Nachdem sie gegangen waren, fragte ich meine Mutter, wie wir Orhan von dem Vorhaben in Kenntnis setzen sollten. Zu meiner Überraschung erwiderte sie, das habe sie bereits getan und der Junge sei sehr erleichtert gewesen.

»Er hat mir erzählt, er werde in der Schule immer geneckt, weil er anders sei. Er meinte, er werde den Schmerz ertragen wie ein Mann.«

»Wie denn auch sonst, Mutter?«

Und so kam es, dass Orhan in ein prachtvolles, reich besticktes Seidengewand gekleidet wurde, und während die Dienstmädchen im Zimmer nebenan sangen, schnitt Selim, der Barbier, das anstößige Stück Haut ab. Orhan schrie nicht und weinte nicht. Nein, er lächelte. Mein Vater, der bei der Prozedur unbedingt hatte dabei sein wollen, klatschte beifällig und überreichte Orhan eine mit Goldstücken prall gefüllte Geldbörse. Diese hatte mein Vater an dem Tag erhalten, als er selbst beschnitten worden war. Der Baron und Onkel Mehmed betraten den Raum und küssten Orhan. Unterdessen überwachte meine Mutter selbst in der Küche die Zubereitung des *ure*. Orhan hatte diese Süßspeise noch nie gekostet.

»Woraus ist sie gemacht?«, erkundigte er sich bei meiner Mutter, nachdem er das erste Häppchen probiert hatte, das sie ihm in einem silbernen Schöpflöffel entgegenhielt.

»Man sagt, es sei erfunden worden, als Noah feststellte, dass es auf der Arche nicht mehr genug zu essen gab. Er wies die Frauen an, alles Essbare in einen Topf zu geben, um ein letztes großes Mahl zuzubereiten. In dem großen Topf wurden Weizen,

Rosinen, Aprikosen, Datteln, Feigen und getrocknete Bohnen zusammengerührt, und dieses Allerlei wurde stundenlang gekocht, bis es so aussah wie das hier. Nun steh auf, Orhan, und komm mit, damit wir das *ure* an die Dienstboten verteilen können.«

»Darf ich vorher Selim etwas davon anbieten?«

»Selbstverständlich«, rief ich erleichtert aus. »Er soll der Erste sein.«

Sechs

Iskander Pascha bittet seine Besucher um eine Erklärung für den Verfall des Reiches. Der Baron verweist auf einen Missstand im Herrschaftszyklus. Salmans tief verwurzelter Zynismus.

Vaters Gesundheitszustand besserte sich mit jedem Tag. Er konnte mittlerweile ohne Hilfe laufen, erfüllte seine ehelichen Pflichten wieder eifrig und nach der unfreiwilligen Abstinenz umso leidenschaftlicher, wie mir meine Mutter anvertraute. Seine Genesung ließ sich auch seinem mittlerweile wieder leicht gebräunten Gesicht ablesen, dessen Lähmung beträchtlich zurückgegangen war. Er las viel, hauptsächlich französische Romane. Für Balzac und Stendhal schwärmte er geradezu, Zola hingegen verabscheute er. Zola sei ein Schurke und Anarchist, schrieb er in sein Notizbuch, doch war sein geschriebenes Wort bei weitem nicht so kraftvoll wie sein gesprochenes. Hätte er sich mündlich äußern können, er hätte Zola mit Ausdrücken bedacht, die zu Papier zu bringen er niemals gewagt hätte. Er wusste, dass er seine Sprachgewalt für immer eingebüßt hatte, und mit diesem Verlust vermochte er sich nur schwer abzufinden.

Dafür gebärdete er sich immer anmaßender und legte wieder das gewohnte Verhalten an den Tag, wenn wir in seinem Zimmer zusammenkamen, um uns gegenseitig Geschichten zu erzählen. Entschieden verbat er sich Gespräche über die Familiengeschichte. Ihm war an einem anspruchsvolleren Meinungsaustausch gelegen. Eines Abends schrieb er in Großbuchstaben eine Frage in sein Notizbuch. Petrossian hielt es hoch, damit wir sie nacheinander lesen konnten: KANN EINER VON EUCH ERKLÄREN, WESHALB UNSER REICH SO RASCH VERFÄLLT? WENN DER RUSSISCHE ZAR UND DER ÖSTERREICHISCHE KAISER IMMER NOCH SO MÄCHTIG SIND, WESHALB DANN NICHT UNSER SULTAN?

Wir saßen alle um ihn versammelt. Mehmed und der Baron sahen einander gelangweilt an, Salman lächelte verstohlen, Zeynep küsste Iskander Paschas Hand und zog sich zurück. Nur Halil zeigte ein leises Interesse.

»Wir haben versäumt, uns zu erneuern, Ata. Der Verfall unseres Reiches ist der Preis, den wir dafür zahlen müssen. Wir haben dem Klerus zu viel Entscheidungsfreiheit über die Zukunft unseres Staates gelassen. Wie Cordoba und Bagdad in alten Zeiten hätte Istanbul das Zentrum für Erfindungen und Neuerungen sein können, aber diese erbärmlichen Bartträger, denen wir die Gesetze unseres Landes verdanken, fürchteten um ihren Alleinanspruch auf Macht und Wissen. Immer wieder entfällt mir der Name jenes Narren, der dem Sultan eingeredet hat, unsere Religion würde zugrunde gehen, wenn der Hof die Zügel schleifen ließe. Jede größere Stadt in der westlichen Hemisphäre verfügte zu Beginn des sechzehnten Jahrhunderts über ihre eigene Presse, während Sultan Selim jedem mit dem Tod drohte, der auch nur das geringste Interesse an dieser Sache zeigte.«

Iskander Pascha fuchtelte mit beiden Händen, um die Rede seines Sohnes zu unterbrechen. Als Halil schwieg, las ich die Zeilen meines Vaters vor.

»Diese Angst war nicht ganz unbegründet, Halil. Die Minister des Sultans hielten ein wachsames Auge auf Europa. Der Großwesir war sich durchaus bewusst, dass letztendlich die Druckerzeugnisse in den richtungweisenden Jahren zwischen 1517 und 1520 die katholische Kirche um ihre Vormachtstellung gebracht hatte. In jenen drei Jahren wurde Martin Luthers Werk in dreihunderttausend Exemplaren gedruckt und in Umlauf gebracht.«

»Bei allem schuldigen Respekt, Ata, aber das ist mir bekannt, doch der Preis wog schwer, den wir für diesen Rückschritt zu zahlen hatten. Wir haben das Reich damit von einer lebenswichtigen technischen Entwicklung abgeschnitten. Die *ulema*, die Gesetzesgelehrten – mögen sie in der Hölle schmoren –, haben sich allein aus Prinzip jeder Modernisierung widersetzt, und die meisten Sultane, bestärkt durch die herumschwirrenden Eunuchen und Janitscharen, teilten die Gesinnung der Gelehrten. Es ist eine Schande, dass wir uns dem Buchdruck verweigert haben, um die Verbreitung von Wissen zu verhindern. Auch wenn du dich gegen das gedruckte Wort verwahrst – wobei ich mir nicht vorstellen kann, wie es dir überhaupt gelingen mag –, wirst du doch einsehen, dass das Verbot öffentlich angebrachter Uhren barer Unsinn war. Auch hier hatten die verdammten Bärte verstockt darauf beharrt, Zeit sei nichts Lineares. Nein, Zeit ist etwas Heiliges und Kreisförmiges und läßt sich nur durch den Ruf des Muezzins zum Gebet einteilen. Meiner Ansicht nach haben wir uns den Niedergang selbst zuzuschreiben. Das Reich schmilzt vor unseren Augen dahin, während der Klerus und der Sultan stumm zusehen. Jetzt ist es zu spät. Sie können nichts mehr ausrichten. Nur weil die Preußen und die Briten uns aus ureigenem Interesse am Leben erhalten wollen, hat uns der Zar noch nicht bei lebendigem Leib gefressen. Wir leben von geborgter Zeit und geborgtem Geld. In der Armee wird bereits vereinzelt über die Zukunft debattiert. Es gibt kein Reich mehr, Ata. Bleibt allein die interessante Frage, was wohl an seine Stelle treten wird?«

Halils Worte hatten jeden von uns nachdenklich gestimmt. Schließlich war es Onkel Mehmed, der als Erster wieder das Wort ergriff.

»In dem, was du sagst, liegt viel Weisheit, mein Junge, wenngleich ich nicht glaube, dass unsere Probleme tatsächlich daherrühren, nur weil wir uns dem Vertrieb von Drucksachen verschließen. Ich glaube eher, dass der Verfall schon vor langer Zeit eingesetzt hat, noch ehe Jussuf Pascha ins Exil gegangen ist. Unsere Herrscher waren von ihren militärischen Erfolgen derart geblendet, dass sie ihre Grenzen nicht mehr richtig einschätzen konnten. In dem Herrschaftszyklus des Ibn Chaldun fehlt ein Glied. Habe ich nicht Recht, Baron?«

Der Baron nickte zustimmend. »Der Herrschaftszyklus war nützlich, aber wie der Verfasser des Fürstenspiegels Qabusnameh war es auch hier ein Perser, der das Ganze als Erster in Worte gefasst hat. Wir wissen nur zu gut, dass die Perser außerordentliche Schreiber, aber lausige Politiker und noch lausigere Priester sind.«

Mit einem Wink erbat sich mein Vater Gehör. Ich las vor, was er geschrieben hatte:

»Mein Sohn Halil überrascht mich mit seinem Scharfsinn. Ich schließe mich seiner Meinung an: Wir haben den Anschluss an das moderne Zeitalter verpasst, weil wir uns zu Beginn dieses Jahrhunderts der Einführung der Druckerzeugnisse und anderer Erfindungen aus Großbritannien und Frankreich verweigert haben. Doch kann uns der Baron vielleicht erklären, weshalb er den Herrschaftszyklus derart verachtet? Als wir die Kunst des Regierens studiert haben, hat man uns seinen Nutzen gelehrt. Ich kann nichts Falsches in der politischen Theorie erkennen, die unserem Reich jahrhundertelang als Fundament gedient hat. Sie ist jedenfalls bei weitem besser als die Art von Demokratie, der Bismarck stattgibt.«

Hastig räusperte sich der Baron, der sich die ganze Zeit über eifrig an gerösteten Mandeln und Pistazien gütlich getan hatte, und verschluckte sich beinahe dabei. Erst nachdem er die Nussreste mit einem Schluck Wasser die Kehle hinuntergespült hatte, rückte er seinen Sessel näher an meinen Vater heran, der mit überkreuzten Beinen auf dem Bett saß.

»Wir werden ein andermal auf Bismarck zu sprechen kommen, Iskander Pascha, aber es wäre töricht, sein Genie zu unterschätzen. Er hat ein neues Deutschland geschaffen und damit die Pfeiler niedergerissen, die einst dem österreichischen Kaiserreich als Schutz gedient haben. Jetzt gibt Berlin den Ton an, nicht mehr Wien. Aber ich möchte mir Bismarck für einen anderen Tag aufheben.

Jener Herrschaftszyklus, Iskander Pascha, den ihr Osmanen so sehr liebt, wurde auf morschen Grundfesten errichtet. Der Inhalt klingt sehr beeindruckend, und das allein sollte er. Beeindrucken und nicht etwa Probleme lösen. Hören Sie, wie schwerelos einem der Text über die Lippen kommt, vergleichbar der mühelos vorrückenden Artillerie Mehmed des Eroberers vor den Toren Konstantinopels. Kein souveräner Herrscher ohne Armee. Keine Armee ohne Wohlstand. Kein Wohlstand ohne loyale Untergebene. Keine loyalen Untergebenen ohne Gerechtigkeit. Keine Gerechtigkeit ohne Harmonie auf Erden. Keine Harmonie ohne Staat. Kein Staat ohne Gesetz. Keine Anwendung des Rechts ohne souveränen Herrscher. Kein souveräner Herrscher ohne Sultan oder Kalifen.«

Der Baron hatte diese Passage aus dem Zyklus so würdevoll zitiert, dass jeder der Anwesenden applaudierte.

»Ich habe Ihnen ja gesagt, sein Inhalt klingt bestechend, doch ist der Text seit jeher mit einem verhängnisvollen Fehler behaftet, der von *devshirme,* der Knabenlese, herrührt. Aus allen Landesteilen nahm man kleine Jungen, zog sie auf und bildete sie in jahrelanger Schulung zu Soldaten und Verwaltungsfachleuten heran. Sie gehörten dem Staat, doch glaubten sie nach geraumer Zeit, der Staat gehöre ihnen. Und zuweilen hielten sich sogar selbst für den Staat. Ein wahrhaft ehrgeiziges Vorhaben, das die Herrscher Ihres Reiches zunehmend vervollkommneten. Doch hat ihr großartiger, unvergleichlicher Historiker Ibn Chaldun bereits vor vielen Jahrhunderten seine Bedenken diesbezüglich geäußert. Er meinte, es sei gefährlich davon auszugehen, dass Menschen ohne familiäre Bindungen, ohne Empfinden für Solidarität und ohne jegliches Klassenbewusstsein einem Herrscher gegenüber loyal blieben. Eine allgemeine Ausbildung taugt vielleicht für französische Küchenchefs, sie dient indes keinesfalls dazu, einen starken Staat zu errichten.

Jene Soldaten und Amtsleute verfügen weder über Besitz noch stehen ihnen Erbrechte zu. Es ist unrealistisch zu glauben, solche Menschen blieben selbstlos, rein und unbeeindruckt von Wohlstand und Privilegien. Natürlich trachten sie danach, zu Reichtum zu gelangen und enge Verbindungen zu begüterten Familien zu knüpfen. Sie beobachten den Klerus. Sie fragen sich, wie es der Familie Durrizade gelungen ist, aus der *ulema* einen religiösen Stand zu machen, der seit dem siebten Jahrhundert unangefochten regiert. Sie wissen um die Ungerechtigkeit all dessen und versuchen, der absurden Situation ein Ende zu bereiten. Doch ihr eigener Aufstieg verlief zu schnell, und sie sind sich schmerzlich der Tatsache bewusst, dass ihr Tun gesetzeswidrig ist. Es könnte gegen sie verwendet werden, entweder von ihren Rivalen oder vom Sultan, falls er irgendeinem von ihnen plötzlich nach dem Leben trachtet. Folglich leben sie in ständiger Unsicherheit, was den Nährboden für andauernde Intrigen bietet. Daher können diese Männer nie die verläßlichen Pfeiler sein, auf die sich der Staat getrost stützen kann. Folglich, mein lieber Iskander Pascha, führt euer Herrschaftszyklus hinab ins Chaos, wird zu einem Kreislauf der Selbsttäuschung, zu einem Inferno. Wo es an Solidarität und stabilen

Institutionen mangelt, brechen alte Reiche auseinander, und neue treten an ihre Stelle. Ihr habt beides verloren: den Krieg und die Schlacht ums Überleben. Mehmed der Eroberer wollte Istanbul zu einem neuen Rom machen. Damit war er mehr als erfolgreich. Die Osmanen haben Niedergang und Fall dieser Stadt in bemerkenswerter Manier nachgeahmt.«

Der Baron legte eine Pause ein, um Atem zu schöpfen, und füllte sich von neuem das Glas.

»Bist du bald fertig, Baron?«, erkundigte sich Onkel Mehmed spitz.

Der Baron warf ihm einen vernichtenden Blick zu, während er an seinem Champagner nippte. »Für spöttische Bemerkungen ist jetzt wahrlich nicht der richtige Zeitpunkt, Mehmed. Wir erörtern die Zukunft eures Reiches.«

»Aber ich dachte, wir besäßen keins. Du sagst doch selbst, unsere Zeit sei vorbei. Den Preußen gehört ohne Frage die Zukunft, und daher bin ich froh, dass uns eine derart enge Freundschaft verbindet. Falls Istanbul einen neuen Namen erhält und von den Westmächten den Griechen zugeschlagen wird, ziehe ich nach Berlin.«

Niemand lächelte. Die Worte des Barons hatten die Anwesenden getroffen. Einige Minuten herrschte völliges Schweigen. Die nachdenkliche Stille wurde allein vom Tosen des Meeres durchbrochen. Da erhob unvermittelt mein Bruder Halil, der für gewöhnlich sehr zurückhaltend ist, die Stimme.

»Ich bezweifle, dass sich die Westmächte jemals über die Zukunft von Istanbul einigen werden. Mr. Disraeli weiß, dass die Juden schon seit Jahrhunderten unter unserem Schutz stehen. Es ist gewiss nicht sein Wunsch, dass die Stadt an die griechische Kirche zurückfällt. Und Bismarck wird sich jeder Veränderung widersetzen – aus Angst, dass die Griechen zu schwach sind und entweder Großbritannien oder Russland schließlich die Herrschaft über Istanbul an sich reißen. Auch der Papst in Rom wird alles tun, um ein neuerliches Erstarken seines Rivalen zu verhindern. Alles zusammen wird uns dann zu einem Neuanfang und zu Wohlstand verhelfen. Glaubt nicht, uns alle hätte Trägheit übermannt. Der Baron soll wissen, dass ich zwar in vielen Punkten mit ihm übereinstimme – auch mit seiner

Feststellung, unser Reich sei am Ende. Doch beziehen nicht wenige Offiziere in der osmanischen Armee – so auch ich – diese Aussicht in ihre Überlegungen bereits mit ein. Wir werden nicht tatenlos zusehen, wie alles zu Bruch geht, sondern auf den Trümmern des zerstörten Staates einen neuen errichten. Und wenn die Staaten der westlichen Hemisphäre uns daran zu hindern suchen, werden wir uns ihnen mit aller Macht entgegenstellen. Darin jedoch nehmen wir uns das Römische Reich nicht zum Vorbild. Italien ist erst seit kurzem ein geeinter Staat, obwohl der Fall Roms unzählige Jahrhunderte zurückliegt. Diesen Fehler werden wir nicht noch einmal begehen.«

Der Baron erwiderte etwas, hatte aber nichts Neues hinzuzufügen. Das Gespräch der beiden Männer kreiste jetzt um das alte Rom und Istanbul. Als sie sich fortgesetzt wiederholten, verlor ich den Faden. Während ihrer Unterhaltung hatte ich den Eindruck, als würde Salman sich von seiner Umgebung völlig loslösen. Seine schweren Lider und trägen Bewegungen erinnerten mich an einen *Derwisch*, der zu viel Opium geraucht hatte. Einmal dachte ich sogar, er sei eingeschlafen. Vielleicht hatte Halil ihn aufgeweckt.

»Was soll das heißen, Halil?«, fragte er unvermutet. »Soll ich meinen Freunden raten, mit ihren Familien und ihrem Gewerbe Alexandria zu verlassen? Sollen sie nach Damaskus ziehen? Werden wir womöglich alles verlieren?«

»Ich weiß es nicht. Ägypten gehört schon nicht mehr zu unserem Herrschaftsbereich, und ich sorge mich um deine Freunde. Ich befürchte, der Beduine wird sich immer dem anschließen, der ihm das meiste Geld bietet. Wir sind zu schwach, um jenen Teil der Welt zu überwachen. Gleichen Glaubens zu sein gilt nichts, wenn es um Macht und Geld geht. In dieser Hinsicht haben sich die Araber noch nie von Gefühlen leiten lassen. Wer zahlt, hat das Sagen. Komm zurück nach Istanbul, Salman. Alles ist im Umbruch.«

Salman lächelte den Bruder an. »Wenn sich jemand wie du den neuen, überall in Europa sprießenden Ideologien verschreibt, gibt es unter Umständen doch noch Hoffnung. Vielleicht fegen die Veränderungen über uns hinweg wie ein Wirbelsturm, oder sie bringen uns wie ein Erdbeben zum Wanken.

Wenn sich das Unwetter verzogen hat und die Erschütterungen abgeklungen sind, kehre ich zurück nach Istanbul. Keinen Tag früher. Und ich erwarte, dass du mich mit der Ehrerbietung empfängst, die mir gebührt. Jetzt entschuldigt mich bitte, ich möchte mich zurückziehen. Dieses Gerede vom Aufstieg und Fall des Reiches hat mir Magendrücken verursacht.«

Halil erhob sich lachend und umarmte Salman.

»Nicht einmal ich würde so grob sein und die Kurzsichtigkeit unserer Sultane für deine unentwegten Blähungen verantwortlich machen. Aber du bewegst dich zu wenig, Salman, und du isst zu viel. Der Osten hat dir nicht gut getan. Solltest du zurückkehren, würde ich dir davon abraten, Istanbul als Wohnstatt zu wählen. Dort wirst du nur noch dicker und behäbiger und würdest über kurz oder lang aussehen wie eine Elefantenkuh kurz vor der Niederkunft. Und das Magendrücken, wie du es so elegant umschreibst, würde sich noch verschlimmern. Ich rate dir zu Ankara. Dort ist die Luft rein, und der Verführungen gibt es wenige.«

Liebevoll streichelte Salman dem Bruder die Wangen. »Du kannst mich in Ankara begraben, wenn du möchtest, aber erst, wenn ich tot bin. Meine Leiche von Istanbul dorthin überführen zu lassen wird dich ein Vermögen kosten, aber ich erteile dir hiermit die Erlaubnis. Der Baron sei unser Zeuge.«

Mit Salmans Abschied ging auch der Abend zu Ende. Iskander Pascha war sehr mit sich zufrieden, das Gespräch in die richtigen Bahnen gelenkt zu haben. Es waren keine persönlichen Erinnerungen der Familie eingeflossen, und es hatte keine Streitgespräche über unsere Vergangenheit gegeben. Das behagte ihm. Zwar war er der Stimme nicht mehr mächtig, aber sein Erinnerungsvermögen war in keinster Weise beeinträchtigt, und es gab Dinge, mit denen er sich auf keinen Fall auseinander setzen wollte. Ich fühlte mich ihm wieder nahe. Früher einmal hatte er uns erzählt, dass er bei jeder Rückkehr aus Paris oder Berlin nach Istanbul den heimischen Geruch von Engstirnigkeit als außerordentlich tröstlich empfunden hatte, andererseits jedoch auch panische Angst litt, daran zu ersticken, falls er, aus welchem Grund auch immer, nie wieder würde reisen können. Noch bevor sich der Sommer dem Ende zuneigte, wollte ich ihn näher dazu befragen, aber keinesfalls heute Abend, da er so glücklich wirkte. Ich küsste ihn auf den Scheitel und verabschiedete mich.

Schweigend folgte ich dem Baron und Onkel Mehmed auf die vom Mondlicht überflutete Terrasse. Wir nahmen an einem prachtvoll gedeckten Tisch Platz, den Silberschalen mit drei verschiedenen Sorten Mandeln, Walnüssen und Früchten schmückten. Petrossian entkorkte eine weitere Flasche und schenkte den beiden Männern ein. Mehmed meinte, sie würden sich allein bedienen, und gestattete ihm, sich zur Ruhe zu begeben.

Ich blickte hinauf zu den Sternen und fragte mich, ob ich wohl jemals wahres Glück und Zufriedenheit erfahren würde. Mich überkam oft das Gefühl, meine Mutter hätte um eines sorglosen Lebens willen zu viel geopfert und sich allzu widerspruchslos der Familie von Iskander Pascha untergeordnet. Hätte sie jemand anderen geheiratet, ihr Leben hätte einen anderen Verlauf genommen. Ein wenig verlegen hatte sie einmal von einem anderen Mann gesprochen, den sie sehr gerne gemocht hatte. Leider war dieser Mann mittellos gewesen und nach New York ausgewandert, nachdem ihr Vater seine Einwilligung zur Eheschließung verweigert hatte. Dort war er schließlich ein angesehener Maler geworden. Sie wünschte sich oft, einmal zu sehen, was er malte. Ich sann darüber nach, ob sie im tiefsten Innern Abscheu für meinen Vater empfand, doch ich wurde in meinem Gedankengang unterbrochen.

Die beiden Männer hatten ihre Unterhaltung wieder aufgenommen. Seltsam, dass sie sich durch meine Gegenwart niemals gestört fühlten. Sie hatten Vertrauen zu mir. Vielleicht hielten sie mich für ebenso unkonventionell wie ich sie. Was immer auch ihre Gründe sein mochten, ihr Vertrauen schmeichelte mir.

»Manchmal habe ich das Gefühl, Mehmed, dass du meine Intelligenz anzweifelst, obgleich wir uns so gut kennen.«

»Nähe kann auch Zweifel und Geringschätzung auslösen, Baron.«

»Also, mit anderen Worten, du hast meine intellektuelle Überlegenheit nie angezweifelt, als ich in Istanbul dein Lehrer war.«

»Nicht im Geringsten. Aber du erinnerst dich doch bestimmt, dass dies die Zeit des Werbens gewesen ist, eine sehr leidenschaftliche Zeit. Du hast mir eine Menge beigebracht. Deine Sprache, deutsche Lyrik, Philosophie, die Liebe zur Literatur. Ich entsinne mich noch gut an den Wortlaut des ersten Gedichtes, das du mir vorgetragen hast. Es war von Heine, und du warst hocherfreut, als ich sagte, ich hätte jedes Wort verstanden. Wir haben uns oft über Gott, Religion und die vielfältigen Auslegungsmöglichkeiten dieser und jener Glaubenssätze unterhalten. Du hast mir Berlin und Paris gezeigt, hast die Zunahme der gelehrten Kreise in deutschen Städten mit der mangelnden intellektuellen Entwicklung im provinziellen Frankreich verglichen. Erst nachdem ich ganz in jene Welt eingedrungen war, konnte ich dir erlauben, in mich einzudringen.«

Beide Männer brachen in schallendes Gelächter aus.

Sieben

Nilofer erzählt der Steinernen Frau, wie Selim ihr im Mondschein die Brüste liebkoste und sie mehr und mehr in Liebe zu ihm entbrennt. Entsetzt bemerkt sie, dass ihre Mutter sie belauscht.

»Ich weiß nicht, wo ich anfangen soll, Steinerne Frau. Es geschah ganz plötzlich, ohne jede Vorwarnung, und nun befinde ich mich in vielleicht größeren Schwierigkeiten als jemals zuvor in meinem Leben. Es geschah gestern Abend im Licht des Mondes. Ich wollte allein sein und ging, am Strand die Sterne zu zählen. Dabei nahm ich den kleinen Pfad, der von den Klippen zu dem Höhleneingang führt, von dem man übers Meer blicken kann. Als Kinder glaubten wir, kein Erwachsener, sondern nur wir wüssten von diesem Pfad. Und wenn doch, hätte man uns nur unter Mühen folgen können, denn der Weg war wirklich sehr schmal.

Als ich hörte, wie die Wellen leise plätschernd den Sand liebkosten, erfasste mich ein Gefühl tiefen Friedens. Ich sah hinaus auf das im Mondlicht schimmernde Meer, dann richtete ich den Blick hinauf zu den Sternen, und schon sah ich alles aus einer anderen Perspektive. Meine eigenen Probleme schrumpften zu einem Nichts: Verglichen mit der großartigen Natur, waren wir nur winzige Körnchen Sand. Während ich noch tief in Gedanken versunken war, vernahm ich aus der Dunkelheit eine vertraute Stimme.

»Verzeihen Sie mir, *hanim effendi*, aber ich dachte, ich sollte mich bemerkbar machen für den Fall, dass Sie das brennende Verlangen packt, in den seidenweichen Fluten zu baden.«

Es war Selim, Hasan Babas Enkel, mit dem ich seit der Beschneidungszeremonie schon mehrmals ein paar Worte gewechselt hatte. Er kümmerte sich um Orhans Wunde und sorgte dafür, dass sie richtig verheilte. Orhan hatte Zuneigung zu dem jungen Mann gefasst, und auch ich musste mir eingestehen, dass ich seine Gesellschaft als angenehm empfand. Allein die Tatsache, dass er nie den Blick senkte, wenn ich mich an ihn wandte, gefiel mir. Zwar waren seine Augen für einen so jungen Menschen ungewöhnlich traurig, doch wenn er einmal lachte, funkelten sie wie Diamanten. Ja, ich genoss seine Gegenwart.

Ich weiß, was du jetzt denkst, Steinerne Frau. Du hast im Lauf der Jahrhunderte vieles gesehen und glaubst nun, ich hätte mir seine Anwesenheit gewünscht. Doch ich schwöre bei allem, was mir lieb und teuer ist, dass ich nicht einmal an ihn gedacht habe. Die gesellschaftliche Kluft zwischen uns beiden ist so riesig, dass ich in ihm nie etwas anderes sah als einen netten Barbier aus Istanbul, der eine ganze Tagesreise auf sich genommen hatte, um meinen Sohn zu beschneiden. Er war zweifellos klug, und ich war zugegebenermaßen überrascht, als er seine Begeisterung für die Opern von Donizetti Pascha äußerte. Allein die Art, wie er über sie sprach, weckte meine Sehnsucht, diese mir unbekannten Opern einmal zu hören. Doch selbstverständlich kann all das in keinster Weise erklären, was gestern geschah.

›Was tun Sie hier, Selim?‹, fragte ich.

›Ich kam, um den Himmel zu beobachten.‹

›Und um nachzudenken?‹

›Ja, *hanim effendi*, und um nachzudenken. In meiner Welt ist Abgeschiedenheit ein kostbares Gut. Ich lebe mit sechs anderen Menschen in einem Haus, so dass ich nicht einmal meine eigenen Gedanken hören kann. Dieser Ort hier ist das reinste Paradies. In Konya haben Sie das alles gewiss sehr vermisst.‹

›O ja. Aber bitte hören Sie auf, mich *hanim effendi* zu nennen. Wenn niemand sonst anwesend ist, dürfen Sie Nilofer zu mir sagen.‹

›Sie sind sehr schön, Nilofer.‹

›Hüten Sie Ihre Zunge, vorwitziger junger Mann. So mit mir zu reden habe ich Ihnen nicht erlaubt.‹

Selim schwieg.

›Ich habe gestern gehört, wie Sie Orhan zum Lachen gebracht haben. Erzählen Sie mir auch eine Geschichte, Selim. Bringen Sie mich zum Lachen.‹

Er stand auf und fing an, Kiesel ins Meer zu werfen. Schließlich setzte er sich vor mich hin.

›Euer Wunsch sei mir Befehl, Prinzessin. Hören Sie also meine Geschichte. Es war einmal vor langer Zeit, da lebte während der Regentschaft eines Sultans, dessen Namens ich mich nicht mehr entsinne, eine junge und wunderschöne Prinzessin. Sie war eine jüngere Schwester des Sultans, und er liebte sie sehr, vor allem weil sie immer einen Scherz auf den Lippen hatte. Zudem war sie mit einem erstaunlichen Erinnerungsvermögen gesegnet und wurde vom ganzen Hof um ihr Gedächtnis beneidet. Nie vergaß sie ein Gesicht, einen Namen oder ein Gespräch. Und sie brachte den Sultan zum Lachen, was er ihr damit dankte, dass er sie nie zu einer Heirat zwang. Verschleiert und von sechs bewaffneten Eunuchen begleitet besuchte sie oft Schänken und andere übel beleumundete Stätten, um dort die neuesten anstößigen Späße aufzuschnappen.

Die Prinzessin hatte schon viele Heiratsanträge abgelehnt, darunter die von Sprösslingen der reichsten Familien Istanbuls. Freunden hatte sie anvertraut, dass sie sich nie mit nur einem Mann zufrieden geben könne. Ebenso wenig sei sie für das Leben einer ans Haus gefesselten Ehefrau geschaffen. Ihr bliebe nur die Wahl zwischen Keuschheit und der Freiheit, sich ihre Männer selbst zu wählen. Und so bestellte sie, wann immer ihr ein Mann gefiel, diesen zu sich und lüftete ihren Schleier. Da sie von außergewöhnlich anziehendem Äußeren war, erlagen die meisten Männer ihren Reizen und ließen sich von den Eunuchen in ihre Privatgemächer im Palast führen. Dort erwartete die Prinzessin sie auf einem Diwan liegend, indes nur wenige zarte Tücher dürftig ihre Blöße bedeckten.

Der Liebhaber, den sie für diese besondere Nacht ausgewählt hatte, war geblendet von ihrem Anblick. Als sie dann die letzten Hüllen fallen ließ und der glückliche Mann vor der nun gänzlich nackten Schönen auf die Knie fiel, sagte sie zu ihm wie schon zu seinen unzähligen Vorgängern: ›Du magst bei diesem Festmahl schlemmen bis zur Völlerei. Aber genieße es, denn wisse, du wirst nie wieder Ähnliches sehen oder schmecken. Dein Weg führt vom Paradies geradewegs in die Hölle.‹

Doch zu diesem Zeitpunkt war der erregte Liebhaber bereits derart von Sinnen und überwältigt von Begierde, dass er ihrer Warnung keine Beachtung schenkte. Erst nachdem er ihre Lust befriedigt hatte, zeigt er erste Anzeichen von Unruhe, doch da war es bereits zu spät. Eunuchen betraten das Gemach und geleiteten den unglücklichen Liebhaber zu einem Schiff, das in der Nähe vertäut lag. Während sie dem Verdammten mit sanfter Gewalt einen Strick um den Hals legten und ihn strangulierten, sang einer von ihnen ein Klagelied für all die dem Untergang geweihten Geliebten. Der pikante Leckerbissen des nächtlichen Festmahls wurde in den Bosporus geworfen, damit sich die Fische an ihm gütlich tun konnten. Denn das königliche Fleisch einer unverheirateten Frau war für den gemeinen Mann eine verbotene Speise. Sobald er sie genossen hatte, musste er vernichtet werden. Man durfte nicht zulassen, dass er weiterlebte und seine Geschichte erzählte. Von dieser Regel sollte es nur eine einzige Ausnahme geben.

›Wenn je einer von ihnen seine Todesverachtung herausschreit und erklärt, eine Nacht in meinen Armen sei dieses Opfer wert‹, hatte die Prinzessin ihre Eunuchen angewiesen, ›dann lasst ihn leben. Ein solcher Geist darf nicht erstickt werden.‹

Gespannt fragte sie jeden Morgen nach, aber keiner ihrer Liebhaber hatte je dergleichen geäußert. Zwar stimmte sie dies traurig, doch lebte sie viele Jahre lang und verbrachte im Alter viel Zeit in den *tekkes* bei den Derwischen, wo man Ekstase unabhängig von körperlichen Berührungen erlebt.‹

Ich war von dieser Geschichte tief angerührt, Steinerne Frau, oder zumindest glaubte ich das. Inzwischen denke ich, dass es mir eher der Geschichtenerzähler angetan hatte.

›Wie lautete der Name der Prinzessin?‹, fragte ich.

›Sie hieß Nilofer.‹

Es war eine warme Nacht, und vielleicht hatte uns ja das Mondlicht verzaubert. Jedenfalls trat Selim näher und strich mir über die Wangen – und ich wehrte ihn nicht ab. Als er über meine Brüste streichelte, machte ich einen halbherzigen Versuch, seine Leidenschaft zu zügeln, doch insgeheim wünschte ich, dass seine Kühnheit ihn nicht im Stich lässt. Schließlich küsste ich ihn auf die Augenlider, auf die Lippen und entkleidete ihn. Nachdem ich ihn geliebt hatte, wuschen wir uns im Meer. Er war noch unerfahren, aber das störte mich nicht. Ich war schon beinahe ein Jahr lang mit keinem Mann mehr zusammen gewesen und hatte allein Selims Körperwärme als tröstlich empfunden.

Danach sagte lange Zeit keiner von uns ein Wort, und als er seinen Kopf in meinen Schoß bettete, strich ich ihm übers Haar. Sein erster Satz war ein heiseres Flüstern:

›Wird Petrossian mich heute Nacht auf ein Schiff bringen und ertränken?‹

Lachend umarmte ich ihn.

›Nein, denn nur Eunuchen ist es erlaubt, solche Aufträge auszuführen. Man müsste ihn also zuerst kastrieren.‹

›Oh, ich dachte, er sei bereits ein Eunuch. In eurer Küche erzählt man sich, dass deine Familie ihn längst kastriert habe, wenn nicht seinen Körper, dann doch seinen Geist.‹

Als ich erklärte, dass ich nun gehen müsse, hielt er mich in einer engen Umarmung zurück und entfachte erneut meine Leidenschaft. Diesmal wuschen wir uns nicht mehr, denn es begann bereits zu dämmern, und die Zeit hätte nicht gereicht, trocken zu werden. Bin ich nun verloren, Steinerne Frau? Was, wenn ich ein Kind von ihm erwarte? Und wird die Leidenschaft, die ich für ihn empfinde, etwa in Liebe münden?«

★

Die Worte erstarben mir auf den Lippen, als ich es hinter mir rascheln hörte.

»Du hast die Straße zum Unglück betreten, mein Kind.«

»Wer ist da?«

Hinter dem Felsgestein tauchte meine Mutter auf. Unter Tränen schrie ich sie an: »Dies ist ein Heiligtum, Mutter! Mit deiner Gegenwart hast du es geschändet. Wie grausam von dir, mich zu belauschen!«

»Ich bin selbst gekommen, um mit der Steinernen Frau zu sprechen, mein Kind, als ich deine Stimme vernahm. Wie hätte ich weggehen können, ohne deine Geschichte anzuhören? Als ihr Kinder wart, habt ihr euch versteckt und uns alle belauscht. Jetzt sind wir an der Reihe. Da brauchst du dich nicht zu beklagen. Auch sind meine Beweggründe ganz ähnlich wie eure damals. Du bist so verschlossen mir gegenüber. Nie hast du mir von deinem griechischen Lehrer erzählt – und sieh nur, wohin dich das geführt hat. Ich weiß, dass das Zusammenleben mit ihm dich mürrisch werden ließ, dabei warst du doch immer ein so fröhliches Kind. Mich dürstet danach, etwas aus deinem Leben zu erfahren, Nilofer. Deshalb bin ich froh darum, dich belauscht zu haben, auch wenn es versehentlich geschah. Komm mit mir.«

Sie legte mir den Arm um die Schultern und führte mich in ihr Zimmer, wo ich mich auf den Boden setzte, damit sie mir wie früher als Kind den Kopf massieren konnte. Lange Zeit sprach keine von uns. Ihre ruhig knetenden Hände auf meiner Kopfhaut waren Balsam für mich. Nachdem ich meine Fassung wiedergewonnen hatte, bemerkte ich zu meinem Erstaunen, dass sie mir nicht im Mindesten böse war.

»Ich wollte immer nur dein Glück. Als du mit diesem Schullehrer durchgebrannt bist, war ich nur deshalb so traurig, weil ich eben gern bei der Hochzeit meines einzigen Kindes dabei gewesen wäre. Ach, liebend gerne hätte ich dir ein rauschendes Fest ausgerichtet, mit Musik, Festmahl und Tanz. Ich wollte dich deinem Mann mit allem Prunk übergeben. Nun, leider sollte sich dieser Muttertraum nicht erfüllen. Aber sobald ich mich von meiner Enttäuschung erholt hatte, zählte für mich nur noch dein Glück. Denn wenn du glücklich warst, was für ein Recht hatte ich dann, traurig zu sein? Aber du warst nicht glücklich, Nilofer, nicht wahr? Das war der Eindruck, den Halil schon nach seinem allerersten Besuch bei dir und diesem Langweiler Dmitri mitbrachte.«

Offenbar war meiner Mutter daran gelegen, über die Vergangenheit zu reden, wohingegen mein Denken und Fühlen ganz auf die Gegenwart ausgerichtet war. Ich wollte wissen, wo genau Selim sich in diesem Augenblick aufhielt. Ich wollte wissen, woran er dachte. Hatte er irgendjemandem von uns erzählt? Bedauerte er seine Kühnheit? All diese Gedanken schwirrten mir durch den Kopf, überdies pochte mir das Herz aufgeregt in der Brust. Doch die Ungeduld stand meiner Mutter unübersehbar ins Gesicht geschrieben und hatte sich bereits tief in ihre Züge gegraben. Sie würde mich nicht eher gehen lassen, bis ich ihre Neugier befriedigt hatte. Und vielleicht steckte ja mehr dahinter, vielleicht quälte sie tatsächlich die

Sorge um ihr Kind und dessen Zukunft. Oder vielleicht hatte es mit ihrem eigenen Leben und ihren enttäuschten Hoffnungen zu tun.

»Antworte mir, Nilofer. Was ist schief gegangen?«

Dies war eine Frage, die ich mir in den vergangenen fünf Jahren oft selbst gestellt hatte. Und so ergossen sich meine Gefühle wie ein Wasserfall und drohten meine Mutter unter sich zu begraben. Ich erzählte ihr, dass das, was ich für Liebe gehalten hatte, nichts als die romantische Fantasterei eines unreifen Geistes gewesen sei. Dmitri hatte mir den Ausbruch aus der abgeschotteten Welt meiner Familie ermöglicht, und töricht war ich ihm gefolgt. Ich sprach davon, wie ich in unserem Haus in Istanbul das Gefühl gehabt hatte, mein Verstand würde allmählich verkümmern: gefangen in den immergleichen Gewohnheiten, halb erstickt von den Traditionen und erdrückt von der Last der Geschichte. Ich hatte nur den Wunsch, die wirkliche Welt kennen zu lernen. Unser Sommerhaus und das Meer waren für mich immer Sinnbilder der Freiheit gewesen, und schon im Alter von drei Jahren hatte ich unsere Aufenthalte hier geliebt. Dmitri war zufällig zum genau richtigen Zeitpunkt in mein Leben getreten. Es hätte schließlich auch irgendein anderer sein können.

Ich erzählte meiner Mutter, dass mir das alles schon klar gewesen war, noch bevor ich mit Emineh schwanger ging. Doch mit ihrer Geburt war mir eine Rückkehr unmöglich geworden. Danach wurde Dmitri mir zuwider, sein Körper stieß mich ab, sein Verstand langweilte mich. Er wiederum verübelte mir, was er Hochnäsigkeit nannte, so dass wir uns immer fremder wurden. Deshalb hatte ich überlegt, dass eine Phase räumlicher Entfernung unserer Ehe vielleicht gut täte, doch schon nach einer Woche hier mit meinem Sohn wusste ich, dass es für immer vorbei war. Ich würde es niemals über mich bringen, nach Konya zurückzukehren und erneut sein grässliches Bett mit ihm zu teilen.

»Und nun, Mutter, hast du mich gezwungen, ihn Orhan zuliebe hierher einzuladen – und um Emineh wieder zu sehen. Weißt du, er hat sie als Pfand behalten, um sicherzugehen, dass ich zurückkehre. Vielleicht kommt er ja auch gar nicht, aber wenn er kommt, wird er alleine nach Konya zurückkehren müssen. Meine Kinder werden hier bei uns bleiben.«

»Der Junge hängt an ihm, Nilofer. Dmitri ist den beiden Kindern ein guter Vater. Armer Mann. Er tut mir Leid. Was für ein Pech, dich zum Weib zu haben. Er bräuchte eine ergebene Frau, die gleichzeitig eine gute Köchin ist. Ich und du, wir sind weder das eine noch das andere. Stattdessen befriedigst du deine Bedürfnisse mit einem jungen Barbier. Wenn Iskander Pascha das herausfindet, trifft ihn das zweite Mal der Schlag. Zuerst ein Schullehrer, jetzt ein Barbier. Was kommt als Nächstes?«

»Selim mag vielleicht nur ein Barbier sein und von Barbieren abstammen, aber sein Verstand übertrifft den der meisten Familienmitglieder.«

»Schweig! Du gebrauchst genau dieselben Worte und hast denselben starrsinnigen Ausdruck im Gesicht wie vor zehn Jahren, als du beschlossen hattest, mit diesem Schullehrer davonzulaufen. Lerne doch wenigstens aus deinen Fehlern, mein Kind. Selim stellt kein ernsthaftes Problem dar. Eine gut gefüllte Börse von einem deiner Brüder wird ihm die Lippen versiegeln. Ich möchte nicht, dass er in den Kaffeehäusern mit deinem Namen prahlt. Man sollte ihn unverzüglich nach Istanbul zurückschicken. Und wage ja nicht, mir zu sagen, dass du ihn begleiten wirst. Du hast inzwischen auch an zwei Kinder zu denken.«

»Ich werde nicht zulassen, dass du oder sonst irgendein Familienmitglied Selim beleidigt, Mutter! Allein bei dem Gedanken, dass du ihm Geld anbieten willst, wird mir schlecht.«

»Ach ja? Wahrscheinlich rebelliert dein Magen eher aus Angst, dass er es annehmen könnte. Doch was auch der Grund sein mag, mir ist es lieber, du übergibst dich, als dass du dich irgendwann grämen musst, Nilofer.«

Obwohl ich vor Zorn fast platzte, gelang es mir gerade noch, mich zu beherrschen. »Ich bin kein Kind mehr. Diese zehn Jahre sind für mich schon lange her, das war ein anderes Leben. Ich gebe zu, dass mir der Kopf schwirrt, aber ich stehe nicht im Begriff, etwas Dummes oder Unüberlegtes zu tun. Lass uns ganz ruhig bleiben und an die Zukunft denken.«

»Wie seltsam, solche Worte aus deinem Mund zu hören. Du klingst genau wie deine Großmutter Beatrice. Auch sie war stets darauf bedacht, ruhig zu bleiben und an eine glückliche Zukunft zu glauben.«

Ich sah an meiner Mutter vorbei und musterte das mir wohl vertraute Porträt meiner Großmutter Beatrice auf dem Kaminsims, das ein Jahr nach ihrer Eheschließung mit Großvater gemalt worden war. Wenn ihr der Maler nicht sehr geschmeichelt hatte, was damals durchaus üblich war, weil sich die Künstler weitere Aufträge sichern wollten, musste sie eine hinreißende Schönheit gewesen sein. Und übertraf ihre Tochter, meine Mutter Sara, bei weitem. Ebendiese Sara aber sah mich jetzt prüfend an, während ich über ihre Vergangenheit sinnierte.

Bis zu diesem Tag hatte ich niemals Gelegenheit gefunden, mit meiner Mutter als ebenbürtiger Partnerin zu sprechen. Bevor ich mit Dmitri fortgelaufen war, waren wir kaum jemals allein gewesen, und ich war wohl auch noch zu jung, als dass man mich ernst genommen hätte. Zwar hatte ich Gerüchte gehört, dass meine Mutter über ihre Heirat mit Iskander Pascha anfänglich nicht gerade glücklich gewesen sei, doch Zeynep hatte dies bestritten und mich ermahnt, nicht alles zu glauben, was man sich in der Küche erzählte.

Seit damals hatte sich jedoch vieles, wenn nicht alles geändert. Ich war jetzt Mutter zweier Kinder, was mir in der Familienhierarchie einen höheren Platz einbrachte, insbesondere in den Augen meiner Mutter. Und jetzt endlich stellte ich ihr eine Frage, die mir schon seit mehr als zehn Jahren auf der Zunge brannte.

»Hat man dich gezwungen, ihn zu heiraten?«

Zu meiner Überraschung umarmte sie mich und begann zu schluchzen. Seit vielen Jahren ungeweinte Tränen brachen einer Sturzflut gleich aus ihr heraus. Nun war es an mir, sie an mich zu drücken und zu trösten.

»Ich habe der Steinernen Frau damals vor vielen Jahren alles erzählt. Hat dir niemand davon berichtet?«

Ich schüttelte den Kopf.

»Vielleicht war ich an jenem Tag ja tatsächlich alleine dort, ohne heimlichen Zuhörer.«

»Du musst es mir nicht jetzt erzählen, Mutter. Dazu findet sich ein andermal Gelegenheit.«

Aber sie wollte sich unbedingt offenbaren, als wäre beim heimlichen Lauschen meines Berichts ein Damm in ihrem Innern gebrochen.

*

»Ach, wäre mein Vater doch bloß nicht Leibarzt bei Hofe gewesen! Mein ganzes Leben hätte einen anderen Verlauf genommen. Doch wie zuvor sein Vater und sein Großvater diente auch er dem Sultan und der königlichen Familie, und so war es für niedriger Gestellte eine Frage des Ansehens, ihn ebenfalls zu konsultieren. Vermutlich war er zudem ein guter Arzt. Dennoch zitierte er oft seinen Großvater, der aus dem Palast mit den Worten heimgekehrt war, dass es nicht vornehmste Aufgabe eines guten Arztes sei, körperliche Gebrechen zu heilen, eine oftmals schwierige Angelegenheit, sondern das Gemüt, und das ließe sich meistens bewerkstelligen. Diesen Gemeinplatz hielt mein Vater für eine tiefe Einsicht und wiederholte ihn so oft, wenn wir Gäste hatten, dass Mutter und ich schon darauf warteten, einander anblickten und die Worte lautlos mit den Lippen formten.

Auch Iskander Pascha, diesem berufenen Hüter der Traditionen, diente dein Großvater als Hausarzt. Gleichwohl wäre ohne jenen verhängnisvollen Unfall vielleicht nicht so übereilt über meine Zukunft entschieden worden. Doch eines Tages stieß Iskander Paschas Kutscher mit einer anderen Kutsche zusammen, und dein Vater wurde dabei leicht verletzt. Wahrscheinlich hatte ein Holzstück seine Stirn aufgeschrammt, jedenfalls begann er zu bluten. Der erschrockene Kutscher fuhr schnurstracks zu unserem Haus und fragte nach meinem Vater, der jedoch gerade einen Hausbesuch machte. Meine Mutter bestand darauf, dass Iskander Pascha hereingebracht wurde, damit einer der Gehilfen seine Wunde säubern und verbinden konnte. Das war in jenen Tagen nichts Außergewöhnliches. Nachdem seine Wunde versorgt war, bot ihm meine Mutter in dem Wissen, dass es sich immerhin um den soeben vom Sultan ernannten Botschafter in Frankreich handelte, einige Erfrischungen an. Er wollte schon ablehnen, als sein Blick auf mich fiel, die ich mich unglücklicherweise im selben Zimmer befand. Eine Frau weiß diesen besonderen Blick eines Mannes stets zu deuten. Er blieb und brach mit uns zusammen das Brot. Ja, er war noch da, als mein Vater eine Stunde später nach Hause kam, so dass man ihn auch zum Essen einlud. Zu unser aller Erstaunen nahm Iskander Pascha an. Er war an diesem Abend ein unterhaltsamer Gesellschafter, der hin und wieder ins Französische und ins Deutsche wechselte und uns mit seinen Kenntnissen von Paris und Berlin beeindruckte. Um ehrlich zu sein, fühlte sich mein Vater wohl geschmeichelt, dass ein derart wichtiger Würdenträger aus einer so angesehenen Familie über vier Stunden in unserem Haus verbrachte.

Als der Kaffee serviert wurde, wollte Vater ihn mit der Anekdote über die Aufgabe eines guten Arztes belehren, doch zu unserem Vergnügen stahl Iskander Pascha ihm überraschend die Pointe – er kannte die Geschichte bereits. Vater war geknickt, bis Iskander Pascha ihm anvertraute, dass er diese unvergänglichen Worte zum ersten Mal aus dem Munde des Sultans selbst gehört hatte. Da huschte ein Lächeln über das Gesicht meines Vaters, so voller Dankbarkeit, so unterwürfig und so begierig darauf, zu gefallen, dass es mir den Magen umdrehte. Ich musste vom Tisch aufstehen, ins Badezimmer eilen und mich übergeben. Böse Vorahnungen können solche Symptome auslösen.

Als ich erschöpft und blass zurückkehrte, hatte sich Iskander Pascha zu meiner großen Erleichterung bereits verabschiedet. Denn er hatte mich während des Essens die ganze Zeit auf eine Art angesehen, die mich einschüchterte und beunruhigte. Ich war nämlich nicht im Mindesten an ihm interessiert, und ich erinnere mich noch, dass ich mir in der Nacht im Bett immer wieder sagte: ›Behandle ihn einfach wie eine versperrte Tür, die niemals geöffnet werden darf. Wenn du sie nie auch nur einen winzigen Spalt aufstößt, um hineinzuspähen, gerätst du schließlich in Vergessenheit.‹ Das war nicht schwer zu bewerkstelligen, denn er hatte nicht die geringste Neugier in mir geweckt. Schließlich zählte ich noch nicht einmal zwanzig Jahre, und dein Vater, mehr als doppelt so alt wie ich, kam mir bereits vor wie ein Greis.«

*

An diesem Punkt unterbrach ich sie. Ich war ärgerlich, weil sie meinem Vater gegenüber eine derart offenkundige Abneigung an den Tag legte. Schließlich war er weder dumm noch hässlich, und ich liebte ihn trotz seiner vielen Fehler. Außerdem hatte ich es eilig, zur Wurzel des Problems vorzudringen.

»Bevor du dich weiter darüber auslässt, wie gleichgültig dir Vater war, lass mich dich etwas fragen: Hast du damals einen anderen Mann geliebt?«

»Ja«, erwiderte sie mit einem Ungestüm, das mich verblüffte. »Ich liebte Suleiman, der in meinem Alter war. Er teilte meine Gefühle, uns erfüllten die gleichen Wünsche, Hoffnungen und Träume. Der Gleichklang unserer Herzen war so übermächtig, dass uns diese tiefe Übereinstimmung als Quell des Lebens selbst erschien. Willst du von ihm hören, Nilofer, oder hast du dann das Gefühl, Verrat an deinem armen, gelähmten Vater zu begehen, der stumm im Zimmer nebenan liegt. Sei ehrlich.«

Nicht nur die augenscheinliche Tiefe ihrer Gefühle traf mich, sondern dass diese selbst nach dreißig Jahren, die sie hier in diesem Haus verbracht hatte, noch so lebendig waren. Verglichen mit dem, was sie durchlitten haben musste, schienen meine eigenen Empfindungen oberflächlich und flüchtig zu sein. Überwältigt von Liebe zu ihr, beugte ich mich vor und küsste ihr das Gesicht, wobei ich eine einzelne salzige Träne abwischte, die ihr über die linke Wange lief.

»Ich möchte alles hören, Mutter. Wirklich alles.«

*

»Suleiman war ein entfernter Vetter meiner Mutter. Seine Familie war wie die unsere nach der Vertreibung durch die Katholiken im fünfzehnten Jahrhundert von Cordoba nach Istanbul geflüchtet. Mein Vater stammte aus einer Familie, die sich rühmte, mit Maimonides verwandt zu sein; die Familie meiner Mutter hingegen bestand vornehmlich aus Kaufleuten und Händlern. Man hatte sie wohlwollend empfangen, die Osmanen gewährten ihnen Zuflucht und gaben ihnen Arbeit. Dennoch zogen Suleimans Vorfahren weiter und ließen sich in Damaskus nieder, ohne jemals die Verbindung zu ihren Verwandten in Istanbul abreißen zu lassen. Da sie als Händler viel umherreisten, war dies auch nicht schwer. Der Heirat meiner Eltern, einer glücklichen Heirat, war ein langer Briefwechsel vorausgegangen.

Suleiman wollte Arzt werden. Er war der Stadt Damaskus überdrüssig, die ihm viel zu provinziell erschien. Sein Wunsch war es, näher an Europa heranzurücken. Also schrieb sein Vater dem meinen, und natürlich wurde Suleiman eingeladen, für eine unbestimmte Dauer bei uns zu wohnen. Auch wollte mein Vater für seine Aufnahme in der medizinischen Fakultät Istanbuls sorgen. Ich war damals achtzehn Jahre alt, Suleiman war ein Jahr älter. Und es war, als wäre die Sonne in unser Haus gekommen.

Alle meine Freundinnen hatten Brüder und Schwestern, dass ich Einzelkind war, hatte mich schon immer seltsam berührt. Doch nach ihrer schwierigen Niederkunft mit mir hatte meine Mutter keine weiteren Kinder mehr bekommen können. Sie sagte, wenn Vater nicht dabei gewesen wäre, wäre es der Hebamme nie gelungen, den Blutfluss zum Versiegen zu bringen, und sie hätte sterben müssen. Merkwürdig, dass auch ich nur eine einzelne Blume sprießen lassen konnte, die allerdings zu wunderschöner Blüte gelangte. Ich war wirklich von Herzen froh, als du nach Orhan noch Emineh bekommen hast – als wäre damit ein alter Fluch von uns genommen.

Suleiman wurde mir zu dem älteren Bruder, den ich nie hatte, und auch meine Eltern behandelten ihn wie ihren eigenen Sohn. Sie erlegten uns keinerlei Einschränkungen im Umgang miteinander auf. Ich nahm ihn überallhin mit, zu Fuß und per Kutsche zeigte ich ihm die verborgenen Schönheiten unserer Stadt. Besucher aus Europa seufzen vor Bewunderung beim Anblick von Sinans Moscheen, sind wie verzaubert von den Palästen und staunen über das Hofprotokoll, aber nur wenigen offenbart sich das wirkliche Leben Istanbuls. Wir lieben an einer Stadt stets ihre heimlichen Winkel, die Stätten jugendlicher Tagträumereien – vor allem wenn es sich um eine so offene Stadt handelt wie Istanbul. Doch vor Suleiman wollte ich nichts geheim halten, obwohl ich ihn noch nicht einmal zwei Wochen lang kannte. Wir hatten viele Gemeinsamkeiten, aber in manchem unterschieden wir uns auch: Ich war halsstarrig und willensstark, er gefühlsbetont, zart besaitet und in vielem unsicher.

Oft kleideten wir uns wie Europäer und nahmen den Tee in einem Hotel, wo wir Französisch mit den Kellnern sprachen. Erst wenn sie sich dann auf Türkisch miteinander unterhielten, ob wir wohl Bruder und Schwester oder ein frisch vermähltes Paar in den Flitterwochen wären, erklärte ich ihnen im breitesten Stambuline das Ganze, nur um mich an ihrem verblüfften Gesichtsausdruck zu ergötzen. Ach, Nilofer, es waren die glücklichsten Tage meines Lebens. Diese Zeit der Unschuld, die der wahren Liebe vorausgeht, kehrt niemals mehr wieder. Wenn sie vorbei ist, dann für immer.

Wann immer Suleiman und ich beisammen waren, erschien mir alles märchenhaft. Manchmal saßen wir in Europa und beobachteten beim Kaffeetrinken, wie die untergehende Sonne Asien hinter dem Goldenen Horn scheinbar in Flammen setzte. Wir konnten über alles und jedes miteinander reden. Es gab keine Tabus. Dabei tauschten wir nicht einfach nur Geschichten miteinander aus oder sprachen über besondere Vorkommnisse in der Vergangenheit unserer jeweiligen Familie. Nein, wir kannten von Anfang an keine Scheu, als wären wir nie ohne einander gewesen. Und wir lachten, Nilofer, ich habe niemals in meinem Leben so viel gelacht wie in jener Zeit, nicht vorher und schon gar nicht nachher.

Ehe ich Suleiman kennen lernte, hatte mir nie irgendjemand ernsthaftes Interesse entgegengebracht. Ich war die Tochter des Hauses und würde zweifellos bald verheiratet werden, und das wäre dann das Ende meiner Geschichte. Vor allem mein Vater war so beschäftigt damit, sich um die Gesundheit seiner illustren Patienten zu kümmern, dass er nur wenig Zeit für mich erübrigte.

Und so war Suleiman der Erste und auch der Letzte, der mich fragte, was ich mir eigentlich vom Leben erwartete. Ich vertraute ihm meine kühnsten Träume an, und er lachte mich nicht aus, sondern ermunterte mich sogar, als ich gestand, dass ich Romane schreiben wollte wie Balzac. Suleiman schenkte mir seine ungeteilte Aufmerksamkeit. Nie versuchte er mir seinen Willen aufzuzwingen – nicht dass ihm damit Erfolg beschieden gewesen wäre. In solchen Augenblicken schien es zu genügen, einfach das Leben zu lieben. Alles andere würde sich schon ergeben, zumindest gab ich mich dieser Illusion hin. Die Zukunft würde genauso schön werden wie das Heute. Doch es sollte nicht sein.

Eines Abends waren Suleiman und ich allein zu Haus. Meine Eltern waren in ihren besten Kleidern zu einem Hochzeitsessen in den Palast gegangen, und die Dienerschaft hatte einen freien Abend bekommen. Zuerst vergnügten wir uns damit, Duette aus Mozarts Oper *Don Giovanni* auf dem Klavier zu spielen, dann aßen wir etwas. Doch als später unsere Unterhaltung von ganz alleine versiegte, lag plötzlich eine gewisse Spannung in der Luft. Mein Herz begann schneller zu schlagen. Suleiman verließ den Raum und kehrte mit ein paar losen Blättern zurück. An diesem Abend zeigte er mir zum ersten Mal drei Skizzen, die er gezeichnet hatte. Wenn ich meine Augen schließe, sehe ich sie auch heute noch deutlich vor mir.

›Ich wusste gar nicht, dass du ein Künstler bist‹, war alles, was ich herausbrachte, während ich meine Verwirrung zu verbergen suchte und gleichzeitig zurückhaltend, gelassen und weltgewandt wirken wollte.

›Ich auch nicht‹, erwiderte er.

Die erste Zeichnung war eine zärtliche Wiedergabe meines Gesichts, die zweite war ebenfalls ein Porträt von mir, aber diesmal im Profil, weshalb ich sie hasste. Denn er hatte meine Nase übertrieben gezeichnet, so dass sie aussah wie eine formlose Gurke in meinem Gesicht. Doch bevor ich Einwände erheben konnte, zeigte er mir die dritte ... ach, diese dritte, Nilofer. Er hatte gezeichnet, wie er sich meinen nackten Körper vorstellte, und während er die Zeichnung hochhielt, zitterten ihm die Hände. Ich war von seiner Kühnheit wie vom Donner gerührt und zutiefst beunruhigt von seiner Detailtreue. Viele Monate später beichtete er mir, dass er mir eines Nachmittags nachspioniert hatte, als ich badete. Doch zu diesem Zeitpunkt hatten wir längst eine neue Stufe der Vertrautheit erreicht, und nichts sonst zählte mehr.«

⋆

Bewegt hielt Sara inne und goss sich aus dem Krug neben ihrem Bett etwas Wasser ein. Die Erinnerungen hatten in ihr alte Leidenschaften auflodern lassen. Ich sah sie nun in einem völlig anderen Licht, obwohl ich noch immer nicht glauben konnte, dass sie Suleiman tatsächlich erlaubt haben sollte, mit ihr zu schlafen. Denn wenn das der Fall gewesen wäre, warum waren sie dann nicht zusammen weggelaufen? Er hätte sie mit sich nehmen können. Aber warum hätte es überhaupt so weit kommen sollen? Hatten meine Großeltern ihr denn verboten, Suleiman zu heiraten? Und wenn ja, warum?

»Ich kann die Gedanken, die dir durch den Kopf gehen, regelrecht hören, mein Kind. Du möchtest gern wissen, wie weit genau unsere Vertraulichkeiten gingen und warum wir nicht geheiratet haben oder fortgelaufen sind wie du und der Grieche mit diesen hässlichen Augen. Wie du weißt, habe ich bisher mit keinem Menschen über diese Dinge gesprochen. Und es ist nicht leicht, ausgerechnet mit seinem eigenen Kind darüber zu reden. Noch immer drängt mich eine angeborene Scheu zu schweigen, gleichzeitig fühle ich mich geradezu gedrängt, dir alles sagen. Es gibt in unserer Welt schon zu viel Geheimniskrämerei, und normalerweise schmerzt Verheimlichtes mehr als die Wahrheit.

Wenn ich erst tot und begraben gewesen wäre und du hättest eines Tages, vielleicht von einem Nachkommen Suleimans, durch Zufall von dieser Geschichte erfahren, dann hättest du sie glauben können oder auch nicht. Bestimmt jedoch hätte dich die Ungewissheit geärgert, und du wärst böse auf mich geworden. Und da du der einzige Schatz bist, den ich auf dieser Welt noch habe, ist es mir wichtig, dass du Bescheid weißt, damit du eines Tages Orhan und Emineh von ihrer Großmutter erzählen kannst. Vielleicht hilft es ihnen ja sogar, selbst ein besseres Leben zu führen. Massiere mir die Füße, mein Kind. Ich fühle mich allmählich müde und abgespannt.«

Ich hatte noch nie ihre Füße massiert, doch im Lauf der Jahre so viele Dienerinnen dabei beobachtet, wie sie die Füße meiner Mutter manchmal stundenlang geknetet hatten, dass ich mich dieser Aufgabe gewachsen fühlte. Erst nahm ich mir einen Zeh nach dem anderen vor, dann widmete ich mich den Sohlen, die ich vorsichtig mit meinen Knöcheln massierte. Langsam gelang es Sara, sich wieder zu entspannen.

*

»An jenem Abend fielen Suleiman und ich einander so selbstverständlich in die Arme, als wäre es nicht das erste Mal. Wir waren füreinander bestimmt. Die leidenschaftlichen Gefühle, die wir nicht einmal uns selbst eingestanden hatten, brachen hervor. Wir schliefen miteinander, an diesem Abend und danach noch viele Male. Manchmal wurde unser Verlangen so übermächtig, dass wir auf der Suche nach einem sicheren Ort aus dem Haus stürmten, doch ein solcher war nicht leicht zu finden. Oft blieb uns nichts anderes übrig, als uns – blind für die Welt um uns herum – ein Boot mit Verdeck zu mieten, während der Bootsführer vorgab, nichts zu sehen, und uns zwischen den zwei Kontinenten hin und her schipperte. Stets ein gefährliches Unterfangen, denn diese Boote wurden von den Angehörigen der unteren Stände oft für genau diesen Zweck gemietet, so dass ich immer fürchtete, dass eine unserer Mägde, die mir schon von ihren Abenteuern auf einem solchen Boot erzählt hatte, uns entdecken könnte. Ja, durch diese Magd hatte ich überhaupt erst von der Existenz dieser Liebesboote erfahren.

Inzwischen hatte meine Mutter Beatrice angefangen, mich misstrauisch zu mustern. ›Irgendetwas hat sich an deinem Gang verändert, Sara. Etwas ist geschehen, was dir Selbstvertrauen verliehen hat. Du wirkst fast, als ob du als Frau Erfüllung gefunden hättest.‹

Ich berichtete Suleiman von dieser Bemerkung, und tags darauf setzten wir meine Mutter davon in Kenntnis, dass wir heiraten wollten. Suleiman hatte bereits an seine Eltern geschrieben und sie von unserem Entschluss unterrichtet. Ich dachte, meine Mutter würde sich freuen, dass ich mich in jemanden aus ihrer Familie verliebt hatte, und glaubte, dies würde sie irgendwie beruhigen. Und mein Vater hatte stets gebrummt, es sei nicht genug Geld für eine Mitgift vorhanden. Auch wenn dies nicht zutraf, war ich nun froh, dass eine solche Ausgabe nicht mehr nötig war.

Doch als deine Großmutter die Neuigkeit hörte, verengten sich ihre Rehaugen, und sie kniff die Lippen zusammen. ›Ich habe immer gefürchtet, dass es so weit kommt‹, sagte sie. ›Doch wider alle Vernunft hoffte ich, ihr wärt einander wie Bruder und Schwester zugetan, weil du ja keine Geschwister hast. Deshalb habe ich so bereitwillig zugestimmt, dass Suleiman kommen und so lange bei uns leben dürfe, wie er es wünschte. Wie verblendet war ich doch und sah nicht, was sich unmittelbar vor meinen Augen in meinem eigenen Haus abspielte. Diese Heirat ist ausgeschlossen, Sara. Ich weiß, wie grausam das klingt, aber das ist die Wirklichkeit, mit der ihr euch auseinander setzen müsst.‹

Wir waren entgeistert. Ungläubig starrten wir sie an. Von welcher Wirklichkeit sprach sie, und was hatte diese mit unserer Liebe zu tun? Doch sie weigerte sich, mehr dazu zu sagen, bevor nicht mein Vater von seinen Arztbesuchen zurückkäme. Als sie das Zimmer verließ, fügte sie noch hinzu, dass sie nach dem Abendessen mit uns reden würden. Die Hände ineinander verschlungen, saßen Suleiman und ich da und sahen einander bestürzt an. Er vermutete, ihre Ablehnung würde mit seiner Armut zusammenhängen, meine Eltern wollten mich wahrscheinlich in angenehmen Verhältnissen wissen. Doch dies schien mir unwahrscheinlich. Immerhin erlernte Suleiman den Beruf meines Vaters, und es wäre nur natürlich gewesen, wenn er die gut geführte Praxis geerbt hätte, die seit zweihundert Jahren in Familienhand war.

Vater hatte ihm sogar schon einige der geheimen Rezepturen für Medikamente verraten, die die Familie damals aus Spanien mitgebracht hatte. Man hatte sie aufgeschrieben und in dicke, schwarzlederne Folianten gebunden, die durch langjährigen Gebrauch bereits verblichen waren. Ich erinnere mich noch, wie aufgeregt Suleiman war, als er zum ersten Mal ein solches Buch gezeigt bekam. Nein, mein Vater rechnete damit, dass Suleiman sein Nachfolger werden würde, und deshalb glaubte ich nicht, dass Geldmangel das Problem war.

Als Vater an diesem Abend endlich heimkam, hörte ich, wie Mutter ihm besorgt etwas zuflüsterte, als sie ihn in ihr Zimmer zog. Beim Abendessen herrschte Totenstille. Ich wusste, dass sie uns nicht böse waren, weil uns hin und wieder ein liebevoller Blick streifte, wenngleich der voller Trauer war. Es war mein Vater, der schließlich das Wort ergriff und uns den Grund ihrer Ablehnung erklärte.

Doch das alles ergab keinen Sinn. Mein Vater erwähnte eine rätselhafte Krankheit, die nach Jahrhunderten des Inzests in Suleimans Familie aufgetreten sei. Da auch meine Mutter aus dieser Familie stamme, bestünde ernstlich die Gefahr, dass unsere Kinder behindert und mit schweren Missbildungen geboren würden und früh sterben müssten. Dies sei schon zu oft geschehen, um es leichtfertig abzutun.

Während mein Vater so sprach, war Suleiman leichenblass geworden. Er wusste, dass diese Krankheit vor etlichen Jahren einen seiner Vettern das Leben gekostet hatte. Doch seien seine Mutter und meine so entfernt miteinander verwandt, hielt er dagegen, dass für eine Erkrankung unserer Kinder gewiss keine Gefahr bestünde. Mein Vater erhob sich und verließ den Raum. Mit einem schweren Folianten, in dem unser Familienstammbaum eingezeichnet war, kehrte er zurück. Er zeigte uns, dass die Ururgroßmütter meiner und Suleimans Mutter Schwestern gewesen waren, eine zu enge Verwandtschaft also, um jegliches Risiko ausschließen zu können. Zwar rührte ihn unsere Liebe, und er umarmte Suleiman mit aufrichtiger Zuneigung, doch er schüttelte bekümmert den Kopf.

›Es würde dir nur Unglück bringen, Sara. Wie sehr du es mir und deiner Mutter auch verübeln magst, weder als Vater noch als Arzt darf ich zulassen, dass ihr beide euer Leben ruiniert.‹

Weinend verließ ich das Zimmer, während Suleiman noch lange mit meinen Eltern redete. Ich hatte nicht die geringste Ahnung, worüber sie sich unterhielten.

Keiner von uns fand Schlaf. Als ich später in der Nacht in sein Zimmer ging, saß er mit überkreuzten Beinen auf dem Bett und weinte lautlos in sich hinein. Um uns zu trösten, schliefen wir miteinander, und ich erklärte ihm entschlossen, dass ich bereit sei, das Risiko auf mich zu nehmen. Und wenn meine Eltern weiterhin ihre Einwilligung verweigerten, könnten wir auch fortlaufen. Aber der Blick auf unseren Stammbaum hatte ihn erschüttert, und er schilderte, wie sein Vetter mit sieben Jahren gestorben war – ein Schicksal, das er unseren Kindern nicht wünschte.

Ich kämpfte um unsere Liebe, Nilofer, und drohte mir das Leben zu nehmen, sollte er es wagen, mich zu verlassen. Doch nichts vermochte ihn umzustimmen. Am nächsten Tag war er fort.

Ich war untröstlich und begann überall nach ihm zu suchen – in den Kaffeehäusern, die wir so oft besucht hatten, und auch bei den Bootsverleihern fragte ich, ob sie Suleiman denn nicht gesehen hätten. Doch nirgends fand sich eine Spur von ihm. Meine Eltern behaupteten, nicht zu wissen, wohin er gegangen sein könnte. Erst später gab mein Vater zu, dass er ihm eine Geldbörse zugesteckt hatte, um ihm den Abschied zu erleichtern. Ich hörte nicht auf, Suleiman nachzutrauern, für mich war nichts mehr von Belang. Ob das Leben nun weiterging oder nicht, es war mir völlig einerlei.

Zehn Tage nachdem mich Suleiman im Stich gelassen hatte, kehrte mein Vater des Abends mit dem Heiratsantrag von Iskander Pascha heim. Ich sollte seine zweite Frau werden. Doch auch das war mir herzlich egal. Ich erinnere mich noch, wie ich zu meiner Mutter sagte: ›Wenigstens besteht mit ihm keine Gefahr irgendwelcher Missbildungen.‹ Dann teilte man mir mit, dass ich zum Glauben meines Ehemannes übertreten und einen neuen Namen annehmen müsse. Dieser Wechsel meiner Identität vermochte mich damals sogar ein wenig aufzuheitern. Nicht Sara würde mit Iskander Pascha das Lager teilen, sondern Hatije, denn ich wurde nach der ersten Frau unseres Propheten Mehmed, Friede sei mit ihm, benannt.

Die Hochzeit fand im Haus in Istanbul statt, allerdings ohne irgendwelche Festlichkeiten, da ich ja eigentlich schon seine dritte Frau war – wie du weißt, ist Iskander Paschas erste Frau bei Salmans Geburt gestorben. Mir war das durchaus recht, denn nach Feiern war mir nicht zumute. Iskander Pascha zeigte sich mir gegenüber sehr freundlich, und glücklicherweise reiste er kurz darauf mit Petrossian und Hasan Baba nach Paris, aber ohne mich. Das passte mir ganz gut. Natürlich kam er vor seiner Abreise noch in mein Bett und bewies mir, dass er ein

Mann war – eine Erfahrung, auf die ich gut und gerne hätte verzichten können. Die Liebesnacht vermochte mich nicht einmal abzulenken, so stark schmerzte die Wunde, die Suleimans Treulosigkeit aufgerissen hatte. Achteinhalb Monate später kamst du zur Welt.«

*

Etwas in ihrem Tonfall verriet mir, dass das noch nicht die ganze Geschichte war. Auch erhellte ein ungewohnt selbstgefälliges Lächeln ihr Gesicht, als sie meine Geburt erwähnte.

»Sara!«, sagte ich schroff. »Du hast mir die ganze Wahrheit versprochen.«

»Kannst du sie nicht erraten?«

Ich schüttelte den Kopf.

»Du bist der lebende Beweis, dass sich meine Eltern geirrt haben. Suleimans Feigheit war völlig ungerechtfertigt, was mich im Nachhinein besonders wütend machte. Meine Traurigkeit schwand, meine Liebe verflüchtigte sich, und ich empfand nur noch Verachtung für diesen Verräter. Schließlich warst du das gesündeste und schönste Kind, das ich je gesehen hatte.«

»Mutter, was sagst du da? Du bist nicht bei Sinnen, du bist krank! Das bildest du dir doch nur ein, weil du es so haben wolltest. Doch du irrst. Mein Vater ist Iskander Pascha!«

Ich fing an zu weinen und stieß sie weg, als sie mich in ihre Arme schließen wollte. Zuerst empfand ich nichts als Abscheu und hatte das Gefühl, dass man mir mein ganzes Leben geraubt hatte. Wortlos saß ich da und starrte sie an, und als ich schließlich sprach, war es nur ein heiseres Flüstern.

»Bist du sicher?«

»Ja, mein Kind. Wenn ich nicht schwanger gewesen wäre, hätte ich Iskander Pascha niemals geheiratet. Doch hätte ich meinen Eltern die Wahrheit gesagt, hätten sie versucht, dich loszuwerden. Vergiss nicht den Beruf deines Großvaters. Er hatte einige Erfahrung darin, unerwünschte Kinder zu beseitigen.«

»Aber warum hast du Suleiman nichts gesagt?«

»Ich bemerkte meinen Zustand erst, als er schon eine Woche fort war. Sonst hätte ich es ihm gleich am nächsten Tag erzählt – aber er war ja nicht mehr da.«

»Wie kannst du dir nur so sicher sein?«

Sie ging zu einem Schrank und nahm eine Schachtel heraus, die ich noch nie gesehen hatte. Darin lag eine Fotografie von den beiden – ein so glückliches Paar! Meine Mutter legte ihre Hand auf Suleimans Nase und seinen Mund. Ich hatte seine Augen.

»Du hast es deinen Eltern nie erzählt?«

Sie schüttelte den Kopf.

»Warum nicht?«

»Es hätte beide sehr traurig gemacht, denn sie mochten Suleiman sehr. Ich als ihr einziges Kind wollte ihnen nicht das Gefühl geben, sie hätten – wenn auch mit den besten Absichten – mein Leben ruiniert.«

»Und hast du es ihm jemals gesagt?«

»Nein. Als er mir schrieb, warst du bereits acht Jahre alt. Zudem war sein Brief kurz, klang kühl und reserviert. Es war wohl ein absichtlich so formulierter, grausamer, endgültiger Abschiedsgruß. Suleiman informierte mich über drei wichtige Entwicklungen in seinem Leben: Er war ein erfolgreicher Maler. Er war glücklich verheiratet. Er hatte drei Kinder. Wie hätte ich gegen ein solches Glück ankommen können? Ich wäre die sichere Verliererin gewesen. Jedenfalls erstickte er mit dieser Nachricht sämtliche meiner Träume. Ja, ich wünschte, das Schiff, das ihn nach New York gebracht hatte, wäre in einen Sturm geraten und alle Passagiere außer ihm hätten überlebt. Er jedoch hätte über Bord gehen und niemals geborgen werden sollen. Mir wäre es wirklich lieber gewesen, er wäre umgekommen. Dann hätte er nicht solch dumme Briefe geschrieben.

Ich hatte immer gedacht, dass ich ihn eines Tages, noch bevor uns der Tod dahinrafft, in New York besuchen würde. Ich wollte ihn so gern wieder sehen, Nilofer, wenigstens ein einziges Mal. Doch nach seinem Brief kam ich mir erbärmlich und betrogen vor. Aber einen Trost hatte ich, den konnte er mir niemals nehmen: Ich hatte dich, das Kind unserer Liebe. Um zu überleben, hatte er die Scherben seines Lebens kitten, eine uneinnehmbare innere Mauer errichten und sämtliche Erinnerungen an die Liebe, die uns einst verband, tilgen müssen. Ich jedoch brauchte nur in deine Augen zu schauen und konnte in Erinnerungen an das Glück schwelgen. Letztlich bemitleidete ich ihn.«

Sie schwieg, und auch mir schnürte es die Kehle zu. Ich küsste meiner Mutter die Hände, und sie streichelte mir übers Gesicht und küsste mich auf die Lider. In meinem ganzen Leben hatte ich mich ihr noch nie so nahe gefühlt. Doch jetzt wollte ich allein sein und über all das nachdenken, was sie mir erzählt hatte. Ich musste mich entscheiden, welchen Verlauf mein Leben künftig nehmen sollte. Das durfte ich niemanden aus dieser Familie hier bestimmen lassen.

Also stand ich auf und ging in mein Zimmer. Es war ein merkwürdiges Gefühl, dass auf einmal keiner von ihnen mehr mit mir verwandt sein sollte: Salman und Halil waren nicht meine Brüder, Zeynep nicht meine Schwester. Und Iskander Pascha war nicht mein Vater. Meine Welt war wie auf den Kopf gestellt. Und ich spürte, wie mir Tränen in die Augen stiegen.

»Warum weinst du?« Orhans Stimme brachte mich zurück in die Gegenwart. »Fehlt dir Emineh?«

Dankbar für diese Ausrede nickte ich und trocknete mir die Tränen. Orhan war bestens gelaunt.

»Morgen will mir Hasan Baba die Haare schneiden. Er sagt, er kann nicht heimfahren, ohne dass er mir einen anständigen Haarschnitt verpasst hat. Damit hätte er dann das Haar von vier Generationen unserer Familie geschnitten.«

Ich musste innerlich lächeln. Unserer Familie? Diese Worte hatten nun eine neue Bedeutung für mich.

Allerdings war Orhan über die Begegnung mit seinen Onkeln und seinem Großvater so begeistert, dass mich die Wahrheit plötzlich beunruhigte. Täglich unterhielten sich Orhan und Iskander Pascha schriftlich miteinander, und beide hatten dabei das Gefühl, etwas Sinnvolles zu tun. Orhan, indem er seinem Großvater half, und Iskander Pascha, indem er dem Kind das französische Alphabet beibrachte. Wie sollte ich meinem Sohn jemals erklären, dass wir gar kein Recht hatten, uns hier aufzuhalten, dass sein leiblicher Großvater ein New Yorker Maler war, dass wir zu einer anderen Welt gehörten? Ich blickte hinaus aufs Meer, das an diesem Tag spiegelglatt dalag und im gleißenden Licht des Juli-Nachmittags glänzte. Seine Ruhe besänftigte mich.

Mit geschlossenen Augen lag ich auf dem Bett. Ich war froh, dass Mutter mir die Wahrheit gesagt hatte. Und Orhans Anwesenheit verlieh mir das Gefühl, dass das Leben wie gewohnt weitergehen würde. Vielleicht war ich nicht blutsverwandt mit ihnen, aber es war dennoch meine Familie. Diese Menschen liebte ich und würde sie immer lieben – ungeachtet der Vergangenheit, egal, was die Zukunft bringen mochte. Vor meinem Fenster hörte ich Orhan lachen, und ich stand auf, um den Grund für seine Heiterkeit zu erfahren.

Es war Selim. Sein Anblick erregte mich. Und ich wusste, dass ich ihn noch sehr lange begehren würde.

Acht

Der Tag für die Familienfotos. Iskander Pascha beharrt darauf, allein neben einem leeren Stuhl fotografiert zu werden. Die Geschichte von Ahmed Pascha und wie er sich als Sultan ausgibt.

Es war ein schwüler Vormittag. Kein Lüftchen regte sich, und die Sonne brannte heiß herab. Wir saßen im Schatten eines Walnussbaums auf der vorderen Terrasse. Hasan Baba hatte Orhans Haar gerade einen Schnitt verpasst, und ein Hausmädchen fegte die Haarbüschel auf dem Boden zusammen. Hasan Baba hatte eine Frisur gewählt, die seit fünfzig Jahren aus der Mode gekommen war und die er schon meinem Vater und meinen Onkeln hatte angedeihen lassen, als diese noch Knaben gewesen waren. Meinen Anweisungen zum Trotz hatte er Orhans Haar viel zu kurz geschoren, doch ihm war auch nicht an meiner Zustimmung gelegen. Er wusste, dass Iskander Pascha sein Werk gutheißen würde.

Später an diesem Tag sollte ein Fotograf aus Istanbul eintreffen, um die ganze Familie zu fotografieren. Früher war dies ein alljährliches Ritual gewesen, das man ausgesetzt hatte, als Salman und Halil weggingen. Für gewöhnlich wurde das Bild an einem Festtag im alten Hof unseres Hauses in Istanbul aufgenommen. Jetzt hatte man aber erstmals einem Fotografen gestattet, in die Privatsphäre unserer Sommerresidenz einzudringen. Die Stühle waren bereits aufgestellt worden, und zwar in derselben Anordnung wie in Istanbul, nur waren es weniger. Denn Onkel Kemals Familie, die man in Istanbul nur schwerlich hätte ausschließen können, war nicht hierher eingeladen worden.

Auf Iskander Paschas Geheiß hin versah Petrossian die Plätze mit Namenskärtchen, damit jeder wusste, wo er zu sitzen hatte, wenn es so weit war. Mich schauderte beim Gedanken an eine solche Familienzusammenkunft, aber Orhan freute sich darauf. Er war ganz aufgeregt und hatte sich ausnahmsweise einmal widerspruchslos meiner Mutter gefügt, die darauf bestand, dass er sich badete, sein Haar wusch und den eigens für ihn angefertigten Anzug sowie den Fes trug. Er sollte wie ein kleiner Pascha aussehen. Und nicht nur er – alle wurden angehalten, in Festtagskleidung zu erscheinen. An jenem Morgen hatte Salman beim Frühstück uns alle zum Lachen gebracht, als er Onkel Mehmed fragte, ob er und der Baron ebenfalls den Fes tragen würden. Die beiden hatten ihn nur kühl gemustert und sich jeglicher Antwort enthalten.

Gerade als ich Hasan Baba bitten wollte, mir von seiner Zeit mit Iskander Pascha in Paris zu erzählen, klang wie vom Himmel herab die tiefe, wohlklingende Stimme eines Sängers, der einen Sufi-Vers vortrug.

Lass uns reichlich trinken vom Wein deiner Lippen
Lass uns trinken auf die Zufriedenheit der Liebenden
Lass die Herzen, die zu viel Trennung erlitten,
berauscht und benommen werden
Lass ihre Liebe überfließen wie die sieben Meere
Lass uns trinken, bis ihre Herzen in Mondlicht
getaucht sind
Lass uns trinken, bis die Liebenden in ihrem Glück,
in ihrem Glück, in ihrem Glück erkennen
Allah, wa Allah, wa Allah!

Vor meinen Augen verwandelte sich Hasan Baba, die Augen des gebrechlichen, betagten Mannes leuchteten auf, und er fing an, sich im Einklang mit dem ekstatischen Lied hin- und herzuwiegen. Plötzlich erstarb die Stimme. Sie war vom Garten unterhalb der Terrasse meines Vaters zu uns gedrungen, doch von der vorderen Terrasse aus, wo wir in der angenehmen Morgenluft saßen und den Duft der Pinien einsogen, konnte man nicht hinübersehen.

»Wer hat denn da gesungen?«, fragte ich. »Ich wusste gar nicht, dass wir einen Derwisch unter unserer Dienerschaft haben.«

»Das war Selim, mein Enkel, *hanim effendi*.«

Ich war erstaunt. »Sind Sie sicher?«

Hasan Baba nickte eifrig. »Selim ist heute bestimmt müde. Seit dem Frühstück hat er immerzu Haare geschnitten, erst Ihren Brüdern, dann Mehmed Pascha und dem Baron. Jetzt ist Ihr Vater an der Reihe. Und all das nur wegen einer dummen Fotografie.«

»Aber wie kann es sein, dass er singt, während er meinem Vater die Haare schneidet?« In Anbetracht dessen, dass Iskander Pascha sonst immer großen Wert auf die Etikette legte, schien mir das sehr verwunderlich.

»Warum nicht? Es gibt vieles, was Sie über Ihren Vater nicht wissen. In jungen Jahren war er ein Sufi. Er verkehrte in so manchem Versammlungshaus der eher anrüchigen Sorte, wo man die Ekstase nicht unbedingt um der Nähe zu Allah willen suchte. Offenbar hat er Selim angewiesen, ihm diesen speziellen Vers vorzusingen. Vielleicht erinnert er ihn an die Zeit, als er Zakiye kennen lernte, Salman Paschas Mutter.

Ich kenne Ihren Vater seit seiner Geburt, doch habe ich ihn nie in so einem Zustand gesehen wie in jenem Winter, als er Zakiye zum ersten Mal in einem Versammlungshaus begegnete. Sie rauchten ein sehr kräftiges Kraut und begannen zusammen einen wilden wirbelnden Tanz. Danach sanken sie in ekstatischer Erschöpfung zu Boden und ruhten sich aus. Und dann sang Zakiye dieses Lied, das wir gerade gehört haben, diesmal aber mit der Stimme meines Enkels. Iskander Paschas Herz geriet in ungeahnten Aufruhr. Mit jedem Tag wurde seine Liebe zu Zakiye mächtiger, und zuweilen fürchtete ich, er würde vollends den Verstand verlieren. Zu jener Zeit war ich viel mit ihm zusammen. Um ihn zu beruhigen, schlug ich vor, gemeinsam zu einem Fest nach Konya zu gehen oder sich hierher zurückzuziehen, damit er fern von seiner Geliebten wenigstens über seinen Gemütszustand nachdenken konnte. Doch er weigerte sich, Istanbul zu verlassen. Zakiye war gerührt von der Leidenschaft ihres jungen Verehrers, doch ich glaube nicht, dass sie seine Liebe jemals zu erwidern vermochte. Er kannte weder Rast noch Ruh, bis er von seinen Eltern die Erlaubnis erhielt, sie zu heiraten.«

Diese Geschichte hatte ich noch nie gehört, nicht einmal aus dem Mund Zeyneps, die in derlei Dingen sonst sehr gut Bescheid wusste. Vielleicht hatte Zakiyes Tod jeden Klatsch zum Verstummen gebracht.

»Warum brauchte er überhaupt die Erlaubnis dazu, Hasan Baba? Und warum nicht von Zakiyes Eltern?«

Der Alte seufzte. »Ach, mein Kind, Sie mögen zwar zweifache Mutter sein, aber die Sitten unserer Welt sind Ihnen noch immer fremd. Zakiye gehörte zu dem besagten Versammlungshaus, das schlecht beleumundet war. Das Mädchen hatte keine Eltern mehr.«

Auch wenn ich es mir nicht anmerken lassen wollte, erschrak ich doch ein bisschen über diese Neuigkeit. »Hasan Baba, soll das heißen, dass Salmans Mutter eine Prostituierte war?«

»Welches verderbte Wesen hat etwas von Geld oder vom Feilbieten menschlicher Körper gesagt?«, entgegnete er mit erhobener Stimme. »Zakiye glaubte an die Freuden ekstatischer Vereinigung. Es war ihre Art, mit Allah in Verbindung zu treten. Überrascht Sie das? Es gab und gibt noch immer viele ihresgleichen, wie etwa auch Selims Mutter, und sie ist noch am Leben! Doch bitte sehen Sie davon ab, meinen Erzählfluss mit weiteren törichten Fragen zu unterbrechen. Vielleicht haben Sie Ihre vorherige Frage ja schon vergessen, aber erlauben Sie mir dennoch eine Antwort darauf.

Jetzt verstehen Sie zumindest, warum Iskander Pascha die Zustimmung seiner Eltern benötigte, ehe er Zakiye heiraten konnte. Sie wurden sehr zornig auf ihn. Sie weigerten sich, die Angelegenheit ernst zu nehmen, denn sie glaubten, er begehre Zakiye nicht aus Liebe, sondern nur aus reiner Lust. Sie schlugen Ihrem Vater vor, stattdessen mit Petrossian nach Paris und Florenz zu reisen. Doch dieses Angebot lehnte er wiederum ab.

Eines Nachts verließ Iskander Pascha sein Zuhause, um fortan das Leben eines Derwisch zu führen. Das erschütterte seine Mutter zutiefst. Es fiel ihr schwer, den Verlust zu verschmerzen, zumal er stets ihr Lieblingssohn gewesen war. So gab sie als Erste nach und überredete später auch seinen Vater, in die Heirat einzuwilligen. Iskander Pascha war außer sich vor Freude. Ich sah, wie glückselig seine Augen strahlten, doch mit dem Problem, das sich nun anbahnte, hatte keiner von uns gerechnet.

Zakiye weigerte sich ihn zu heiraten. Sein Angebot hatte sie erzürnt. Wie sie mir sagte, stehe ihr der Sinn keineswegs danach, das Eigentum eines reichen Mannes zu werden. Sie sehe nicht ein, warum sie, die sie bislang jede Freiheit genossen habe, nunmehr den Rest ihres Lebens als Gefangene in eurem Haus in Istanbul zubringen solle. Was dann geschah, war unvermeidlich, wie ich denke: Das Problem wurde mit Geld gelöst. Die Ältesten des Versammlungshauses wurden von Iskander Pascha bestochen. Es waren Männer, die Zakiye als Findelkind aufgenommen hatten. Sie hatten sie erzogen, ihr das Singen und Tanzen beigebracht und sie gelehrt, wie sie die Vereinigung mit ihrem Schöpfer erreichen konnte. Nun befahlen sie ihr, um des höheren Interesses des Ordens willen, Iskander Pascha zu ehelichen und zu tun, was er von ihr verlangte. ›Er ist der Sohn einer bedeutenden Persönlichkeit, mit engen Beziehungen zum Hof. Denk doch nur, wie nützlich du uns sein kannst, wenn du erst seine Frau bist. Am Tag deiner Geburt wurdest du vor der Tür unseres Versammlungshauses zurückgelassen. Wir haben dich aufgezogen wie unser eigen Fleisch und Blut. Nun ist es an dir, dich erkenntlich zu zeigen. Tue, worum wir dich bitten.‹ Zakiye war nicht überzeugt, doch fügte sie sich dem Willen der Ältesten, wie sie es von jeher getan hatte.

Also fand die Hochzeit statt. Und es war keine stille Feier. Das Fest dauerte drei ganze Tage, und es wurde viel gesungen und getanzt. Wahrscheinlich war es das letzte Mal, dass Zakiye mit anderen Männern und Frauen tanzte. Sie schien recht glücklich zu sein, und wer weiß, wie alles ausgegangen wäre, hätte das Schicksal nicht eine grausame Strafe über sie verhängt. Schon nach wenigen Monaten war sie schwanger, und dann brach das Unheil herein. Wie Ihnen ja bekannt ist, starb sie, als sie Salman Pascha gebar.

Nach ihrem Tod musste ich mit ansehen, wie sich Iskander Paschas Charakter grundlegend änderte. Ihr Vater war am Boden zerstört. Er erinnerte mich an einen Baum, in den der Blitz eingeschlagen hat. Ein solcher Baum kann nur sterben. Iskander Pascha gelangte schließlich zur Überzeugung, dass er nur weiterleben konnte, wenn er sich selbst neu erschuf. Und er formte sich nach dem Bildnis seines Vaters. Er wurde verschlossen und zog sich zurück, war nun sehr auf seinen gesellschaftlichen Stand bedacht und begegnete seinen Kindern, besonders aber dem armen, mutterlosen Salman Pascha, mit großer Strenge. So hat sich Ihr Vater in jenen Menschen verwandelt, den Sie Ihr Leben lang gekannt haben. Nur auf diese Weise konnte er sich damit abfinden, dass Zakiye für immer von ihm gegangen war. Das, was er mit ihr erlebt hatte, konnte er mit keiner anderen mehr wiederholen.

Als wir einmal in Paris weilten und ich ihn inmitten all des Prunks seiner Residenz rasierte, war er in Gedanken bei ihr. Da ich ihn gut kannte, merkte ich, wann er in vollkommener Stille rasiert zu werden wünschte. Ich hatte an jenem Tag kein Wort gesprochen, als er plötzlich nach dem Handtuch griff, das über meiner Schulter hing, sich den verbliebenen Schaum vom Gesicht wischte und das Schweigen brach: ›Nicht wahr, Hasan, du weißt, dass der Mann, der Zakiye liebte, mit ihr gestorben ist? Ich kenne diesen Mann nicht mehr.‹

Tränen liefen mir über die Wangen, als ich antwortete: ›Das weiß ich, Iskander Pascha. Ich habe es immer gewusst, doch ich glaube nicht, dass der junge Mann, den ich kannte, tot ist. Ich denke, er ist tief in Ihnen vergraben und wird eines Tages zu sich selbst zurückkehren.‹ Was er sagte, war nämlich nur die halbe Wahrheit. Zakiye lebte noch immer in ihm fort, und insofern war auch der einstige Iskander Pascha noch lebendig. Gerade fällt mir eine weitere Begebenheit in Paris ein. Ist unser Gedächtnis nicht eine merkwürdige Gabe, Nilofer *hanim*? Ihr Vater war eines Abends nach einem anstrengenden offiziellen Empfang spät nach Hause gekommen. Derlei Zusammenkünfte waren ihm stets ein Gräuel. Da Petrossian sich bereits zurückgezogen hatte, entkleidete sich Iskander Pascha selbst. Ich war im Zimmer nebenan und las, als ich ihn schluchzen hörte. Ich eilte zu ihm, um ihn zu trösten, und sah, wie er ein Buch an seinen Busen drückte. Wortlos reichte er mir das Buch und deutete auf eine Gedichtstrophe, die mir unvergesslich geblieben ist. Sie entstammte einem Sonett von Michelangelo, jenem Italiener, der uns die Brücke über den Bosporus hätte bauen sollen. Soll ich die Strophe vortragen? Wir wollen mal sehen, ob sie mir wieder einfällt.«

Er hielt inne und grub tief in seiner Erinnerung. Dann entspannten sich seine Gesichtszüge. »Ich glaube, es ging so, aber vielleicht habe ich auch ein paar Zeilen vergessen. Nachdem Iskander Pascha mich diese Zeilen hatte lesen lassen, fragte er mich mit einem traurigen Lächeln: ›Hasan, meinst du, Michelangelo war ein Sufi?‹

So wende wieder mich zu jener Zeit,
da blindem Glühn die Zügel Freiheit gaben;
das Antlitz voller Engel-Heiterkeit
gib mir zurück; mit ihm ward viel begraben.
Wenns wahr ist, Gott der Liebe, dass du nur
lebst von der Menschen süßem, bittrem Weinen,
ein Greis, nur müde noch, käm dir zu teuer:
Fast schon ganz drüben, schützt ihn die Natur
mit gnädigen Pfeilen vor den wilden deinen;
*und an verkohltem Holz versagt das Feuer.**

Heute hat er Selim gebeten, Zakiyes Lieblingslied zu singen. Im Moment fühlt er sich wohl sehr mit ihr verbunden.«

Das Wissen, dass Iskander Pascha nicht mein leiblicher Vater war, änderte nichts an meinen Gefühlen für ihn, das merkte ich. Ich liebte ihn noch immer wie einen Vater. Durch Hasan Babas Geschichte fühlte ich mich sogar noch mehr zu diesem Mann hingezogen, den meine Mutter vor so vielen Jahren in aller Eile geheiratet hatte. Ich fragte mich, ob Sara diese Geschichte kannte und was sie dabei empfand. Beide hatten sie aus tiefstem Herzen geliebt, und beide hatten das, was ihnen im Leben am meisten bedeutete, verloren, wenngleich aus unterschiedlichen Gründen. Zakiye war gestorben und mit ihr in gewisser Weise auch Suleiman. Warum hatte diese gemeinsame Erfahrung sie einander nicht näher gebracht? Meine Gedanken schweiften zu Selim.

»Wie hat Selim gelernt, so wunderschön zu singen, Hasan Baba?«

Der alte Mann freute sich über mein Kompliment. Was würde ihm durch den Kopf gehen, wenn er wüsste, was wir getan hatten? Wie auch immer er es aufnehmen würde, ich war mir sicher, dass er weder überrascht noch entsetzt wäre.

»Selims Vater, mein ältestes Kind, gehört dem Orden der Bektaschi an. Er hat seinem Jungen schon im Kindesalter das Singen beigebracht. Mein Sohn, möge Allah ihn verfluchen, wollte kein Barbier werden.« Der Alte fing an zu lachen, und mir gähnte eine erschreckende schwarze Leere entgegen: Kein einziger Zahn war mehr in seinem Mund. Ich musste den Blick abwenden.

»Vielleicht«, fuhr er fort, »war das der eigentliche Grund, weshalb er sich einem Sufi-Orden angeschlossen hatte, der seine Anhänger dazu anhält, sich das Haar wachsen zu lassen. Nach seinem Willen hätte Selim in seine Fußstapfen treten sollen, doch das habe ich nicht zugelassen. Er behandelte den Knaben nicht gut, und so beschloss ich, mich selbst um seine Erziehung zu kümmern. Selim wuchs in meinem Haus auf, und ich lehrte ihn das Barbiergewerbe. Aber wie Sie sehen, verfügt er über mancherlei Talente und vielerlei Fertigkeiten.«

Nun war es an mir zu lächeln. Mochte Selims Großvater auch ein Barbier sein, sein Vater war ein Sufi.

»Hat es Sie überrascht, dass Ihr Sohn sich von Ihrem Beruf abgewandt hat?«

Gedankenvoll strich sich der Alte über sein mit dichten weißen Stoppeln bedecktes Kinn. »Ich war enttäuscht, aber nicht überrascht. In unserer Familie ist es Tradition, sowohl Barbier als auch Derwisch zu sein. In den alten Zeiten, lange bevor die Osmanen nach Istanbul gelangten, lebte meine Familie in Ankara. Damals herrschte kein Fürst über uns. Wir trafen unsere eigenen Entscheidungen. In jenen Tagen waren wir Handwerker, die sich auf die Herstellung von Schwertern und Messern verlegt hatten. Wir gehörten dem Orden der Karmaten an. Haben Sie schon einmal von ihnen gehört?«

Ich gestand meine Unwissenheit ein und entschuldigte dies mit meiner mangelhaften Bildung. Die Lehrer, denen ich mein gesamtes Wissen verdankte, hatten niemals die Karmaten erwähnt.

»Sie wären noch unwissender, wenn Sie auf eine Medresse gegangen wären«, erwiderte er. »Ihre Mutter, diese ehrenwerte und gütige Dame, hat Ihnen gewiss mehr beigebracht als all jene Bärte in den Koranschulen zusammen. Glauben Sie etwa, sie würden ihren Schülern etwas von den Karmaten erzählen? Lieber würden sie an ihren Bärten ersticken, als von einer Vergangenheit sprechen, die sich durch Reinheit ausgezeichnet hat.«

Den letzten Teil unserer Unterhaltung hatten Onkel Mehmed und der Baron mitgehört, die unbemerkt zu uns gestoßen waren.

»Ich wusste gar nicht, dass Sie von Karmaten abstammen, Hasan«, meinte Mehmed.

»Hast du schon von ihnen gehört, Onkel?«, erkundigte ich mich und setzte dabei die schönste Unschuldsmiene auf.

»Ja, aber nur wenig. Das Thema interessiert mich. Dürfen wir an eurem Gespräch teilnehmen? Bitte fahren Sie fort, Hasan.«

»Ich bin ein alter Mann, Mehmed Pascha, deshalb verzeihen Sie mir mein wirres Gefasel. Was ich hier erzähle, wurde in unserer Familie von Generation an Generation weitergegeben. Für aufgeklärte Männer wie Sie und Baron Pascha ist all dies sicherlich nur von geringem Interesse.«

»Unsinn«, ereiferte sich der Baron. »Wir sind diejenigen, die unwissend sind. Wir bedürfen der Erhellung.«

Hasan Baba fühlte sich geschmeichelt und schlug jetzt einen anderen Ton an. Mit mir hatte er freundlich und entspannt geplaudert. Doch in Gegenwart der beiden Männer wurde er förmlicher und gezierter.

»Die Bruderschaft der Karmaten in Angora, das wir heute Ankara nennen, war so mächtig, dass sie die Geschicke der Stadt aus eigener Kraft lenken konnte und keinen Herrscher brauchte. Die Bruderschaft bestand aus verschiedenen Handwerksgilden oder *ahis*, jede hatte ihren eigenen Versammlungsort. Doch es gab auch ein zentrales Versammlungshaus, in dem viel gefeiert und gebetet wurde, wo man aber auch die Probleme der Stadt erörterte, etwa wie Kranke geheilt, Hungernde satt gemacht oder die Banditen bestraft werden sollten, die am Rand der Stadt lebten und Durchreisende ihres Geldes und ihrer Kleider beraubten. Besucher wurden in den Versammlungshäusern untergebracht, die auch als Gaststätten dienten. Wir gelobten, uns in den sieben Tugenden zu üben, die sieben Übel zu meiden, sieben Türen zu öffnen und sieben Türen zu schließen.«

Hasans Ausführungen hatten den Baron in ihren Bann geschlagen. »Was waren die Übel und was die Tugenden?«

»Darüber, Baron Pascha, habe ich keine genaue Kenntnis, aber ich weiß, dass wir Karmaten zwar Frauen tolerierten, doch selbst zur Ehelosigkeit neigten. Und ich weiß, dass Schlachtern, Badern, Atheisten, Steuereintreibern und Geldverleihern der Zutritt zu Versammlungshäusern stets verwehrt blieb. Sie jedenfalls zählten zu den Übeln.«

»Wie stand es mit den Astrologen?«, erkundigte sich Mehmed.

»Ein weiteres Übel. Sie waren sogar noch verhasster als die Atheisten und die Geldverleiher«, erwiderte der Alte zornig, als hätte er selbst miterlebt, wie sich ein Astrologe Zutritt zu einem Versammlungshaus verschaffen wollte. »Die Astrologen waren die Henker des rationalen Denkens. Deshalb fassten eines Tages sämtliche Versammlungshäuser den Beschluss, dass einige dieser Schurken, die die Unwissenden in die Irre leiteten, auf dem Hauptplatz in Ankara öffentlich hingerichtet werden sollten. Es heißt, die Karmaten hätten gejubelt, als jene Männer zum Richtplatz geführt wurden. ›Wie kommt es‹, verhöhnten sie die Verurteilten, ›dass ihr euer eigenes Schicksal nicht vorhersehen konntet? Habt ihr zu den falschen Sternen geguckt?‹«

»Das kann ich nicht gutheißen, Hasan«, erklärte der Baron. »Die Feinde des rationalen Denkens können nur durch rationales Denken bezwungen werden. Jene Männer hinzurichten war sinnlos. Sie vermehrten sich daraufhin im ganzen Reich wie Heuschrecken.«

Hasan Baba war es ein wenig peinlich, dass er sich von seiner Geschichte so hatte mitreißen lassen. Ich versuchte ihm mit einer freundlichen Frage aus seiner Verlegenheit zu helfen. »Und die Tugenden, von denen Sie sprachen. Welche waren das?«

»Wein trinken, Kräuter inhalieren, der Ekstase frönen, tägliche Gebete und die Befreiung von Ungläubigen. Die Karmaten waren die Väter und Mütter all der verschiedenen Sufi-Orden, die es noch heute gibt. Und sie waren die ersten *ghazi,* die ersten Gotteskrieger in diesem Teil der Welt. Für Allah und den Ruhm Seines Propheten waren sie bereit zu kämpfen und zu sterben. Ohne sie wären die Osmanen niemals so erfolgreich geworden. Später, sehr viel später, als man die Hauptstadt nach Bursa verlegte, wurden die Versammlungshäuser aufgelöst und den Moscheen angegliedert. Das war der Anfang vom Ende.

Meine Familie verlegte sich auf ein anderes Handwerk. Anstelle von Schwertern fertigten wir nun Rasiermesser und später Scheren an. Und da kamen wir zu dem Schluss, es wäre das Beste, wenn wir deren Gebrauch vervollkommneten, und wurden Barbiere. Meine Vorfahren zogen mit Mehmed dem Eroberer in Konstantinopel ein, sie gehörten zum Gefolge des Sultans.«

Mehmed und der Baron tauschten lächelnd einen Blick, und nachdem sie mit lobenden Worten Hasans Ausführungen gewürdigt hatten, verabschiedeten sie sich, um sich ihrem alltäglichen und viel diskutierten Ritual hinzugeben, nämlich immer eine Stunde vor dem Mittagsmahl einen ausgedehnten Spaziergang entlang der Klippen zu unternehmen.

Hasan Baba blieb sitzen, doch meine Gedanken schweiften ab. Anscheinend merkte er es, denn bald erhob auch er sich und ging. Ich dachte an Selim. Wie seltsam, dass ich seine Stimme nicht erkannt hatte, als er sang. Zweifellos hatte er gesehen, dass ich hier bei seinem Großvater saß. Mit seinem Gesang ließ er mich seine Anwesenheit auf einzigartige Weise spüren.

»Hat Ihnen mein Lied gefallen, Prinzessin?«

Er stand plötzlich vor mir, in einer Pose gespielter Unterwürfigkeit, so dass man ihn aus der Ferne für einen Diener gehalten hätte. Er tat sogar so, als wolle er den Tisch abräumen.

»Mir hat dein Lied gefallen, Nachtigall, doch deine Stimme klang so anders. Wo hast du sie in der Nacht versteckt? Nun steh hier nicht so albern herum. Wir treffen uns heute Nacht im Obstgarten, wenn der Schatten des Mondes die Steinerne Frau verhüllt hat.«

»In welchem Obstgarten?«

»Im Orangenhain, du Narr.«

»Da ist es nachts zu feucht. Die Lavendelfelder wären mir lieber.«

»Aber sie bieten keinen Schutz.«

Aus seinen Augen blitzte der Schalk. »Warum sollten wir uns nicht unter Allahs Blick der Wonne hingeben?«

Entgegen meiner Absicht musste ich lachen. »Im Orangenhain. Dort fließt ein Bach, und die Musik des Wassers besänftigt mich. Tu wie befohlen und geh jetzt.«

Er nahm das Tablett mit den benutzten Teetassen und verbeugte sich vor mir mit der gespielten Demut, die die meisten Bediensteten in unserem Haus inzwischen perfekt beherrschten. Diesmal konnte ich mir das Lächeln verkneifen.

Auf dem Weg zum Haus merkte ich, dass in der Nähe des vorderen Eingangs Hasan Baba verharrte. Er hatte alles gesehen, aber er konnte uns nicht gehört haben. Er bedachte mich mit einem merkwürdigen Blick. Hatte ihm Selims Körpersprache verraten, wie vertraut wir miteinander umgingen, oder konnte er von den Lippen lesen? Heiter und gelassen spazierte ich an ihm vorbei und begab mich sogleich ins Badezimmer, wo die Mägde geduldig auf mich gewartet hatten, um mir noch vor dem Mittagessen das Haar zu waschen, zu trocknen und zu einem Zopf zu flechten.

Begleitet von dem Fotografen Giulio Bragadini, der das Mittagsmahl mit uns eingenommen hatte, und gefolgt von dem treuen Petrossian, trat Iskander Pascha um drei Uhr nachmittags vor das Haus und ließ den Blick nachdenklich über all die Requisiten für die Aufnahme schweifen. Eine große Holzkiste mit einem schwarzen Tuch darüber war die so genannte Kamera.

Bragadini hatte sich für den Anlass wieder einmal übertrieben herausgeputzt. Er trug einen schwarzen Gehrock nach Istanbuler Art sowie einen dazu passenden teuren Seidenhut, und auf seinem feisten Gesicht lag ein dünkelhafter Ausdruck. Offensichtlich war er sehr zufrieden mit sich. Er stammte aus einer venezianischen Familie, die sich vor Jahrhunderten in Istanbul niedergelassen hatte und Porträtbilder von Fürstentöchtern und Adligen anfertigte. Allerdings hatten die jeweiligen Großwesire die Arbeiten der Bragadinis nie als so hochwertig eingestuft, dass sie die Erlaubnis bekommen hätten, den Sultan zu malen.

Bei vielerlei Anlässen hatte man durchblicken lassen, dass die Bragadinis keine Meister in der Tradition eines Leonardo oder eines Michelangelo oder wenigstens eines Bellini seien, sondern lediglich talentierte Kaufleute, die die Malerei als Handwerk erlernt hatten. Giulios Großvater Giovanni, der letzte in der Reihe der Maler und der erste Fotograf, hatte auf diese ehrrührigen Anschuldigungen erwidert – wenn auch nicht in der Öffentlichkeit –, dass die Bragadinis den Sultan nur deshalb nicht hätten malen dürfen, weil sie sich beharrlich geweigert hätten, die entsprechenden Höflinge zu bestechen. Dies ist einer der Fälle, so hatte Onkel Mehmed einmal bemerkt, wo beide Seiten gleichermaßen Recht hätten.

Trotz ihres umstrittenen Rufes brachten es die Bragadinis zu erheblichem Wohlstand. Mit der Erfindung der Fotokamera fand ihr langes Ringen um landesweite Anerkennung ein Ende. Sie erhielten das exklusive Recht, den Sultan zu fotografieren, und wurden zu offiziellen Hoffotografen ernannt.

Vier Stühle standen bereit. Als Erstes wurde die Familie allein fotografiert und nahm dazu nach einem einfachen Schema Aufstellung. Meine Mutter saß zu Iskander Paschas Linken, Onkel Mehmed zu seiner Rechten und daneben der Baron. Zeynep, Halil, Salman und ich standen hinter ihnen, während der kleine Orhan – ein Pascha von Kopf bis Fuß – vor seinem Großvater und seinem Großonkel auf dem Boden hockte. Nun hatte Giulio das Kommando übernommen. Etwas weiter weg standen hinter der Kamera die versammelten Diener, die Petrossian in Festtagskleidung hatte antreten lassen, und starrten uns an. Während die Gärtner feierlich und ernst dreinschauten, flüsterten sich die Mägde unter verhaltenem Kichern Unanständigkeiten zu. Aus irgendeinem Grund richtete sich ihr Spott mit Vorliebe gegen den Baron. Die traditionellen Worte, die stets bei solchen Zusammenkünften gesprochen wurden, brachte diesmal Onkel Mehmed vor. Lächelnd trat er zu der Dienerschar und sagte: »Allah sei gepriesen. Anscheinend ist festliche Kleidung groß in Mode.« Den Baron würgte es beinahe angesichts dieses völlig sinnlosen Aufgebots an Förmlichkeit.

Nachdem die erste Aufnahme gemacht war, wurden wir alle – mit Orhan in der Mitte – auf Stühle gesetzt, Petrossian stellte sich hinter uns, flankiert von Rustem, unserem Chefkoch und Küchenmeister aus Bosnien, neben ihm der Albaner Luka, unser oberster Gärtner, und Hasan Baba. Auch bei diesem Foto klappte alles ohne Zwischenfälle. Dann wurden hinter Petrossians Reihe mehrere Bänke aufgestellt, auf die schließlich die gesamte übrige Dienerschaft kletterte. Der Lärm wurde immer lauter, bis meine Mutter aufstand und mit erhobener Hand Schweigen gebot. Die Tortur war kaum noch zu ertragen.

Als sich nach der Aufnahme die Schar der Bediensteten zerstreute und auf ihre Plätze zurückkehrte, bat Iskander Pascha Giulio Bragadini zu sich. Er zeigte ihm einen Zettel, der den Fotografen zu verwirren schien. Sogleich eilten Petrossian und ich herbei, um Vater beizustehen. Giulio reichte mir das Blatt Papier, auf dem stand: »Jetzt bitte ein Foto nur von mir und Zakiye.« Ich winkte Hasan Baba herbei, und er begriff sofort. Er entfernte alle Stühle mit Ausnahme von zweien und wies Giulio an, keine unnötigen Fragen zu stellen, sondern einfach das Foto zu machen. Unterdessen scheuchte Petrossian das Gesinde aus dem Garten, so dass nur die Familienangehörigen zurückblieben. Vater schien das alles zu gefallen, doch er eilte ins Haus, nachdem er zu verstehen gegeben hatte, er werde gleich wieder zurückkommen. Dass er sich erleichtern wollte, war wohl nicht der Grund, denn das tat er oft im Garten.

Als er fünfzehn Minuten später wieder auftauchte, verschlug es allen den Atem. Iskander Pascha hatte sich in der Tracht eines Derwisch gekleidet. Keiner von uns sagte ein Wort. Nur Giulio atmete erleichtert auf. Er ließ Iskander Pascha Platz nehmen, doch als er den leeren Stuhl wegtragen wollte, erntete er dafür einen so vernichtenden Blick, dass er sich ängstlich hinter seine Kamera zurückzog. Anstatt in die Kamera zu schauen, beharrte Iskander Pascha darauf, die nicht existierende Person auf dem leeren Stuhl neben ihm anzulächeln, und so ließ er sich von Giulio Bragadini ablichten.

Danach wurde kein Wort über den Vorfall verloren. Wir taten alle so, als wäre Vaters Verhalten das Normalste auf der Welt. Und es war gut so. Später einmal sollte jenes merkwürdige Foto – Ausdruck einer verklärten Anwandlung, die Iskander Pascha an jenem Tag überkommen hatte – um die ganze Welt gehen und in fast allen Büchern über die Anfänge der Fotografie erscheinen. Zudem sollte es den Namen Giulio Bragadini unsterblich machen, was in unserer Familie große Heiterkeit hervorrief. Der Ruhm, der Giulios Vorfahren von den alten Sultanen versagt geblieben war, wurde ihm aufgrund des launigen Einfalls eines traurigen alten Mannes, der dazu noch sein Sprechvermögen verloren hatte, schließlich doch zuteil. Wie man mir sagte, habe Giulio in Paris einen öffentlichen Vortrag über dieses Foto gehalten und seiner bewundernden Zuhörerschaft dargelegt, wie viele Stunden der Planung und Vorbereitung notwendig gewesen seien, um jene vollkommene Struktur und Komposition zu erreichen. Berichte über seine jüngsten Porträts erschienen oft in den Kunstkolumnen der europäischen Presse. Doch wir wollen uns nicht ablenken lassen. Für die Hirngespinste der Bragadinis ist in dieser Geschichte wirklich kein Platz, und ich darf den Geschehnissen nicht vorausgreifen. Die Vergangenheit ist schwierig genug.

Die Gegenstände für die Fotos waren weggeräumt worden, und kaum jemand dachte noch an die Ereignisse des Nachmittags, doch die Veränderung Iskander Paschas war unübersehbar. Er ließ uns wissen, er wünsche nach dem Abendessen keinen Besuch in seinem Zimmer.

»Mir ist nicht an eurer Zuwendung gelegen«, teilte er uns auf einem Zettel mit, den wir von einem zum anderen weiterreichten. »Mich verlangt nach Einsamkeit. Es steht euch allen frei, zu bleiben oder zu euren Familien zurückzukehren.«

Onkel Mehmed hatte einen Familienrat einberufen, um die Frage zu erörtern. Mit Ausnahme von Orhan und Iskander Pascha waren all jene zugegen, die auch am Fototermin teilgenommen hatten. Auch Hasan Baba hatten wir eingeladen, sich auf einen Kaffee zu uns zu gesellen. Wer würde als Erster das Wort ergreifen? Wir sahen von einem zum anderen und gaben einander stumm zu verstehen, dass es jedem freistünde, den Anfang zu machen. Erwartungsgemäß brach der Baron als Erster das Schweigen.

»Das Schlimmste, was wir tun könnten, wäre, übertrieben zu reagieren. Da ich die Geschichte dieser Familie kenne, erscheint mir sein Verhalten exzentrisch, aber nicht wirklich Besorgnis erregend. Ihn überkam lediglich die Sehnsucht nach Zakiye *hanim,* und er hat sich dafür entschieden, ihr Andenken in unserer Gegenwart zu ehren. Mir jedenfalls ging sein Verhalten sehr zu Herzen.«

Hasan Baba hatte zu den Worten des Barons eifrig genickt. »Ich möchte keinem der Anwesenden zu nahe treten, doch mich erfüllt Iskander Paschas Anwandlung mit Zuversicht. Er liebte Zakiye *hanim* mehr als alles andere auf der Welt. Nie hat er aufgehört, an sie zu denken. Deshalb auch hatte Salman Pascha viel zu leiden, weil sein Vater ihn für ihren Tod verantwortlich machte. Ich rate, sich in Geduld zu üben. Er ist nicht etwa verrückt, sondern hat sich vielmehr entschlossen, wieder gesund zu werden, das glaube ich zumindest.«

Bei solchen Anlässen blieb meine Mutter für gewöhnlich stumm, doch heute nicht. »Früher hat er oft von Salmans Mutter gesprochen. Er meinte, er könne nie wieder einen anderen Menschen lieben. An verkohltem Holz versagt das Feuer, so pflegte er zu sagen. Und ich habe ihn vollkommen verstanden. Wie wir alle wissen, war er schon immer ein sehr verschlossener Mensch. Was mir indes Sorge bereitet, sind nicht seine Gefühle an sich, sondern sein Bedürfnis, sie in solcher Art zur Schau zu stellen. Wo soll das alles enden?«

Salman räusperte sich. »Ich pflichte meiner Tante Hatije bei. Seine frühere Feindseligkeit mir gegenüber bekümmert mich heute nicht mehr. Natürlich hätte auch ich gern meine Mutter kennen gelernt, doch nach allem, was ich gehört habe, hätte sie mich womöglich in ein Bündel gepackt und Istanbul verlassen. Hasan Baba weiß das sehr gut. Meiner Mutter war der Nomadentrieb der frühen Osmanen zu Eigen, sie konnte nie an nur einem Ort glücklich sein. Doch es ist sinnlos, heute über solche Dinge Mutmaßungen anzustellen. Bedenklich finde ich hingegen die Neigung zum Irrsinn in unserer Familie. Onkel Mehmed, als wir Kinder waren, hast du uns oft von einem Ururgroßonkel erzählt, der für seine Verrücktheiten berühmt war. Und ebendieses Blut fließt auch in unseren Adern.«

Mehmed lachte laut heraus. »Ururgroßonkel Ahmed. Ja, er war wirklich etwas ganz Besonderes. Sogar der Sultan lachte über seine Eskapaden. Wer von euch kennt diese Geschichte? Nur Salman? Merkwürdig. Möglicherweise hat man sie euch zu eurem eigenen Besten verschwiegen.

Ahmed Pascha war ein Krieger. Er hatte an zahlreichen Feldzügen teilgenommen und war berühmt für seine Tollkühnheit, die gemeinhin leider gern Mut genannt wird. Als er des Kämpfens überdrüssig geworden war, fing er an Gedichte zu verfassen. Manche davon müssen sogar noch irgendwo erhalten geblieben sein. Mit Krieg hatten seine Gedichte denkbar wenig zu tun. Ahmed Pascha schrieb ausschließlich über die natürliche Schönheit von Tieren. Vögel, Rehe, Fische, Gänse, Hunde, Katzen, Schildkröten, Pferde, Elefanten und Ameisen – sie alle fanden Eingang in sein dichterisches Werk. Er pries ihre Unschuld und ging der Frage nach, wie abhängig der Mensch von all diesen Geschöpfen sei. Es heißt, der Sultan sei in Gelächter ausgebrochen, als Ahmed Pascha eine Ode an die Schnecke vortrug. Ja, er konnte gar nicht mehr aufhören zu lachen, so dass die Höflinge schließlich den Saal räumten. Doch dieses Verhalten erboste unseren großen Vorfahren. Wie wir wissen, neigt unsere Familie dazu, sich selbst sehr wichtig zu nehmen. Wir können Gemälde zustande bringen, die höchst peinlich anmuten, Gedichte, die das Ohr beleidigen, Liebesbriefe, die jegliche Leidenschaft abtöten, aber wehe dem, der unser Werk zu kritisieren wagt. Vermutlich spiegelt sich darin die Einstellung wider, die auch im Palast des Sultans vorherrscht, welcher ja stets über jede Kritik erhaben ist. Gerade dieser Stumpfsinn und diese Trägheit haben das Reich zugrunde gerichtet und unseren Fortschritt behindert. Dasselbe ist unserer unglückseligen Familie widerfahren. Auch wir haben über Jahrhunderte hinweg den Verlust unserer Talente und Fähigkeiten mit ansehen müssen. Verzeiht mir, Kinder, ich rede ja schon fast wie der Baron.«

Wir lachten, da wir die beiden Männer immer als ein einheitliches Ganzes empfunden hatten. Dass sie nicht einer Meinung waren, kam nur selten vor. Wie zur Bestätigung dessen strich der Baron über seinen Schnurrbart und griff den Erzählfaden auf.

»Wenn Mehmed in dieser Geschwindigkeit fortfährt, sitzen wir morgen früh noch hier. Ahmed Pascha war so wütend, dass er dem Sultan nie wieder seine Aufwartung machte. Stattdessen sammelte er zwei Dutzend altgedienter *spahi* um sich, berittene Krieger, die mit ihm zusammen gekämpft hatten, und befahl ihnen, sich für einen neuen Krieg zu rüsten. Seine früheren Kameraden waren verwirrt ob dieser Worte, doch sie mochten Ahmed Pascha sehr gerne, und ihre wie auch immer gearteten Zweifel wurden spätestens dann zerstreut, als er ihren Familien je eine wohlgefüllte Geldbörse zukommen ließ. Er bewaffnete seine Männer und steckte sie in Uniformen, die üblicherweise von den Leibwächtern des Sultans getragen wurden. Er selbst kleidete sich in der Art des Sultans und ließ eine Kutsche bauen, die der seines Herrschers nachempfunden war. So reiste er dann durchs Land, und wo immer er auftauchte, hielten ihn die Menschen für den Sultan. Sie folgten ihm scharenweise, wenn er zum Freitagsgebet in die örtliche Moschee ging. Sie dachten nämlich, Allah würde ihre Bitten eher erhören, wenn sie gemeinsam mit dem islamischen Kalif beteten. In den Ansprachen an seine Bürger brandmarkte Ahmed Pascha Heuchelei und Korruption. Man sagt, auf sein Geheiß hin hätten seine *spahi* in drei Dörfern die Steuereintreiber hingerichtet. Und die Kunde davon versetzte den Großwesir in Angst und Schrecken. Bislang hatte der Sultan Ahmed Paschas Possen noch recht belustigt mit angesehen und seinen Großwesir angewiesen, ihn in Frieden zu lassen. Als sich jedoch die Nachricht von den Hinrichtungen verbreitete, wurde das ganze Reich von einer Welle erwartungsvoller Unruhe erfasst. Schließlich sandte der Sultan einen Boten zu Ahmed Pascha aus, um ihn zu sich in den Palast zu bestellen.

Da bewies euer großer Vorfahr echten Stil. Er bat den Boten zu warten, bis er einen Brief an den Sultan verfasst habe. Dann gab er seinen Gefolgsleuten einen freien Tag und verabschiedete sich von seinen *spahi*. Und als er schließlich allein im Haus war, erhängte er sich. Seinen Brief bekam nur der Wesir zu Gesicht, und dieser vernichtete ihn sogleich. Derjenige, an den das Schreiben eigentlich gerichtet war, sollte es niemals erhalten. Was höchst bedauerlich ist. Dann hätte der Sultan nämlich zum ersten Mal die Wahrheit erfahren. War meine Zusammenfassung richtig, Hasan Baba?«

Der Alte nickte. »Noch bis zum heutigen Tag erinnert man sich in jenen Dörfern an Ahmed Pascha. Als bekannt wurde, dass er gar nicht der Sultan war, wollten manche wissen: ›Warum eigentlich nicht?‹ Andere zogen sogar die Notwendigkeit eines Sultans in Zweifel. Also hatte selbst im Fall von Ahmed Pascha die Verrücktheit ein Ziel. In vielen Städten kursierten danach Versionen seines Briefes. Die Menschen nutzten Ahmed Paschas Opfer, um sich ihren eigenen Kummer von der Seele zu sprechen. Wenn er verrückt war, dann brauchen wir noch viel mehr Verrückte. Alles ist heute im Verfall begriffen. Wir steuern auf einen Abgrund zu. Wir brauchen einen Bismarck Pascha!« Zufrieden mit seinem Witz und seinen weltmännischen Kenntnissen brach der Alte in ein vergnügtes, gackerndes Gelächter aus. Unsere Erheiterung darüber ließen wir uns nicht anmerken.

Halil entschied, es sei an der Zeit, die Versammlung zu beenden. »Schluss mit diesem Gerede! Dafür könnten Sie wegen Verrates verhaftet und an die Wand gestellt werden, Hasan Baba. Ich bin keineswegs davon überzeugt, dass unser Vater irrsinnig geworden ist oder auch nur eine Neigung dazu zeigt. Es ist jedoch eine Veränderung im Gange. Er hat ein neues Lebensstadium erreicht. Sein Innenleben ist in völligen Aufruhr geraten. Wir können lediglich versuchen ihm zur Seite zu stehen, soweit er es zulässt, und dafür sorgen, dass er in Frieden leben kann.«

Danach begleitete ich meine Mutter zu ihrem Zimmer.

»Hast du je mit ihm über Suleiman gesprochen?«, fragte ich sie.

»Schon oft.«

Ich war überrascht. »Und?«

»Er war immer sehr mitfühlend. Er hat es verstanden.«

»Und hat er auch einmal mit dir über Salmans Mutter geredet?«

»Ja, allerdings nicht so häufig. Nur wenn der Schmerz über ihren Verlust zu übermächtig wurde. Dann kam er zu mir, und ich strich ihm über den Kopf und ließ ihn von ihr erzählen, bis er wieder Ruhe gefunden hatte. Es war uns beiden bewusst, dass keiner von uns mehr zu solch einer Liebe fähig war, und diese Erkenntnis hatte uns einander näher gebracht.«

»Glaubst du, er weiß, dass ich ...«

Meine Mutter legte mir ihre Hand auf den Mund. »Psst. Er hat nie danach gefragt, und ich habe es ihm nie gesagt. Das heißt nicht, dass er es nicht vielleicht ahnt. Ich weiß es nicht.

Doch selbst wenn er es wüsste, würde dies seine Zuneigung zu dir nicht im Mindesten schmälern. Er hat mich niemals auch nur annähernd als seinen Besitz betrachtet. Aber was hast du eigentlich mit Selim vor? Mir scheint, er ist weniger ein Barbier denn ein Sänger.«

»Darüber unterhalten wir uns besser ein andermal, Mutter. Heute gab es schon genug Überraschungen.«

Neun

Nilofer und Selim lernen einander lieben. Nilofer merkt auf einmal, wie sie die Herrschaft über ihre Gefühle verliert.

Als ich in jener Nacht aus dem Fenster blickte, erfasste mich große Unruhe. Mitternacht war schon vorüber. Den Himmel verunzierten dunkle, hässliche Wolken, hinter denen sich der Umriss des Vollmonds nur erahnen ließ. Doch vielleicht gelang es der vom Meer herüberwehenden lauen Brise die Wolken zu zerstreuen. Der Schlag der großen Uhr in der Eingangshalle hatte mich eine halbe Stunde zu früh geweckt. Wie würde Selim herausfinden, wann die Zeit für unser Stelldichein gekommen war?

Mein Zimmer lag in einem Flügel des alten Gebäudes, in dem seinerzeit Fürsten und andere hochgeborene Gäste logiert hatten. Von dort hatte man Ausblick auf die Berge und den Zufahrtsweg. Als Kinder hatten Zeynep und ich stets darüber gestritten, wer in diesem Zimmer schlafen durfte. Salman hatte uns nämlich erzählt, der Großwesir habe bei seinen Besuchen dieses Gemach stets dem Hauptmann der Janitscharen zugewiesen, damit er Ankommende und Abreisende beobachten konnte. Zwar hatte uns mein Bruder später gestanden, er habe uns nur ein Lügenmärchen erzählt, dennoch atmete der Raum seither etwas von militärischer Autorität. Salmans Märchen überzeugte uns.

Unter meinem Zimmer befand sich die ehemalige königliche Suite, in der Onkel Mehmed und der Baron Quartier bezogen hatten. Ich hatte das obere Stockwerk ganz für mich allein. Orhan wollte lieber im Ankleidezimmer seiner Großmutter schlafen. Als ich mir ein Tuch um die Schultern schlang und aus dem Zimmer trat, fröstelte mich ein wenig. Seit meinem heimlichen Rendezvous mit Dmitri im Orangenhain hatte ich mich nicht mehr so verstohlen aus dem Haus geschlichen. Weshalb nur wollte ich Selim unbedingt an jenem Ort treffen? Wollte ich die Vergangenheit verdrängen oder die Gegenwart erniedrigen?

Ich verließ das Gebäude durch einen Seiteneingang. Selim war traurig, dass sich der Mond nicht zeigte, und wartete im Garten auf mich. Während wir Hand in Hand schweigend auf den Orangenhain zuschlenderten, gewöhnte ich mich allmählich an die Dunkelheit. Selim lächelte. Es war sein argloses Benehmen, was mich so reizte. Eigentlich wollte ich gar nicht mit ihm zum Orangenhain, sondern viel lieber die Höhle aufsuchen, von wo aus man auf die Steinerne Frau sehen konnte. Wenn sie Zeugin dieses Zusammentreffens würde, bräuchte ich bei meinem nächsten Besuch nicht alles zu wiederholen. Allerdings tummelten sich dort Schlangen und Eidechsen, und der Schauder würde meine Leidenschaft gewiss erheblich dämpfen. Selim spürte mein Zaudern.

»Was ist los?« Obwohl er im Flüsterton sprach, klangen seine Worte richtig laut.

»Nichts«, erwiderte ich. »Die Brise hat die Erde abgekühlt, und mir ist ein wenig kalt. Ich hatte geglaubt, es sei wärmer.«

Plötzlich wußte ich, was wir tun würden.

»Komm mit«, forderte ich ihn auf, drehte mich um und lenkte meine Schritte wieder zum Haus zurück.

Diesmal war er es, der zitterte. »Nilofer«, keuchte er. »Das ist Wahnsinn!«

Ich antwortete nicht. Als wir den Seiteneingang erreichten, blieb er stehen und weigerte sich weiterzugehen. Ich kniff ihn kräftig in sein Hinterteil, woraufhin er lachen musste und sich von mir durch die Tür schieben ließ. Wir stiegen die Treppe hinauf, bemüht, nicht loszuprusten, obwohl die Situation alles andere als komisch war. Ich betrat mein Schlafzimmer und zog ihn herein.

»Und nun, meine Nachtigall?«, sagte ich mit normaler Stimme, »begeben wir uns jetzt zu Bett oder hat diese Mutprobe deine Erregung gedämpft?«

»Ich will dich heiraten.«

»Sei nicht albern. Ich bin schon verheiratet.«

»Ich möchte Kinder von dir.«

»Ich habe zwei, das reicht.«

»Nur eins noch ... für mich allein.«

Die sommerliche Brise hatte Wirkung gezeigt. Der Himmel war jetzt wolkenlos, und der Mondschein ergoss sich in den Raum. Nachdem ich mich hastig entkleidet hatte, zog ich Selim aus, und wir begannen uns gegenseitig zu erforschen.

»Hast du das alles bei den Derwischen gelernt?«, flüsterte ich ihm ins Ohr.

»Nein, aber möchtest du wissen, was sie mir beigebracht haben?«

»Ja.«

Ohne sich seiner Nacktheit zu genieren, setzte er sich auf. Dann begann er den Oberkörper sanft hin- und herzuwiegen und murmelte dabei eine Sufi-Anrufung, während er mich unablässig streichelte.

»Wenn sie dich fragen: Was ist dort auf deinem Kopf, deiner Augenbraue, deiner Nase, deiner Brust, dann muss die Antwort lauten: Auf meinem Kopf sitzt die Krone des hohen Standes, in meiner Augenbraue ist die Feder der Macht, in meiner Nase der Duft des Paradieses, auf meiner Brust der Koran der Weisheit.«

»Ich würde lügen, Selim, wenn meine Antwort nicht lautete: Auf meinem Kopf liegt die Last, eine Frau zu sein. Der Bemerkung mit der Augenbraue kann ich zustimmen, aber in meiner Nase ist der Geruch der Armut, und auf meinen Brüsten ruhen Selims Hände.«

Nachdem wir uns einander voller Wonne hingegeben hatten, fragte ich ihn nach seiner Mutter. Das überraschte ihn.

»Sie wohnt mit uns im Haus meines Großvaters. Mein Vater ist für diese Welt verloren, wie Hasan Baba dir bereits erzählt hat. Er lebt das, was er predigt. Wir besuchen ihn zwar, aber nur selten. Früher hatte sich auch meine Mutter diesem Leben verschrieben. In dem Orden, dem mein Vater angehört, ist Frauen das Tanzen nicht gestattet, und auch den wirbelnden Tanz dürfen sie nicht vollführen. Ihre Aufgabe besteht lediglich darin, die Mahlzeiten zuzubereiten und die Bedürfnisse des Derwischs zu erfüllen. Meine Mutter durfte den Orden verlassen, nachdem sie sich bereit erklärt hatte, meinen Vater zu heiraten. Du solltest sie erzählen hören, was tatsächlich geschieht, wenn sie in Trance fallen. Darf ich dich etwas fragen?«

Ich nickte.

»Es heißt, deine Ehe sei zerrüttet.«

»Ach, wirklich? Wer sagt das?«

»Die Mägde deiner Mutter.«

»Sie haben nicht ganz Unrecht, aber sie plappern etwas nach, ohne die volle Wahrheit zu kennen, und zudem teilen sie die Vorurteile gegenüber Griechen. Lass dir sagen, Selim, dass mein Mann meinen Kindern stets ein guter Vater gewesen ist und ich mich daher unter keinen Umständen abfällig über ihn äußern werde. Wir haben uns getrennt, und sobald der Sommer vorüber ist, kehre ich nach Istanbul zurück. Orhan und Emineh müssen eine angemessene Schulausbildung erhalten. Mein Mann soll die Kinder sehen, wann immer er möchte, und in unserem Haus wird stets ein Bett für ihn bereitet sein. Doch werde ich meines nie wieder mit ihm teilen. Ich bin zuversichtlich, dass er diese Bedingungen akzeptieren wird. Ich habe einen Boten mit einem Brief an ihn nach Konya gesandt. Er wird sicherlich bald zurück sein.« Als ich Selim nach seinen Zukunftsplänen fragte, lachte er.

»Wenn Hasan Baba diese Welt verlassen hat, verkaufe ich das Barbiergeschäft. Das könnte ich schon jetzt tun, aber es würde den alten Mann zu sehr aufregen. Schließlich schneidet meine Familie die Haare eurer Familie schon seit vielen Jahrhunderten. Wir können doch jetzt nicht einfach damit aufhören. Hasan Baba trägt meinem Vater immer noch nach, dass er unseren Beruf verraten hat. Ich werde also abwarten.«

»Du könntest als Sänger weltberühmt werden und vielleicht in Opern von Donizetti Pascha singen. Du könntest ...«

»Nein! Ich verspüre kein Bedürfnis, meine Stimme zu verkaufen. Sie soll jedermann erfreuen. Ich werde weiterhin auf unseren Festen singen und auch auf der Straße, wenn ich Lust dazu habe, aber eigentlich würde ich am liebsten Fotograf werden. Wie der Signor Bragadini.«

»Aber warum?«

»Jetzt bist du überrascht, nicht wahr? Ich habe es geschafft, Nilofer mit den grünen Augen und den schönen Brustwarzen ist überrascht. Warum verwundert es dich? Gib mir eine ehrliche Antwort. Vielleicht weil du dir für mich keine andere Zukunft vorstellen kannst als die, die mir meine Vergangenheit und meine Herkunft diktieren? Oder meinst du, dass nur Italiener fotografieren? Dass für einen mittellosen anatolischen Jungen diese neue Kunst in unerreichbarer Ferne ist?«

»Bist du böse?«

Er lachte und küsste mich zum ersten Mal auf die Lippen. Ich bewunderte sein Selbstvertrauen. Wie konnte er vor den Schwierigkeiten, die vor ihm lagen, die Augen verschließen, dazu noch in einer Welt, die Menschen wie ihm nach wie vor verschlossen war? Vielleicht hatte er den Optimismus von seiner Mutter geerbt. Vielleicht hatte er den Glauben mit der Muttermilch aufgesogen, dass man alles erreichen könne und dazu nur Entschlossenheit und innere Stärke benötigte. Als wolle er ebendiese Vermutung bestätigen, ergriff er erneut das Wort.

»Ich weiß, dass wir eines Tages zusammenkommen. Ich spüre es in meinen Adern. Dein Onkel Mehmed hat mich Signor Bragadini – so, hat er gesagt, soll ich ihn anreden – bereits als Assistent empfohlen. Eines Tages bin ich berühmt, und dann kommst du mit mir. Ist das so abwegig?«

»Nein«, log ich. »Warum sollte es abwegig sein?«

»Weil ich aus einer armen Familie stamme und du die Tochter eines Paschas bist.«

Wenn er doch nur die Wahrheit wüsste. Vielleicht würde ich sie ihm eines Tages erzählen. Ich beschloss, das Thema zu wechseln.

»Ich bin drei Jahre älter als du.«

»Noch lange nicht so alt wie Mutter«, entgegnete er lachend.

»Bestimmt gibt es viele junge Mädchen, die begierig in deine Arme fallen, sobald sie deine Stimme gehört haben.«

»Daran bin ich gewöhnt.«

Das sagte er so ernst, dass wir beide lachen mussten. Auch in der Nähe des Meeres, wo wir uns zum ersten Mal geliebt hatten, hatte ich nicht gemerkt, dass er ein Anfänger war. Was mich indes verblüffte, war sein außerordentliches Denkvermögen.

»Hast du zu Hause oder in einer Medresse lesen gelernt?«

»Warum fragst du, Prinzessin? Wundert es dich, dass ich kein dummer Bauerntrampel bin?«

»Nein. Intelligenz hat nichts mit formaler Erziehung zu tun. Mir scheint jedoch, als seist du einerseits mit unserer Kultur wohl vertraut, andererseits aber ihr fern.«

»Du meinst, anders ausgedrückt, ich sei nicht nur ein Sänger von Sufi-Versen, sondern ein Mensch mit eigener Vorstellungskraft. Vielleicht sogar jemand, der es eines Tages zum Fotografen bringt – und zwar einem, der ungleich begabter ist als Signor Bragadini.«

»Warum bist du so empfindlich?«

»Weil ich in den Unterkünften der Bediensteten schlafe. Das prägt das Bild, das du von mir hast.«

»Heute Nacht hast du hier in diesem Haus geschlafen. In meinem Bett.«

»Wieder falsch, Prinzessin. Es ist zu spät, um zu schlafen.«

»Du schuldest mir immer noch eine Antwort.«

»In einer Medresse habe ich gelernt, meine Muttersprache zu lesen. Mein Großvater hat mir beigebracht, Französisch zu lesen. Und ein französischer Diplomat, dessen Haare ich regelmäßig geschnitten habe und der meine Bewunderung für Monsieur Balzac teilt, hat mich im gesprochenen Französisch unterrichtet.«

»*Verlorene Illusionen* ist mein Lieblingswerk.«

Selim suchte seine Kleider zusammen und zog sich rasch an.

»Französische Romane sind zuweilen gut, um sich zu zerstreuen. Ich möchte dir ein Werk eines Philosophen ans Herz legen: Auguste Comte. Seine Gedanken könnten für dieses Land hilfreich sein und vielleicht verhindern, dass die Zukunft ein Fass ohne Boden wird.« Ohne eine sentimentale letzte Umarmung schlüpfte Selim zur Tür hinaus.

Ich bedeckte meinen bloßen Körper und eilte ans Fenster. Das Licht des ersten Morgengrauens hatte dem Himmel eine ungewöhnliche Färbung verliehen. Selim durchquerte den Garten. Offenbar hatte er meinen Blick gespürt, denn er drehte sich plötzlich um und blickte in meine Richtung. Ich warf ihm eine Kusshand zu. Er lächelte und setzte seinen Weg fort.

Ich hatte vermutet, Selim würde seine Gefühle nicht im Zaum halten können und womöglich unter meinem Fenster zu singen anfangen, um mich absichtlich vor meiner Familie zu brüskieren. Doch seine Gelassenheit überraschte mich, und ich erkannte, dass vielmehr ich diejenige war, die ihre Gefühle nicht mehr kontrollieren konnte. Im Geiste sah ich ihn nackt vor mir und spürte, wie ein angenehm wohliges Gefühl meinen Körper durchströmte.

ZEHN

**Eine griechische Tragödie in Konya.
Emineh trifft ein. Nilofer ist bezaubert vom
wahren Iskander Pascha.**

Ich erwachte von den Klagelauten weinender Frauen. Zuerst glaubte ich noch zu träumen, doch der Lärm wurde immer lauter, zudem war mein Traum heiter gewesen. Was für ein Unglück war geschehen? War jemand gestorben? Noch im Halbschlaf sprang ich aus dem Bett und schlüpfte in die Kleider, die ich gestern achtlos auf den Boden geworfen hatte. Mein erster Gedanke galt Iskander Pascha, ich fürchtete, dass ihm etwas Schreckliches zugestoßen war.

Als ich die Treppen hinunterrannte und in den riesigen, praktisch unmöblierten und nur selten genutzten Salon stürmte, empfingen mich dort lauter traurige Gesichter. Unter Tränen herzte meine Mutter Orhan und – Emineh! Offenbar war Dmitri etwas zugestoßen.

Emineh rannte auf mich zu, und ich hob sie hoch. Doch sie brachte kein Wort heraus, sondern legte mir nur schluchzend die Arme um den Hals. Ich ging zu Orhan, dessen Gesicht ebenfalls tränennass war. Als ich jedoch auch ihn in die Arme schließen wollte, wich er zurück und bedachte mich mit einem wütenden Blick.

»Wenn wir in Konya geblieben wären«, sagte er mit gebrochener Stimme, »hätten sie es vielleicht nicht gewagt, meinen Vater zu töten.«

»Was ist passiert?«, fragte ich in die Runde, während mir die ersten Tränen übers Gesicht rannen. Doch meine Mutter legte den Finger auf die Lippen, um mir zu bedeuten, dass jetzt nicht der richtige Zeitpunkt für Fragen war.

Emineh klammerte sich noch fester an mich, und ich trug sie nach oben in mein Zimmer. Sie war die ganze Nacht unterwegs gewesen und völlig erschöpft. Ich streichelte sie, küsste ihr die Wangen und legte sie sanft aufs Bett.

»Möchtest du etwas Wasser?«

Sie nickte, aber in der kurzen Zeit, in der ich den Krug hochhob, Wasser in ein Glas schüttete und zum Bett zurückkehrte, war sie bereits eingeschlafen. Behutsam zog ich ihr die staubigen Schuhe und Socken von den Füßen, legte eine leichte, wattierte Decke über sie und setzte mich neben das Bett, um mich an ihrem Anblick zu erfreuen. Ich hatte meine Tochter einen ganzen Monat lang nicht gesehen. Als sich ihre Züge entspannten und ich gerade wieder hinuntergehen wollte, erschien meine Mutter in der Tür. Nachdem sie sich vergewissert hatte, dass Emineh schlief, bedeutete sie mir, ihr zu folgen.

Wir gingen ins Nebenzimmer, einen Raum, in dem seit mindestens hundert Jahren nicht mehr Staub gewischt worden war, schlugen die Decken zurück und setzten uns aufs Bett.

»Wo ist Orhan?«

»Dein Freund Selim hat ihn zu einem Spaziergang am Strand überredet. Der Junge mag ihn. Nun, das hat wohl sein Gutes.«

»Mutter!« Beinahe schrie ich sie an. »Das ist im Augenblick wohl reichlich unpassend. Was ist geschehen? Würde mir bitte endlich jemand sagen, was dem armen Dmitri zugestoßen ist?«

Es war eine traurige Geschichte. In Konya hatte es Unruhen gegeben. Die wenigen noch verbliebenen Griechen sollten aus der Stadt vertrieben werden. Die Rädelsführer hatten unter dem Einfluss der Jungtürken gehandelt, die in allen Griechen britische, russische und französische Spione sahen. Das also waren die Leute, die ein modernes Reich ohne Korruption schaffen wollten. Dabei hatten in Konya, verglichen mit Smyrna oder Istanbul, ohnehin nur wenige Griechen gelebt, aber die Anhänger der Jungtürken hatten ein Exempel statuieren wollen. Deshalb hatte man vorab jedem griechischen Haushalt die Warnung zukommen lassen, dass die Häuser besetzt und die Bewohner enteignet würden, sollten sie nicht sofort ihr Hab und Gut zusammenpacken und die Stadt verlassen. Alle außer Dmitri hatten der Aufforderung Folge geleistet. Er jedoch hatte sich nicht von seinen Büchern trennen wollen.

Am darauf folgenden Tag war der Bote mit meinem Brief bei Dmitri eingetroffen. Er las ihn sorgfältig, dann brachte er

Emineh ins Haus eines türkischen Nachbarn. Er umarmte sie, küsste sie auf Augen und Stirn, danach setzte er sich hin und verfasste eine Antwort, die er dem Boten übergab. Allerdings wies er ihn an, mit dem Aufbruch bis zum nächsten Morgen zu warten und Emineh mitzunehmen. Die Nachbarn flehten ihn an, er solle das Kind selbst zu mir bringen, doch Dmitri weigerte sich.

In dieser Nacht kamen sie leise in unser Haus geschlichen und schnitten ihm die Kehle durch. Seine Bücher allerdings rührten sie nicht an. Dmitri war das einzige Todesopfer. Als mir Mutter seinen Brief überreichte und ich das Siegel erbrach, liefen mir wieder Tränen übers Gesicht. Dass er für immer von uns gegangen war, schien mir unvorstellbar. Zwar war meine Liebe zu ihm – wenn es sie denn je gegeben hatte – nie besonders tief, aber er war doch ein anständiger Mann und zudem ein liebevoller Vater gewesen, wie ich meiner Familie unermüdlich versicherte. Der Gedanke an meine Kinder ließ mich laut aufheulen, woraufhin meine Mutter mich an ihren Busen drückte und mir über den Kopf streichelte, bis ich mich beruhigt hatte. Ich trank einen Schluck Wasser, dann las ich den Brief aus Konya.

*

Geliebte Frau,

ich bin am Ende meines Weges angelangt. Die Zukunft droht, und die Vergangenheit hat mich verdammt. Jetzt werfen sich die Schurken der Stadt die Tracht der Jungtürken über und behaupten, Befürworter von Reformen und modernen Ideen zu sein. In Wahrheit sind sie nichts weiter als Verbrecher, die sich unser Haus aneignen und ihre gesellschaftliche Stellung verbessern wollen. Wie du weißt, ist es nur ein bescheidenes Häuschen, doch hat meine Familie hier mehr als hundert Jahre lang gelebt, und ich fühle mich dieser Stadt und dieser Gegend eng verbunden. Deshalb weigere ich mich, mich wie ein Stück Abfall einfach wegkehren zu lassen. Wenn sie ihre Drohungen wirklich wahr machen wollen, werde ich dem Attentäter ungerührt in die Augen sehen, damit ihn zumindest das Gesicht eines seiner Opfer verfolgt. Ich fürchte um die Zukunft, Nilofer, die Zeichen bedeuten nichts Gutes. Diejenigen, die uns vertreiben, werden vieles zerstören, was gut und dem Reich dienlich war.

Ich möchte nicht, dass du dich in irgendeiner Weise für meine Entscheidung verantwortlich fühlst. Mir ist schon vor langer Zeit klar geworden, dass wir nicht zueinander passen. Ich war ein Frosch und blieb ein Frosch, und du bist schon immer eine Prinzessin gewesen. Wenn dich dein Stolz nicht daran gehindert hätte, wärst du schon lange vor Orhans Geburt wieder nach Hause zurückgekehrt, dessen bin ich gewiss. Ich glaube, du hast schon zu einem sehr frühen Zeitpunkt erkannt, dass unsere Heirat ein Fehler war, konntest das aber deinen Eltern gegenüber nicht zugeben. Und so hat dich dein Stolz zu einem Leben mit mir verdammt, das dir unerträglich erschienen sein muss. Das habe ich zwar häufig gespürt, doch ich brachte es einfach nicht über mich, es dir ins Gesicht zu sagen. Es wäre zu schmerzlich gewesen.

Ich weiß, dass du ebenso stolz wie ich auf die Kinder bist, die wir in die Welt gesetzt haben. Und es betrübt mich sehr, dass ich sie auf ihrem künftigen Lebensweg nicht begleiten kann, dass es mir nicht vergönnt ist, eines Tages ihre Kinder im Arm zu halten. Aber wenigstens weiß ich sie bei dir in Sicherheit. Wenn es nicht zu viel verlangt ist, erzähle ihnen manchmal von ihrem Vater. Und wenn sie alt genug sind, es zu verstehen, erkläre ihnen bitte, dass ihr Vater ehrenvoll gestorben ist. Weil er sich weigerte, im Schatten der Angst zu leben.

Einst fing ich an, Orhan die Geschichte von Galileo zu erzählen, hörte aber bald damit auf, weil er noch zu jung war, um das Dilemma zu begreifen. Galileo war davon überzeugt, dass seine Entdeckungen von größter Bedeutung waren, dennoch widerrief er seine Überzeugung ohne Gewissensbisse, als sein Leben deswegen in Gefahr geriet. Die Frage, ob nun die Erde um die Sonne oder die Sonne um die Erde kreist, schien es ihm nicht wert, dafür zu sterben. Vielleicht erachtete er es auch als wichtiger, weiterzuleben und zu forschen, damit seine Schüler dereinst die Wahrheit verbreiten konnten. Und wahrscheinlich hatte er Recht mit dieser Entscheidung. Ich jedoch bin nur ein unbedeutender Schullehrer. Mein Widerstand ist ein politischer

Akt. Sag Orhan und Emineh, dass es mir Leid tut, dass es für mich aber wirklich keine andere Möglichkeit gab.

Dmitri

*

Während ich ging, um mir die Tränen abzuwaschen, las meine Mutter den Brief. Es war edel von ihm, mich von jeder Verantwortung freizusprechen. Aber ich wusste, hätte ich ihn geliebt, er hätte sein Leben nicht so leichtfertig geopfert. Orhans Zorn war berechtigt. Wenn ich in Konya geblieben wäre, nichts von alledem wäre geschehen. Dmitri hatte sich für den Tod entschieden, ohne mit irgendjemandem Rücksprache zu halten. Einen solchen Entschluss trifft immer das Herz, nie der Verstand. Wäre der Schmerz über meinen völligen Rückzug nicht zu viel für ihn gewesen, er wäre gewiss noch am Leben. Auch wenn er dies weder sich selbst noch seinen Kinder gegenüber eingestehen wollte, wusste ich doch, dass dies die Wahrheit war. Da die Hoffnung selbst gestorben war, empfand er die tägliche Mühsal des Lebens als unerträglich, sein Leiden als nutzlos. Was immer er auch getan hätte, nichts hätte mich zu ihm zurückgebracht. Plötzlich kam mir ein entsetzlicher Gedanke, und ich schrie auf, woraufhin meine Mutter zu mir eilte.

»Was, wenn er erst durch meinen Brief den Lebensmut verloren hat?«

»So etwas darfst du gar nicht erst denken, Nilofer. Aus seinem Brief geht eindeutig hervor, dass er aufgrund seiner Überzeugungen nicht anders handeln konnte.«

»Du hast ihn nicht gekannt, Mutter. Seine Überzeugungen waren ihm nie so wichtig. Er hat sich zum Sterben entschlossen, weil ihm ein Leben ohne mich nicht mehr lebenswert erschien.«

»Quäl dich nicht, meine Tochter. Denk an deine Kinder. Sie müssen an das glauben, was in dem Brief steht. Dies war sein Wunsch, und darin steckt eine Größe, die ich bewundere.«

»Du hast ihn immer einen mageren, hässlichen, griechischen Schullehrer genannt, Mutter.«

»Das war er auch. Doch manchmal können selbst hässliche Menschen Edelmut zeigen.«

Trotz meiner Trauer brach ich in Gelächter aus, das ich jedoch sofort unterdrückte, als es an die Tür klopfte. Ich fürchtete, es könnte eins meiner Kinder sein. Stattdessen trat Petrossian ein.

»Iskander Pascha wünscht Sie zu sehen, *hanim effendi.*«

Ich ging in sein Zimmer, doch es war leer. Schließlich fand ich Iskander Pascha an seinem Schreibtisch in der alten Bibliothek, einem wunderschönen Raum mit holzgetäfelten Wänden und Bücherregalen, die fast bis zur hohen Decke reichten. Die meisten der Bücher waren in türkischer, arabischer, persischer, deutscher oder französischer Sprache, wobei sich die Klassiker unserer Kultur unbekümmert unter Enzyklopädien der französischen Aufklärung mischten. Als der Baron hier noch als Hauslehrer tätig war, trug er zur Modernisierung der Sammlung bei, und seitdem füllten französische Romane sowie deutsche Lyrik und Philosophie die vormals leeren oberen zwei Regalreihen.

Hasan Baba hatte uns oft erzählt, dass drei Koranausgaben in der Bibliothek aus dem neunten Jahrhundert stammten und von unschätzbarem Wert seien. Und hierher hatte man uns als Kinder oft gerufen, wenn wir bestraft werden sollten – was uns das Lesen leicht hätte verleiden können. Doch heute war die Bibliothek in Sonnenlicht gebadet und wirkte warm und freundlich.

Iskander Pascha schrieb in einen dicken, ledergebundenen Folianten, ein Tagebuch, in das er täglich seine Eintragungen machte. Dies hatte er sich kurz nach seinem Schlaganfall angewöhnt. Und seitdem unsere abendlichen Erzählrunden eingestellt worden waren, hatte sich die Zahl der Einträge vervielfacht. Inzwischen konnte Iskander Pascha ohne Stock laufen, und sein Körper zeigte keine Spuren eines Gebrechens mehr. Als ich eintrat, drehte er sich um und stand auf, um mich zu begrüßen. Ich ließ mich in seine weit ausgebreiteten Arme fallen und wieder flossen meine Tränen, woraufhin er mir über die Wangen streichelte und mich auf den Scheitel küsste. Ich konnte mich nicht erinnern, von ihm jemals mit solch unverhohlener Zuneigung bedacht worden zu sein. Unsere Angst, er könnte am Rande des Wahnsinns stehen, schien nun völlig abwegig zu sein. Wenn überhaupt, hatte der Zwischenfall beim Fotografieren höchstens sein verschüttetes Mitgefühl freigelegt.

Sein sprechendes Notizbuch, wie Petrossian es nannte, steckte in der Tasche seines Morgenmantels. Iskander Pascha nahm meinen Arm und führte mich ins Zimmer zum Diwan. Als wir uns nebeneinander setzten, zog er das Büchlein heraus. Darin stand: »Meine kleine, jetzt verwitwete Nilofer, du sollst wissen, dass ich dich immer geliebt habe. Es hat mir nichts ausgemacht.«

»Hast du es von Anfang an gewusst?«

Er lächelte und nickte.

»Aber woher?«

»Du hattest grüne Augen und rotes Haar«, schrieb er in sein Büchlein, »anders als deine Mutter oder sonst irgendein Mitglied unserer Familie, an das ich mich hätte erinnern können. Und als du dann als Kind lachtest, gab es für mich keinen Zweifel mehr: Du hattest ein bezauberndes Lachen, das deine Mutter glücklich machte. Ich spürte, dass es sie an ihren verlorenen Geliebten erinnerte. Doch das machte mir nicht das Mindeste aus. Du warst ein wunderschönes Kind, und ich war stolz, als dein Vater gelten zu dürfen. Zwar hast du in deinem bisherigen Leben einen großen Fehler gemacht, doch ungeachtet all dessen, was ich einst von Dmitri gehalten und über ihn gesagt habe: Ich bedauere sehr, dass der Schullehrer Dmitri unter solchen Umständen zu Tode kam. Die osmanische Kultur ist im Verfall begriffen. Und jene, die dieses Vakuum füllen wollen, bilden sich ein, sie könnten mit Gewalttätigkeit mangelnde Bildung und Lebensart wettmachen. Du solltest eines Tages mit Halil darüber sprechen. Ich fürchte, er unterschätzt dieses Problem.«

An diesem Abend sprach ich viele Stunden mit Iskander Pascha und hatte zum ersten Mal im Leben das Gefühl, von ihm als Ebenbürtige behandelt zu werden. Ich erzählte ihm, wie verunsichert ich gewesen war, als Mutter mir die Identität meines leiblichen Vaters offenbart hatte. Doch dieses Wissen hatte schon nach ein paar Tagen offensichtlich keine Rolle mehr gespielt, schrieb er als Antwort. Die Bedeutung, die man der

Blutsverwandtschaft allgemein einräumte, habe viel mit dem Erbrecht und wenig mit echter Zuneigung zu tun. In dieser Hinsicht, scherzte er, seien unsere Sultane bemerkenswert gefühlskalt gewesen. Immerhin hätten sie Befehl gegeben, alle ihre männlichen Sprösslinge außer dem erwählten Nachfolger mit einer seidenen Kordel zu erdrosseln – wichtig war dabei der Strang aus Seide, damit das königliche Genick nicht von billigem Material besudelt wurde, bevor es brach, und noch wichtiger, dass das königliche Blut nicht von gewöhnlichen Henkern vergossen wurde.

Ich erkundigte mich, ob denn jeder in der Familie von meiner Herkunft wisse, und er zuckte gleichgültig die Achseln und schrieb, er habe die Angelegenheit mit niemandem erörtert. Zwar hätte Halils und Zeyneps Mutter auf dem Sterbebett einen entsprechenden Verdacht geäußert, doch er habe nicht darauf reagiert. Schließlich bestand er darauf, die Frage meiner Abstammung fallen zu lassen: Er wünsche, dass dies niemals mehr zur Sprache gebracht werde. Ich sei *seine* Tochter, nichts sonst zähle.

In einem tapferen Versuch, das Thema zu wechseln, stellte ich ihm eine völlig anders geartete Frage.

»Hast du je ein Buch von Auguste Comte gelesen?«

Dies schien ihn regelrecht zu erschüttern. »Warum?«, schrieb er hastig. »Warum fragst du?«

»Mich hat jemand nach ihm gefragt.«

»Wer?«, schrieb er auf.

»Ich glaube, es war Selim.«

Auf der Stelle wich die Härte aus seinem Blick. »Ich habe einiges von ihm gelesen, ja. Hasan Baba allerdings war während unseres Aufenthalts in Paris zeitweilig ein geradezu glühender Verehrer von ihm. Er vergaß die Sufis und predigte den Positivismus, ja, er fing sogar an, sich wie ein französischer Plebejer zu kleiden. Doch nach unserer Rückkehr schwand seine Begeisterung wieder. Dieses Reich hat die merkwürdige Fähigkeit, alle feinsinnigeren Gedanken einfach aus unseren Köpfen hinwegzufegen, als ob es sich nur um Grillen handeln würde. Die Geistlichkeit wusste sicherzustellen, dass Istanbul auf der Grundlage von Unwissenheit blüht und gedeiht. Doch lass uns morgen von dem Franzosen sprechen. Möglicherweise hat der Baron eine Menge zu diesem Thema zu sagen. Berufe eine Zusammenkunft nach dem Abendessen ein, bei der wir zur Abwechslung einmal etwas Ernstes erörtern wollen. Und sag Petrossian, er soll dafür sorgen, dass Hasan und sein Enkel ebenfalls anwesend sind. Ich bin übrigens sehr stolz darauf, wie du die Haushaltsführung hier übernommen hast, du entlastest deine Mutter sehr.«

Mich erfüllte eine tiefe Liebe zu diesem Mann, eine Liebe, die ich bisher so nicht empfunden hatte. Die unnahbare Gestalt, die ich mein Leben lang gekannt und deren Zorn ich so oft gefürchtet hatte, war verschwunden. Stattdessen begegnete ich nun einem warmherzigen, großzügigen Mann, der offenbar schon immer sehr verständnisvoll gewesen war. Jeder von uns kann eine Maske tragen, doch darunter bleiben wir, wer wir sind, selbst wenn wir nicht wollen, dass andere einen Blick auf unser wahres Ich erhaschen. Ich war davon überzeugt, dass nun Iskander Paschas eigentliches Wesen zum Vorschein kam, vielleicht hatte er letztlich seinen Frieden gefunden. Ein Weilchen blieb ich noch neben ihm sitzen und sah ihn schweigend an. Dann küsste ich ihm die Hände und verließ die Bibliothek.

Ich machte mich auf die Suche nach meinen verwaisten Kindern und wollte schon draußen im Garten Ausschau nach ihnen halten, als ich Emineh lachen hörte. Die beiden waren im Zimmer meiner Mutter Sara, wo eine Dienerin Emineh gerade zeigte, was für lustige Dinge man allein mit einer Schnur und seinen Händen machen kann. Saras Haare waren zurückgebunden und mit Henna eingeschmiert – ein mir wohl bekannter Anblick. Orhan sah zum Fenster hinaus.

»Ich finde, wir sollten eure Großmutter allein lassen, während sie ihre Haare so rot zu färben versucht wie die meinen. Kommt, Kinder.«

Beide folgten mir ohne Widerrede, und Emineh umklammerte gar meine Hand, als ich sie hinaus auf die kleine, schattige Terrasse unter Iskander Paschas Zimmer führte. Gleißend schien die Sonne, kein Lufthauch regte sich, und das Meer lag still und reglos da wie in einem Gemälde. Nur der Dunstschleier über der Wasseroberfläche flirrte in der sengenden Hitze. Das misstönende Kreischen der Seemöwen war das einzige Geräusch, an das ich mich an diesem sehr stillen Sommernachmittag erinnere.

Meine verstörten Kinder setzten sich neben mich auf eine Bank. Inzwischen war Orhans Zorn verflogen, und er ließ zu, dass ich meinen Arm um ihn legte, und quengelte auch nicht, als ich ihn auf die Wangen küsste. Lange sprachen wir kein Wort. Wir waren zusammen, das war alles, was nun zählte. Wir saßen einfach da und schauten aufs Meer hinaus.

Es war schwer, das Schweigen zu brechen. Kinder empfinden den Tod eines Elternteils oder auch von Großeltern anders als Erwachsene. Für sie ist der Tod etwas so Fernes, Fremdes, dass sie ihn nicht als endgültig begreifen können. Ich erinnere mich noch daran, wie Zeyneps und Halils Mutter starb, die immer sehr nett zu mir war und mich nicht anders behandelt hatte als ihre beiden eigenen Kinder. Als sie so plötzlich von uns ging, waren wir alle sehr traurig, aber ich kann mich nicht entsinnen, dass einer von uns geweint hätte. Das Ganze schien uns so unwirklich. Ich weiß auch noch, dass ich es gern gehabt hätte, wenn Iskander Pascha oder Sara oder auch Petrossian oder irgendein anderer Erwachsener mit uns darüber geredet, uns erklärt hätte, was geschehen war und warum. Doch keiner von ihnen tat es, wahrscheinlich glaubten sie, dass solche Wunden bei Kindern von selbst heilen, weil ihre Gefühlswelt noch nicht voll entwickelt ist.

Also begann ich, mit meinen Kindern zu sprechen. Ich erzählte ihnen, was für ein liebevoller Vater Dmitri gewesen war und dass ich ihm schon allein deshalb ein liebendes Andenken bewahren wollte. Ich erwähnte seinen Abschiedsbrief und versprach ihnen, dass sie ihn jederzeit lesen dürften, riet ihnen aber auch, noch ein paar Jahre damit zu warten, damit sie ihn auch wirklich verstehen könnten. Dabei bemühte ich mich, jede Übertreibung oder Unwahrheit zu vermeiden. Ich wollte ihnen gegenüber so ehrlich sein wie nur möglich. Allerdings ist es nicht leicht, mit kleinen Kindern über den Tod ihres Vaters zu reden. Orhan merkte, dass ich kurz davor stand, in Tränen auszubrechen, und versuchte mich abzulenken.

»Selim hat gesagt, dass die Männer, die Vater umgebracht haben, brutale Schläger sind, schlimmer als Tiere. Und dass man sie bald finden und bestrafen wird. Ist das wahr, Mutter?«

»Ich weiß es nicht, mein Sohn. Aber ich bezweifle es, denn wir leben in unsicheren Zeiten. Die alte Ordnung, die wir unser Leben lang gekannt haben, gilt nicht mehr. So hat unser Sultan seine Macht eingebüßt, und das Reich, von dem Petrossian spricht, ist heute nur mehr ein Märchen. Alles ist im Umbruch, und nichts ist in Sicht, was das Alte ersetzen könnte. Diese Situation treibt viele einfache Menschen in den Wahnsinn und macht sie zu Mördern. Sie wissen nicht, was für eine Zukunft sie erwartet, da ist es eine bequeme Lösung, allen anderen die Schuld daran zuzuschieben – außer jenen, die wirklich schuld daran sind. Weil sie nichts gegen den Machtverlust des Sultans oder die Großmächte ausrichten können, die unserem Land die Lebenskraft aussaugen. Weil sie gegen den wirklichen Feind ohnmächtig sind, suchen sie sich Sündenböcke. Und wenn sie dann ein paar Griechen umbringen, fühlen sie sich wohler. Was auch immer mit jenen geschehen mag, die euren Vater getötet haben, es erweckt ihn nicht wieder zum Leben. Verstehst du, Orhan?«

»Natürlich, ich bin ja nicht dumm. Aber was ist mit Vaters Büchern passiert? Haben diese Schurken sie alle verbrannt?«

»Wir wissen, dass alle seine Bücher in Sicherheit sind, auch seine Notizhefte, in die er immer so viel eingetragen hat, und die Kopien sämtlicher Berichte über seine Schulinspektionen. Alles ist noch vorhanden und wird für euch beide sorgfältig aufbewahrt.«

»Wo werden wir jetzt wohnen?«, fragte Emineh.

»In Istanbul, in einem Haus, das ihr beide noch nicht kennt. Ich bin dort aufgewachsen.«

»Ist es so groß wie dieses hier?«

»Nein, Emineh, es ist viel kleiner. Aber mach dir keine Sorgen.« Ich drückte sie an mich. »Es ist jedenfalls groß genug, dass jeder von euch ein eigenes Zimmer haben wird.«

Da kam Hasan Baba auf uns zu und Orhan begann zu kichern.

»Emineh.« Verschmitzt sah er seine Schwester an. »Pass auf, was ich gleich tue. Ich werde den alten Mann zum Lachen bringen, dann kannst du sehen, dass er keinen einzigen Zahn mehr hat.«

»Wie isst er dann?«, fragte sie.

Hasan Baba trug eine saubere Hose und darüber ein Hemd. Zudem war er frisch rasiert, und seinen kahlen Kopf bedeckte, ein ungewohnter Anblick, eine schwarze Stoffkappe. Irgendwie kam sie mir bekannt vor, obwohl ich sie noch nie an ihm gesehen hatte. Meine Kinder schmunzelten.

»Die sieht aus wie die Kappe von diesem lustigen Zirkusaffen in Konya. Erinnerst du dich, Emineh?«

Orhan hatte Recht, und beide Kinder prusteten los. Auch mir fiel es schwer, ein Lachen zu unterdrücken.

»Allah segne die Enkel und die Tochter von Iskander Pascha«, greinte der alte Mann. »Er wird euch beschützen. Ach, was für eine Tragödie hat Einzug in unser Haus gehalten. Allerorten sammeln sich Schurken und Schufte. Wie wird das noch enden?«

Nachdem er so sein Beileid bekundet hatte, tätschelte er den Kindern den Kopf.

»Hasan Baba«, bat Orhan mit ungerührter Miene, »erzählen Sie uns die Geschichte von dem Großwesir mit den viereckigen Hoden.«

Ich tat so, als ob ich nichts gehört hätte, doch der alte Mann konnte sich das Lachen nicht verkneifen. Angesichts seines zahnlosen Mundes schnappte Emineh ehrfürchtig nach Luft. Dann rannten beide Kinder fort, um heimlich weiterzulachen.

Ich freute mich, mit dem alten Mann allein zu sein, und erzählte ihm von meiner Unterhaltung mit Iskander Pascha und wie sehr mich dessen Warmherzigkeit und Offenheit überrascht hätten. Natürlich erwähnte ich die Sache mit meinem leiblichen Vater mit keinem Wort. Hasan Baba lächelte und nickte weise.

»So war er früher immer, als Kind und auch noch als junger Mann. Erst der Tod von Zakiye *hanim* hat alles geändert. In osmanischen Gefilden spielte er fortan die Rolle eines herrischen Adligen, und er spielte sie ebenso gut wie die des gestrengen Vaters, der keinerlei Aufsässigkeit duldete und unbeirrt an den starren Abläufen des Alltags festhielt. Unverständlich ist mir dabei nur, wie er das so lange Zeit durchhalten konnte, denn ich weiß, dass es ihn oft ermüdete. Manchmal, wenn ich ihn rasierte – was ich allmorgendlich tat, wie Sie sich wohl noch erinnern –, sah er mich an und zwinkerte mir zu. Das war alles. Kein Lächeln, kein Wort, das ich in der Küche womöglich wiederholt und das dann seinen Weg zurück in die Familie gefunden hätte. Nur dieses Zwinkern. Das war seine einzige Botschaft an die Außenwelt.

In Paris war das anders, dort kam der frühere Iskander Pascha wieder zum Vorschein. Obwohl er bei offiziellen Anlässen Amtsrobe und Turban tragen musste, verbarg sich darunter der Derwisch, der die Weisheit in sich aufsog und sich gleichzeitig über die Dummheit der anderen lustig machte. Wir alle taten das – und wir saugten nicht nur Weisheit in uns hinein. Der Weinkeller in der Pariser Botschaft der Hohen Pforte galt als der beste Europas. Und die französischen Frauen schwänzelten um ihn herum wie um einen prachtvollen Hengst. Scheinbar ganz unschuldig erkundigten sie sich nach dem Sultan. ›Stimmt es, Exzellenz, dass der Grand Seigneur sich noch immer einen Harem mit zwanzig Frauen hält?‹ Iskander Pascha plusterte sich dann so weit auf, wie er nur konnte, verschränkte die Arme und erwiderte mit tiefer Stimme: ›Zwanzig, Madame? Das wären ja weniger als in meinem eigenen Harem. Dem Sultan – möge seine Herrschaft noch lange währen und möge Allah ihm die Kraft geben, jeden Tag seine Manneskraft zu beweisen – stehen dreihundertundsechsundzwanzig Frauen zur Verfügung, eine für jeden Tag außer dem Fastenmonat, dann nämlich bevorzugt er Knaben aus dem Jemen.‹ Woraufhin die Damen spitze Schreie ausstießen und so taten, als ob sie vor Entsetzen in Ohnmacht fielen. Damit kaschierten sie jedoch nur die in ihren langen Kleidern eingeschnürten Gefühlswallungen und freudige Erregung. Verzeihen Sie mir, Nilofer *hanim*, ich habe mich vergessen.«

Ich lächelte. »Hasan Baba, in Ihrem Alter und mit Ihrer Weisheit dürfen Sie in meiner Gegenwart ebenso wie in der jedes anderen Familienmitglieds stets reden, wie es Ihnen gefällt. Mir ist Förmlichkeit und Steifheit genauso zuwider wie dem wahren Iskander Pascha. Sie sagen also, dass Vater nur im Ausland ganz er selbst war und sich in einen vollkommen anderen verwandelte, sobald er nach Hause kam. Führte das denn nicht zu einem gestörten Gleichgewicht seines Bewußtseins?«

Der alte Mann wurde nachdenklich.

»Darüber habe ich bislang nie nachgedacht, aber vielleicht war dem tatsächlich so. Und vielleicht war der Zwischenfall beim Fotografieren der erste Hinweis auf eine solche Störung. Allah stehe uns bei. Allah beschütze uns. Alles findet zu seiner Vollendung.«

Elf

Sara erzählt der Steinernen Frau von ihrem Traum, der weitere, teils bittere Erinnerungen hervorruft.

»Letzte Nacht habe ich Suleiman nach beinahe zwanzig Jahren in einem Traum wieder gesehen, Steinerne Frau. Weißt du noch, als ich zum ersten Mal hierher kam? Ich war noch jung. Ich leckte die Wunden meines Herzens und stillte zugleich mein Töchterchen. Damals war Nilofer sieben oder acht Monate alt. Ich erinnere mich noch, wie ich zu dir kam und zu deinen Füßen weinte. Ich weiß, dass du keine Füße hast, doch wenn du welche hättest, wären sie an jenem Tag mit meinen Tränen benetzt worden. Und mit einemmal schien mir, als hörte ich dich sprechen. Eine Stimme fragte mich, was mich bedrücke, und ich entsinne mich, gesagt zu haben: ›Derjenige, den ich liebe, ist fortgegangen.‹ Und ich hörte, wie deine Stimme etwas sehr Trauriges und Wunderschönes erwiderte: ›Liebe ist die Sehnsucht der Flöte nach dem Flussbett, aus dem das Rohr gerissen wurde. Versuche zu vergessen.‹ Ich strengte mich an, doch vergessen konnte ich nie. Aber immerhin gewöhnte ich mich an seine Abwesenheit. Die Zeit vermag unsere inneren Wunden niemals vollständig zu heilen, doch zumindest den Schmerz zu lindern.

All meine Liebe galt nun unserem Kind Nilofer. Als sie älter wurde, lachte sie genauso wie Suleiman, wenn wir allein waren. Ein dunkles, kehliges, ungezügeltes Lachen. Ich kann nicht glauben, dass er mit jemand anderem ebenso lacht, doch wahrscheinlich gebe ich mich Illusionen hin. Wer in der Liebe betrogen worden ist, wird oft zum Opfer seiner Selbsttäuschung.

Es war kein schöner Traum, der mich letzte Nacht heimsuchte, Steinerne Frau, und er wollte kein Ende nehmen. Er zog sich beinahe durch die ganze Nacht, oder jedenfalls erschien es mir so. Als ich schließlich davon erwachte, befand ich mich in einem Zustand höchster Erregung. Ich war schweißgebadet. Meine Kehle war wie ausgedörrt, und ich trank einen ganzen Krug Wasser leer.

In diesem Traum, Steinerne Frau, sah mein Suleiman so verändert aus, dass ich den Anblick kaum ertrug. Sein Haar war schlohweiß, und sein schlanker Körper, den ich gerade wegen seiner femininen Weichheit geliebt hatte, schien derb und gefühllos geworden zu sein. Er war aufgeschwemmt und hässlich. Doch war dies nur der erste Schreck. Er lag nackt im Bett mit einer sehr jungen Frau, die höchstens vierundzwanzig oder fünfundzwanzig Jahre alt gewesen sein kann. Offenbar war sie eines seiner Modelle, denn in der Nähe des Bettes stand eine Leinwand, und mir fiel sogar im Traum auf, dass die Brüste darauf denen der Frau glichen. Ich hatte überhaupt keine Vorbehalte gegen diese junge Geliebte. Hauptsache, er war mit irgendjemand anderem zusammen, nur nicht mit seiner Ehefrau.

In meinem Traum kamen dann zwei weitere Frauen in den Raum. Vermutlich war die häßliche Dicke seine Gattin und die andere ihre Freundin oder Schwester. Als sie das nackte Paar erblickten, fingen sie an zu kreischen. Seine Gattin griff nach einem Malerpinsel und schlug damit auf Suleiman ein. Ihre Freundin wiederum brachte plötzlich eine Flasche zum Vorschein und goss deren Inhalt über das Mädchen. Das arme Ding stieß qualvolle Schreie aus. Ich sehe sie noch vor mir mit ihrem entstellten Gesicht. Sie war auf einem Auge erblindet und rannte nackt aus dem Raum. Während all dies geschah, lag Suleiman nur tatenlos da. Weder half er der Frau noch versuchte er, die anderen beiden davon abzuhalten, sie zu verletzen. Als sie dann mit Messern in den Händen auf ihn losgingen, rief er dreimal meinen Namen: ›Sara! Sara! Sara!‹ Da schreckte ich im Bett auf, zitterte am ganzen Körper. Der Morgen dämmerte noch nicht.

Ich war niemals abergläubisch, Steinerne Frau, und habe auch nie an Zeichen oder böse Omen geglaubt, aber dieser Traum war so wirklich. Du kennst mich gut. Seit meinem ersten Besuch hier haben wir oft miteinander gesprochen, obzwar ich eingestehen muss, dass ich dich in den letzten Jahren gemieden habe. Doch dieser Traum lastet schwer auf meinem Herzen.

Er erfüllt mich mit einer düsteren Vorahnung. Ich spüre, dass Suleiman in Not ist, vielleicht sogar in Lebensgefahr. Wie du weißt, habe ich ihn nie vergessen, aber ich war sehr enttäuscht von ihm. Zudem werde ich den Verdacht nicht los, dass mein Vater ihm eine beträchtliche Summe zahlte, damit er sich in New York eine neue Existenz aufbauen konnte und mich aufgab.

Der arme Suleiman. Er war sich von jeher sehr unsicher. Nachdem er – wenngleich auf andere Weise – von seinen Eltern verlassen worden war, sehnte er sich danach, einer Familie anzugehören, wollte es immer allen recht machen und dafür gelobt werden. Mir gegenüber verhielt er sich zwar anders, doch dieses Bedürfnis nach Anerkennung prägte sein Wesen.

Wäre er noch ein Jahr in Istanbul geblieben, anstatt überstürzt nach New York abzureisen und die erstbeste Frau zu heiraten, die ihm schöne Augen machte, dann hätte ich ihm von unserer wunderschönen Tochter erzählt und dass all seine Ängste hinsichtlich unserer Kinder unbegründet waren. Wenn er mich noch geliebt hätte, hätte ich von Iskander Pascha verlangt, dass er mich freigab. Und dann wäre ich mit Suleiman nach Damaskus oder an einen anderen Ort gegangen, wo wir ein neues Leben hätten anfangen können. Zwar hätten wir damit in den Augen meiner Eltern einen unerhörten Skandal ausgelöst und Vater hätte vielleicht ein paar wohlhabende Patienten verloren, doch nichts von all dem hätte mich von meinem Entschluss abbringen können.

Meine Liebe zu Suleiman war so tief, aber ihm war allein der Gedanke, ohne mich in Istanbul zu leben, unerträglich und er wäre lieber gestorben, als mich in der Öffentlichkeit mit einem anderen Mann zu sehen. Deshalb war er weggelaufen. Doch das beweist nur, dass die Wurzeln seiner Liebe offenbar nicht sehr tief reichten. Im osmanischen Reich zu bleiben sei ihm unmöglich, behauptete er, denn wo immer man sich auch aufhalte, man träume stets nur von Istanbul. Mit der freundlichen Unterstützung meines Vaters entschied er sich dann also für New York.

Wir haben Verwandte dort, aber sie haben sich so perfekt dem dortigen Leben angepasst, dass sie auf uns, die wir hier leben, mit Verachtung herabsehen. Wir sind zu rückständig für sie, aber gut genug, eine Bürgschaft für die Firma meines Onkels mütterlicherseits zu übernehmen. Unsere Vermögensverhältnisse finden sie nämlich durchaus akzeptabel. Wie viel hat mein Vater Suleiman bezahlt? Damals wollte ich es nicht wissen, aber jetzt geht mir diese Frage nicht mehr aus dem Sinn. Die Unterlagen meines Vaters befinden sich noch immer in meinem Elternhaus.

Lange Zeit mied ich es. Mein Schmerz war zu groß, Steinerne Frau. Ich weinte und betete um die innere Kraft, die mir helfen sollte zu vergessen, doch jedes Mal, wenn ich heimkam, hörte ich Suleimans Stimme wispern: ›Sara, sind wir allein? Sind alle fort? Sollen wir auf dein Zimmer gehen oder auf meines?‹ Zuletzt war ich dort, als mein Vater starb. Und es war das erste Mal, dass Suleiman nicht in mein Ohr flüsterte.

Einige Monate später zeigte mir meine Mutter den Brief, den sie von ihm erhalten hatte. Mich erwähnte er mit keiner Silbe, nicht einmal in den Höflichkeitsfloskeln. Vielleicht plagte ihn das schlechte Gewissen. Wie meine Tochter Nilofer sagt, können Schuldgefühle sowohl dem Selbstschutz als auch der Selbsttäuschung dienen. Da er nicht imstande war, auch nur ein Wort über mich zu verlieren, schrieb er stattdessen, wie sehr er meinen Vater schätzte und dass er niemals vergessen würde, welche Gefälligkeiten ihm unsere Familie erwiesen hatte. Gefälligkeiten! Mir wurde übel, als ich das las. Schließlich schrieb er noch, meine Mutter sei sicherlich erfreut zu hören, dass seine Frau wieder schwanger sei. Das mag sie in der Tat gefreut haben. Meine Mutter kam nie darüber hinweg, dass ich ihr einziges Kind war und dass sie keinen Sohn geboren hatte, der in die Fußstapfen seines Vaters trat und ebenfalls Arzt wurde. Wie du dir denken kannst, Steinerne Frau, war ich Suleiman nicht allzu freundlich gesinnt, als ich seinen Brief las. Was für ein Eber – ja, das dachte ich damals. Wie viele Ferkelchen wird ihm sein Weib noch gebären, ehe sie stirbt? Da ist Nilofer, meine Einzige, doch zehnmal mehr wert als sie alle zusammen.

Wenn dieser merkwürdige Sommer endlich vorüber ist, werde ich in mein Elternhaus zurückkehren, Steinerne Frau. Ich werde all die Briefe lesen. Ich möchte ganz genau wissen, wie viele Silberlinge er sich dafür zahlen ließ, mich zu vergessen. Hat er meinem Vater eine Quittung gegeben für diese ›Gefälligkeiten‹? Mutter ist inzwischen leider zu alt, um sich noch an irgendetwas zu erinnern. Ihr Gedächtnis hat so nachgelassen, dass sie gar mich zuweilen nicht mehr erkennt. Was soll ich tun, Steinerne Frau? Ich muss die Gewissheit haben, dass er wohlauf ist. Vorher finde ich keine Ruhe. Ich werde meinem Onkel Sifrah in Istanbul schreiben und ihn bitten, schnellstens ein Telegramm nach New York zu schicken. Suleiman hat früher einmal für Sifrahs Niederlassung in New York gearbeitet, und bestimmt wird mein Onkel in Erfahrung bringen können, ob alles in Ordnung ist oder ob meine Ängste begründet sind.

Träume sind etwas Seltsames. Wie fand dieser Traum den Weg ausgerechnet in meine Gedanken? Warum träumt man überhaupt? Gibt es eine einfache Antwort darauf, oder ist es ein unlösbares Problem, wie mein Vater zu sagen pflegte? Ich entsinne mich, wie er bei einer seiner Abendgesellschaften den Gästen erzählte, ein Arzt in Paris und einer in Wien, glaube ich, beschäftigten sich beide sehr viel mit der Erforschung von Träumen. Hast du schon einmal von diesem Wiener Arzt gehört, Steinerne Frau? Sein Name ist mir gerade entfallen.

Vielleicht hat dieser Traum mehr verändert, als ich für möglich gehalten hätte.

Wenn Iskander Pascha nachts zu mir kam, pflegte ich lange Zeit die Augen zu schließen und mir vorzustellen, es sei noch immer Suleiman. Allerdings gelang mir das nicht immer, denn Iskander Pascha ist schwer, und sein Gewicht auf mir zu spüren war ganz anders. Doch wenn die Vereinigung dann in reiner Wonne gipfelte, sah ich das Bild meines verschwundenen Geliebten aus Damaskus vor mir. So konnte ich den Augenblick genießen und dennoch meinen Suleiman lieben. Iskander Paschas Besuche wurden immer seltener. Erst seit ein paar Wochen liegt er wieder öfter bei mir, und wie eh und je erschien Suleiman vor meinem geistigen Auge. Doch nun stehe ich vor einem Problem. Dieser Traum hat alles verdorben. Ich vermag mir den früheren Suleiman überhaupt nicht mehr vorzustellen, das grausame Bild aus meinem Traum hat sich dazwischengedrängt. Vielleicht bleibt mir jetzt gar nichts anderes übrig, als an Iskander Pascha und niemanden sonst zu denken? Diese Aussicht erscheint mir heute gar nicht mehr so düster wie früher. Es hat sich etwas in ihm verändert.«

Zwölf

Mehmed und der Baron fechten einen Streit über islamische Geschichte aus, in dem Mehmed unterliegt. Iskander Pascha gewinnt sein Sprachvermögen zurück, doch er dankt lieber Auguste Comte anstatt Allah dafür.

»Ich bin doch sehr über dein mangelhaftes Wissen überrascht, gerade was diesen entscheidenden Aspekt der Geschichte deiner Religion und Kultur anbelangt.«

Der Baron klang zornig. Wir saßen zu dritt in der Bibliothek und warteten auf die anderen. Iskander Pascha, der die Zusammenkunft gewünscht hatte, hatte sich nach dem Abendessen zu einem Spaziergang aufgemacht. Die Luft war wunderbar lind, und die vielfältigen Düfte der Nacht, die durch die weit geöffneten Fenster hereinströmten, waren überwältigend.

Als ich das Zimmer betrat, trugen Onkel Mehmed und der Baron gerade einen heftigen Disput miteinander aus. Sie schenkten meinem Erscheinen keine Beachtung, aber senkten die Stimmen. Abgesehen von der Seidenkrawatte, auf die Onkel Mehmed anders als der Freund wegen der warmen Witterung verzichtet hatte, waren beide gleich gekleidet, sie trugen heute cremefarbene Hemden und weiße Hosen.

»Nun?«, fuhr der Baron fort. »Beharrst du immer noch darauf, dass die Omayaden und Abbasiden lediglich rivalisierende Splittergruppen waren und nur ihre Kräfte messen wollten?«

»Ja«, antwortete Mehmed unversöhnlich. »*Dein* Wissen über den Islam stammt aus Büchern, Baron, *meines* hingegen aus erster Hand.«

»Ach ja, natürlich! Jetzt dämmert mir alles!«, antwortete der Baron ironisch. »Du hast dich im achten Jahrhundert höchstpersönlich in Damaskus aufgehalten. Ich sehe dich mit Feder und Pergament vor mir, wie du alles notierst, was die Anführer der beiden Gruppen übereinander reden, und wie du sorgfältig die Anzahl der Leichen in den Straßen zählst.«

»*Reductio ad absurdum* ist hier nun wahrlich fehl am Platz, Baron! Spotte, so viel du willst, aber den Konflikt der Omayaden und Abbasiden auf Weltniveau zu heben ist grotesk. Feuerbach hätte dir den Hintern versohlt, weil du dich in Sarkasmus flüchtest, wenn Argumente versagen.«

Der Baron klopfte verärgert mit dem Stock auf den Holzboden. »Mich erstaunt weniger deine Naivität, Mehmed, als dein dünkelhafter Eigensinn. Wenn es dir an Kenntnis über eine Sache mangelt und sich dein alter, geschätzter Freund bemüht, die Wolken deiner Unwissenheit zu zerstreuen, die sich auf deine hochgezogenen Augenbrauen gelegt haben, solltest du zumindest so viel Höflichkeit an den Tag legen und dir seine Darlegungen bis zum Ende anhören. Das hilft! Sobald deine Wissenslücken gefüllt sind, darfst du selbstverständlich widersprechen.«

Jetzt war es an Onkel Mehmed zu schmollen. »Tu, wie dir beliebt, Baron. So wie du es immer tust.«

Doch der Baron ging auf den gereizten Ton nicht ein. »Nun hör mir einmal gut zu, Mehmed! Es handelte sich um zwei rivalisierende Gruppen. Darüber herrscht kein Zweifel. Aber worum ging es denn eigentlich bei dieser Feindschaft? Um Macht? Ja, aber weshalb? Wir dürfen nicht vergessen, dass in diesem Bürgerkrieg Tausende ihr Leben lassen mussten. In meinen Augen handelte es sich um einen Kampf der Araber, die allmählich an Stärke einbüßten und seit dem Tod eures Propheten den Islam für sich beanspruchten, gegen die – wie drücke ich es am besten aus? – mehr kosmopolitisch ausgerichteten Kräfte des Islam. Warum wurde die Omayaden-Dynastie derart gnadenlos ausgerottet? Bis auf einen einzigen Mann wurde jedes noch lebendige männliche Wesen getötet. Ich gebe zu, dass Abdurrahmans Flucht ein ausgeklügeltes Wunderwerk war. Er war der Inbegriff eines begabten politischen Führers und hat allerhand Tatkraft bewiesen, als er sich nach Spanien aufmachte. Nachdem er in Cordoba angekommen war und nichts mehr zu fürchten brauchte, rief ihn die Bevölkerung zum Kalifen aus. Aber im Grunde war es der Jubel der Soldaten, der den Ausschlag gegeben hatte. Weil sie Araber waren, hatten sie sich loyal verhalten. Sind wir diesbezüglich einer Meinung? Gut. Dann fahre ich fort.

Der Kampf um das Kalifat im arabischen Herzland spielte sich zwischen einer in Damaskus ansässigen arabischen Oligarchie ab, vertreten durch Omayaden und Abbasiden, die von Persern, Türken – einschließlich deiner Vorfahren, mein Freund –, Kurden, Kaukasiern, Aramäern, Armeniern und vielen anderen Völkern Rückenstärkung erhielten. Sie waren die neuen Konvertiten. Doch da sie eine stattliche Anzahl darstellten und die Omayaden sich hochmütig weigerten, ihre zahlenmäßige Überlegenheit anzuerkennen und sich die Macht im Interesse des Islam zu teilen, blieb nur eine Lösung: Man musste sie ausrotten. Dazu bedurfte es einer neuen gesetzlichen Grundlage, denn inzwischen hatte sich der Islam zu einer Weltreligion entwickelt. Die arabische Eitelkeit duldete diesbezüglich keinen Kompromiss.«

Onkel Mehmeds Nase krauste sich leicht, als er den Baron mit einem herablassenden Lächeln bedachte. »Aber ist es nicht interessant, dass das Kalifat von Cordoba unter dem Einfluss der eitlen und engstirnigen Araber in vielfacher Hinsicht fortschrittlicher war als deine kosmopolitischen Abbasiden? Die Omayaden in Spanien erwiesen sich als weitaus toleranter und weit weniger anfällig für den Unsinn, den die Geistlichen verbreiteten. In Bagdad wurden die andalusischen Philosophen fortwährend als Abtrünnige denunziert, und man hielt Gelehrte davon ab, sich der Lektüre ihrer Bücher zu widmen.«

»Wie wahr!«, antwortete der Baron. »Doch herrschten in Andalusien völlig andere Bedingungen. Die Omayaden traten dem Christentum direkt entgegen, sie kämpften zwischen den beiden Kulturen. Dafür brauchten sie ihre Philosophen, um neue Anhänger des Islam zu gewinnen, was sich nicht so ohne weiteres im Zeichen des Schwertes bewerkstelligen ließ. Die Sachlage verlangte nach intellektueller Überlegenheit. Wie du weißt, schlägt mein Herz für die andalusischen Denker. Ohne sie hätte sich die Renaissance in Europa vielleicht anders entwickelt. Doch man darf nicht aus dem Auge verlieren, dass jene Männer ihren brillanten Verstand nur entfalten durften, weil ihnen mit der katholischen Kirche ein intellektuell mächtiger Feind gegenüberstand. Als die Bischöfe erkannten, dass sich der Feind nicht durch Debatten bezwingen ließ, riefen sie zum Heiligen

Krieg, und der Papst bescherte Europa die Inquisition. Das alles beweist, dass sich neue Ideen am besten im Kampf gegen orthodoxe Kräfte entwickeln. Eine solche Konstellation verleiht Stärke und verbindet.

Die katholischen Gelehrten in Granada gingen umsichtig vor, als sie im fünfzehnten Jahrhundert die islamische Kultur einem Autodafé preisgaben. Medizinische Schriften und andere Lehrbücher, die sie für ihr eigenes Überleben benötigten, entrissen sie dem Feuer. Hat dich das, mein lieber langjähriger Gefährte, nun endlich überzeugt?«

Onkel Mehmed sah den Freund an und hob eine Augenbraue. Um diese Fähigkeit hatte ich ihn stets beneidet. Es sei eine Kunst, erklärte er mir, die man nicht erlernen könne.

»Es hat mich vielleicht nicht gerade völlig überzeugt, aber du hast mich zweifellos zum Nachdenken angeregt, Baron.«

»Es sind die kleinen Siege, die das Leben eines Menschen bereichern«, murmelte der Baron, als mein Vater, flankiert von Halil und Salman, den Raum betrat.

Dem Vater und seinen Söhnen folgten Hasan Baba und Selim, die offenbar vor der Bibliothek auf die Rückkehr meines Vaters gewartet hatten. Einer jahrelangen Gewohnheit folgend, hatte Hasan Baba die Haltung eines Gefolgsmannes eingenommen. Selim war solcherart Befangenheit fremd, und er kam erhobenen Hauptes herein. Als ich ihn sah, klopfte mein Herz rascher. Ich erwiderte sein Lächeln mit einem zärtlichen Blick, ehe ich mich beiläufig im Raum umsah, um herauszufinden, ob jemand etwas bemerkt hatte. Vater hatte seinen Stammplatz in jenem Sessel eingenommen, der dem Fenster am nächsten stand, und Petrossian trug einen großen Krug frisch gepressten Orangensaft herein. Der Baron und Mehmed sahen einander ungläubig an. Sollten sie tatsächlich den ganzen Abend ohne Alkohol auskommen? Ihre Sorge erwies sich jedoch als unbegründet. Petrossians Enkel brachte Champagner und Gläser, die ich noch nie gesehen hatte, und die Miene der beiden Freunde erhellte sich augenblicklich.

»Nun, Iskander«, sagte Mehmed, »weshalb hast du uns am heutigen Abend zusammengerufen? Welche Freuden erwarten uns?«

Mein Vater antwortete nicht und deutete stattdessen mit seinem Stock auf Halil.

»Die Idee für diese Zusammenkunft stammt von mir.« Halils verhaltene Stimme zwang den täglich schwerhöriger werdenden Hasan Baba, näher an den Redenden heranzurücken. Er legte die Hand hinter sein gutes Ohr und beugte sich in die Richtung, aus der die Worte kamen. »Ich habe in den vergangenen Tagen wichtige Angelegenheiten mit meinem Vater und meinem Bruder besprochen. Sie betreffen die Zukunft unseres Reiches.«

»Welche Zukunft?«, unterbrach ihn der Baron. »Wenn wir offen reden wollen, dürfen wir die Augen nicht vor der Realität verschließen.«

Halil lächelte. »Baron Pascha! Ihr nehmt mir das Wort aus dem Mund. Eben weil das Reich keine Zukunft hat, müssen wir miteinander reden. Und nicht nur reden, sondern auch handeln. Ich bin nur ein einfacher Soldat. In mir steckt weder ein Geschichtsphilosoph noch ein politischer Denker, doch selbst ich habe begriffen, dass wir alles verlieren, wenn wir nur die Hände in den Schoß legen und zusehen, wie unser Land vernichtet wird. Wie unser Sultan wird sich dann unser ganzes Volk eines Morgens als Sklave in den Händen Britanniens, Frankreichs, Russlands und des neuen Deutschlands wieder finden. Wir können von Glück reden, dass zwischen diesen Mächten kein Einvernehmen besteht. Jedes einzelne Land braucht uns lebendig, um zu verhindern, dass uns der Rivale als Ganzes schluckt. In der Armee gärt es beträchtlich, und es dürstet die jungen Offiziere nach Taten. Sie möchten den Sultan absetzen und eine Republik ausrufen.«

Er unterbrach seine Rede, um die Reaktion der Anwesenden zu prüfen. Mehmed klatschte vor Begeisterung in die Hände.

»Richtig, Halil, wir müssen es endlich angehen. Allerdings sind wir hundert Jahre zu spät dran. Wir hätten bereits viel früher von den Franzosen lernen sollen.«

Hasan Baba schüttelte skeptisch den Kopf. »Da würde nichts Gutes dabei herauskommen. Eine Fliege kann nun einmal nicht einen Adler hochheben und zu Boden schmettern.«

Selim war anderer Ansicht. Es war das einzige Mal, dass er an jenem Abend das Wort ergriff. »Halil Pascha hat Recht. *Wir* sind der Adler, Hasan Baba, während der Sultan und seine korrupten Höflinge die Fliegen sind, Parasiten, die uns die Schwingen gestutzt und jahrhundertelang von uns gezehrt haben. Jetzt verlangen wir unsere Schwingen zurück, und nichts wird für uns jemals wieder zu hoch und zu weit sein.«

Meine Brüder lächelten. Ich hätte Selim am liebsten auf den Mund geküsst.

»Ich pflichte dem jungen Selim bei«, sagte Salman lebhaft und mit so ungemein strahlenden Augen, wie ich sie seit seiner Ankunft nicht bei ihm gesehen hatte. »Und ich teile auch Onkel Mehmeds Ansicht. Ja, wir hätten bereits vor hundert Jahren die Dinge in die Hand nehmen müssen. Doch sollten wir nicht vergessen, dass auch die Franzosen mit ihrer Geschichte nach Gutdünken verfahren. Sie exekutieren den König und krönen Napoleon. Als Napoleon von den Engländern und Österreichern gestürzt wird, heben sie ihren alten König erneut auf den Thron. Eine neue Revolution beschert uns eine neue Republik und einen weiteren Napoleon, einen Epigonen, der sich Napoleon III. nennt, und so geht es in einem fort. Wenn wir handeln – und dass wir handeln müssen, daran besteht kein Zweifel –, dann mit dem Ziel, das Rad der Geschichte nicht zurückzudrehen. Diese verfluchten Sultane haben uns viel zu lange dem Verfall preisgegeben. Sollen sie doch ihre Schmuckschatullen mitnehmen und sich an der französischen Riviera niederlassen.«

Iskander Pascha hatte der Unterhaltung aufmerksam gelauscht. Verhalten pochte er nun mit dem Stock auf den Boden, um auf sich aufmerksam zu machen, und begann zu unser aller Verblüffung zu sprechen. Wenngleich seine Rede leise und stockend war, so waren es doch unleugbar Worte, die seine Lippen formten. Seine Stimme war zurückgekehrt. Unvermittelt erhoben wir uns – Erstaunen und Freude malte sich auf dem Gesicht eines jeden – und scharten uns um ihn. In Hasan Babas Augen standen Tränen, als er die Arme um Iskander Pascha legte.

»Allah sei gepriesen. Das ist ein wahres Wunder. Wie konnte es geschehen?«

»Der menschliche Körper ist und bleibt ein Geheimnis«, sagte der Baron. »Da Iskander Pascha auch wieder laufen kann, sollte es uns eigentlich nicht derart erstaunen, dass er nun auch wieder des Redens mächtig ist. Aber es ist nichtsdestoweniger ein Grund zu feiern!«

Iskander Pascha bat uns, Platz zu nehmen. Ihn wieder sprechen zu hören kam uns unwirklich vor. Ein unermessliches Glücksgefühl erfasste mich. Morgen werde ich als Erstes Emineh zu ihm bringen, damit sie seine Stimme hört, nahm ich mir vor.

»Bewahrt Ruhe«, sagte Iskander Pascha ein wenig heiser. »Ich hatte an sich erwogen zu schweigen und die Wiederkehr meiner Stimme erst morgen zu verkünden, denn das, worüber wir heute sprechen müssen, ist weitaus wichtiger als das Schicksal eines jeden von uns. Lasst uns also fortfahren. Wir stehen nicht vor der Frage, ob Sultan oder Kalif – das gehört der Vergangenheit an. Die Frage heißt vielmehr: Was setzen wir an ihre Stelle? Verfügen wir über einen eigenen Lebensraum? Oder schneiden sie uns in winzige Stücke und zerstreuen uns in alle Winde? Vor ein paar Tagen habe ich vor Schreck meine Stimme zurückgewonnen, als Nilofer mich gefragt hat, ob mir Auguste Comte ein Begriff sei. Erleichtert vernahm ich, dass es der junge Selim war, der ihr von Comte erzählt hat, und Selim wiederum konnte nur über Hasan von ihm gehört haben. Nachdem Nilofer mein Zimmer verlassen hatte, formten meine Lippen den Namen Auguste Comte, und ich stellte zu meiner Verwunderung fest, dass ich sprechen konnte. Ihr seht also, es war das Werk Comtes und nicht Allahs. Demzufolge, lieber Hasan, bitte ich dich in Zukunft zu sagen: ›Comte sei gepriesen‹ oder: ›Es gibt nur einen Comte, und das ist Comte, und wir sind seine Propheten‹.«

Alle lachten, auch Hasan Baba, der sich jedoch einen murmelnden Tadel nicht verkneifen konnte: »Kaum ist dir die Sprache wiedergegeben, schon kommt dir eine Blasphemie über die Lippen. Hüte deine Zunge, Iskander Pascha, sonst wird dir dieses Geschenk gleich wieder genommen.«

»Da gerade von Sprachgewalt die Rede ist, Vater«, meldete sich Salman mit funkelnden Augen zu Wort. »Erinnerst du dich an die Bemerkung über die Höflinge des Sultans, die man Jussuf Pascha, dem glorreichen Erbauer dieses schönen Hauses, zuschreibt?«

Iskander Pascha schüttelte den Kopf.

»Eines Tages stattete ihm eine Gruppe Höflinge aus Istanbul einen Besuch ab. Sie überreichten ihm Geschenke und hofierten ihn mit honigsüßen Schmeicheleien, die ihnen mühelos über die Lippen perlten. Jussuf Pascha war sich sehr wohl bewusst, dass sie ihn ihm Auftrag des Sultans ausspionieren sollten. Der Herrscher der Welt wollte wissen, ob sein alter Freund aufrichtig bereute, damit er die Verbannung aufheben konnte. Die Höflinge – die den Einfluss unseres Ahnen am Hofe des Sultans fürchteten – waren bestrebt, ein solches Unglück abzuwenden. Zunächst weigerte sich Jussuf Pascha, die Männer zu empfangen, doch da ihr Flehen kein Ende nahm, gewährte er ihnen schließlich Zutritt zu seiner Bibliothek, jenem Raum, in dem wir uns heute versammelt haben. Ernst blickte er die Männer an und drohte ihnen mit Bestrafung, sollten sie seine Antwort dem Sultan nicht wortgetreu Silbe für Silbe übermitteln. Die Höflinge zitterten ein wenig, nickten aber unterwürfig, und er sprach: ›Euer heutiger Besuch war mir sehr willkommen, aber ich möchte euch einen teuren Rat mitgeben. Wenn euch das Leben unseres Sultans und Kalifen lieb ist, tragt ihm meine Antwort unverzüglich zu. Wie ihr alle wisst, gilt dem Sultan seit unseren Kindertagen all meine Achtung, und ich bin ihm in Freundschaft zugetan. Daher bereitet mir sein Gesundheitszustand ernstlich Sorgen. Da ihr ihm so häufig den Hintern leckt, befürchte ich, dass ihr ihn womöglich mit einer gefährlichen Krankheit ansteckt. Ich habe dies mit meinem Arzt erörtert, und er rät dringend, dass Höflingen in einer derartig wichtigen Stellung, wie ihr sie innehabt, eilends die Zunge abgeschnitten wird.‹«

Nie zuvor hatte ich Iskander Pascha so ausgelassen lachen hören wie an jenem Abend, nachdem Salman diesen Witz zum Besten gegeben hatte. Und selbst der Baron verlor kurzfristig seine würdevolle Haltung.

Auch Salman hatte sich verändert. Wie sein Vater wirkte er auf uns neuerdings wie ein anderer Mensch. Bei seiner Ankunft hatte er noch so bedrückt ausgesehen, als nage an ihm ein verzweifelter, geheimer Kummer. Sein ganzes Wesen schien von beißendem Zynismus durchdrungen. Doch entweder hatten das Gebrechen und die anschließende Genesung seines Vaters oder aber die langen Gespräche mit Halil ihn neu belebt – vermutlich hatte beides zu seinem Wandel beigetragen. Was immer der Grund dafür sein mochte, es war eine reine Freude, seine Veränderung zu beobachten. Gestern hatte er den ganzen Nachmittag mit meinen Kindern gespielt, ohne seine eigenen auch nur ein einziges Mal zu erwähnen.

Plötzlich räusperte sich der Baron, und es wurde wieder still im Raum.

»Iskander hat deinen Offizieren eine wichtige Frage gestellt, Halil. Was kommt nach dem Sultan – und wo? Ich fürchte, ihr werdet alles verlieren und letztendlich nur noch Istanbul und Anatolien in Händen halten. Stimmst du mir zu? Und werdet ihr euch gegebenenfalls mit einem zurechtgestutzten, aber soliden Land zufrieden geben?«

»Nein!«, entgegnete Halil. »Wir werden Hedschas und Syrien nicht aufgeben, obzwar wir Ägypten bereits verloren haben. Mohammed Ali, der albanische Vizekönig, hat sich der Angelegenheit angenommen, und seine Begs überwachen die Städte, während die britische Marine das Meer im Auge behält. Da Mohammed Ali den Handel beherrscht, bestimmt er die Grenzen der neuen Länder. Damaskus jedenfalls müssen wir um jeden Preis halten.«

»Geschichtliche Entwicklungen haben noch nie darauf Rücksicht genommen, was wir für absolut erforderlich halten, mein Lieber«, warf der Baron ein. »Viel hängt von den Briten ab. Vermutlich möchten sie sich alles einverleiben. Die Region liegt auf dem Landweg nach Indien, ihrem kostbarsten Besitz. Auch dort haben die verfluchten Mogule es versäumt, stabile Verhältnisse zu schaffen. Ihre Lage unterscheidet sich beileibe nicht so sehr von der euren, wie man annehmen möchte. Die Wurzeln für eure dürftige Kunst der Staatsführung liegen in eurer Religion, und es wird sich erst noch erweisen müssen, ob ihr Hedschas und Damaskus tatsächlich halten könnt. Die Stämme werden sich dem anschließen, der ihnen am meisten Geld bietet und den geringsten Ärger bereitet. Das eigentliche Problem ist Istanbul, das Herz dessen, was von eurem Reich noch übrig geblieben ist. Wenn sich dort, wo man sich aufhält, keine historischen Entwicklungen vollziehen, weiß man über kurz oder lang nicht mehr, was Geschichte überhaupt ist. Und dann verliert man jede Orientierung. Zwei Beispiele hierfür seht ihr in Italien und Deutschland während der langen Phase vor der Einigung. Das gleiche Schicksal sage ich dem Osmanischen Reich voraus, wenn ihr nicht handelt.«

»Fortschritt und Ordnung sind die einzigen Mittel, mit deren Hilfe noch etwas zu retten ist«, warf Halil ein. »Deshalb sind Auguste Comtes Lehren für uns von Bedeutung. Er war Fürsprecher einer vom rationalen Denken bestimmten Gesellschaft, in der Staat und Religion strikt voneinander getrennt sind.«

»Völlig richtig«, pflichtete Onkel Mehmed ihm bei, »aber wenn ich mich recht erinnere, wollte Comte eine säkulare Kirche gründen, was für mich ein Widerspruch in sich ist. Gewiss, er hat sie als Religion der Menschlichkeit bezeichnet, aber der Sinn stand ihm nach einer Kirche mit Ritualen, in der Wissenschaftler die Funktion der Priester ausüben. Hasan Babas karmatische Vorfahren waren uns trotz ihrer engen Bindung an unsere Religion in mancher Hinsicht voraus. Comte hingegen hatte zwar ein paar gute Ideen, aber er war leider auch ein kleines bisschen verrückt.«

Der Baron schmunzelte zustimmend. »Zu Comtes bevorzugten weltlichen Heiligen zählten Julius Caesar, Jeanne d'Arc und Dante. Der Erste war ein Tyrann, die Zweite ein betrogenes Bauernmädchen, das Soldat werden wollte, und der Dritte ein bedeutender Poet. Ich freue mich, dass Comte die *Göttliche Kommödie* schätzte, aber man kann keinesfalls von uns erwarten, diesen Zeitgenossen tatsächlich ernst zu nehmen. Wie stets bei talentierten Scharlatanen, hatte auch er zahlreiche Anhänger, doch vieles von dem, was er geschrieben hat, war zwar gut gemeintes, aber dummes Geschwätz.«

»Er hat ferner behauptet, einst würden Banken die Gesellschaft beherrschen und ganz Europa würde zu einer westlichen Republik geeint, in der die Banken den Ton angeben«, fügte Mehmed verächtlich hinzu. »Was mag wohl in ihm vorgegangen sein, als er diesen ganzen Unsinn niedergeschrieben hat?«

»Ihr zwei benehmt euch reichlich überheblich«, meldete sich Iskander Pascha zu Wort. »Während unseres Aufenthalts in Paris haben Hasan und ich manchmal verkleidet die Versammlungen Radikaler besucht. Comte war damals groß in Mode und galt als wahrer Sohn der Aufklärung. Viele Leute entwickelten in jener Zeit Alternativen zur Religion. Hatte sich nicht auch Robespierre daran versucht? Ja selbst dem Mogul König Akbar schwebte eine neue Religion vor – und das in Indien! Und bereits lange vor ihm – im vierzehnten Jahrhundert – hatte sich unser eigener Sultan Bajasid I. mit der Absicht getragen, eine Glaubensgemeinschaft mit islamischen, jüdischen und christlichen Elementen zu gründen. Seine eigenen Söhne nannte er Musa, Isa und Mehmed. Als er Papst Nikolaus für diese Idee zu gewinnen versuchte, wollte man ihn mit allen Mitteln zum Christentum bekehren. Da wurde ihm klar, dass sein Traum aussichtslos war, und er verwarf ihn wieder.«

»Richtig«, bestätigte der Baron. »Und war es nicht ebenjener Sultan Bajasid I., der sich als Nachfahre des trojanischen Königs Priamos ausgegeben hat?«

»Baron«, lachte Iskaner Pascha, »ehe Sie sich noch länger in den Marotten von Männern ergehen, die uns jahrhundertelang beherrscht haben, gestatten Sie mir zwei Fragen: Wenn wir handeln und eine neue Republik errichten, wird Preußen dann unser Verbündeter oder unser Gegner sein?«

»Sie meinen Deutschland. Ja, es wäre ein Verbündeter. Wenn auch nur aus dem Grunde, um das Osmanische Reich davon abzuhalten, als Brückenkopf für unsere ewig ehrgeizigen englischen Freunde zu dienen, die unablässig uns unseren Anteil streitig machen wollen. Die Engländer meinen, die Welt gehöre ihnen – eine fatale Selbsttäuschung, wie alle Imperien früher oder später erkennen müssen. Und noch etwas gereicht Ihnen zum Vorteil. Unser Kaiser Wilhelm II. ist ein neurotischer Schwärmer. Schon allein aus diesem Grund hegt er eine Schwäche für Istanbul. Gleichzeitig ist er ein begeisterter Anhänger der religiös und martialisch geprägten Opernwerke eines entsetzlichen Komponisten namens Wagner. Dieser Wagner hat schlechte Musik geschaffen und lief ebenso schlecht gekleidet mit einem lächerlichen Barett und in einem Samtsakko herum. Der Verstand unseres forschen Regenten ist von übersteigerter Vorstellungskraft, die ihm zu viele schlaflose Nächte bereitet. Er sieht sich selbst als Parzival und bereitet vermutlich schon einen Angriff gegen irgendjemanden vor. Indes, die Zahl der Feinde ist begrenzt. Wird er sich zuerst mit seinem russischen oder mit seinem englischen Vetter schlagen? Wenn er sich auf einen Krieg einlässt, benötigt er jedenfalls Verbündete. Ist Ihre Frage damit beantwortet? Gut.«

Mehmed musste schmunzeln. »Ich teile die Abneigung des Barons gegenüber der Musik von Wagner nicht, sondern empfinde die Struktur dieser Musik als sehr reizvoll, wenngleich ich zustimme, dass sie anspruchsvoller ist als die schlichten Melodien jener wohlmeinenden, aber nicht sonderlich intelligenten Italiener. Die Musik von Puccini, Verdi und unserem teuren Donizetti Pascha ist ausnehmend angenehm, doch Wagners Tonkunst regt zum Nachdenken an. Würde der Baron es ernst meinen, er würde...«

Der Baron warf seinem Freund einen Blick voller Todesverachtung zu und hob die Hand, um ihn zum Schweigen zu bringen. »Nicht jetzt, Mehmed. Wie lautet Ihre zweite Frage, Iskander Pascha?«

»Sie haben sich über unsere Begeisterung für Comte lustig gemacht, und ich achte Ihre Skepsis sehr. Doch wir alle haben eben unsere Schwächen, mein lieber Baron. Was uns an Comte gefällt, ist nicht seine Liste weltlicher Heiliger, sondern sein unerbittlicher Rationalismus. Denn es ist die Geistlichkeit, die durch ihre Billigung unseren Sultanen die Macht verliehen hat, über einen derart langen Zeitraum den Fortschritt zu blockieren. Es ist sinnlos, nur einen einzigen Kopf abzutrennen, wenn das Untier, dem wir gegenübertreten, zwei Köpfe hat. Halil hat ein nicht zu leugnendes Problem. Einige seiner Untergebenen sind wahre Hitzköpfe, aber die Situation erfordert, dass sie die Kunst der Geduld erlernen. Doch dazu bedarf es eines ausgeklügelten Plans, der zudem eine gewisse Aussicht auf Erfolg birgt. Halil ist zu uns gekommen und hat um Unterstützung nachgesucht, da ihm sechs jener Aufwiegler für die kommende Woche ihren Besuch angekündigt haben. Wir können uns nicht länger auf anregende und zugleich entspannende intellektuelle

Gespräche in der Abgeschlossenheit dieser Bibliothek beschränken, denn das Leben anderer Menschen hängt von dem Ratschlag ab, den wir meinem Sohn erteilen. Die Beförderung zum General hat ihn sehr gefreut, doch hat er sich niemals vorstellen können, dass seine Männer eines Tages an ihn herantreten würden, um einen Krieg gegen den Feind im eigenen Land zu führen und gegen seine Förderer. Mein Vater hätte ihm geraten, entweder die Verräter an den Pranger zu stellen oder das Militär zu verlassen und sich einige Monate nach Alexandria zurückzuziehen. Noch vor wenigen Jahren hätte ich in meiner Rolle als verantwortungsbewusster Vater und Stützpfeiler des Staates ähnlich gesprochen, aber diese Zeiten sind vorbei, Baron. Verstehen Sie jetzt, was auf dem Spiel steht?«

Der Baron wurde ernst. Er hatte nun begriffen, dass dieses abendliche Gespräch nicht mehr nur ein intellektueller Schlagabtausch war, bei dem er uns alle mit seinen sarkastischen Bemerkungen würde ausstechen können. Halil drängte ihn, Iskanders Frage zu beantworten.

»Wenn nicht Comte, wer dann? Hegel?«

»O nein! Hegel keinesfalls.« Der Ton des Barons hatte sich verändert. Er wirkte jetzt nachdenklich, wollte nicht mehr länger nur beeindrucken. »Ich glaube, der Mann, den deine Offiziere im Augenblick brauchen, ist einer, von dem sie wahrscheinlich noch nie etwas gehört, geschweige denn gelesen haben. Es ist ein Italiener namens Niccolò Machiavelli, der große Denker in Fragen der Politik und Staatskunst.«

»Deine Behauptung ist wirklich absurd, Baron«, ereiferte sich Mehmed. »Natürlich ist Machiavelli für uns kein Unbekannter. Zwischen den Osmanen und den Repräsentanten der italienischen Renaissance herrschte ein lebhafter Austausch. Wusstest du, dass der Sultan den Bau einer Brücke über den Bosporus Leonardo und Michelangelo anvertrauen wollte?«

»Mehmed, dies hier ist eine ernsthafte Diskussion!« Die Stimme des Barons war eisig. »Heben wir uns solche Scharmützel, wie unterhaltsam sie auch sein mögen, für ein andermal auf. Wenn sich hier nicht bald etwas ändert, wirst du vielleicht sogar deines geliebten Bosporus verlustig gehen. Viele Menschen mögen von Machiavelli gehört haben, aber wie viele haben ihn tatsächlich gelesen oder gar begriffen, worüber er vor vielen Jahren geschrieben hat? Gibt es jemanden hier außer mir? Ich würde sagen, nein, und es überrascht mich auch nicht. Mir würde es ebenso ergehen, wäre ich nicht einst Schüler von Hegels Nachfolgern gewesen. Ich habe Machiavelli nur gelesen, weil Hegel in seiner berühmten Abhandlung ›Die Verfassung Deutschlands‹ aus dem Jahr 1802 ihn mit außerordentlich hoher Wertschätzung bedacht hat. Erst der Hegel'sche Text hat mich dazu bewogen, dieses überschwänglich bewunderte Werk zu lesen.«

»Wir werden gewissenhaft prüfen, welche Bücher wir uns zu Gemüte führen müssen, Baron«, sagte Halil ungeduldig. »Doch jetzt erklären Sie uns bitte: Weshalb dieser Italiener, und weshalb gerade jetzt?«

»Dieser Abend wird mir zu anstrengend«, warf Mehmed ein. »Ich befürchte, dass ich über den Ausführungen des Barons zu Machiavelli einschlafen werde. Halils Männer planen eine Revolution, und wir bieten ihnen nichts als geistige Ergüsse.«

Der Baron funkelte ihn bitterböse an. »Du solltest dich vielleicht tatsächlich lieber in deinem karmesinroten Seidenpyjama zu Bett begeben, Mehmed, und von dem Michelangelo träumen, der den Bosporus überschreitet, während ich hier mit Halil darüber nachdenke, wie wir dein Land retten können. Ohne ein Ziel, das auf Ideen gründet, ist radikales Handeln sinnlos.«

Niemand verließ den Raum. Ich tauschte Blicke mit Selim, der der Unterhaltung andächtig folgte.

»Gewiss habe ich Mehmed und Iskander gezwungen, Hegels Essay zu lesen, als ich sie dereinst als junger Hauslehrer in Istanbul unterrichtete. Weiß einer von euch beiden noch den ersten Satz?«

Mehmed wandte sich voll Abscheu ab, doch Iskander Pascha hob die Hand wie ein Schüler.

»Gut«, sagte der Baron. »Iskander?«

»*Deutschland ist kein Staat mehr.*«

»Ausgezeichnet«, lobte ihn der Baron, als sei er wieder in die Rolle des Lehrers geschlüpft. »Richtig. *Deutschland ist kein Staat mehr.* Auch das Osmanische Reich ist kein Staat mehr. Italien war längere Zeit kein Staat mehr, und ein neuer Staat war vonnöten, um den Fortschritt einzuleiten. Machiavellis Fürst ist der Staat. Der große und geistreiche italienische Philosoph der Politik betrachtet Italien nüchtern und nicht so, wie es sich im Wunschdenken mancher Menschen darstellt. Was er sieht, ist ein in sich gespaltenes, geteiltes Land, das unentwegt der Gefahr der Verwundung durch einen Angriff fremder Mächte ausgesetzt ist. Nicht völlig identisch, aber auch nicht so weit von der Realität unseres gespaltenen, geteilten Reiches entfernt, das von Übergriffen fremder Staaten bedroht ist. Machiavelli ist deshalb so bedeutend, weil er nicht zur Vergangenheit, zur Antike Zuflucht nimmt, um eine neue Zukunft zu gestalten. Für ihn liegt alles in der Gegenwart, und er begreift, dass etwas Neues erforderlich ist ...«

In diesem Tonfall dozierte der Baron noch eine volle Stunde.

Es war kurz vor Mitternacht, als wir das Gespräch schließlich beendeten. Abgesehen von Hasan Baba, der eingeschlafen war, und mir hatten alle wie gebannt zugehört. Mir war klar gewesen, dass ich unbedingt wach bleiben musste, weil es ein sehr wichtiger Augenblick war. In meiner Gegenwart wurde Geschichte geschrieben. Aber da war noch etwas anderes, was mir die Augen offen hielt. Wenn ich meiner Müdigkeit nachgegeben hätte, wäre Selims Antlitz verschwunden.

Später des Nachts hörte ich im Halbschlaf, wie sich die Tür öffnete. Noch unsicher, ob ich träumte oder nicht, sah ich schon eine vertraute Gestalt, die sich entkleidete und in mein Bett schlüpfte. Zunächst hielt ich es immer noch für einen Traum, doch das harte Ding, das zärtlich in mich drängte, war nur zu greifbar. Selim war in mich eingedrungen und verwandelte einen harmlosen Traum in die reinste Wonne.

DREIZEHN

Salman meditiert über die Liebe und erzählt von der Tragödie, die ihm das Leben vergällte. Der schreckliche Betrug durch Mariam, Tochter des koptischen Diamantenhändlers Hamid Beg in Alexandria.

»Bin ich tatsächlich der erste Mann, der bei dir Rat sucht, Steinerne Frau? Als ich meiner Schwester Zeynep erzählte, ich müsse mit dir sprechen, gebärdete sie sich geradezu feindselig und sagte voller Verachtung: ›Weshalb willst du einen Ort entweihen, der den Frauen des Hauses als Allerheiligstes gilt?‹

Ich musste sie nachdrücklich daran erinnern, dass in unseren Kindertagen nicht nur die Mädchen, versteckt hinter den Felsen, gelauscht hatten, wenn unsere Mütter, Tanten und Dienerinnen ihr Gewissen erleichterten. Auch Halil und ich waren stets dabei gewesen. Da musste Zeynep lächeln und wurde ein wenig nachgiebiger. Und so kommt es, dass ich nun beinahe fünfundzwanzig Jahre später mit dem widerwilligen Einverständnis meiner Schwester vor dir stehe.

Falls du jedoch glaubst, meine freudige Rückkehr sei ein Hinweis darauf, dass ich meine einstige jugendliche Unbeschwertheit nicht eingebüßt hätte, täuschst du dich. Ich leide große Qualen, Steinerne Frau. Viel zu viele düstere Nächte haben in den vergangenen fünf Jahren meine Seele verdunkelt.

Hasan Baba hat uns gelehrt, dass wir das Licht nicht wirklich zu schätzen vermögen, solange wir nicht auch das Dunkel erfahren haben. Doch diese Weisheit hat auch eine Kehrseite. Was, wenn sich die Dunkelheit nie aufhellt und das Licht nurmehr als verschwommene Erinnerung in uns lebt? Ich habe gehört, dass viele Bewohner jener Weltregionen, in denen sich die Sonne im Winter kaum zeigt, dies kaum ertragen und sich das Leben nehmen. Die gleiche Wirkung übt die Dunkelheit aus, die im eigenen Inneren herrscht und die Seele zu ersticken vermag.

Da du meine Geschichte nicht kennst, Steinerne Frau, sollte ich sie dir von Anfang an erzählen. Dabei werde ich nicht allzu lange bei meiner Mutter verweilen, die bei meiner Geburt gestorben ist. Gewiss haben dir bereits andere von ihr und der völligen Veränderung berichtet, die ihr Tod in meinem Vater ausgelöst hat. Um sie aus seinen Gedanken zu verbannen, wurde er zu einem Menschen, der weder an ihresgleichen denken würde noch sich von jemandem angezogen fühlen konnte, der ihr ähnlich war. Jedem von uns wohnt die Fähigkeit inne, sich zu verstellen und scheinbar in eine neue Haut zu schlüpfen. Zu wissen, dass wir dazu imstande sind, erfüllt uns mit Wohlbehagen, und es hilft, neugierigen Menschen Sand in die Augen zu streuen. Unglücklicherweise hat mein Vater diese Transformation so weit vervollkommnet, dass er beinahe selbst an seine neue Identität geglaubt hat. Und ich hatte am meisten darunter zu leiden. Für Iskander Pascha wurde ich gleich in zweifacher Hinsicht zu einer unangenehmen Erinnerung: Ich gemahnte ihn an seine Frau und an ihren frühen Tod. Meine Geschwister wussten nicht, dass er mich als kleinen Jungen hochhob, sooft er mich alleine antraf, und zärtlich auf die Wangen küsste. Ich hegte keinen Zweifel, dass er mich liebte, war mir aber gleichfalls bewusst, dass eine andere Seite in ihm mich bestrafen wollte. Als ich älter wurde, drehte ich den Spieß um. Mein Widerstand gegen die alltäglichen kleinen Tyranneien in unserem Haus wuchs, und unsere Beziehung kühlte ab. Seitdem ich vierzehn war, wollte ich aus dieser Familie ausbrechen. Ich beneidete meine Mutter, die ohne Familie und weitaus freizügiger aufgewachsen war als jeder von uns hier.

Kaum bot sich mir eine Gelegenheit, kehrte ich Istanbul den Rücken, begab mich ein Jahr lang auf Reisen und ließ mich schließlich in Alexandria nieder. Zuvor hatte ich viele Monate in Jerusalem, Damaskus und in Kairo verbracht, doch keine dieser Städte schien mir als Wohnort reizvoll. Jerusalem war mir zu religiös, und die anderen Orte waren mir – bei all ihren sonstigen Vorzügen – zu laut und lagen zu weit weg vom Meer. Als ich einmal einem arroganten jungen Beg gegenüber meine Sehnsucht nach dem Meer erwähnte, entgegnete er: ›Wenn unser zartes Pflänzchen aus Istanbul ohne Meeresbrise verkümmert, warum lässt es sich dann nicht in Iskanderyia nieder? Ich für meinen Teil werde dieser Stadt nach spätestens zwei Wochen überdrüssig, aber über osmanische Vorlieben lässt sich nicht streiten. Gehen Sie und wohnen Sie in unserem Haus, solange es Ihnen beliebt, Salman Pascha, und wenn Ihnen Iskanderyia zusagt, suchen Sie sich dort eine eigene Bleibe.‹

So kam es, dass ich mich in einer Stadt niederließ, die den Namen meines Vaters trug. Ist es möglich, sich in eine Stadt zu verlieben, Steinerne Frau? Es ist möglich. Ich war verliebt. Stundenlang bin ich täglich umhergestreift, bis ich jeden noch so verschwiegenen Winkel Alexandrias kannte. Um dem morgendlichen Lärm zu entkommen, habe ich die Stadt hinter mir gelassen und mir ein Plätzchen nahe am Meer gesucht. Schon bald entdeckte ich eine winzige Höhle, die mir Zuflucht bot. Stets habe ich mich in aller Frühe aufgemacht, ehe mir die blendende Sonne den Blick in den Himmel verwehrte. Mein einziger Begleiter in jenen Tagen war ein Buch von Verlaine. Ich blickte aufs Meer, träumte davon, glücklich zu sein, dachte über mein Leben nach und fand zuweilen Vergnügen daran, schlechte Gedichte zu schreiben. Schlechte Gedichte zu schreiben zählt zu den einfachsten Dingen der Welt, Steinerne Frau. Hat dir das schon einmal jemand gesagt?

Entscheidend war, dass ich endlich gefunden hatte, wonach ich mich all die Jahre sehnte. Ich war endlich alleine, und ich stellte fest, dass Alleinsein unabdingbar notwendig ist, will der Geist sich voll entfalten. Gewiss hat ein einsames Leben seine Schattenseiten. Das Wohlbehagen, nur weil wir nicht durch andere verletzt werden können, wird durch die Traurigkeit getrübt, weil wir bloß auf uns selbst zurückgreifen können. Dies ist allerdings eine gänzlich andere Einsamkeit als jene, die mir Jahre später aufgezwungen wurde.

Als mein Geld allmählich zur Neige ging, sprang mir wie üblich mein Onkel Kemal großzügig bei. Vor meiner Abreise hatte ich ihm versprechen müssen, mich stets an ihn zu wenden und nicht an meinen Vater, sollte ich jemals in finanzielle Schwierigkeiten geraten. Dieses Angebot kam mir sehr gelegen. Ich dankte dem Himmel für die Einführung der Telegrafie in unserem Reich und schickte Onkel Kemal ein Telegramm.

Und kaum hatten Onkel Kemals Schiffe ein paar Wochen später in Alexandria Anker geworfen, stattete mir der Kapitän mit einem versiegelten Päckchen unter dem Arm einen Besuch ab. Ich dankte ihm, bot ihm Kaffee an und fragte, ob er etwas über die Pläne meines Onkels wisse. Zu meinem Erstaunen teilte er mir mit, dass Onkel Kemal eine Reise nach Japan plane und in Tokio ein Büro eröffnen wolle.

Nachdem er sich verabschiedet hatte, öffnete ich hastig das Päckchen und erblickte zu meinem Entzücken einen in Watte gebetteten ungeschliffenen Edelstein mittlerer Größe. Ich fragte mich, weshalb Onkel Kemal mir so viel Sympathie entgegenbrachte, zumal ich es nie darauf angelegt hatte, seine Zuneigung zu erringen. Aber da er mit drei Töchtern gesegnet war – eine hässlicher und einfältiger als die andere –, galt ich vielleicht als eine Art Sohn. Als ich meine Vermutung durch weitere Andeutungen bestätigt sah, gab ich Onkel Kemals Frau, meiner Tante, sogar einmal unmissverständlich zu verstehen, dass ich nicht im Entferntesten daran dächte, eine ihrer Töchter zur Frau zu nehmen. Meine Erklärung wurde von meinem Onkel mit einem herzlichen Lachen quittiert.

Das kleine Paket enthielt ferner einen Kreditbrief für Onkel Kemals Bank in Kairo sowie ein kurzes Schreiben an mich. Darin empfahl mir mein Onkel, den Stein nur als Pfand einzusetzen und ihn keinesfalls ohne vorherige Rücksprache mit ihm zu veräußern. Auch den Namen eines ›eher unbekannten, aber sehr verlässlichen‹ Diamantenhändlers in Alexandria hatte er beigelegt. Mit ihm, so schrieb mein Onkel, habe er ›schon des Öfteren Geschäfte getätigt. Der Mann ist Kopte, wirklich vertrauenswürdig und zudem ein alter Freund der Familie. Wende dich an ihn, solltest du jemals in Schwierigkeiten geraten.‹ Bereits vor meiner Abreise aus Istanbul hatte er mir von jenem Mann erzählt, doch da ich eigentlich nicht vorhatte, Alexandria zu besuchen, schenkte ich Onkel Kemals Empfehlung damals keine größere Aufmerksamkeit. Als ich schließlich doch in die Stadt kam, erinnerte ich mich zwar jenes Freundes, aber nicht mehr seines Namens. Zudem fürchtete ich, mir unter Umständen ermüdende gesellschaftliche Verpflichtungen einzuhandeln, wenn ich mir seine Adresse von meinem ehemaligen Büro schicken ließ. Ich war unverändert hochmütig. Nichts sollte mein zurückgezogenes Dasein stören. Nichts außer meinem Geldmangel.

Ein Besuch bei dem Kopten ließ sich nun nicht länger aufschieben. Und so ging ich eines Tages geradewegs vom Strand zu dem Haus jenes Mannes und wurde dort von einer Märchenprinzessin empfangen. Bei meinem Anblick brach sie in Gelächter aus. Meine Kleidung wie auch mein Haar waren voller Sand, an den Füßen trug ich Sandalen und in der Hand ein abgegriffenes Buch von Verlaine. ›Bin ich hier richtig?‹, stammelte ich, unfähig den Blick vom Körper der jungen Frau abzuwenden. ›Wohnt hier Hamid Beg?‹

Sie nickte und bat mich ins Haus. Ihr tiefschwarzes Haar, der olivfarbene Teint und die leicht mandelförmigen Augen ließen mich eine japanische Mutter vermuten. Sie trug ein Kleid europäischen Zuschnitts, das ihre Waden entblößte. Doch am meisten entzückte mich ihr Lachen und der Umstand, dass ihre Füße nackt waren.

›Ihr Besuch kommt ein wenig überraschend‹, gestand sie. ›Mein Vater nimmt gerade ein Bad. Sind Sie Salman Pascha? Wir haben Sie in diesen Tagen erwartet. Darf ich Ihnen etwas zu trinken anbieten? Ich hoffe, Sie bleiben zum Mittagessen. Doch jetzt entschuldigen Sie mich bitte, ich muss mich umziehen. Fühlen Sie sich ganz wie zu Hause.‹

Jetzt war es an mir zu lachen. Sie verschwand, ohne zu fragen, was der Grund für meine Heiterkeit sei. Weißt du, weshalb ich gelacht habe, Steinerne Frau? Ein größerer Gegensatz als der zwischen meinem und ihrem Zuhause war unvorstellbar. In Istanbul wohnten wir im achtzehnten Jahrhundert, während in Jussuf Paschas Sommerpalast hier über dem Meer die Zeit all ihre Bedeutung verlor. Jenes Haus in Alexandria hingegen war seiner Zeit weit voraus. Derart elegantes Mobiliar hatte ich in ganz Istanbul noch nicht gesehen, nicht einmal bei den Bragadinis, die ebenfalls den Stil vergangener Zeiten bevorzugten. Hier jedoch stand ich dem letzten Schrei des italienischen Möbeldesigns gegenüber. Alles war neu. In der Eingangshalle lenkte eine große chinesische Truhe das Augenmerk auf sich. Während ich die Wandmalerei bewunderte, kam Hamid Beg, in einen weißen Seidenanzug gekleidet, die Treppe herunter und begrüßte mich herzlich. Gewiss näherte er sich bereits dem sechzigsten Lebensjahr, aber er wirkte viel jünger und war überraschend schlank – ganz anders als mein Vater und meine Onkel, die alle zur Fülle neigen.

Ich hielt es für das Beste, noch vor dem Mittagessen das Geschäftliche zu regeln, und zeigte ihm das Geschenk meines Onkels. Er trug den Rohdiamanten zu seinem Schreibtisch, legte ihn unter ein Mikroskop und inspizierte ihn. ›Ein hervorragender Stein. Ich vermute, Sie möchten ihn als Sicherheit hinterlegen, um mit einem Darlehen von mir eines Ihrer Projekte zu finanzieren, oder?‹ Da mein einziges Projekt darin bestand, das Leben zu genießen, und ich dafür das Geld tatsächlich benötigte, nickte ich lächelnd. ›Ich vertraue Kemal Pascha mehr als meinem eigenen Bruder. Sie hätten mir den Stein nicht zu zeigen brauchen. Wie viel müssen Sie aufnehmen?‹ Ohne lange nachzudenken, nannte ich eine Summe. Er wies mich an, tags darauf bei ihm vorzusprechen und das Geld abzuholen.

Als seine Tochter zum Essen herunterkam, war sie wie verwandelt. Sie wirkte jetzt schüchtern und sittsam und weit angespannter als zuvor. Ihre gelbe, bodenlange Tunika entsprach dem traditionellen Kleidungsstil, und ihre Füße steckten zu meiner Enttäuschung in Sandalen. Aber es war vor allem ihre ernste Miene, die mich verwirrte. Ich hoffte, dass allein die Anwesenheit ihres Vaters der Grund für ihre Veränderung war.

›Das ist meine Tochter Mariam. Seitdem ihre Mutter nicht mehr hier wohnt, kümmert sie sich um den Haushalt.‹

Die Mutter wurde mit keinem weiteren Wort mehr erwähnt, und Mariam erzählte mir erst Monate später die ganze Geschichte. Während des Mittagessens betrieben wir höfliche Konversation. Da mein Arabisch bei weitem nicht so gut war wie das von Hamid Beg und Mariam, sie hingegen des Türkischen kaum mächtig waren, wich ich auf Französisch aus. Sehr zu Mariams Freude, da sich ihr nie Gelegenheit bot, ihre Französischkenntnisse anzuwenden und zu erweitern. Es versetzte sie in wahre Begeisterung, dass ich diese Sprache so gut beherrschte.

Steinerne Frau, ich weiß, dass nichts dich überraschen oder schockieren kann. Aus ebendiesem Grund kommen so viele Ratsuchende ja hierher und schütten dir ihr Herz aus.

An jenem Tag, als ich das erste Mal als ehrenwerter Gast bei Mariams Vater zu Tisch saß, verliebte ich mich unsterblich in dieses Geschöpf. Liebe lässt sich nicht planen oder aufrechnen in Soll und Haben. Man kann nicht sagen: Diese Frau erfüllt alle Bedingungen, damit ich mich in sie verlieben kann. Ihre Gesichtszüge sind anziehend, sie ist wortgewandt, redet aber nicht ungefragt. Sie verfügt über eine ansehnliche Mitgift, und sie wird mir gesunde Kinder gebären. Daher werde ich mich jetzt in sie verlieben.

Ich habe Händler gekannt, die Liebe mit derselben Elle messen wie ihre Waren; Ärzte, die sich den Puls fühlen, um sich zu vergewissern, dass sie verliebt sind; Philosophen, die unaufhörlich ihre Liebe in Frage stellen; Gärtner, die meinen, Liebe reife wie eine Frucht, und selbstgefällige Menschen, die niemanden außer sich selbst lieben können. Deute meine Worte nicht falsch, Steinerne Frau. Ich will damit keineswegs sagen, dass Liebe nicht wächst, sich vertieft und mit jedem Jahr stärker wird. All das stimmt, aber es hängt davon ab, wie die Liebe begonnen hat. Für mich gibt es nur einen einzigen richtigen Anfang, alle anderen sind Irrwege. Liebe muss wie ein Blitz einschlagen. Und ebendieser Blitz traf mich an jenem lauen Sommernachmittag vor acht Jahren, als eine leichte Brise vom Meer her durch das Haus des koptischen Diamantenhändlers Hamid Beg wehte. Mariam war gerade achtzehn Jahre alt geworden, und ich hatte mein einunddreißigstes Lebensjahr beinahe vollendet.

Am nächsten Tag fand ich mich wieder ein, um das Geld abzuholen. Eine alte Frau mit einem geheimnisvollen Kreuz um den faltigen Hals öffnete mir die Tür und teilte mir förmlich mit, dass Hamid Beg geschäftlich nach Kairo hatte reisen müssen. Er würde etliche Tage fort sein, habe aber einen Umschlag für mich bereitgelegt, den sie mir jetzt aushändigen wolle. Ob ich so gut sei und in zehn Tagen noch einmal vorsprechen würde. Dann sei der Herr wieder in der Stadt.

Dem alten Weib war meine Enttäuschung wohl nicht entgangen, denn ich meinte, etwas wie Schadenfreude aus ihrer Miene zu lesen. Verzagt stand ich vor ihr.

Doch noch ehe mir eine Entgegnung einfiel, stürmte Mariam von der Terrasse ins Haus, atemlos – aber, dem Himmel sei

Dank – mit nackten Füßen. Bei ihrem Anblick schmolz mir das Herz.

›Ich habe dich angewiesen, mich zu rufen, wenn Salman Pascha kommt‹, schrie sie der alten Frau aufgebracht entgegen, die jedoch nur angewidert die Achseln zuckte und das Zimmer verließ.

Mariam wandte sich mir zu. ›Schenken Sie ihr keine Beachtung, Salman Pascha. Sie ist überängstlich und unhöflich. Seit Ewigkeiten steht sie in den Diensten der Familie meines Vaters, und es bereitet ihr regelrecht Vergnügen, unhöflich zu sein. Außerdem hat sie meine Mutter gehasst. Wollen wir uns auf die Terrasse setzen? Steht Ihnen der Sinn nach frischem Limonensaft? Haben Sie französische Bücher dabei? Warum lachen Sie denn?‹

Mir fehlt die Kraft, all das noch einmal zu durchleben, Steinerne Frau. Ich kann es nicht einmal für dich tun. Einige der Erinnerungen sind so rein, so süß, dass sie mir die Tränen in die Augen treiben. Ich würde wieder schwach werden, Mariam von neuem lieben, und wieder wäre alles verloren. Diesen fürchterlichsten aller Albträume, in eine endlose Tiefe zu stürzen und nie den zu Boden erreichen, will ich um alles in der Welt verhindern. Aus diesem Grund, und nur deshalb, werde ich zügig mit meiner Geschichte fortfahren.

Hamid Beg blieb länger als eine Woche in Kairo. Mariam und ich trafen uns täglich, jedoch nie nach Sonnenuntergang. Die Alte mit dem Kreuz hatte es ausdrücklich verboten, und Mariam hielt es für kindisch, sich dem Verbot zu widersetzen. Wo immer wir uns in dem großen Haus aufhielten, fühlte ich mich beobachtet und Mariam ebenso. Uns war, als müssten wir ersticken. Als ich ihr von meiner geheimen Höhle erzählte, weiteten sich abenteuerlustig ihre Augen. Sie rief nach Maria – das war der Taufname der Alten –, trug ihr auf, Kaffee zu kochen, und während das Weib in der Küche hantierte, schlichen wir uns hinaus und machten uns, die Französischbücher unter dem Arm, flugs wie Diebe davon. Mariam war ebenso entzückt von der kleinen Höhle wie ich, in der wir vollkommen für uns waren.

An jenem Tag gestanden wir einander unsere Liebe. Mariam bekannte, dass auch ihr mein Anblick und mein sandiges Haar auf Anhieb sehr zu Herzen gegangen waren, wenngleich sie nicht sicher zu sagen vermochte, ob nicht eher Verlaine den Blitzschlag ausgelöst hatte. Wir küssten und liebkosten einander, entkleideten uns und schwammen im Meer. Dann trockneten wir uns gegenseitig ab und lasen einander vor. Ich kostete jeden Zentimeter ihres Körpers, wie es Verlaine in einem Vers des Liebesgedichtes ›Frühling‹ beschrieben hat.

Anmut'ge Beine, knospend' Brüste
Gesäß und Bauch und Lenden:
ein Augenschmaus, ein Fest den forschend' Händen,
den Lippen – allen Sinnen?

Das Gedicht erregte uns noch mehr. Aber ich habe Mariam nicht besessen, wenngleich sie ihre Jungfräulichkeit bedenkenlos geopfert hätte und ich mittlerweile vor Begierde wie von Sinnen war. Jede Faser meines Körpers schien vor Sehnsucht nach ihr aufzustöhnen, und meine Hoden schmerzten, so stark war mein Drang, mich zu ergießen. Aber ich widerstand dem Begehren. Warum? Weil ich damit ihres Vaters Gastfreundschaft verletzt hätte. Seltsam, nicht wahr, Steinerne Frau, wie tief sich althergebrachte Sitten und Gebräuche in uns eingegraben haben, und wie schwierig es ist, sie samt ihrer Wurzeln auszurotten. Als ich Mariam den Grund meiner Keuschheit erklärte, geriet sie außer sich, verfluchte alle Paschas und ihre Imperien und erklärte sich zur freien Bürgerin der Republik der Liebe. Mit ihrem unbarmherzigen Spott brachte sie mich nicht nur damals heftig zum Lachen. Jemandem wie ihr bin ich nie wieder begegnet.

Nachdem Hamid Beg nach Alexandria zurückgekehrt war und noch ehe Maria ihm Gift in die Ohren träufeln konnte, bat ich ihn um Mariams Hand. Ich erklärte ihm, dass ich keine weiteren Ansprüche stellte und mir auch nicht an einer Mitgift gelegen sei. Wir wollten heiraten und selbst für unseren Lebensunterhalt sorgen. Anders als ich erwartet hatte, verlangte er nicht ein Jahr – oder zumindest sechs Monate – Aufschub und dass ich einer anderen Stadt Unterkunft nehmen solle, um meine Zuneigung zu Mariam zu prüfen, ob sie echt oder nur eine flüchtige Laune sei. Nein, Hamid Beg erhob keinerlei Einwände. ›Schon am Tag unseres ersten gemeinsamen Mittagessens spürte ich, dass ihr beide ein ideales Paar abgeben würdet. Ihr habt meinen Segen. Aber wie du weißt, bin ich koptischen Glaubens, und von daher wünsche ich eine kirchliche Hochzeit. Wenn ihr in Istanbul seid, könnt ihr euch ja gemäß deiner Tradition vermählen.‹

Das Herz floss mir schier über vor Glück, und ich lachte: ›Hamid Beg, ich würde Mariam überall und nach jedem Ritual heiraten. Ihnen ist ja bekannt, dass ich nicht gläubig bin. Die Hochzeitszeremonie hat für mich daher keinerlei Bedeutung.‹

Hamid Beg wollte die Angelegenheit nicht auf die lange Bank schieben. Da ich kein Verlangen verspürte, außer Onkel Kemal jemand anderen meiner Familie von meiner Vermählung in Kenntnis zu setzen, schickte ich ihm ein Telegramm ins Büro mit dem Hinweis, die Nachricht sei ausschließlich für ihn bestimmt. Mir sei nicht an Post aus Istanbul gelegen. In seinem Antworttelegramm gratulierte er mir und versprach, meine Bitte unter der Voraussetzung zu respektieren, dass ich das Haus, das ich erwerben wollte, als gemeinsames Hochzeitsgeschenk von Hamid Beg und ihm annahm. Steinerne Frau, diese freundliche Geste habe ich nicht zurückgewiesen. Schließlich handelte es sich um ein Haus und nicht um eine Kamelherde. Maria als Haushälterin zu übernehmen lehnte ich hingegen entschieden ab. Manche Opfer sind schlichtweg zu groß.

Binnen zweier Wochen waren Mariam und ich ein Paar. Wir durchlebten Tage vollkommenen Glücks, wenngleich ich mich heute im Rückblick auf jene erste gemeinsame Zeit daran erinnere, dass es zu Begebenheiten gekommen war, die mir damals unerheblich oder sogar kindisch erschienen waren.

In der Persönlichkeit eines jeden wirken gegensätzliche Kräfte, Steinerne Frau, es wäre unnatürlich, wenn es anders wäre. Mariam jedoch erwies sich als eine Frau tiefster Widersprüche, und ich vermute, dass es ihr in gewisser Weise lieber gewesen wäre, wenn Hamid Beg uns die Erlaubnis zu heiraten versagt hätte. Dann hätte sie meine Liebe einer Prüfung unterziehen können. Wäre ich mit ihr ans andere Ende der Welt geflohen? Meine Beteuerung überzeugte sie wenig, da ich den Beweis niemals erbringen konnte. Ein andermal sagte sie zu mir: ›Es ist mir ein Gräuel, dich so glücklich mit mir zu sehen. Ich mag dich lieber, wenn du traurig bist.‹ Den Grund dafür habe ich nie ganz verstanden, und als ich sie später einmal danach fragte, leugnete sie, jemals etwas Derartiges geäußert zu haben.

Lange nach unserer Hochzeit erklärte sie mir, weshalb Hamid Beg uns so rasch verheiratet sehen wollte. Hätte es eine lange Verlobungszeit gegeben, hätte sich die Teilnahme der Mutter an unserer Hochzeit schwerlich verhindern lassen.

Arabella, Mariams Mutter, war die Tochter eines englischen Plantagenbesitzers und seiner chinesischen Geliebten, dic in der britischen Kolonie Malaya lebten. Der – unverheiratete – Vater hatte Arabella als seine Tochter anerkannt, und sie war im Herrenhaus der Plantage aufgewachsen, wenngleich ohne ihre Mutter, die sie nur ein-, zweimal in der Woche sah. Später wurde Arabella zum Studium nach Großbritannien geschickt. Mariam war ihrer Mutter in einer Art Hassliebe verbunden. Die Art und Weise, in der sie mir von ihr erzählte, spiegelte ihre widersprüchlichen Gefühle wider.

Auf ihrem Rückweg von London überkam Arabella der Wunsch, die Pyramiden von Gizeh zu besuchen. Der Kapitän des Schiffs telegrafierte nach Singapur, und ihr Vater gab dem Wunsch seiner eigensinnigen Tochter nach. In Alexandria ging Arabella von Bord und wurde von Freunden des Vaters – einem bejahrten Ehepaar, das mittlerweile gestorben ist – in Empfang genommen. Arabellas Vater hatte sie vom Kommen seiner Tochter in Kenntnis gesetzt. Arabella war von jeher ein verwöhntes Kind gewesen und nahm sämtliches Entgegenkommen als selbstverständlich hin. Auf Fotografien sieht sie wie eine Engländerin aus, doch in Wirklichkeit war ihr Teint dunkler. Und da sie sich stets darüber empört hatte, wenn sie für einen Mischling gehalten wurde, herrschte allseits Erstaunen darüber, was sich wenig später in Ägypten zutrug.

Hamid Beg wurde während eines privaten Abendessens auf sie aufmerksam, als sie den Wunsch äußerte, die Sphinx zu sehen. Er machte sich erbötig, einen Ausflug dorthin für sie zu organisieren und auch für eine Begleitung zu sorgen. Und da er geradezu hingerissen von ihr war, folgte er ihr alsbald auf

Schritt und Tritt. Hamid Beg, noch heute ein auffallend gut aussehender Mann, muss vor zwanzig Jahren geradezu unwiderstehlich gewesen sein. Seine Schmeicheleien, seine Scherze, sein Wohlstand und sein anziehendes Äußeres verfehlten nicht ihre Wirkung auf Arabella, und sie willigte ein, als er um ihre Hand anhielt. Zwar schickte ihr Vater zahllose Telegramme, in denen er diese Eheschließung untersagte, doch da Arabella volljährig und ein Trotzkopf war, blieben seine Einwände erfolglos. Als ihre Gastgeber ihr ins Gewissen redeten, sie könne unter keinen Umständen einen Ägypter heiraten, verließ sie das Haus mit der Erklärung, sie sei Halb-Chinesin und stolz darauf. Selbstverständlich hatte das jeder gewusst, aber man erwähnte es nie, weil Arabella so durch und durch englisch wirkte.

Doch es gab da noch ein kleines Problem. Hamid Beg stammte aus einer koptischen Familie, deren Geschichte sich über tausend Jahre zurückverfolgen ließ. Die Familienmitglieder waren bereits außer sich, dass er die Reinheit ihres Blutes durch die Heirat mit einer Engländerin verfälschen wollte. Als er jedoch seiner Mutter selbstbewusst erzählte, dass auch er sich Gedanken wegen Arabellas englischer Herkunft gemacht habe, ihn jedoch der Umstand beruhigt hätte, dass sie zur Hälfte Chinesin sei, standen der Mutter die Tränen in den Augen.

Für Mariams Großmutter existierten Chinesen nur als aufgemalte Figuren auf Wandschirmen, die sie zuweilen in italienischen Möbelgeschäften erstand. Vermutlich hielt sie das chinesische Volk für das Hirngespinst eines Witzfigurenzeichners. Nachdem Hamid zuerst seiner Wut über die Ignoranz seiner Mutter Luft gemacht hatte und sich dann wieder beruhigt hatte, hielt er ihr einen Vortrag über chinesische Kultur und die Chinesen, denen wir die Erfindung des Kompasses, des Schießpulvers, der Druckkunst und vieler anderer Dinge mehr verdanken.

Kurze Zeit später heirateten die beiden, und Mariam wurde geboren. Doch nun wurde Arabella die Zeit lang, da Hamid Beg damals häufig auf Reisen war. Arabellas Tage plätscherten ziellos dahin, sie las nur wenig, war nicht ernsthaft an Ägypten und seiner Vergangenheit interessiert und ärgerte sich, plötzlich nicht mehr von europäischen Familien eingeladen zu werden. So schloss sie schon bald Bekanntschaft mit Menschen anderer Kreise. Es handelte sich dabei zumeist um Europäer, die keine offiziellen Positionen bekleideten und sich häufig in einem bestimmten Club, aber noch häufiger privat trafen, um Gin zu trinken und Karten zu spielen. Eines Tages lernte sie einen Engländer kennen, der sich auf dem Weg nach Indien befand. Ohne jede Vorwarnung verließ Arabella Ehemann und Kind. Mariam war damals elf Jahre alt. Ihre Mutter hat ihr einmal geschrieben, dass sie Hamid im Grunde nie geliebt hatte. Wahre Leidenschaft sei eine wundervolle Erfahrung, die Mariam hoffentlich selbst auch einmal erleben dürfe. Mariam hat ihre Mutter nie wieder gesehen, doch sie schrieben sich Briefe, zudem schickte Arabella ihr jeden Monat Geld. Später bekam sie sogar noch zwei weitere Kinder, doch Mariam hat sie nie um Fotografien gebeten aus Angst, Hamid Beg damit zu verletzen.

Den Verfall ihres Vaters mit ansehen zu müssen, war für Mariam nahezu unerträglich. Bald war Hamid Beg nur noch ein Schatten seiner selbst. Sie nahmen die Mahlzeiten gemeinsam ein, sprachen über Bücher, trafen sich mit Freunden – aber kein Funken Lebensfreude glimmte mehr in ihm. Arabellas Zimmer wurde nach ihrem Weggang nicht angetastet, und ihre Kleider hingen noch viele Jahre später in ihrem Schrank. Das Kleid, das Mariam bei meinem ersten Besuch getragen und das mir so sehr gefallen hatte, stammte von ihrer Mutter. Es verstrich einige Zeit, ehe Mariam das Zimmer der Mutter ausräumte, all ihre Sachen bis auf ein paar wenige fortgab und den Raum in eine Bibliothek umwandelte. Hamid Beg lächelte, als sie zu ihm sagte, Bücher seien doch das Einzige, was ihn bestimmt nicht an seine Frau erinnern würde.

Wenig später begab er sich mit Onkel Kemal Pascha auf eine lange Reise nach Japan, von der er sichtlich verändert zurückkehrte. Mariam hatte keine Ahnung, was geschehen war oder was er erlebt haben mochte, doch Hamid Beg hatte beinahe zu seinem ursprünglichen Selbst zurückgefunden. Sie luden sogar wieder Gäste zu sich nach Hause ein. Als Mariam jedoch einmal versuchte, sich mit ihrem Vater über die Mutter zu unterhalten, verzog sich sein Gesicht gramvoll, und er flüsterte, sie sei vor langer Zeit gestorben. Daraufhin erwähnte Mariam ihre Mutter nie wieder.

Es gab hierbei etwas, Steinerne Frau, was mir sonderbar erschien, sich indes nicht auf Hamid Beg bezog. Seine Empfindungen waren nur natürlich, obgleich es mich verwunderte, dass er nie wieder geheiratet hatte. Nein, was mich irritierte, war Mariams Haltung. Wenn sie von ihrer Mutter erzählte, schwang sowohl Zorn als auch Bewunderung mit. Einerseits hatte die Mutter Mariam verlassen, das hatte Zorn in ihr entfacht. Andererseits hatte sie Liebe und Leidenschaft den Vorrang gegeben, und Mariam hatte sich gezwungen, diese Seite ihrer Mutter zu bewundern. Vermutlich konnte sie nur auf diese Weise das Gefühl überwinden, im Stich gelassen worden zu sein.

Dass eine Frau, die ihrem Kind Derartiges antut, unendlich eigennützig handelt, war für Mariam ein nur schwer zu verdrängender Gedanke. Hierin lag auch der Grund für Mariams widersprüchlichen Charakter. Schließlich war sie so verstört, dass sie Angst vor jeder Bindung entwickelte. Der frühe Verlust der Mutter hatte eine tiefe Wunde geschlagen, die nur oberflächlich vernarbt war. Ich, der ich mutterlos aufgewachsen bin, konnte kaum nachvollziehen, dass sie während unserer gemeinsamen Jahre nicht ein einziges Mal ihre Mutter wieder sehen wollte. Da ich neugierig war, schlug ich ihr eine gemeinsame Reise nach Indien vor, doch dieses Ansinnen machte sie nur wütend. Das wäre, so ihre Worte, ein Betrug an ihrem Vater, und er hätte bereits mehr gelitten, als in einem einzigen Leben zumutbar sei.

Anderthalb Jahre verstrichen, und sie war immer noch nicht schwanger, was sie sehr unglücklich stimmte. Im Gegensatz zu anderen Frauen in vergleichbarer gesellschaftlicher Stellung wollte sie eben auch aus dem Grund Kinder, damit sie endlich vergessen konnte, was ihre Mutter ihr angetan hatte. Ihre Verzweiflung über ihre Kinderlosigkeit wuchs zunehmend und zog schließlich auch unsere Beziehung in Mitleidenschaft.

Eines Tages sagte sie: ›Vielleicht liegt es an deinem Samen. Ich sollte mich nach einem anderen Mann umsehen.‹ Doch kaum hatte sie dies geäußert, brach sie in Tränen aus, umarmte mich zärtlich und bat um Vergebung. Ich war damals nicht böse, Steinerne Frau, nur traurig. Einen Menschen zu finden, den du so innig liebst, dass er Teil deiner selbst wird, und mit dem du alles zu teilen lernst – Freude, Trauer, Siege, Niederlagen, gute und schlechte Zeiten –, ist für Männer wie Frauen gleichermaßen eine seltene Erfahrung, nicht wahr?

In unserem dritten Ehejahr wurde sie endlich schwanger und ein Jahr später wieder. Selten habe ich sie so glücklich gesehen. Voller Hingabe widmete sie sich den Kindern. Jede Woche besuchte sie mit ihnen Hamid Beg und verbrachte zuweilen den ganzen Tag in dem großen Haus. Ihre Zuneigung mir gegenüber war indes erheblich zurückgegangen. Eine Begebenheit ist mir besonders deutlich im Gedächtnis geblieben: Eine seiner Reisen führte Onkel Kemal auch nach Alexandria, und er war bei uns zu Gast. Mariam wurde schrecklich böse, als er die Kinder küsste und jedem eine kleine Geldbörse mit einer Goldmünze schenkte. Und als er ausnehmend liebevoll und eben wie ein Großonkel mit ihnen redete, verzog sich Mariams Miene. Als Onkel Kemal sagte: ›Euer Großvater Iskander Pascha wird überglücklich sein, euch eines Tages kennen zu lernen‹, verdunkelte sich Mariams Gesicht gar vor Zorn, und sie verließ wütend den Raum. Ich war aufs Höchste überrascht und fand ihr Verhalten unerklärlich.

Nachdem Onkel Kemal abgereist war, sprach ich mit ihr über diesen Vorfall, aber meine Worte lösten nur eine Hasstirade gegen meine Familie aus. Angeblich wollte sie verhindern, dass ihre Kinder von den Paschas von Istanbul beeinflusst würden, sie behauptete, meine Familie sei degeneriert und verrückt, und erfand noch zahlreiche andere Vorbehalte gegen sie. Trotz meiner eigenen Entfremdung von meinen Verwandten empfand ich ihr Benehmen dennoch als erbärmlich und lächerlich.

Doch selbst da suchte ich noch nach Entschuldigungen für ihr irrationales Betragen. Ich redete mir ein, sie sei nur deshalb so übermäßig besitzergreifend, weil sie ihre Mutter verloren hatte und nun befürchtete, womöglich auch noch ihre eigenen Kinder zu verlieren. Wer weiß, wie lange ich mir noch etwas vorgemacht hätte, Steinerne Frau, wenn sich das Schicksal nicht meiner erbarmt hätte.

Auf einem meiner täglichen Nachmittagsspaziergänge an der Küste trat eine in Schwarz gekleidete, zutiefst unglücklich wirkende Europäerin mit Hut und Schleier auf mich zu und fragte mich, ob ich ›Signor Salman Pascha, Hamid Begs Schwiegersohn‹ sei. Ich nickte, und sie wollte unbedingt jetzt und auf der Stelle mit mir sprechen. Ich bat sie, einen weniger bevölkerten Teil der Promenade mit mir aufzusuchen. Kaum hatten wir uns niedergesetzt, brach sie in Schluchzen aus. Die Erinnerung daran geht mir nach wie vor sehr zu Herzen, und ich möchte nicht allzu lange dabei verweilen. Sie hat mir die Wahrheit gesagt, Steinerne Frau, wenngleich ich sie zum damaligen Zeitpunkt kaum glauben wollte. Jetzt mag ich ruhig und gefasst wirken, doch damals wäre ich am liebsten gestorben. Der Himmel und das Wasser verfärbten sich tiefschwarz, die Menschen, die an uns vorbeispazierten, wurden zu Schatten. Und mein Verstand war wie gelähmt. Die Italienerin erzählte mir, nicht ich sei der Vater meiner Kinder, sondern ihr Ehemann. Es stellte sich heraus, dass sie mit dem Sohn eines Möbelherstellers verheiratet war, der die reichen Familien in Kairo und Alexandria belieferte. Auch die Möbel in Hamid Begs Haus stammten von seiner Hand. Während sie sprach, entsann ich mich Marcos, jenes jungen Mannes, der unsere Villa ausgemessen und sich oft in unserem Haus aufgehalten hatte, bis es fertig eingerichtet war.

Seine Frau beschrieb in schmerzhaften Einzelheiten, wie Mariam ihren Mann nach und nach für sich gewonnen hatte. Sie wusste darüber Bescheid, weil sie ihrem Schwiegervater von dem Verdacht erzählt hatte. Dieser war zwar zunächst erstaunt, hatte aber einen alten Zimmermann angewiesen, seinem Sohn unbemerkt zu folgen. Mariam und Marco trafen sich meist am frühen Nachmittag in meiner kleinen Höhle, in der wir uns das erste Mal näher gekommen waren. Als ich das hörte, schrie ich vor Schmerz laut auf. Sie muss schon sehr verdorben gewesen sein, dass sie nicht einmal davor zurückgeschreckt war, zumal sie wusste, dass ich mich oft dorthin zurückzog, um zu schreiben und zu lesen. Oder hatte sie gehofft, dass ich sie dort ertappte?

Marcos Vater hatte seinen Sohn gezwungen, ihm in allen Einzelheiten die Wahrheit zu sagen. Er wurde zunächst zur Beichte geschickt und dann als Strafe nach Genua verbannt, wo er im Laden seines Onkels arbeiten musste. Seine Frau und die zwei kleinen Töchter wollten ihm binnen eines Monats folgen.

Jetzt gab er sich zerknirscht und behauptete, Mariam hätte ihn raffiniert verführt und zum Sklaven ihrer Leidenschaft gemacht. Er hatte sie vor seiner Abreise nicht mehr gesehen, doch seinem Vater erzählt, dass sie noch ein weiteres Kind von ihm wollte. Marcos Frau beschimpfte Mariam als zügellos und verrückt und sagte, sie hätte mich angesprochen, weil ihr zu Ohren gekommen sei, dass ich leiden würde. Ich bezweifle, dass dies wirklich ihr Motiv gewesen war, verabschiedete mich jedoch höflich und wünschte ihr für die Zukunft alles Gute.

Ich erinnere mich nicht mehr, was ich nach dieser Begegnung getan habe. Es war bereits nach Mitternacht, als ich wieder mein Haus betrat, in mein Zimmer ging und ins Bett sank. Mariam hielt sich in ihrem Zimmer auf, schlief aber nicht. Schockiert es dich, Steinerne Frau, zu hören, dass meine Liebe zu ihr selbst zu diesem Zeitpunkt noch so groß war, dass ich ihr vergeben wollte? Schließlich war es mein Samen, der keine Früchte getragen hatte. Ich sagte mir, ihr Wunsch nach Kindern sei eben so übermäßig gewesen, dass sie keine andere Lösung gewusst hätte. Wenig später trat sie, gekleidet in meinen alten grauen Seidenmorgenmantel, in mein Zimmer und fragte, warum ich so lange aus gewesen war. Ich sah sie an, und Zorn packte mich. Am liebsten hätte ich sie geschlagen, aber ich verstand meine Wut zu zügeln.

›Mariam, ich wusste, dass wir die besten Möbelhersteller der Stadt damit beauftragt hatten, uns Tische, Stühle und Betten anzufertigen. Ich habe indes nicht gewusst, dass du den Schreiner Marco zudem darum gebeten hast, dich auch mit Kindern auszustatten.‹

Sie zuckte zusammen, Steinerne Frau. Ihr Gesicht wurde aschfahl, und sie zitterte. Ich hob erneut zu sprechen an. ›Wenn du nur dein lügnerisches Gesicht voller Falschheit im Spiegel sehen könntest. Zitterst du vor Angst, wird dir deine Schuld bewusst? Gut. Ehe ich ...‹

Ich hielt inne, weil sie zu weinen begonnen hatte. Der Anblick ihrer Tränen hatte mich stets gerührt. Ich trat auf sie zu und streichelte ihr Gesicht, doch sie schrak zurück, als sei ich ein Leprakranker. Ihr Gesicht hatte sich völlig verändert, so dass ich die Frau, die ich liebte, nicht mehr erkennen konnte. Ein merkwürdiges, gehässiges Lächeln verzerrte ihre Miene – ein höhnisches Lächeln des Triumphs. Sie freute sich über meinen sichtlichen Kummer, war froh, mich gedemütigt und betrogen zu haben. Voller Abscheu blickte sie mich an und sagte: ›Ich empfinde schon seit langem nichts als Ekel und Verachtung für dich. Nicht allein, dass dein Samen unfruchtbar war, auch deine Liebe ist für mich zu einer Strafe geworden. Ich musste mich von dir und den Fesseln dieses Ehelebens befreien.‹

In jener Nacht fand ich keinen Schlaf. Ihre unerbittliche Grausamkeit ließ mir keine Wahl. Ich dachte an die beiden wundervollen Kinder, die ich geradezu anbetete. Der Gedanke, dass sie nicht von mir waren, zerriss mir fast das Herz. Ich war versucht, ihre vertrauensseligen Gesichter ein letztes Mal anzusehen, aber ich widerstand dem Verlangen. Stattdessen packte ich den Koffer und verließ im Morgengrauen das Haus.

Die Straßen waren leer, nur das Kreischen der Seemöwen auf ihrer Suche nach Futter drang an mein Ohr. Der schöne Himmel leuchtete an den Rändern flammend rot und verfärbte sich allmählich rosa. Unwillkürlich verglich ich die Schönheit der Natur mit dem Hässlichen, das mir Mariam angetan hatte, und lenkte meine Schritte zu Hamid Begs Haus. Die alte Maria öffnete mir die Tür, ihre Finger hielten den Rosenkranz umklammert. Es war das erste Mal, dass Wärme in ihrem Blick lag, als sie mich sah, sie tätschelte mir sogar den Rücken, als ich in den Vorraum trat. Vielleicht hatte der Schmerz, der sich mir ins Gesicht gegraben hatte, ihr Mitleid geweckt. Vielleicht wusste sie auch Bescheid. Hamid Beg kam die Treppe herunter, warf einen Blick auf mich und erkannte sogleich, was geschehen war. Er umarmte mich herzlich und bat Maria, uns Kaffee zu bringen.

Ich nahm auf einem großen Sofa Platz, das vermutlich Marco gezimmert hatte, und erzählte Hamid Beg die ganze Geschichte, so wie ich sie jetzt dir erzähle, Steinerne Frau. Ich verschwieg nichts und sprach ohne Rücksicht auf seine Gefühle oder darauf, dass sie seine Tochter war. Ich war tief gekränkt, und in mir brodelte der Zorn. Schweigend hörte Hamid Beg mir zu und sagte dann: ›Sie ist geworden wie ihre Mutter. Geh noch heute aus Alexandria fort, mein Sohn, und rede dir ein,

Mariam wäre tot. Es wird ein paar Jahre dauern, aber du wirst darüber hinwegkommen. Ich werde deine Angelegenheiten hier regeln. Zwar weiß ich nicht, was aus Mariam werden wird, aber sie ist und bleibt mein Kind, und ich werde für sie aufkommen. Vielleicht wird sie mit ihren beiden Kindern wieder zu mir ziehen. Doch das muss nicht deine Sorge sein. Betrachte dich als frei von jeglicher Verantwortung und fange an einem anderen Ort ein neues Leben an, Salman Pascha.‹ Mit diesen Worten umarmte er mich ein letztes Mal. Als wir uns voneinander verabschiedeten, lag Trauer in seinen Augen, und er murmelte ein paar Worte vor sich hin: ›Sie, die Frau eines Prinzen, ist zur Mätresse eines Zimmermanns geworden.‹

Am darauf folgenden Tag schiffte ich mich in Richtung Osten ein und verbrachte ein Jahr in Tokio. Diese Stadt war so anders als alles, was ich bisher in der Welt gesehen hatte, so dass ich von all dem Schmerz und dem Kummer, den ich in Alexandria zurückgelassen hatte, abgelenkt wurde. Der Verstand verfügt über die Fähigkeit, unerwünschten Ballast in die hintersten Winkel zu verdrängen. Aber ich wurde nie vollständig geheilt. Erinnerungen an die anfänglichen glücklichen Tage brandeten immer wieder auf, und ich musste verzweifelt dagegen ankämpfen, indem ich mir stets von neuem das hässliche Ende ins Gedächtnis rief oder die grausamen Worte, mit denen sie unserer Liebe gezielt den Todesstoß versetzte.

Auch in jenem Teil der Welt war Onkel Kemal geschäftlich tätig, er vergrößerte seine Handelsflotte, eröffnete neue Büros in Tokio und Shanghai und suchte daneben Trost in den Armen zahlreicher Geliebter. Eine von ihnen habe ich in Tokio kennen gelernt. Mein Onkel hatte entschieden, dass es keine Geheimnisse zwischen uns geben sollte, und stellte mich der Schönen vor. In ihrem herrlich bestickten roten Seidenkimono wirkte sie sehr unterwürfig.

Sie hatte ein Mahl für uns zubereitet, und ich war ehrlich gesagt entsetzt, als wir mit gekreuzten Beinen auf dem Boden saßen, sie aber ihr Essen erst anrührte, nachdem sie meinen Onkel gefüttert hatte. Dabei hantierte sie sehr geschickt mit den Stäbchen. Kein Stückchen Fisch fiel in die würzige Sauce, sondern erreichte unbeschadet den Mund meines Onkels. Ich verstand nun, weshalb er so viel Zeit in Asien verbrachte. Seine Ehe war nie glücklich gewesen. Was hatte einen derart gut aussehenden, sinnlichen Mann mit einem Gefühl für Eleganz nur dazu bewogen, eine Frau ohne jede gewinnende Eigenschaft zu heiraten? Doch er begriff nie, weshalb mich seine Wahl überraschte, und er meinte einmal mit einem Anflug von Ärger: ›Glaubst du etwa, ich hätte in diese Heirat eingewilligt, wenn ihre Mitgift mir nicht die Finanzierung meiner Reederei ermöglicht hätte? Schon von jeher habe ich Schiffe und das Meer geliebt. Daher dachte ich, wenn ich diese lachhafte Person schon heirate und sie mit meinem Samen befruchte, muss ich mir wenigstens einen Fluchtweg sichern. Es gibt Zeiten, Salman, da sieht man sich gezwungen, langfristiges Glück zugunsten eines kurzfristigen Gewinns zu opfern. Aber wirklich ärgerlich ist, dass alle meine Töchter Gestalt, Umfang und Dummheit meiner Frau geerbt haben. Es wird drei üppige Mitgiftzahlungen erfordern, sie aus dem Haus zu kriegen. Ich meine, kannst du dir jemanden vorstellen – irgendjemanden –, der sich in eine von ihnen verliebt? Unglücklicherweise mag ich Istanbul viel lieber als dein anderer Onkel und dein Vater. Iskander liebt Paris. Mehmed verehrt Berlin. Ich habe meinem Istanbul die Treue gehalten, doch die Schönheit dieser Stadt ist für mich zwangsläufig mit der unendlichen Hässlichkeit verbunden, die mich zu Hause erwartet. Also flüchte ich und bin, wie du siehst, hier glücklich. Ich halte mich lieber in Tokio auf als in Shanghai, denn hier kann ich mich in die Natur zurückziehen. Shanghai ist mir zu laut und zu schmutzig, und in seinen Straßen fühle ich mich nie sicher.‹

Ich wollte China aus mehreren Gründen unbedingt besuchen, Steinerne Frau, aber Onkel Kemal legte mir ans Herz, nach Istanbul zurückzukehren. ›Sie sind in Sorge um dich‹, sagte er. ›Sie meinen, du seist immer noch in Ägypten. Ich denke, du brauchst jetzt für eine Weile deine Familie. Die Einsamkeit hilft dir auch nicht mehr weiter, und du kannst ja später jederzeit zu mir zurückkehren. Von jeher bist du wie ein Sohn für mich gewesen, und jetzt sind wir sogar Freunde geworden – ein seltenes Geschenk, wenn man so alt ist wie ich.‹

Ich habe seinen Rat befolgt und bin nach Istanbul zurückgekehrt. Als mein Vater den Schlaganfall erlitt, haben Halil und ich uns schleunigst auf den Weg gemacht. Erinnerst du dich noch an den kleinen Halil von früher? Nichts als Unsinn hatte er damals im Kopf. Wer hätte je gedacht, dass aus ihm einmal ein General werden würde?

Kaum war ich hier eingetroffen, verfiel ich in tiefe Schwermut und konnte keinen klaren Gedanken mehr fassen. Aber jetzt haben sich die Nebel gelichtet, Steinerne Frau. Nie zuvor sind mein Vater und ich uns näher gewesen. Ich liebe Nilofers Kinder, und ich werde ihr in Kürze meine Geschichte erzählen, damit sie begreift, weshalb ich nie von ›meinen Kindern‹ spreche. Und General Halil? Er war es, der mein Interesse an Politik und Geschichte wieder belebt hat, das mich in meiner Jugend beschäftigte. Wir stehen vor großen Veränderungen, Steinerne Frau. Womöglich wandelt sich alles. Die Trägheit, die unser Leben kennzeichnete, wird vielleicht von einer Welle von Reformen hinweggeschwemmt. In solchen Zeiten des Umbruchs wird einem bewusst, dass es in der Welt noch andere Freuden gibt als die Liebe und das Vereintsein mit jenen, die man liebt.

Alles wird sich ändern, Steinerne Frau, und zwar schon bald. Aber ich hoffe, du wirst hier ausharren und weiterhin jenen Menschen Trost spenden, denen es schwer fällt, ihre Pein schweigend zu erdulden.«

Vierzehn

Nilofer verzehrt sich vor Sehnsucht nach Selim und will ihn heiraten. Der Baron weigert sich, Stendhals Ansichten über die Liebe zu erörtern.

Die Kunde, dass Iskander Paschas Sprechvermögen auf wundersame Weise zurückgekehrt war und er wieder uneingeschränkt reden konnte, war inzwischen bis nach Istanbul gedrungen. Bald wurden wir buchstäblich mit Briefen und Botschaften von Freunden und Würdenträgern überschüttet. Manche hielten seine Heilung für einen Beweis der unsichtbaren, aber allgegenwärtigen Güte Allahs, andere wiederum sahen darin ein bedeutsames Omen.

Der Großwesir höchstselbst entsandte einen Kurier mit einem Brief, in dem er Iskander Pascha zu seiner Genesung beglückwünschte und ihn im Namen des Sultans zu einer Audienz im Palast einlud, sobald er in die Hauptstadt zurückgekehrt sei. Das Schreiben endete mit folgenden Worten: »Es wird Sie zweifellos freuen zu hören, dass die Österreicher in Serbien derzeit in ernstliche Schwierigkeiten geraten. Als ich Seine Majestät davon in Kenntnis setzte, lächelte er und meinte: ›Möge Allah diesen gottlosen Serben in ihrem Bemühen beistehen, die kaiserlichen Soldaten bis Wien zurückzutreiben.‹ Ich sagte ihm, dass Sie diese Bemerkung sicherlich zu schätzen wüssten, und Seine überaus gnädige Majestät gestattete mir, sie Ihnen zu hinterbringen.«

Nachdem wir alle reihum den Brief gelesen hatten, sprang Salman auf und äffte die Unterwürfigkeit des Wesirs mit jenen Gesten nach, die wohl allen Speichelleckern auf der ganzen Welt eigen sind, wenngleich mein Bruder sie etwas übertrieben und ein wenig vulgär darstellte. Dabei wiederholte er unablässig den letzten Satz des Briefes. Alle Anwesenden brachen in Gelächter aus, mit Ausnahme der armen Zeynep. Ihr Mann arbeitete nämlich als Sekretär im Palast und war, wie jedermann glaubte, seinem Herrn treu ergeben. Und selbst wenn er die derzeitigen Zustände im Palast insgeheim missbilligt hätte, hätte er es seiner Frau gegenüber niemals zu erkennen gegeben. Zeynep war zusehends beunruhigt von den Vorgängen in unserem Haus. Vermutlich beschloss sie deshalb, unverzüglich nach Istanbul abzureisen – vielleicht sehnte sie sich aber auch nach ihren Kindern, und da Iskander Pascha gänzlich genesen war, war es für sie nicht mehr nötig, länger zu bleiben.

Am nächsten Tag brach sie auf, nachdem sie sich innig von uns verabschiedet hatte. Sie umarmte Halil mit besonderer Herzlichkeit, flüsterte ihm dabei Warnungen ins Ohr und riet ihm zu größter Vorsicht, was immer er auch unternehmen mochte. Von uns allen war Zeynep am leichtesten zufrieden zu stellen. Sie war glücklich mit ihrem Gatten, den wir alle als unsäglich langweilig empfanden und dessen vorzeitige Kahlheit meinem Vater als Zielscheibe des Spotts diente. Zeynep war auch glücklich mit ihren Kindern und ihrem Zuhause, ja, sie kam sogar mit ihrer Schwiegermutter aus, die weit und breit als eine der boshaftesten Frauen Istanbuls verschrien war. Dabei hatten die gemeinen Lügen jener Frau inzwischen einen solchen Bekanntheitsgrad erreicht, dass ihr Name auf dem Basar gleichbedeutend mit »Schandmaul« war. Den Ladenbesitzern war sie verhasst, weil sie immer noch feilschen wollte, nachdem man ihr längst den niedrigsten Preis genannt hatte. Sogar mein Bruder Halil, der denkbar sanftmütigste Mann, hatte verlauten lassen, wenn man Geld sammeln würde, um Zeyneps Schwiegermutter von gedungenen Banditen entführen und in Albanien aussetzen zu lassen, würde er sich mit einer großzügigen Summe beteiligen. Zu seinem Entsetzen – und zur Freude meines Vaters – sprach sich dies ebenfalls in Istanbul herum, und Halil erhielt drei Briefe von vermögenden Geschäftsleuten, die ihm jeden gewünschten Betrag boten, sollte er eine solche Entführung tatsächlich in die Wege leiten. Zeynep wusste zwar von all dem, bewahrte jedoch Stillschweigen darüber, wenngleich mit etwas bekümmerter Miene. Ihr war klar, dass ihr Dasein zu Hause unerträglich werden würde, wenn sie sich auf unsere Seite schlug. Schließlich hatte sie mit dieser Frau tagtäglich zu tun.

Meine Gedanken hingegen kreisten um meine eigenen Probleme. Während die Kinder – auch dank der Zuneigung meiner Mutter, meines Bruders Halil und vor allem des lieben Salman – allmählich den Schock überwanden, war meine Beziehung zu Selim sehr viel tiefer geworden. So etwas hatte ich nie zuvor erlebt, und manchmal erschrak ich über die Intensität meiner Gefühle. Nicht er war es, der mich ängstigte, sondern ich selbst – das Ausmaß meiner Abhängigkeit von ihm. Ich sehnte mich nach seiner Nähe, verzehrte mich nach seiner Leidenschaft. Wenn wir uns an manchen Tagen nicht treffen konnten, dachte ich unentwegt nur an ihn. Um mich zu vergewissern, dass ich noch Herrin meiner selbst war, behandelte ich ihn zeitweilig wie Luft, woraufhin wir uns zankten. Oft fühlte er sich dann vor den Kopf gestoßen und trug eine Leidensmiene zur Schau. Mein Verhalten mag grausam klingen, doch mitunter sah ich ihn lieber traurig als glücklich. Nur auf diese Weise vermochte ich mich gegen ihn zu behaupten. Er konnte nie begreifen, dass ich damit mich und nicht ihn auf die Probe stellen wollte. Liebte ich ihn wahrhaftig, oder war ich lediglich seiner Sinnlichkeit verfallen? Er liebte mich wirklich, dessen war ich gewiss, obgleich ich keine Vorstellung davon hatte, wohin dies führen und wie es enden sollte. Nie zuvor war ich in einem solchen Meer der Liebe geschwommen, und ich fürchtete, darin zu ertrinken.

Lediglich die Kinder waren imstande, mich von derlei Gedanken abzulenken. Sie brauchten jemanden, der sie liebte, sie umsorgte, sie abends zu Bett brachte. In solchen Augenblicken zählte für mich nichts anderes. Orhan und Emineh waren die beiden wichtigsten Menschen in meinem Leben. Doch kaum war ich allein, dachte ich sofort wieder an Selim und wurde überwältigt von meiner Sehnsucht nach ihm.

Nun weilte er bereits seit drei Wochen hier, und Hasan Baba warf Selim unwirsch vor, sein Geschäft in Istanbul zu vernachlässigen. Selim hielt dagegen, die Kinder seien soeben zu Waisen geworden und vor allem Orhan brauche seine Gesellschaft. Damit hatte er nicht Unrecht. Orhan war Selim sehr zugetan, und die beiden machten jeden Tag einen langen Spaziergang miteinander, während meine Mutter und ihre Dienstmädchen um Emineh gluckten, ihr das Haar auf immer wieder neue Art frisierten und die Kleine das jeweilige Resultat im Spiegel bewundern ließen. Das vermochte Hasan Baba jedoch nicht zu überzeugen, und er drohte, er werde dafür sorgen, dass Iskander Pascha Selim nach Istanbul zurückschickte.

Davon hatte mir Selim einige Nächte zuvor berichtet. Nie hatte er Angst, entdeckt zu werden. Im Gegenteil, es war ihm vollkommen gleichgültig. Er lachte sogar bei dieser Vorstellung und meinte, wenn man uns *in flagranti* erwischte, würde mir gar nichts anderes übrig bleiben, als ihn zu heiraten. Allerdings war ich mir noch nicht sicher, ob dies wirklich die beste Lösung wäre. Orhan und Emineh würden es möglicherweise schlecht aufnehmen. Meine Mutter könnte mir die Zustimmung verweigern. Die Idee durchzubrennen verliert viel von ihrer Romantik, wenn Kinder im Spiel sind.

Sicherlich durfte ich nicht wieder voreilig handeln. Mit Dmitri hatte ich Ähnliches nie erlebt, aber vielleicht bestrafte ich eher mich als Selim, wenn ich ihn zurückwies. Ob ich jemals wieder jemanden so sehr lieben konnte, erschien mir fraglich. Und manchmal verwirrte mich seine Gelassenheit in der gegenwärtigen Situation. Es gab für ihn andere Fragen, die ihm offensichtlich wichtiger waren als unsere Liebe, und merkwürdigerweise fand ich das beruhigend.

Als wir uns das letzte Mal liebten, blieb er danach im Bett liegen und sprach über die Gefahren, die ein Militäraufstand gegen den Sultan berge, sofern sich nicht auch das gemeine Volk erhebe und für seine eigenen Interessen kämpfe. Ich wusste nicht, was er damit sagen wollte. Mein verständnisloser Blick ließ ihn verstummen. Dann nahm er mich zärtlich in die Arme und erklärte: »Nilofer, es gibt Reiche und Arme auf dieser Welt. Viele Arme und wenige Reiche. Ihre Interessen haben sich nie gedeckt. Sowohl die Armen als auch die Reichen wollen den Sultan loswerden, doch was wird danach geschehen? Werden wir den Sultan nur durch einen anderen ersetzen, den wir dann ›Präsident‹ nennen und der eine Uniform trägt? Oder werden wir nach deutschem oder französischem Vorbild eine Partei gründen, die für die Belange der Armen eintritt?«

Über derlei Fragen hatte ich nie nachgedacht und konnte mich auch nicht dafür erwärmen, aber für Selim waren sie eine innere Antriebskraft, die jede Faser seines Körpers durchdrang.

Mehr als eine Stunde lang saß ich nun schon draußen auf der Terrasse und betrachtete das wechselnde Farbenspiel des Himmels, während in meinem Kopf die verschiedensten Gedanken und Ideen herumwirbelten. Als Zeynep heute Morgen abgereist war, hatte es zu regnen begonnen. Doch seitdem zeichnete sich am Horizont, hinter den dichten Wolken, ein schmaler blauer Streifen ab, der stündlich breiter wurde. Ich hatte ihn im Lauf des Tag immer wieder einmal betrachtet. Nun löste sich die Wolkendecke allmählich in seltsame Gebilde auf, und die hinter dem Meer untergehende Sonne tauchte sie in pinkfarbenes, rotes und purpurnes Licht. Es war ein überwältigender Anblick – und durch dieses wilde Naturschauspiel wurde ich plötzlich von dem Wunsch beseelt, mein Leben mit Selim zu teilen. Der Gedanke wurde immer mächtiger, bis ich mich schließlich aufmachte, Salman zu suchen. Ich fand ihn im unteren Teil des Gartens, wo eine Treppe zum Meer hinabführte. Auch er hatte den Sonnenuntergang bewundert. Ohne lange zu überlegen, erzählte ich ihm die Geschichte meiner Liebe, während wir durch den terrassenförmig angelegten Garten schlenderten. Er unterbrach mich nicht ein einziges Mal, sondern hörte zu, bis ich ihm alles gesagt hatte. Und ich verschwieg ihm nichts, nicht einmal, dass Selim oft ins Haus kam, zu mir ins Zimmer und in mein Bett.

Lächelnd legte mir Salman den Arm um die Schulter. »Ich glaube, es ist gefährlich, so weiterzumachen. Ich werde mit Halil sprechen, vielleicht kann unser junger Freund noch in dieser Woche als Armeeoffizier rekrutiert werden. Dann werde ich in deiner Angelegenheit bei Vater vorsprechen, und du musst gleichzeitig mit deiner Mutter darüber reden. Ein so abgestimmtes Vorgehen könnte zum sofortigen Erfolg führen. Doch sag mir eines, meine Kleine: Bist du dir diesmal wirklich sicher?«

Ich nickte. »Als wir zum ersten Mal beieinander lagen, war es, als ob uns beide gleichzeitig der Blitz getroffen hätte.«

Salman lachte. »Diesen Blitz kenne ich gut. Lass dich nicht von ihm verbrennen. Und vergiss niemals, dass er nicht von Dauer ist. Der Blitz schlägt ein, wann und wie er will. Er kann einen ebenso gut zerschmettern.«

»Das weiß ich«, erwiderte ich. »Aber unsere Beziehung gewinnt jeden Tag mehr an Tiefe. Es ist nicht nur Leidenschaft, Salman. Wir sind uns in so vieler Hinsicht ähnlich, und außerdem hat er Orhan wirklich gern. Zwischen uns besteht eine natürliche Wesensverwandtschaft. Findet man das nicht wahrlich selten?«

»In der Tat, aber wie kann es eine Wesensverwandtschaft zwischen euch geben, wenn du noch nicht einmal von Auguste Comte gehört hast?«, neckte er mich. »Vielleicht solltest du deine Lesegewohnheiten ändern.«

Und dann erzählte mir mein Bruder seine Geschichte. Als er geendet hatte und sah, dass Tränen über meine Wangen strömten, nahm er mich in die Arme.

»Ich habe vor langer Zeit aufgehört zu weinen, Nilofer, also fang jetzt nicht du damit an. Das Leben ist voller Schmerz und Leid, aber es gibt immer einen Ausweg. Immer. Wenn man daran nicht mehr glaubt, ist man verloren. Ich war am Rande der Selbstzerstörung. Alles erschien mir verschwommen, und ich konnte die scharfen Umrisse meiner Zukunft nicht mehr erkennen. Hamid Beg und Onkel Kemal haben mir letztendlich das Leben gerettet. Dafür stehe ich für immer in ihrer Schuld. Nun lebe ich im Frieden mit mir selbst und warte ungeduldig darauf, dass unsere Welt sich ändert.«

»Denkst du niemals an jene Frau?«

»Niemals.«

»Das erschreckt mich, Salman. Wie kann all das völlig verschwunden sein, wenn du sie einst so sehr geliebt hast? Wenn die Liebe derart flüchtig und vergänglich ist, welche Hoffnung bleibt uns da noch?«

»Sie verflüchtigte sich ja nicht von selbst. Mariam hat mir einen Dolch ins Herz gestoßen, so dass die Liebe einfach ausgeblutet ist. Zwar ist die Wunde lange nicht verheilt, aber jetzt ist sie endgültig vernarbt. Wenn ich an jenes Ereignis in meinem Leben zurückdenke, ärgere ich mich über mich selbst, nicht über sie. Denn ich war ja derjenige, der sie falsch eingeschätzt hat. Weißt du, mich beschleicht das merkwürdige Gefühl, dass Mariam ebenso gehandelt hätte, wenn die Kinder von mir gewesen wären. Sie hatte eine starke Neigung zum Masochismus.

Ich wünsche ihr nichts Böses und schon gar nicht jenen armen Kindern. Der einzige Mensch, den ich in Alexandria vermisse, ist Hamid Beg. Er ist ein so warmherziger Mann, und ich hoffe, dass er endlich wahren Frieden gefunden hat. Warum nur gibt es so viel Unglück in unserem Leben?«

Wenn man selbst glücklich ist, vermag man solche Fragen nicht zu beantworten, und ich lenkte das Gespräch in eine andere Richtung.

»Salman, da ist noch etwas, was ich dich fragen muss.«

Er sah mich an und lächelte. »Vom heutigen Tag an seien sämtliche Familiengeheimnisse abgeschafft. Frag mich, und du wirst die Wahrheit hören.«

»Kanntest du die Geschichte meiner Mutter Sara?«

Seine Stirn legte sich in Sorgenfalten. »Ich kenne die Geschichte deiner Mutter Hatije.«

»Das ist ein und dieselbe Geschichte.«

»Da bin ich anderer Meinung.«

»Wieso?«

»Sara liebte einen anderen Mann, der sie verließ. Hatije ist deine Mutter und die Frau meines Vaters.«

»Du irrst dich, Salman. Hatije ist die Frau deines Vaters, aber meine Mutter ist Sara.«

»All das haben wir vor vielen Jahren schon einmal gehört, aber Vater liebte dich als Kind so sehr, dass er derlei Klatsch unverzüglich unterband. Eine Magd, die bei Halils Mutter in Diensten stand, wurde entlassen, weil sie bösartige Gerüchte verbreitet hatte. Wenn Iskander Pascha unglücklich gewesen wäre, hätte das ganze Haus jahrelang von nichts anderem getratscht als von dir und deinem leiblichen Vater. Und deiner Mutter wäre das Leben zur Qual geworden. Doch das ist nie geschehen. Vielmehr waren wir froh, so ein hübsches Kind im Haus zu haben, noch dazu eines, das so anders aussah. Und was uns an dir als Kind besonders gefiel, war deine Charakterstärke. Manchmal wünsche ich mir, Zeynep hätte ein wenig mehr davon. Das Mädchen hat gelernt, alles stumm zu ertragen, und das tut keinem Menschen gut. Doch für heute haben wir genug über die Familie geredet. Ich werde jetzt unseren General suchen, um mit ihm über deine Zukunft zu sprechen. Und du solltest dich auf der Stelle in die Bibliothek begeben und Comte lesen. Das kann dein Glück nur vergrößern!«

Lachend kehrten wir zum Haus zurück. Ganz plötzlich war die Dämmerung hereingebrochen, die Wolken waren verschwunden, und am Abendhimmel leuchteten die ersten Sterne auf. Vor der Tür hielten wir kurz inne, um zu ihnen aufzublicken.

Salman seufzte. »Ein Erlebnis wird mir in unvergesslicher Erinnerung bleiben. Als ich Alexandria hinter mir ließ und gen Japan reiste, überquerte unser Schiff den Äquator. Es war eine warme Nacht und schon sehr spät, alle lagen bereits in ihren Kajüten. Für den Kapitän war der Anblick nicht neu, aber offenbar besaß er eine romantische Ader. Er ließ Anker werfen und rief uns an Deck. In meinem ganzen Leben habe ich keinen Himmel gesehen wie in jener Nacht. Es schien, als wären wir wirklich am Ende der Welt. Der Himmel glich einem Meer aus Sternen, die mit unglaublicher Geschwindigkeit an uns vorbeirasten. Und in diesem Moment wusste ich, dass ich wieder genesen würde. Denn verglichen mit dem Universum, sind unsere Gefühle winzig klein, ja nichtig.«

Als ich ein paar Minuten später alleine war, dachte ich über Salmans Tragödie nach, und manches davon wollte mir nicht mehr aus dem Sinn gehen. Alles hatte die schlechtestmögliche Wendung genommen und dennoch, trotz seines Kummers, hatte er sich sein Leben zurückerobert. Er hatte zu seinem früheren Ich zurückgefunden und war wieder jener rücksichtsvolle und großzügige Mensch, den ich als Kind gekannt hatte. Seine leibliche Mutter war bei seiner Geburt gestorben, und er hatte seiner Frau kein Kind schenken können. War sein Samen wirklich unfruchtbar, oder hatte etwas anderes, etwas Tieferes in ihm, ihn zur Zurückhaltung gezwungen? Fürchtete er vielleicht insgeheim, dass die Frau, die er liebte, ebenfalls im Kindbett sterben könnte? Ich empfand schmerzliches Mitleid mit ihm. Wie inniglich wünschte ich mir, dass er eine Frau kennen lernte, die wahres Glück in sein Leben brachte und ihm ein leibliches Kind schenkte, wenigstens eines. Denn die Vorstellung, mein liebster Bruder Salman könnte ein einsamer alter Mann werden, behagte mir ganz und gar nicht. Einsamkeit muss ihre

Grenzen haben. Doch vielleicht täuschte ich mich. Vielleicht brauchte Salman keine ständige Gefährtin. Möglicherweise würde er es Onkel Kemal gleichtun und den Rest seines Lebens auf Reisen verbringen – als unabhängiger Mensch, der sich trösten ließ, wo immer sich ihm die Gelegenheit dazu bot, und der nicht allzu viel über Vergangenheit und Zukunft sinnierte.

Nachdem ich die Kinder zu Bett gebracht hatte, ging ich ins Zimmer meiner Mutter. Ich eröffnete ihr, dass ich Selim heiraten wollte. Diese Nachricht vermochte ihre Gemütsruhe nicht zu erschüttern.

»Ich wusste, dass es so kommen würde. Ich hoffe nur, dir ist diesmal mehr Glück beschieden, obwohl du ja auch für einen dritten Versuch durchaus jung genug wärst.«

Als ich merkte, dass sie es ernst meinte, brach ich in Gelächter aus. »Mir ist klar, dass du nicht mehr viel von meinem Urteilsvermögen hältst, Mutter, aber bitte hab wenigstens ein bisschen Vertrauen zu mir. Ich werde nicht denselben Fehler zweimal begehen. Nein, diesmal habe ich sehr gründlich nachgedacht und meine Beweggründe eingehend erforscht. Es ist nicht so, dass ich mich blindlings in ein Abenteuer stürze. In meinem Kopf und in meinen Gedanken herrscht Klarheit. Mit Selim werde ich glücklich sein, Mutter, dessen bin ich gewiss. Diesmal gibt es keinen Zweifel.«

»Das hoffe ich, mein Kind. Denn es geht nicht allein um dich. Du hast zwei Kinder, für die deine Entscheidung von großer Tragweite ist. Ich möchte nicht, dass du wie das Kamel bist, das Hörner haben wollte und stattdessen seiner Ohren beraubt wurde.«

So hatte ich Sara noch nie sprechen hören. »Woher in Gottes Namen hast du denn das?«

»Mein Großvater hat diese Redensart gern gebraucht, als meine Mutter noch klein war. Er war ein gelehrter Talmudist und drückte sich oft auf diese Weise aus. Das Kamel kam immer dann ins Spiel, wenn mein Onkel davon abgehalten werden sollte, sich auf riskante Geschäfte einzulassen, die ihn um sein ganzes Vermögen bringen konnten. Natürlich ist es nie so weit gekommen, und mein Onkel Sifrah zählt heute zu den reichsten Privatbankiers in Europa. Der Sultan borgt sich oft Geld von ihm.«

»Dann wird er aber nicht mehr lange reich sein, Mutter. Du solltest ihn besser warnen und ihm raten, sein Geld zurückzufordern und nach Paris oder New York zu ziehen.«

»Was redest du denn daher? Mich geht das doch alles nichts an. Aber jetzt sag mir, Nilofer, willst du mit Iskander Pascha sprechen, oder soll ich es tun?«

»Iskander Pascha ist bereits unterrichtet und kommt, um dir seinen Segen zu geben.« Mit einem breiten Lächeln auf dem Gesicht trat mein Vater ein. Er umarmte mich und küsste mich auf die Wangen. »Diesmal hast du eine gute Wahl getroffen.«

»Bist du sicher, Iskander?«, fragte meine Mutter. »Der Grieche war wenigstens Schullehrer.«

Iskander Pascha lachte. »Dieser junge Mann wird es noch weit bringen, wenn er lernt, seine Zunge im Zaum zu halten, und nicht erwartet, dass ihm das Glück immer sofort in den Schoß fällt. Ich bin wirklich hoch erfreut. Hasan Baba gehört ja beinahe zur Familie, und wie du weißt, haben wir uns viele Jahre lang sehr nahe gestanden. Die Neuigkeit hat ihm wahrhaft Freudentränen in die Augen getrieben. Aber jetzt geh bitte nach unten, Nilofer. Deine Brüder befragen gerade Selim, während der Baron und Mehmed zur Feier des Tages eine weitere Flasche geöffnet haben und es kaum erwarten können, dich zu beglückwünschen. Ich muss mit deiner Mutter unter vier Augen sprechen.«

Als ich mich der Bibliothek näherte, war dort eine lebhafte Diskussion im Gange, doch mein Eintreten ließ alle verstummen. Der Baron erhob sich und brachte einen Trinkspruch auf Selim und mich aus. Hasan Baba kam zu mir und küsste mich auf den Kopf. Halil legte den Arm um mich und flüsterte: »Wenigstens werden wir diesmal alle dabei sein.«

Aus der Ecke winkte mir Salman zu. Selim indes wirkte verlegen, er wich meinem Blick aus. Sein übermäßiges Selbstvertrauen war für den Moment verschwunden. Ich hatte ihn überrumpelt, denn er hatte nie wirklich damit gerechnet, dass ich so schnell einen solchen Schritt wagen würde. Nun sah er sich mit einer Entscheidung konfrontiert, die ich getroffen hatte.

Schließlich ergriff der Baron als Erster das Wort. »Meine liebe Nilofer, wir haben gerade darüber gesprochen, wann ihr beide heiraten solltet. In dieser Frage gibt es große Meinungsverschiedenheiten, und es tobte eine hitzige Debatte, bis du einer griechischen Göttin gleich auf dem Schauplatz erschienen bist. Mehmed sprach sich für Oktober aus, was seiner Meinung nach – und darin gebe ich ihm Recht – in Istanbul ein sehr schöner Monat ist. Salman ist es einerlei. Halil hingegen plädiert für September, weil er im Oktober an Truppenübungen teilnehmen wird und natürlich davon ausgeht, dass ihn sein neuer Adjutant Selim begleitet. Welchen Zeitpunkt bevorzugst du?«

Da ich angenommen hatte, dass es vor der Hochzeit noch manches zu überwinden galt, hatte ich mir über den Termin noch keinerlei Gedanken gemacht. Schließlich überraschte ich alle – auch mich selbst – mit dem Vorschlag: »Warum nicht morgen nachmittag in ebendiesem Raum? Ich sage den Kindern gleich morgen früh Bescheid.«

Der Baron brüllte vor Lachen. »Das Mädchen hat Courage! Stimmen wir zu!«

Onkel Mehmed lächelte. »Na gut. Dann werde ich wenigstens nicht mehr jede Nacht zu gottloser Stunde aus dem Schlaf gerissen, wenn sich ein forscher Bursche zu deinem Zimmer hinaufzuschleichen versucht. Lasst die heutige Nacht eine Nacht der Ruhe sein, und morgen wollen wir tanzen und singen.«

Ich spürte, wie ich errötete, was mir ein Blick in den großen Spiegel auch bestätigte. Der Baron und Mehmed hatten es die ganze Zeit gewusst. Mochte das Haus auch noch so groß sein, Geheimnisse blieben darin nicht verborgen. Selim stand am Fenster. Als ich zu ihm trat, sahen wir einander an und mussten lachen. Doch Onkel Mehmeds Stimme beendete den kurzen Moment unserer trauten Zweisamkeit.

»Hast du einmal gelesen, was Stendhal über die Liebe geschrieben hat, Baron?«

»Nein«, erwiderte dieser. »Und ich habe es auch nicht vor. Mich erstaunt, dass du deine Zeit mit Stendhal vergeudet hast. Er schrieb zu viel und zu schnell. In unserem Haus in Berlin hatten wir keine Bücher von ihm. Die einzigen französischen

Romanciers, die in unsere Bibliothek Eingang fanden, waren Balzac und Flaubert, und das wahre Genie von den beiden ist Flaubert.«

»Was ist mit Rimbaud und Verlaine, Baron?«, erkundigte sich Salman. »Durften sie in Ihre Bibliothek?«

»Ich habe von Romanciers gesprochen, Salman Pascha.« Der Ton des Barons ließ erkennen, dass mit ihm heute nicht zu spaßen war. »Selbstverständlich finden sich die besagten Dichter in unserer Bibliothek, wenngleich Verlaines Stil für meinen Geschmack zu überladen ist. Die englischen Romantiker Shelley und Keats brachten weitaus bessere Dichtung zu Papier. Verzeih die Voreingenommenheit eines alten Mannes, Salman, aber wir Deutschen sind schrecklich verwöhnt. Nach Goethe, Schiller, Hölderlin und Heine fällt es uns schwer, die französischen Verseschmiede allzu ernst zu nehmen. Da gibt es natürlich noch Puschkin, und das ist ein ganz anderer Fall. Doch manchmal frage ich mich, wie viel von der Melodie in seinen Versen er seinem afrikanischen Ahnherrn verdankt und inwiefern ihn jene verfluchte vorzeitliche Finsternis beflügelt hat, die man Russland nennt.«

Ehe wir erörtern konnten, weshalb Stendhal ein Platz in der Bibliothek des Barons in Berlin verwehrt war, betrat Iskander Pascha das Zimmer und fragte, ob wir uns schon auf einen Hochzeitstermin geeinigt hätten. Den Vorschlag, die Feier bereits am nächsten Tag zu begehen, nahm er mit großer Belustigung zur Kenntnis. Als er merkte, dass wir es ernst meinten, blieb er dennoch gelassen und wandte sich an Hasan Baba.

»Müssen wir die Trauung von einem dieser Bärte vornehmen lassen, oder bringst du das selbst zuwege, Hasan? Ich bezweifle, dass einer der Anwesenden den Wortlaut des Gebets bei solchen Anlässen weiß.«

Hasan Babas runzliges Gesicht verzog sich zu einem Lächeln. »Iskander Pascha, Sie wissen so gut wie ich, dass unsere Religion nicht für Priester und Mönche gemacht worden ist. Tatsächlich könnten sie sogar heiraten ohne jenes Gebet, das erst viel später eingeführt worden ist. All diese Dinge hat man sich nur ausgedacht, um mit den Christen mithalten zu können. Weil die Christen Priester hatten, mussten wir ebenfalls welche haben. Dabei gibt es nach unserem Glauben keine Trennung zwischen Geistlichem und Weltlichem.«

»Was immer schon ein großes Problem war«, bemerkte Halil.

»Ich wünsche heute Abend keine theologische Debatte«, griff Iskander Pascha ein, um die Diskussion im Keim zu ersticken. »Ich will lediglich wissen, wer die Hochzeitszeremonie morgen durchführen wird, eine ganz praktische Frage. Wenn wir einen von den Bärten brauchen, müssen wir noch heute Abend einen Boten losschicken.«

»Ich werde die Kinder trauen«, erklärte Hasan Baba. »Dazu brauche ich nur noch zwei verlässliche Zeugen. Ich würde vorschlagen, dass Iskander Pascha und General Halil Pascha als Trauzeugen fungieren. Das wird genügen.«

Ich rannte zu Sara, um ihr mitzuteilen, dass wir uns auf Tag und Stunde des großen Ereignisses geeinigt hatten, doch sie schlief schon tief und fest und schnarchte leise vor sich hin. Als ich daraufhin in mein Zimmer ging, war mir etwas unbehaglich zumute. Nicht wegen Selim, ich war mir seiner Gefühle sicher, aber trotzdem ärgerte mich irgendetwas. Warum nur? Ich sollte jubilieren, grenzenlos verzückte Gesänge anstimmen wie die gepriesenen Vögel in der Sufi-Dichtung. Alles fügte sich gemäß meinen Wünschen und Bedürfnissen. Allerdings wunderte mich, dass niemand wegen Selims Herkunft Einwände erhoben hatte. Noch vor zehn Jahren hätte man einen Bannspruch verhängt: kalte Blicke hätten mich über den Frühstückstisch hinweg gemustert und mir vorgeworfen, den Namen unserer Familie zu besudeln, weil ich in eine Barbiersfamilie einheiraten wollte, die der unseren seit Jahrhunderten die Haare schnitt. Wodurch wurde diese Veränderung hervorgerufen? Lag es an ihrer Lebenserfahrung und am Lauf der Zeit, dass sie nun milder gestimmt waren – oder handelte es sich um etwas viel Größeres als nur einen einzelnen Menschen? War es der drohende Zusammenbruch des Reichs und der osmanischen Kultur, von der wir sehr lange Zeit ein Teil gewesen waren und ohne die wir in einen Strudel der Unwägbarkeiten geraten würden?

Nun erkannte ich, dass mir wegen der Leichtfertigkeit, mit der meine Familie der Wahl meines Lebensgefährten zugestimmt hatte, unwohl gewesen war. Doch was auch immer der

Grund hierfür sein mochte, nun freute ich mich, und meine Stimmung hellte sich auf. Als ich gerade versonnen aus dem Fenster blickte, legten sich zwei Hände sacht auf meine Brüste. Ich schrie auf, und die Hände hielten mir den Mund zu.

»Selim!«

»Hast du etwa gedacht, ich wäre von solcher Rührseligkeit ergriffen, dass ich heute Nacht tatsächlich nicht kommen würde?«

»Ja.«

»Nun, dann hast du dich geirrt. Freut es dich, dass du dich geirrt hast?«

»Ja. Aber ehe du dich ausziehst, möchte ich gern von dir wissen, warum du dich zur Armee gemeldet hast.«

»Um es allen leichter zu machen. Jetzt können sie sagen, dass Nilofers Gatte ein junger Offizier in Halils Einheit ist. Das klingt besser als: ›Nilofer hat den Enkel unseres Barbiers geheiratet. Ja, er ist auch ein Barbier, und das kommt uns sehr gelegen, weil wir für die Beschneidungen künftig keinen Fremden mehr kommen lassen müssen.«

Ich musste losprusten, weil er meine Mutter so gekonnt nachahmte, doch mein Gefühl sagte mir, dass er mit dem Scherz die Wahrheit zu bemänteln suchte. Er wäre niemals freiwillig zur Armee gegangen, nur um dem Stolz unserer Familie zu schmeicheln. Ganz im Gegenteil: Wann immer wir in Gesellschaft gewesen wären, hätte er diese zu schockieren versucht, indem er selbst die Worte gebraucht hätte, die er gerade meiner Mutter in den Mund gelegt hatte.

»Ich glaube dir nicht, Selim. Sag mir die Wahrheit.«

»Die Offiziere schmieden Pläne, um den Sultan, seinen Hof und die Geistlichkeit samt all ihrer Privilegien abzuschaffen, und wer weiß, was noch alles zu Fall kommt, wenn wir ihn vom Thron stürzen? In unserem Land gibt es keine Partei wie die Sozialdemokraten in Deutschland oder die Sozialisten in Frankreich. Vielleicht wird es bei uns auch nie Vergleichbares geben, doch selbst wenn, bin ich bei der Armee einstweilen gut aufgehoben.«

»Aber Selim!«, schrie ich ihn an. »Was ist, wenn es Krieg gibt? Du könntest umkommen!«

»Wir sind zu schwach und zu arm, um uns auf irgendeinen dummen Krieg einzulassen«, erwiderte er lachend. »Wir werden nicht gegen unsere äußeren Feinde kämpfen. Wenn sie uns angreifen, werden wir ohne viel Aufhebens und ziemlich schnell kapitulieren. Der Krieg, den wir führen wollen, richtet sich gegen die Tradition und die Bildungsfeindlichkeit in unserem eigenen Land. Wenn wir diese Übel bezwingen, können wir wieder unsere frühere Stärke erlangen.«

Ich war erleichtert. Hätte er Halils Bitte nur erfüllt, um mir einen Gefallen zu erweisen und meine Familie zufrieden zu stellen, wäre er über kurz oder lang verbittert geworden. Doch er hatte sich aus eigenen Beweggründen dafür entschieden.

»Jetzt darfst du dich entkleiden und zu mir ins Bett kommen«, sagte ich, und er gehorchte.

»Nilofer«, flüsterte er, während er die Arme um mich schlang, »morgen ist für uns beide ein bedeutsamer Tag, und ich denke, wir sollten uns heute Nacht in Enthaltsamkeit üben. Lass uns einfach ein Weilchen nebeneinander liegen und unseren Träumen nachhängen. Danach gehe ich wieder, so dass wir beide morgen ausgeschlafen sind. Was hältst du davon?«

Ich schob meine Hand zwischen seine Beine und spürte, wie etwas Wohlbekanntes zum Leben erwachte. »Selim, ich fürchte, dein Geist ist zwar willig, aber dein Fleisch ist schwach. Das spricht nicht für einen jungen Offizier.«

Er lachte, dann wanderten seine Lippen zu meinen Brustwarzen, und ich rollte mich auf ihn.

Fünfzehn

Nilofer schickt Selim zur Steinernen Frau, damit er seine Gedanken ordnet. Dabei macht er eine überraschende Erfahrung.

»Ich heiße Selim, Steinerne Frau, und bin Nilofers neuer Ehemann. Sie hat mir von dir erzählt und mich zu dir geschickt, weil du Geheimnisse wahrst und auf den, der sich dir anvertraut, einzuwirken verstehst, bisweilen sogar auf jene, die sich ihrer Probleme gar nicht bewusst sind. Stimmt es, dass viele Jahrhunderte lang nur Frauen diesen Ort aufgesucht haben? Ich frage mich, warum.

Ich weiß, dass wir in einer Zeit mit einer ungewissen Zukunft leben und auch Männer über ihre Probleme und Ängste reden müssen. Im Geburtsort meines Vaters waren Gespräche dieser Art gang und gäbe. Noch heute erzählt Hasan Baba gern von jenen Jahren, als sich zur Winterszeit die Männer unseres Dorfes allwöchentlich zusammenfanden. Während sie sich, in Decken eingehüllt, die Hände am Feuer wärmten, schütteten sie einander ihr Herz aus und hofften, dass einer unter ihnen guten Rat wisse. Nur selten sprachen sie bei diesen Zusammenkünften über die Ernte, den Wassermangel im Dorf oder die habgierigen Steuereintreiber, die sich anstelle von Geld mit anderen Gütern, wie etwa jungen Frauen, bezahlen ließen. Das war beileibe nichts Außergewöhnliches, sondern etwas ganz Alltägliches.

Die Männer hatten die Versammlungen ins Leben gerufen, um über ihre Probleme zu reden. Wenngleich die jüngeren Männer anfangs oft zu schüchtern waren, um sich zu Wort zu melden, so fanden sie meist einige Winter später den Mut dazu. Hasan Baba sagt, es habe nur wenige gegeben, die sich aus Befangenheit niemals offenbart hatten.

In dem Dorf lebten neben Armeniern und Kurden vor allem Türken. Die Armenier besaßen einige der ertragreichsten Ackergründe. Doch in jenem Jahr, als die Zusammenkünfte zum letzten Mal stattfanden, setzten die Kurden die Häuser der Armenier in Brand und vertrieben sie aus dem Dorf. Zum Glück kam niemand dabei zu Tode, aber dieser Vorfall bedeutete das Ende der Wintergespräche. Die Freveltat habe die Dorfgemeinschaft zerstört, so meinte mein Großvater, und die Zurückgebliebenen konnten einander nicht mehr in die Augen sehen. Nach dem unermesslichen Leid, das die türkischen Bewohner des Dorfes ihren Nachbarn zugefügt hatten, war es schwierig, so zu tun, als könne man einander bei der Bewältigung von Problemen helfen.

Ich bin wirklich erstaunt, Steinerne Frau, dass überhaupt jemand hierher kommt. Von Ferne könnte man dich für den Überrest einer heidnischen Götterstatue halten, doch von meinem Platz aus gesehen bist du nichts als ein riesiger Fels, auf dem es sich überdies sehr unbequem sitzt. Dabei haben sich hier schon vor vielen Jahren Hunderte zarter wie auch gut gepolsterter Hinterteile niedergelassen, die den Stein eigentlich glatt und weich gesessen haben sollten. Es fällt mir nicht leicht, mit einem Fels zu sprechen, und ich habe es eigentlich auch nie für nötig befunden. Aber Nilofer bestand darauf, dass auch ich dich kennen lerne. Das Einzige, worüber ich nicht einmal mit einem Freund oder meinem Großvater reden würde, ist die intime Nähe, die Nilofer und mich miteinander verbindet. Sie ist unser beider kostbares Geheimnis und derart beglückend, dass wir täglich davon sprechen. Aber sollte ich Nilofer einmal aus irgendeinem Grund etwas nicht anvertrauen können, weiß ich ja jetzt, dass ich mich an dich wenden kann. Doch im Augenblick brauche ich eigentlich keinen Rat.

Das heißt, ein kleines Problem gibt es doch: Der junge Orhan war etwas verstört, als Nilofer ihm von unserer Hochzeit erzählte. Und in den Tagen danach gab er sich sehr verschlossen. Er weigerte sich, mit mir zu reden, und begleitete mich auch nicht zu den Klippen, die wir bis dahin tagsüber oft aufgesucht hatten. Doch allmählich wird er wieder zutraulicher, und gewiss wird er sich bald zurechtgefunden haben. Sein Verhalten ist keineswegs unnatürlich. Keinem Kind gefällt es, wenn ein anderer an die Stelle seines Vaters tritt, auch wenn der Vater tot ist. Und selbst wenn er noch am Leben ist, aber vielleicht Frau und Kinder misshandelt hat, kann sich ein Kind nur schwer von seinem Vater abwenden. Als ich in Orhans Alter war, musste ich zuweilen miterleben, wie mein Vater meine Mutter schlug. Ich steckte mir dann jedes Mal die Finger in die Ohren, um ihre Schreie nicht zu hören.

Eines Tages kam ich überraschend nach Hause und sah meine Mutter im Liebesakt mit einem Fremden. Obwohl ich wusste, wie brutal mein Vater oft mit ihr umging, erzürnte mich die Anwesenheit jenes Mannes. Nachdem er gegangen war, beschimpfte ich meine Mutter, während mir Zornestränen über die Wangen liefen. Auf ihrem Gesicht malte sich panische Angst, denn sie glaubte, ich würde es meinem Vater erzählen. Sie sagte, er würde sie erbarmungslos umbringen, falls er es je erfahren würde. Und ich ließ mich von ihrer Angst einschüchtern.

Ich zweifelte nicht an ihren Worten, Steinerne Frau. Mein Vater behauptete zwar, Anhänger der Sufi-Philosophie zu sein, und es fiel ihm wahrlich nicht schwer, sich zu berauschen, all die Sufi-Lieder zu singen und die ganze Nacht zu tanzen. Doch sein inneres Wesen blieb davon unberührt. Er mochte ein Derwisch sein, aber er war gleichermaßen ignorant und grausam. Sosehr mich der Anblick meiner Mutter in den Armen eines anderen Mannes auch erzürnt hatte, ich habe seinetwegen nicht begonnen, meinen Vater zu lieben. Selbstverständlich habe ich Schweigen darüber bewahrt und bis zum heutigen Tag niemandem etwas von dem Vorkommnis erzählt. Was hat mich nur dazu bewogen, mich jetzt dir anzuvertrauen?

Es war zu jener Zeit, als mich mein Großvater mit dem Einverständnis meiner Eltern bei sich aufnahm und dafür sorgte, dass ich eine solide Ausbildung bekam. Ich habe lesen und schreiben gelernt und später die Medresse besucht. Das ist nun achtzehn Jahre her, und ich habe meine Eltern seither weder gesehen, noch haben sie in irgendeiner Weise Interesse an mir bekundet. Deshalb ist mir Hasan Baba gleichermaßen Vater und Mutter geworden.

Eines bereitet mir allerdings Sorgen, Steinerne Frau. Wenn mein Vater erfährt, dass ich die Tochter von Iskander Pascha geheiratet habe, möchte er womöglich Nutzen daraus ziehen. Er könnte hier beispielsweise unter dem Vorwand auftauchen, Nilofers Familie einen Höflichkeitsbesuch abstatten und seine frisch angetraute Schwiegertochter kennen lernen zu wollen, während er es in Wirklichkeit auf Geld abgesehen hat. Ich habe Nilofer nichts von meinen Befürchtungen gesagt, da sie mich vermutlich auslachen und meine Bedenken als unbegründet abtun würde. Bitte verstehe, Steinerne Frau, dass ich mich nicht der Armut meines Vaters, sondern seines Charakters schäme. Er ist ein widerwärtiger, heimtückischer Mensch, und ich möchte nicht, dass er dieses Haus betritt oder uns in Istanbul besucht. Ich habe mit Hasan Baba darüber gesprochen. Auch ihm bereitet das Sorgen, aber er ist nun alt und schwach und weiß selber keinen Rat, sondern schüttelt nur verzweifelt den Kopf und wendet den Blick gen Himmel.

Ich denke, ich werde Nilofer und ihrer Mutter von meinem Vater erzählen. Nur für den Fall, dass dieser Schurke sich hier tatsächlich zeigen sollte, während ich mit General Halil fern der Hauptstadt bin. Wenn er nüchtern ist, benimmt er sich meist zurückhaltend und kann sogar charmant sein. Sie müssen aber dennoch auf der Hut sein.

Ich gehe jetzt wieder, Steinerne Frau. Es überrascht mich, dass mein Besuch nicht umsonst war. Ich habe dir ein Geheimnis anvertraut, und das hat mir geholfen. Nilofer wird es freuen.«

Sechzehn

Das Komitee für »Einheit und Fortschritt« berät über ein Komplott mit dem Ziel, den Sultan zu stürzen. Der Baron enttarnt einen Spion. Nilofer möchte lieber Osmanin als Türkin sein.

Wir alle hatten uns in den letzten Wochen so aneinander gewöhnt, dass mich zunächst ein leiser Schreck durchfuhr, als ich die Staubwolken in der Ferne wahrnahm. Dabei kamen die Reiter nicht unerwartet, Halil und Selim hatten ihrer Ankunft fast aufgeregt entgegengefiebert. Ich teilte ihnen schnell mit, dass ich die Gäste bereits gesehen hatte, und gemeinsam begaben wir drei uns auf die Terrasse vor dem Haus.

In der Kutsche saßen zwei Generäle, einer von ihnen war auffällig klein. Die vier jungen Offiziere, von denen einer noch jünger wirkte als Selim, waren geritten und schwangen sich aus dem Sattel, um eilig vor Halil zu salutieren. Daraufhin ging mein Bruder die Stufen hinunter und hieß die beiden Generäle willkommen. Sie entboten einander lächelnd einen militärischen Gruß, doch selbst ich, die ich mit politischen Intrigen nun wahrlich nichts zu tun hatte, spürte die Spannung hinter der zur Schau getragenen Heiterkeit. Nun wurde Selim den Neuankömmlingen vorgestellt, doch zu meinem Erstaunen fiel kein einziger Name. Ich führte unsere Gäste ins Haus und weiter ins Esszimmer, wo sie ein Frühstück erwartete. Allerdings hatte Halil auf absolute Geheimhaltung gedrungen und allein Petrossian als vertrauenswürdig genug befunden, die Mahlzeit aufzutragen. Mein Bruder wollte nicht einmal die Identität der anwesenden Offiziere preisgeben. Zwar waren der Baron und Mehmed empört über ihren Ausschluss, sie fügten sich aber widerwillig.

Auch ich wollte gerade das Zimmer verlassen, als mich einer der Offiziere, der jüngste von ihnen, aufhielt.

»Ist das Ihre Schwester, General Halil?«

Mein Bruder nickte. »Ja, und die Gattin unseres neuen Freundes.«

»Ist sie auf unserer Seite?«, verlangte derselbe Offizier zu wissen.

Ich sah ihm geradewegs in die Augen. »Ja, das bin ich«.

»Gut«, erwiderte er mit tiefer, ernster Stimme. »Dann müssen Sie bleiben. Frauen sollen nicht länger allein für Herzensangelegenheiten oder das traute Heim als zuständig erachtet werden oder gar nur zum Zwecke der Fortpflanzung dienen. Dem wollen wir ein Ende setzen. Sie sollen endlich mit gleicher Meisterschaft auch Staatsangelegenheiten regeln dürfen. Wir wollen sie nicht mehr ermuntern, sich ihren ausgedachten, banalen Aktivitäten zu widmen, nur um sich zu beschäftigen, während wir bei der Arbeit sind. Meine Frau ist heute lediglich deshalb nicht zugegen, weil ihr Vater ernsthaft erkrankt ist. Stimmen wir alle darin überein?«

Lächelnd nickten die anderen Männer. Wie seltsam, dachte ich, dass dieser ansehnliche junge Mann mit dem dünnen Schnurrbart trotz der Anwesenheit dreier Generäle mit einer Autorität zu sprechen wagte, die keinen Widerspruch duldete. Woher nahm er nur dieses Selbstvertrauen?

Die Unterhaltung beim Frühstück wurde sehr leise geführt, und immer wieder wurde das Komitee erwähnt. Zuerst glaubte ich, es handele sich hierbei um den Decknamen für ihren Anführer, aber schon bald wurde klar, dass dieses Komitee ein Geheimbund war, dem sie alle angehörten. Ich ärgerte mich, dass Selim mir gegenüber nichts davon hatte verlauten lassen, und da sich der junge Offizier mit solcher Verve für mich eingesetzt hatte, beschlich mich das Gefühl, auch ein paar Worte sagen zu müssen.

»Entschuldigung, meine Herren, aber was ist das für ein Komitee?«

Ungläubig sah der junge Offizier zu Selim und Halil hinüber. »Hat Ihnen denn keiner davon erzählt?«

Die beiden Männer wurden verlegen und mieden meinen Blick.

»Das Komitee, Madame, ist der Name des größten Geheimbundes, den es je in der Geschichte dieses Reiches gegeben hat«, hob der Offizier zu sprechen an. »Es handelt sich um das Komitee für Einheit und Fortschritt, und wir alle gehören ihm an. Zwar ist es geheim, aber man weiß, dass es uns gibt, und überall lauern feindliche Spione. Nicht nur Soldaten können ihm beitreten, obgleich wir die größte Gruppe stellen. Aber auch viele Schriftsteller und Beamte haben sich angeschlossen. Einige unserer besten Köpfe operieren von Paris und Saloniki aus. Namik Kemal, dessen Stück *Das Vaterland oder Silistria* Sie vielleicht gesehen oder gelesen haben, ist einer unserer geistigen Väter. Und wenn Sie mit unseren Zielen übereinstimmen, sind Sie nach dem heutigen Tag herzlich eingeladen, ebenfalls dem Komitee beizutreten. Meine Frau beispielsweise ist ein sehr aktives Mitglied in Istanbul. Sie unterrichtet am Galatasaray-Lyzeum und kümmert sich um den Zusammenschluss anderer, gleich gesinnter Frauen.«

Ich sagte den Männern, dass mir ihre Offerte eine Ehre sei, sie würden abends meine Antwort erhalten. Nun sprach der ältere der beiden Generäle, und zwar mit so hoher, weibischer Stimme, dass ich mich ernsthaft fragte, ob er vielleicht versehentlich kastriert worden war. Im Gegensatz zu den beiden anderen Generälen machte er weder durch Aussehen noch durch sein Auftreten Eindruck, im Gegenteil. Er war kleinwüchsig, glatt rasiert und hatte einen Bauch, dessen gewaltiger Umfang alle Blicke auf sich zog. Doch gerade dieses Anderssein machte ihn mir sympathisch, allerdings musste in seinem Leben irgendetwas ziemlich schief gegangen sein. Seine Stimme war die eines aufgeregten jungen Mädchens, was mich offen gesagt ein wenig irritierte. Es fiel mir schwer, nicht loszukichern, während er sprach.

»Wir alle sind erfreut, Ihre Bekanntschaft gemacht zu haben. Doch nun müssen wir uns zurückziehen, um verschiedene logistische Einzelheiten zu klären für den Fall, dass uns unvorhergesehen etwas zur Eile drängt und uns zum Handeln zwingt, ohne dass wir uns den Luxus gestatten können, ausgiebig mit den anderen Mitgliedern zu beraten. Leider ist die Teilnahme an dieser Beratung ausschließlich auf Offiziere beschränkt, aber wir werden nach dem Mittagessen damit fertig sein und würden uns freuen, Sie nachmittags wieder bei uns zu sehen.«

Ich lächelte und ging hinaus. Im Garten stieß ich einen tiefen Seufzer der Erleichterung aus, setzte mich auf eine Bank und lachte frei heraus. Ich war so in Gedanken an diesen außergewöhnlichen Vormittag versunken, dass ich Onkel Mehmed ganz übersehen hatte, der es sich in seinem Lieblingssessel unter dem Walnussbaum gemütlich gemacht hatte. Er hingegen war in ein Buch vertieft gewesen und runzelte anfänglich die Stirn, weil ihn mein Lachen aus der Lektüre gerissen hatte. Doch als er sah, dass ich es war, lächelte er und befahl mir mit einer herrischen Geste seines Zeigefingers, zu ihm zu kommen. Der Baron, nie weit von Onkel Mehmed entfernt, tauchte hinter dem Baum auf und rückte sein Pincenez zurecht.

»Lass deinen Lieblingsonkel mitlachen.«

Ich erklärte ihm den Grund für meine Heiterkeit, und Mehmed fiel in mein Gekicher ein, aber er hatte ein so ansteckendes Lachen, dass ich mich gar nicht mehr zu halten wusste. In Erwartung eines kurzen Vortrags über die menschliche Stimme und die Bedingungen, die sie zu ändern vermögen oder auch nicht, warf ich einen Blick zum Baron. Der jedoch wirkte plötzlich gedankenverloren und irgendwie abwesend.

»Baron?«, sprach ihn Mehmed besorgt an.

»Mir kam ein grauenvoller Gedanke, als ich eben Nilofers Geschichte hörte, doch ist er ohne Belang. Nun, junge Dame, ist Ihnen klar, dass Ihre Kinder mit Salman beim Segeln sind?«

»Nein. Er hat mich nicht um Erlaubnis gebeten. Dabei können die beiden nicht einmal schwimmen.«

»Das macht nichts, schauen Sie doch nur aufs Meer, wie ruhig und glatt es heute daliegt. Ich habe sie durch mein Binokular beobachtet, sie haben offenbar viel Spaß. Hier, überzeugen Sie sich selbst.«

Ich lieh mir sein Binokel und ging den Garten hinunter, um sie besser sehen zu können. Es war, wie der Baron gesagt hatte. Sie hielten sich nicht weit entfernt vom Ufer auf, die See war freundlich, und alles schien gut. Dennoch war ich unruhig bei dem Gedanken, dass sie ohne mich draußen auf dem Wasser waren. Vor Dmitris gewaltsamen Tod hatte ich nie um ihr oder mein Leben gefürchtet, doch jetzt war ich oft in Sorge. Was, wenn ich starb? Wer würde sich dann um sie kümmern und sie lieben wie ich? Manchmal suchten mich Angstträume heim, in denen die Kinder in Gefahr waren und ich nicht mehr rechtzeitig zu ihnen gelangen konnte. Diese Träume waren so übermächtig, dass ich jedes Mal aufwachte und hinüber in ihre Schlafzimmer eilte, um mich zu vergewissern, dass sie ruhig und sicher schliefen.

Als sie zurückkamen, stellte ich Salman aufgebracht zur Rede, doch die Kinder verteidigten ihn. Er hatte in den letzten Wochen mehr Zeit mit ihnen verbracht als mit uns Erwachsenen, und gewiss hatte er dabei auch über Selim gesprochen und wie gut es war, dass ich wieder geheiratet hatte. Orhan machte tatsächlich auch einen zugänglicheren Eindruck.

Merkwürdigerweise hatte Emineh, die ihrem Vater viel näher gestanden hatte als Orhan, keinerlei Anzeichen von Groll oder Feindseligkeit gezeigt. Ja, ihre Beziehung zu Selim, die vor unserer Heirat faktisch nicht existiert hatte, war nun herzlich, und sie war nur noch selten schüchtern ihm gegenüber. Ich gab den Kindern das Binokular, damit sie das Boot, mit dem sie gerade zurückgekehrt waren, wieder aufs Meer hinaussegeln sehen konnten. Mit Salman ging ich Arm in Arm ein paar Schritte im Garten auf und ab.

»Schreitet das Komplott wacker voran, Nilofer? Wann dürfen wir auf unsere Befreiung hoffen?«

»Heute Abend werde ich dies bestimmt besser beurteilen können, aber du als gebildeter und viel gereister Mann solltest dem Komitee unbedingt beitreten.«

Salman schüttelte heftig den Kopf. »Nein. In diesem Punkt stimme ich vollkommen mit Vater überein. Dies ist übrigens ein weiterer Grund, weshalb wir uns jetzt so nahe stehen. Wir beide finden, dass dieses Komitee zu sehr von Uniformen beherrscht wird. Die Bärte und die Eunuchen loszuwerden ist ein gewaltiger Sprung nach vorn. Aber sie durch das Militär zu ersetzen, bringt uns vielleicht nicht so weit voran, wie es unabdingbar wäre, wollen wir jemals unsere Rivalen einholen.«

»Wer sonst könnte den Wandel bewirken? Etwa die Dichter?«

»Der Himmel sei gepriesen«, lachte er. »Nilofer, bist du neuerdings etwa eine von ihnen?«

»Ich denke darüber nach.«

Nun sprach er von seinen weiteren Befürchtungen. Die letzte Etappe der Reformen war konstruktiv gewesen. »Den Turban durch den Fes zu ersetzen, mag vielleicht nur ein symbolischer Akt gewesen sein, aber es war zumindest ein Anfang. Und noch eines dürfen wir nicht außer Acht lassen: Das Edikt von 1839, das diese Reformen verkündete, hatte egalitären Charakter und war insofern großzügig, als es allen Untertanen des Reichs die gleichen Möglichkeiten eröffnete. Doch jetzt ist die Stimmung umgeschlagen. Es gibt Leute in dem Komitee, die dem Nationalismus das Wort reden, und das, meine liebe Schwester, ängstigt mich. Meiner Meinung nach wird es immer gefährlich, wenn die ethnische Zugehörigkeit zum Thema wird.«

»Warum?« Ich wollte ein Argument hören. »Niemand wirft den Griechen vor, gefährlich zu sein, nur weil sie sich von jedermann abschotten. Im Gegenteil, die meisten europäischen Länder unterstützen sie.«

»Aber müssen wir denn deshalb jedem Griechen, der hier leben möchte, gleich die Kehle durchschneiden – so wie deinem Mann?«, erwiderte Salman. »Muss wirklich jeder Armenier aus seinem Haus vertrieben werden? Petrossians Familie lebt seit über fünfhundert Jahren in ihrem Dorf, also seit Beginn der Osmanischen Herrschaft. Sollen wir nun Petrossians Dorf ›säubern‹? Dies sind die Fragen, die sich dann stellen und einer Antwort bedürfen. Erkundige dich bei deinen neuen Freunden, was für eine Gesellschaft sie errichten wollen, nachdem sie Sultan Abdulhamid auf ein Schiff gebracht haben, das Kurs auf Großbritannien nimmt.«

Salman zwang mich, ernsthaft über dieses Thema nachzudenken. Natürlich war ich für einen radikalen Umbruch, aber keinesfalls für »ethnische Säuberungen«, vor allem wenn dann sämtliche Christen aus unserem Reich vertrieben würden. Zweifellos hatte Salman in dieser Hinsicht Recht, aber es ist nun einmal eine unumstößliche Wahrheit, dass es immer zu Tumulten kommt, wenn Reiche zerbrechen.

Wäre unserem Propheten Mehmed und seinen Anhängern auch dann ein so rascher Erfolg beschieden gewesen, wenn das Römische Reich nicht kurz vor seinem Untergang gestanden hätte? Die Moslemkrieger konnten Spanien mit nur wenigen tausend Soldaten erobern, was ihnen nie und nimmer möglich gewesen wäre, hätte Rom noch über seine einstige Macht verfügt. Und wie war es einst bei unserem Osman? Konnte er seinen Traum nicht nur deshalb verwirklichen, weil das Byzantinische Reich bereits im Niedergang begriffen war? Und nun, da unser eigener Untergang bevorstand, nahm man uns eben wieder weg, was wir in der Vergangenheit errungen hatten. Das war nun einmal der Lauf der Welt. Großbritannien und Frankreich waren uns überlegen, wie wir einst Römern und Byzantinern überlegen gewesen waren. Der Sturz des Sultans würde zu Unruhen führen. Man musste kein tief schürfender Philosoph sein, um das Offensichtliche zu verstehen. Das Komitee war gerade deshalb wichtig, weil es gegebenenfalls die Gewalt und das zu erwartende Durcheinander in Grenzen zu halten vermochte.

Eben wollte ich mich zu meinen neuen Freunden in der Bibliothek gesellen, als ich den Baron und Onkel Mehmed tief ins Gespräch mit Halil versunken sah. Mein Bruder war von den Worten des Barons sichtlich erschüttert, er nickte ernst und eilte dann zurück ins Haus.

Eine Stunde später, das Komitee war mitten in seiner Sitzung, schien Halil die Fassung wieder gefunden zu haben. Als sich der General, der bisher nichts gesagt hatte, räusperte, wurden wir alle still.

»Wir können nicht länger unsere eigene Geschichte leugnen. Schon immer neigten wir zur Prahlerei. Ständig blicken wir nur zurück und sagen uns: Wir, die wir aus dem Nichts gekommen sind, haben ein riesiges Reich zum Ruhme des Islam errichtet. Unablässig traktieren wir unsere Kinder mit unseren Siegen, die fraglos zahlreich waren. Was wir indes nicht zu begreifen vermögen, ist unser Niedergang, und deshalb sind wir jetzt an einem toten Punkt angelangt. Ich möchte nicht zu weit ausholen, aber gestattet, dass ich unseren Verfall kurz skizziere. Wir befinden uns nun schon seit zwei Jahrhunderten auf dem Rückzug.

Als wir 1683 Wien nicht einnehmen konnten, wendete sich unser Glück. Das Ergebnis dieses Wendepunktes ist im Friedensvertrag von Karlowitz nachzulesen, den wir 1699, vor genau zweihundert Jahren, unterzeichnet haben. Damit haben wir Ungarn den Habsburgern überlassen und uns selbst nach Belgrad zurückgezogen. 1774 erlaubten wir in unserer osmanischen Einfalt den Russen, die Interessen unserer christlichen Untertanen zu wahren. Warum verlangte der Sultan oder sein Wesir im Gegenzug denn nicht das Recht, die russischen Sklaven zu schützen, deren Behandlung ein Affront unserem ganzen Volk gegenüber war?

Weitere Niederlagen folgten 1792 – dem Jahr, in dem die Franzosen ihren König köpften –, 1799, 1812, 1829 und schließlich eine weitere vor zwanzig Jahren, als wir nicht nur Serbien, Rumänien und Montenegro verloren, sondern sich die Österreicher sogar Bosnien und die Herzegowina einverleibten. Dazu schickte die französische und englische Marine ihre Schiffe bis in die Außenbezirke von Istanbul und droht uns mit Strafen, sollten wir ihren Weisungen nicht Folge leisten. Das ist das Ende dieses Reiches. Wir müssen nun handeln, um das Ausmaß der Katastrophe gering zu halten. Natürlich könnten wir schon nächste Woche mit unseren Armeeeinheiten den Sultan gefangen nehmen. Aber das ist sinnlos, solange wir uns nicht darauf geeinigt haben, was an seine Stelle treten soll. Das ist alles, was ich im Augenblick dazu sagen möchte.«

Dieser General hatte nichts beschönigt und mit fester Stimme kundgetan, was wir alle bereits wussten. Doch war mir die Dimension unseres Niedergangs noch nie so deutlich vor Augen geführt worden. Eine Frage hatte mich indes schon seit jeher bewegt.

»Verzeihen Sie mir meine Unwissenheit, General. Aber warum waren wir eigentlich nicht in der Lage, Wien einzunehmen?«

Alle stöhnten auf, als hätten sie dieses Thema schon ihr Leben lang erörtert, und nun wollte auch noch ausgerechnet eine Frau die Antwort von ihnen wissen. Es war der junge Offizier aus Saloniki, der schließlich das Wort ergriff.

»Wie Sie sich vorstellen können, diskutieren unsere Militärhistoriker diese Frage schon seit langem, doch sie werden sich nicht einig. Dass unsere Truppen 1683 vor Wien geschlagen wurden, ist verständlich. Die Habsburger und die Polen verfügten über eine neue Technik der Kriegsführung. Unsere Soldaten hingegen waren demoralisiert und mit allem unzufrieden.

Ich glaube, damals war es schlichtweg ein bisschen zu spät für uns. Die eigentliche Frage müsste lauten, was geschah, als wir uns auf dem Höhepunkt der Macht befanden und Sultan Suleimans Armeen im Sturm nahmen, was vor ihnen lag – Belgrad, Rhodos, Ungarn und Transsylvanien –, doch vor den Toren Wiens 1529 zum Stehen kamen? Warum hoben wir damals die Belagerung auf, obgleich sich die Stadt in unserem Würgegriff befand? Das ist das eigentliche Rätsel. Denn zu diesem Zeitpunkt waren wir militärisch überlegen und politisch verbündet mit den hervorragendsten Völkern Europas: Deutsche und niederländische Protestanten waren ebenso auf unserer Seite wie die Juden und Anhänger unseres Glaubens, die aus Spanien vertrieben worden waren. Hätten wir Wien eingenommen, dann hätten wir den Katholiken einen vernichtenden Schlag versetzt und das Antlitz Europas verändert. Denken Sie doch nur einmal, was geschehen wäre, wenn wir in Spanien das Rad der Geschichte zurückgedreht hätten! Der Sieg hätte uns vielleicht schon vor zweihundert Jahren – wie das übrige Europa auch – zur Modernisierung gezwungen. Suleimans Versagen vor Wien hat meiner Meinung nach das Blatt entscheidend gewendet. Aber wahrscheinlich wird Ihnen jeder hier einen anderen Grund für diesen Fehlschlag nennen. Auch wenn wir uns wochenlang die Köpfe heiß redeten, wir würden doch zu keiner einheitlichen Einschätzung kommen. Wenn Sie sich tatsächlich für die osmanische Militärgeschichte interessieren, werden wir einen Abend in Istanbul zu diesem Thema veranstalten und alle maßgeblichen Experten um ihre Teilnahme bitten. Ich glaube ...«

Mein Bruder Halil unterbrach seinen Redefluss. »Immer die Vergangenheit, immer die alte Leier. Bezichtigen wir nicht normalerweise unsere Feinde dieses Lasters? Lasst uns nun endlich über die Zukunft debattieren. Doch zuvor habe ich Ihnen allen noch etwas Wichtiges mitzuteilen. Ein alter Freund der Familie, ein Deutscher, weilt derzeit hier auf Besuch. Einst war er Lehrer, doch nach dem Tod seines Bruders erbte er das Familiengut in Preußen und wurde Baron. Er behauptet nun, dass jemand hier in diesem Raum anwesend ist, der im Auftrag des Palastes spioniert. Dies weiß er, weil er in Berlin miterlebt hat, wie eben diese Person einen Geheimvertrag zwischen dem Sultan und Preußen ausgehandelt hat, der das Osmanische Reich verpflichtet, Preußen in jedwedem europäischen Konflikt beizustehen. Im Gegenzug will Preußen für den Machterhalt des Sultans einstehen. Das ist Verrat auf zwei Ebenen. Der erste Punkt verletzt die Interessen unseres Landes, der zweite richtet sich unmittelbar gegen die Ziele des Komitees. Wenn tatsächlich eine solche Person an diesem Tisch sitzt, wäre es zu ihrem Besten, sich hier und jetzt zu erkennen zu geben.«

Diese Worte sorgten für beträchtlichen Aufruhr. Die jungen Offiziere sprangen wütend hoch, während der kleine General mit der quiekenden Stimme zu zittern begann. Er hatte den Blick zu Boden gerichtet, doch die Augen aller ruhten nun auf ihm. Seine Stimme überschlug sich beinahe.

»Das ist ein völliges Missverständnis! Ja, ich bin im Auftrag des Sultans nach Berlin gereist, doch wie hätte ich mich weigern können, ohne unserer Sache zu schaden? Also handelte ich wie vom Großwesir geheißen. Ist das denn ein Verbrechen?«

Darauf folgte langes Schweigen, und der andere General sah ihn traurig an. »Befehle müssen ausgeführt werden, das weiß ich wohl. Aber warum haben Sie mich damals nicht davon unterrichtet? Ich war schließlich Ihr Vorgesetzter. Und warum haben Sie nicht die Mitglieder des Komitees in Istanbul in Kenntnis gesetzt, als Sie Kontakt mit ihm aufgenommen haben? Ich halte es für das Beste, wenn Sie uns nun die Wahrheit erzählen, General.«

Nun ergriff wieder der junge Offizier das Wort: »Haben Sie irgendjemandem unsere Namen genannt?«

»Wie hätte er das denn tun sollen?« Noch nie hatte Halils Stimme in meinen Ohren so drohend geklungen. »Er hat uns ja nicht namentlich gekannt. Aber die beiden Generäle, die ihn ermutigt haben, dem Komitee beizutreten, hätte er verraten können. Haben Sie das getan?«

Mir begann der Mann mit der hohen Stimme Leid zu tun. Ungläubig schüttelte er den Kopf, als er in sich zusammensank und in Iskander Paschas großem, abgewetzten grünen Ledersessel schier zu verschwinden schien. Wahrscheinlich konnte er es einfach nicht fassen, dass ein preußischer Junker mit Verbindungen zur Generalität in Berlin ausgerechnet hier und heute anwesend war und ihn erkannt hatte. Wer konnte das dem armen Mann zum Vorwurf machen? Nur sehr wenige Menschen – auch wenn sie der Familie ausgesprochen nahe standen – wussten, dass Onkel Mehmed und der Baron seit über dreißig Jahren ein Liebespaar waren. Selbst der brillanteste Spion hätte eine solch unglückliche Fügung nicht vorhersehen können. Doch zumindest wäre es ihm besser geglückt, den Kopf aus der Schlinge zu ziehen, wenn er eine Geschichte erfunden hätte, die zumindest bei manchen der Anwesenden Zweifel gesät hätte. Aber dem General hatte es schlichtweg die Sprache verschlagen.

Niemals wieder habe ich erlebt, dass jemand vor meinen Augen so buchstäblich verfiel wie der Eunuchengeneral an jenem Augusttag 1899 in der Bibliothek unseres Sommersitzes. Alle starrten ihn an. Keiner sagte ein Wort. Er duckte sich vor Angst, und ein unangenehmer Geruch stieg uns in die Nase. Der arme Kerl hatte sich in die Hosen gemacht! Und ich glaube fast, das nahmen ihm seine schneidigen Kameraden noch übler als seinen Verrat. Halil eilte hinaus und kehrte mit Petrossian zurück, der unwillkürlich zusammenschrak, als er den Gestank wahrnahm.

»Man ist eben, was man tut«, sagte der andere General angeekelt.

Daraufhin begann der Eunuchengeneral zu weinen und flehte um Erbarmen. Um Verzeihung zu erlangen, schwor er auf den Koran, dass er uns alles verraten würde – selbst die Namen sämtlicher Spione im Komitee –, wenn wir ihm bloß das Leben ließen.

»Geh und zieh dich zuerst um, du Wicht«, erwiderte der junge Offizier. »Schon dafür gebührt dir der Tod. Über dein Schicksal wird entschieden, wenn du wieder hier bist. Aber allein die Tatsache, dass du eine Uniform trägst, ist eine Schande.«

Petrossian half ihm hinaus, und wir alle eilten in den Garten, um den frischen Blumenduft zu atmen. Normalerweise ist mir der schwere Jasmingeruch zuwider, doch wie willkommen war mir an jenem Tag seine Süße! Halil und der andere General schritten Seite an Seite und berieten über das Schicksal des Verräters, während Selim und die Offiziere näher beim Haus eine Gruppe bildeten. Unfähig, die Ereignisse dieses Nachmittags in allen ihren Aspekten zu erfassen, blickte ich hinaus aufs Meer. Selbst wenn der Eunuchengeneral eine Liste der Spione anfertigte, wer gab uns die Garantie, dass er die Wahrheit sprach? Er könnte uns bewusst in die Irre führen, um so für Unruhe innerhalb des Komitees zu sorgen. Zwar traute ich ihm eine solch gerissene Handlungsweise kaum zu, nachdem sein Leben vor meinen Augen in seinen Grundfesten erschüttert worden war. Doch vielleicht gelang es ihm ja nachzudenken, während er sich im Badezimmer wusch.

Die Generäle gaben den Offizieren ein Zeichen, sich zu ihnen zu gesellen. Sie hatten über das Schicksal des Eunuchengenerals entschieden und wollten die Meinung der jungen Männer dazu hören. Ich war dagegen, dass er gerichtet wurde. Natürlich war mir klar, was für eines schrecklichen Vergehens er sich schuldig gemacht hatte, aber mit seinem Tod war niemandem geholfen. Offenbar hatten Selim und Halil meine Gedanken gelesen, denn sie kamen zu mir herüber.

»Es heißt schlicht: Sein Leben oder unseres«, erklärte mir Halil. »Wenn wir ihn leben lassen, müssen wir alle ins Exil gehen, und das Komitee steht innerhalb der Armee ohne Führung da. Das dürfen wir nicht zulassen. Es ist eine militärische Entscheidung, Nilofer.«

Aber ich ließ mich nicht so leicht überzeugen.

»Wenn ihr ihn umbringt und irgendwo verscharrt, was wird dann derjenige denken, der begierig auf seine Berichte wartet? Wahrscheinlich wird er Verdacht schöpfen, zumal es sich ja um keinen Unbedeutenden handelt. Immerhin ist er ein General, die lösen sich nicht einfach in Luft auf, nicht einmal in einem untergehenden Reich.«

Halil nickte ernst. »Die anderen haben ihm nicht gesagt, dass sie auf dem Weg hierher sind. Er wusste nicht einmal, dass er uns hier treffen würde. Man hatte ihm lediglich mitgeteilt, dass ein Treffen mit zwei Offizieren vereinbart sei, die aus Saloniki kämen, um sich hier mit dem Komitee zu beraten. Und dass vielleicht noch ein Komiteemitglied aus Paris dazustoßen würde. Das war alles. Mehr kann er seinem Vorgesetzten nicht verraten haben, der – vergiss das nicht – schließlich der Großwesir ist und sich derzeit auch mit anderen Problemen herumschlagen muss. Es ist also sehr wahrscheinlich, dass er ihm überhaupt noch nichts gesagt hat, weil er abwarten wollte, bis er die Offiziere getroffen hatte. Und selbst wenn er den Großwesir darüber informiert hat, dass zwei Generäle Interesse am Komitee gezeigt haben – das können wir jederzeit leugnen. Aber wir dürfen keinesfalls riskieren, dass diese jungen Offiziere jetzt enttarnt werden, Nilofer. Damit würden wir uns die Zukunft verbauen. Vergiss nicht, dass der Spion auch bei unserer morgendlichen Beratung anwesend war, als wir unsere Stärke in den verschiedenen Armeeeinheiten eingeschätzt haben. Für eine solche Information würde der Palast mit Freuden Dutzende von Leben opfern. Wir dagegen opfern nur eins. Das musst du doch verstehen.«

»Ihr werdet ihn also umbringen?«

Halil und Selim sahen zuerst mich, dann einander an und richteten ihre Blicke schließlich in weite Ferne, hinaus aufs Meer. Da wusste ich, dass der arme Eunuchengeneral niemals wieder einen Sonnenaufgang erleben würde. Binnen einer Stunde waren die Pferde gesattelt, der Kutscher gerufen, und die Gruppe verließ unser Haus auf Nimmerwiedersehen. Mir war klar, dass ich den Eunuchengeneral zum letzten Mal sah, und dieser Gedanke stimmte mich trotz allem traurig. Ein menschliches Leben wurde ausradiert. Mir war schon klar, warum er nicht weiterleben durfte und dass es manchmal notwendig war, um einer guten Sache willen etwas Böses zu tun. Aber dieser Mann war so Mitleid erregend, dass ich mir von Herzen eine andere Lösung gewünscht hätte. Selim indes war anderer Meinung. Zwar räumte er ein, dass auch er nicht gerade glücklich über die Entscheidung war, doch seiner Überzeugung nach sei es die einzig mögliche gewesen. Ich sah die Männer von dannen ziehen. Der Verurteilte hatte einiges von seiner Würde wiedererlangt und schritt erhobenen Hauptes zu der Kutsche – was es irgendwie noch schlimmer für mich machte.

Das Abendessen wurde von der Erörterung der Tagesereignisse beherrscht, aus denen ausgerechnet der Baron als Held hervorgegangen war. Und als solchen pries ihn Halil denn auch, als er mit des Barons eigenem Champagner einen Toast auf ihn ausbrachte. Nachdem wir alle von dem prickelnden Nass gekostet hatten, konnte ich mich nicht länger zurückhalten.

»Ein Held vielleicht«, sagte ich und fuhr dann zu meiner eigenen Überraschung fort: »Obgleich Henker ein passenderes Wort gewesen wäre.«

Betroffenes Schweigen. Selim funkelte mich böse an.

Doch der Baron erholte sich schnell von meiner Attacke und lächelte. »Sie haben Recht, Nilofer, aber sehen Sie es doch einmal so: Hätte man den Eunuchen verschont, wären Ihr Bruder, Ihr Ehemann und diese hervorragenden Offiziere, die heute hier zu Gast waren, in Lebensgefahr.«

»Baron, ich wollte Sie nicht beleidigen«, erwiderte ich. »Ich lasse Ihre Worte gelten, und vielleicht ist ja das, was wahrscheinlich gerade jetzt passiert, während wir hier essen und trinken, wirklich unvermeidbar. Doch nimmt das dem Geschehen nichts von seinem Grauen. Darf ich Sie dazu noch etwas fragen?«

Er nickte.

»Der Tote war sowohl für die Interessen des Sultans als auch im Sinne Ihres Kaisers Wilhelm aktiv. Er hat das Geheimprotokoll zwischen Istanbul und Berlin unterzeichnet. Das mögen unsere Offiziere als kurzsichtig und betrügerisch empfinden, aber Sie müssten eine solche Abmachung doch billigen.«

Der Baron setzte sich kerzengerade hin. »Im Grunde ja. Aber die Treue zur Familie ist mir wichtiger als mein politisches Interesse. Und die Bande zwischen unseren beiden Familien bestehen schon seit vielen, vielen Jahren. Wussten Sie, dass mein Urgroßvater einst in ebendiesem Haus bei Mehmeds Großvater zu Gast war? Deshalb habe ich damals auch eingewilligt, als Lehrer hierher zu kommen. Sie sehen also, mein liebes Kind, dass es Wichtigeres im Leben gibt, etwa persönliche Verbundenheit, und das wog für mich schon immer schwerer als politische Zugehörigkeit.«

»Wie ein wahrer Junker und zugleich als guter Freund gesprochen, mein Lieber«, sagte Mehmed und klang überraschend gerührt dabei. »Ich möchte einen weiteren Toast ausbringen, nämlich auf die Treue und die Freundschaft. Und ich verfluche die Engstirnigkeit der Politik.«

Diesmal trank ich im Gegensatz zu den anderen nicht mit.

Ich war den ganzen Tag keine Minute mit Selim allein gewesen und wusste meine anschwellende Sehnsucht kaum mehr zu beherrschen. Doch leider war das Abendessen noch lange nicht vorüber, denn Mehmed war überschäumender Stimmung. Ich hatte den Spion als Eunuchengeneral bezeichnet, und genau dies wurde jetzt von Mehmed bestätigt.

»Man hatte ihn als Kind kastriert, damit er als Eunuche im Palast dienen konnte, doch als sich die Aussicht auf Reformen öffnete, wurde seinen armen Eltern klar, dass sie einen Fehler gemacht hatten. Die Geschichte kam dem Großwesir zu Ohren, und er empfand, das muss man lobend anerkennen, Mitleid mit der Familie, deren Oberhaupt ein albanischer Wasserträger war, der für sechs Kinder zu sorgen hatte. Man schickte den Jungen in eine Medresse, sogar in eine sehr gute, wo die Lehrer ihren Schülern tatsächlich etwas beibrachten und sie nicht nur schlugen, damit sie Demut lernten. Denn dort wurden auch die Kinder der Palastdiener unterrichtet, deshalb mussten die Lehrer Vorsicht walten lassen. Als der Knabe nun sein sechzehntes Lebensjahr erreicht hatte, nahm ihn der Wesir als Bürogehilfen in Dienst und beobachtete seine geistige Entwicklung. Es stellte sich heraus, dass er ein geradezu erstaunliches Gedächtnis für Gesichter und Dokumente besaß. Selbst wenn er ein Papier nur einmal gelesen hatte, konnte er sich an alle wichtigen Einzelheiten erinnern. Und so wurde er in den Palast vermittelt, wo ihm im Netzwerk des staatlichen Geheimdienstes bald eine Schlüsselrolle zukam. Der Mann nimmt viele Geheimnisse mit ins Grab.«

Mein Vater zeigte sich überrascht. »Woher weißt du das alles, Mehmed?

Dieser wechselte rasch einen Blick mit dem Baron.

»Ich habe es ihm erzählt«, nahm der Baron den Faden auf. »Der Eunuch hatte eine Schwäche für mich und erzählte mir eines Abends in Berlin, nicht mehr ganz nüchtern, seine Lebensgeschichte. Deshalb war ich so erschüttert, als ich ihn heute in eurem Haus wieder sah. Es war schließlich seine Intelligenz, die ihn so gefährlich machte. Bedauernswerter Kerl. Wie hätte der Ärmste denn auch wissen sollen, dass ausgerechnet ich hier sein würde?«

Nach dem Essen kehrten wir in die Bibliothek zurück, dem Schauplatz der Blamage des Eunuchen. Wo sein Stuhl gestanden hatte, war jetzt eine Lücke. Man hatte Vater mitgeteilt, dass sein Lieblingssessel gereinigt worden war, aber noch mindestens einen Tag draußen in der Sonne stehen musste, um auszulüften. Vater war hell empört.

»Möge dieser Eunuche in der Hölle schmoren!«

»Das wird er, Vater«, versicherte ihm Halil mit eisiger Stimme. »O ja, das wird er.«

Gerade als wir aufstehen wollten, entschloss sich der Baron, uns mit einer seiner Einsichten zu beglücken. »Ich habe mich heute kurz mit den jungen Offizieren unterhalten. Einer von ihnen scheint mir der geborene starke Führer zu sein, wie sie eines Tages gebraucht werden, wenn aus den Trümmern des alten Reiches ein neuer Staat erbaut werden muss. Ich empfahl diesem Offizier einen Essay von Machiavelli, und er erwiderte mir etwas ausgesprochen Interessantes. Er sagte, er beherrsche kaum Fremdsprachen und müsse daher abwarten, bis der italienische Text ins Türkische übersetzt sei. Und dann ergänzte er etwas wirklich Bemerkenswertes, was mich mit Hoffnung erfüllt. ›Ich glaube‹, sagte er voller Selbstvertrauen, ›um schnell voranzukommen, müssen wir eine ganze Menge Dinge ändern, einschließlich unserer anachronistischen Schrift. Wir werden das türkische Alphabet gleich im ersten Jahr nach unserer Machtübernahme latinisieren. Dann wird es für alle einfacher, europäische Sprachen zu erlernen. Vielleicht können bald sehr viele Menschen Ihren Machiavelli lesen.‹ Da dachte ich so für mich: Ich hoffe, dass diesem jungen Mann Erfolg beschieden ist. Denn er hat eine Vision, wie man sie braucht, um vorwärts zu schreiten.«

Später an diesem Abend liebten Selim und ich uns in vollkommenem Schweigen. Wir hatten einander den ganzen Tag entbehren müssen, und nun reichten Worte nicht aus, um unser sehnsüchtiges Verlangen nach einander auszudrücken. Aber danach sprachen wir sehr lange.

Ihn hatten die Ereignisse des heutigen Tages beinahe euphorisch gestimmt. Begeistert sprach er von dem jungen Offizier, dem es gelungen war, das schwierige Unterfangen in den Bereich des Möglichen zu rücken und den fortschrittlichen Ideen Leben einzuhauchen. In der Vergangenheit waren hochfliegende Pläne schon oft in ihr Gegenteil verkehrt worden, wenn jene, die sie proklamiert hatten, tatsächlich an die Macht gelangten. Dies war nicht nur in Frankreich nach der Revolution geschehen, sondern auch hier. Sobald Reformer zu Wesiren geworden waren, hatten sich ihre Ideen in Luft aufgelöst, und sie waren gezwungen, das Reich auf die einzige Art und Weise zu regieren, die sie kannten, nämlich die althergebrachte.

Doch diesmal würde es anders sein, da war sich Selim sicher. Sie hatten sich darauf geeinigt, die lateinische Schrift einzuführen, die Macht der Geistlichkeit zu beschneiden, auch für Mädchen die Schulpflicht einzuführen und den Schleier für immer aus ihrem Leben zu verbannen. Detailliert schilderte er mir den einzigen Punkt, über den sie sich heute nicht hatten einig werden können, was einen Schatten auf dieses sonst so gelungene Zusammentreffen warf. Dies betraf die Vergangenheit und nicht die Zukunft. Die drei Generäle hatten es für notwendig erklärt, 1826 den Janitscharenaufstand niederzuschlagen. Die jüngeren Offiziere hingegen äußerten ihre Sympathien für die Janitscharen. Sie dünkten sich jetzt in einer ähnlichen Situation wie die besiegte Kohorte, da sie sich darauf vorbereiteten, sich ihrerseits gegen den Sultan zu erheben.

»Da ist Halil richtiggehend wütend geworden«, lachte Selim. »Wir hätten mit diesem Pöbel nichts gemein, rief er, der 1826 zu Recht in seine Schranken verwiesen worden sei. Es habe sich damals um degenerierte und vollkommen korrupte Unterdrücker des Volkes gehandelt, die man schon vor vielen Jahrhunderten aus dem Militärdienst hätte entlassen müssen, um eine Armee nach europäischem Vorbild aufzubauen. Das hätten wir von den Franzosen und den Engländern lernen sollen. Hätten die Janitscharen Erfolg gehabt, hätten sie auch nur einen Sultan eingesetzt, der sich ihren Verbrechen gegenüber blind gestellt hätte. Der junge Offizier aus Saloniki, der offenbar so großen Eindruck auf den Baron gemacht hat, wollte indes nicht einlenken. Er stimme zwar zu, dass die Janitscharen im Osmanischen Reich zu viel Macht innegehabt hätten, doch sei dies die einzige Möglichkeit gewesen, dauerhaft zumindest den Kern eines stehenden Heeres zu sichern. Entweder gäbe es eine Lehensherrschaft wie in Europa, wo Fürsten und Herzöge verpflichtet waren, für ihren König zu kämpfen, oder man hatte Janitscharen. Die einzige Ausnahme seien Revolutionen, im Zuge derer beispielsweise die Engländer und die Franzosen ihre Heeresreform durchgesetzt hatten. Letztendlich ließen wir uns von ihren Argumenten überzeugen, aber es war eine spannende Debatte. Was hältst du von diesem Offizier aus Saloniki?«

»Ich dachte, er käme aus Istanbul, wo seine Frau als Lehrerin arbeitet?«

»Ja, das stimmt. Doch geboren wurde er in Saloniki, und dort genießt er auch die meiste Unterstützung.«

»Er hat mich tief beeindruckt.«

»Das war ja auch Zweck seines Auftretens.«

»Bist du eifersüchtig?«

»Ja.«

Da ich noch nicht schlafen konnte, kam ich auf das Thema zurück, das Salman heute Morgen angerissen hatte. »Habt ihr auch darüber gesprochen, wie ethnisch ›sauber‹ der neue Staat werden soll?«

»Wie meinst du das?«

»Es gibt Komiteemitglieder, die offen dafür eintreten, dass wir eine reine türkische Nation gründen sollen. Die osmanische Kultur mit all ihren arabischen, persischen und europäischen Einflüssen sei zu kosmopolitisch, wir glichen damit Blumen in einem Treibhaus. Stattdessen wollen sie nur einheimische Pflanzen großziehen, die in ihrer Heimaterde verwurzelt sind. Wie konnte es so weit kommen, Selim? In unseren Städten und Dörfern leben die verschiedenen Volksgruppen doch schon seit Hunderten von Jahren friedlich nebeneinander: Türken, Armenier, Griechen, Kurden, Juden und der Himmel weiß, was für Minderheiten noch.«

Selim nickte bedächtig und behauptete, dass die türkische Frage in ihren Beratungen überhaupt nie Thema gewesen sei.

Allerdings stimmte er zu, dass sie in Zukunft eine wichtige Rolle spielen könnte.

»Was werde ich in dieser neuen Republik sein, Selim? Ich habe jüdische Wurzeln. Wie du sehr wohl weißt, bin ich nicht gläubig, aber ich möchte auch nicht als Türkin bezeichnet werden. Nein, ich möchte lieber Osmanin sein. Jetzt glaubst du, ich sei dem Mystizismus anheim gefallen. Nun, die osmanische Seele ist eine Schatztruhe der Gefühle. Das Türkische scheint mir irgendwie seelenlos.«

»Das ist tatsächlich ein Problem«, nickte er. »Wir sind Osmanen, weil wir im Osmanischen Reich leben. Die Griechen wollten nicht länger Osmanen sein und sind nun Griechen. Dasselbe gilt für die Serben, und die Westmächte drängen die Armenier in dieselbe Richtung. In dieser neu geschaffenen Situation haben wir vielleicht gar keine andere Möglichkeit, als Türken zu werden.«

»Und was ist mit den Juden von Istanbul und Saloniki?«

»Sie bleiben Juden. Warum sollte das zu Konflikten führen?«

»Und was ist mit den Griechen, die nicht aus Istanbul oder Izmir wegwollen? Vielleicht möchten sie ja lieber Osmanen bleiben, aber ihr zwingt sie, Türken zu werden – ansonsten werden sie ins Meer getrieben. Das befürchtet zumindest mein Bruder Salman.«

Selim erwiderte nichts und ließ stattdessen seine Hände über meinen Körper wandern, ein bequemer Ausweg, unseren Wortwechsel zu beenden, der auch mir angenehm war. Ich ergab mich dem jungen Türken, der sich zwischen seinen Beinen erhob. Mein Selim würde nie mit einem Eunuchengeneral zu verwechseln sein.

Siebzehn

Eine geheimnisvolle Französin mit unklaren Absichten trifft unerwartet ein und verlangt, Iskander Pascha zu sprechen. Dieser enthüllt später, dass er in den Bädern Istanbuls einer verheirateten Frau nachzuspionieren pflegte.

»Eine französische Dame ist angekommen und wünscht Ihren Vater zu sprechen, aber Iskander Pascha ist nicht zu Hause. Er ist mit Selim und den Kindern spazieren gegangen. Würden Sie sich bitte nach unten begeben und sie empfangen?«

Petrossian war die Treppe heraufgerannt und rang um Atem. Dass ihn die Ankunft eines Gastes, wenngleich eines unerwarteten, aus der Ruhe brachte, entsprach so gar nicht seiner Wesensart.

»Hast du sie ins Empfangszimmer geführt? Biete ihr Erfrischungen an. Ich komme gleich.«

Hastig bürstete ich mir das Haar, prüfte im Spiegel mein Erscheinungsbild und ging dann gemessenen Schrittes nach unten, um die Französin zu empfangen. Auf dem Flur unmittelbar vor dem Empfangszimmer begegnete ich Petrossian und Hasan Baba, die sich in verschwörerischem Tonfall leise unterhielten. Als ich näher kam, verstummten sie. Seit meiner Ankunft hatte ich den Salon nur zweimal betreten und stets aus demselben Grund: Orhan und Emineh hatten jeden Raum im Haus sehen wollen, und so war ich gezwungenermaßen ihrer Bitte nachgekommen.

Das Zimmer war derart groß, dass es von meiner Familie kaum genutzt wurde, nicht einmal, wenn wir Gäste hatten. Stattdessen saß man lieber im Garten oder in der Bibliothek beisammen. Doch Jussuf Pascha hatte den Einwänden des Architekten zum Trotz auf dieser Größe bestanden, denn ihm schwebte ein Ballsaal nach europäischem Vorbild vor, in dem er seine Freunde, zu denen auch europäische Botschafter gehörten, im großen Stil bewirten konnte. Zu besonderen Anlässen hatte unser Vorfahr sogar Orchester aus Istanbul anreisen lassen. Doch jene Tage waren vorbei. Eingerichtet war der Raum in einem üppigen französischen Stil, obgleich die Sommersonne die einstmals kräftigen Farben hatte verblassen lassen. Wie Iskander Pascha behauptete, seien seit der Fertigstellung des Hauses weder an den Stoffen noch an den Möbeln irgendwelche Veränderungen vorgenommen worden.

Die Französin stand am offenen Fenster und genoss den Ausblick aufs Meer. Ich bemühte mich um mein bestes Französisch, um sie willkommen zu heißen.

»Bonjour, Madame.«

Sie drehte sich um und lächelte.

»Sie müssen Nilofer sein. Ihr Vater hat oft von Ihnen gesprochen und mir von Ihren grünen Augen vorgeschwärmt. Sie sind in der Tat sehr schön.«

»Ich danke Ihnen, Madame, doch ist mir leider wirklich nicht bekannt, wer Sie sind und weshalb Sie uns aufgesucht haben. Aber wie auch immer, willkommen in unserem Haus.«

Ihr Lachen klang herzlich. »Ich heiße Yvette de Montmorency. Mein Gemahl, besser gesagt mein zweiter Gemahl, ist Vicomte Paul-Henri de Montmorency, der gerade zum neuen französischen Botschafter in Istanbul ernannt worden ist. Uns beiden ist Ihr Vater gut bekannt aus der Zeit, als er Botschafter der Hohen Pforte in Paris war. Als ich hörte, dass er mit seiner Familie in seiner Sommerresidenz weilt, entschloss ich mich zu einem Überraschungsbesuch.«

Ich lächelte höflich, denn ich empfand unwillkürlich eine Abneigung gegen diese Dame. Sie trug ein karmesinrotes Kleid und die dick aufgetragene Schminke auf ihrem Gesicht vermochte ihr Alter nicht zu verbergen. Vermutlich ging sie auf die sechzig zu. Durch ihr äußerst eng geschnürtes Korsett wurden ihre Brüste übermäßig angehoben, was wenig überzeugend wirkte. Wie hielt sie es nur in diesem unbequemen Ding aus? Sie war von mittlerer Größe und hatte sich, wie ich zugeben musste, für ihr Alter gut gehalten. Die Neigung zu einem Doppelkinn hielt sich noch in Grenzen, wenngleich die Härchen über ihrer Oberlippe allzu gründlich entfernt worden waren; die solcherart behandelte Haut wirkte unnatürlich glatt.

»Nun, mich haben Sie zweifellos überrascht, Madame. Mein Vater, der gerade mit seinen Enkeln außer Hauses ist, hat weder Sie noch den Vicomte jemals erwähnt. Der einzige Comte, von dem in diesem Hause je die Rede war, ist Auguste Comte. Sind Ihnen seine Werke zufällig bekannt?«

Empört schüttelte sie den Kopf. »Der war ja gar kein echter Comte! Aber das wissen Sie sicherlich. Vielmehr war er ein gefährlicher Radikaler. Der Onkel des Vicomte, der verstorbene Bischof von Chartres, sah sich veranlasst, Comtes Lehren von der Kanzel herab im schärfsten Ton zu verurteilen. Nein, nein!«

Zu meinem Entzücken ging da der heimliche Wunsch in Erfüllung, den ich just in diesem Augenblick hegte: Der Baron und Onkel Mehmed betraten den Raum und verbeugten sich in übertrieben komischer Manier vor uns beiden. Als ich die Herrschaften miteinander bekannt machte, stellte ich den Baron mit seinem vollen Namen vor und betonte insbesondere seinen Titel, woraufhin Yvette ein affektiertes Lächeln aufsetzte. Ich bemerkte noch, wie der Baron ein wenig errötete, ehe ich unter dem Vorwand, einige Erfrischungen zu holen, das Zimmer verließ.

Kaum hatte ich die Tür hinter mir geschlossen, war es mit meiner Gefasstheit vorbei. Ich wurde von Kicheranfällen geschüttelt, sank auf die Treppe nieder und versuchte vergebens, meinem Gelächter Einhalt zu gebieten. Da kam Hasan Baba und setzte sich neben mich auf die Stufen. Noch immer lachend, umarmte ich ihn.

»Warum bringt sie dich so sehr zum Lachen?«, fragte er lächelnd.

»Wer ist sie, Hasan Baba? Wer ist sie?«

Er sah sich um, um sich zu vergewissern, dass wir unter uns waren.

»Nun, was ich dir jetzt sage, hast du niemals aus meinem Mund gehört! Schieb es Petrossian in die Schuhe, wenn du einen Namen nennen musst. Ja, bitte tu das. Er ist immer so schrecklich diskret. Es wäre gut, ein wenig an seinem Ruf zu kratzen. Wer diese Frau ist? Das will ich dir erzählen. Vor vielen Jahren in Paris war sie, obzwar nur für wenige Wochen, die Ehefrau deines Vaters.«

Diese Auskunft ernüchterte mich schlagartig. »Was? Das kann ich nicht glauben!«

»Es war nichts Ernstes. Sie kam zu einem Empfang in unsere Botschaft und war hingerissen von der osmanischen Lebensart. Derlei gesellschaftliche Anlässe pflegte Iskander Pascha im großen Stil. Einmal, so entsinne ich mich, befahl er uns allen, in der Tracht von Derwischen zu erscheinen und in Gegenwart des britischen Botschafters Sufi-Lieder zu singen, einzig und allein um jede ernsthafte Konversation zu verhindern. Er behauptete, dies sei ein besonderer Tag, an dem man ausschließlich frommen Gesängen lauschen dürfe, und jeder Gast müsse bis zum Ende der Darbietung bleiben. Sollten die Derwische beobachten, dass jemand den Raum verlasse, dürften sie ihn verfolgen und mit einem Ritualdolch niederstechen. Dem Engländer wurde dann nach einer Stunde gestattet zu gehen.«

»Das klingt amüsant, Hasan Baba. Doch was war mit dieser Frau?«

Bei der Erinnerung daran musste der Alte lachen. »Sie weigerte sich, das Bett mit ihm zu teilen, solange sie mit ihm nicht verheiratet war. Da rief er Petrossian und mich in sein Schlafzimmer und befahl mir mit einem Augenzwinkern, sie zu trauen. Ich murmelte irgendwelchen Unsinn und legte die Hände der beiden ineinander, während Petrossian als eine Art Trauzeuge ein Stück Papier unterzeichnete. Nun seien sie verheiratet, sagte Iskander Pascha zu seiner Braut und schickte uns hinaus, stellte dabei allerdings sicher, dass ich das unterschriebene Papier mit mir nahm. Nachdem er sich drei oder vier Wochen mit der Dame vergnügt hatte, wurde er ihrer überdrüssig. Sie wurden im selbigen Zimmer in unserem Beisein voneinander geschieden, doch trennten sie sich einvernehmlich. Ich glaube, die Dame wusste, dass die Zeremonie nicht ernst gemeint gewesen war, obwohl wir sie natürlich ebenso gut in aller Form hätten trauen können, wenn uns der Sinn danach gestanden hätte. Ein paar Monate später wurde Iskander Pascha dann zu ihrer Hochzeit eingeladen. Die Dame war die ganze Zeit über mit irgendeinem Aristokraten verlobt gewesen.«

»Und ist der lüsterne Türke der Einladung gefolgt?«

»Selbstverständlich. In solchen Dingen war er sehr auf Etikette bedacht. Er erschien im vollständigen osmanischen Amtsornat, zu dem auch ein zeremonielles Schwert gehört, und in Begleitung von Petrossian, der die Uniform eines Janitscharen trug, obwohl das Janitscharentum damals schon abgeschafft war.«

»Weshalb, meinst du, ist diese Frau gekommen?«

Der alte Mann zuckte mit den Achseln, und im selben Moment platzten Orhan und Emineh mit vor Anstrengung geröteten Gesichtern ins Haus, in den Händen Muscheln verschiedenster Farben. Wenige Minuten später tauchten auch mein Vater und Selim auf.

»Ein Gast erwartet dich im Empfangszimmer, Vater.«

»Warum denn im Empfangszimmer?«

»Petrossian hielt es für angebracht, und ich habe ihm beigepflichtet.«

Er nahm seinen Hut ab, und ich folgte ihm in den großen Salon.

Die Französin quietschte vor Begeisterung, als sie ihn erblickte. »Iiiskandäär«, gurrte sie. »Du Teufel, du bist ja noch immer so stattlich wie eh und je. Na, überrascht?«

Ich war erstaunt, mit welcher Gelassenheit Iskander Pascha zu ihr schritt und die ihm dargebotene Hand küsste. Bildete ich es mir ein, oder hatten seine Bewegungen nun tatsächlich einen Hauch von französischem Esprit? Der Baron, Mehmed und ich sahen einander an und wandten uns gleich wieder ab, aus Angst, wir könnten die Contenance verlieren und noch im Zimmer losprusten.

»Willkommen in meinem Haus, Yvette. Ich hoffe, mein Bruder und Nilofer haben dich gebührend empfangen. Deine Anwesenheit überrascht mich nicht allzu sehr, denn ich habe gelesen, dass der Vicomte zum Botschafter von Frankreich ernannt worden ist. Hat er sein Beglaubigungsschreiben bereits dem Palast überreicht?«

Sie lächelte. »O ja, und es war wundervoll. Wie du weißt, hatte ich schon immer eine Schwäche für Botschafter und die Art, wie sie sich zu kleiden pflegen. Es war eine Zeremonie wie aus *Tausendundeiner Nacht*, einfach bezaubernd. Ich fühlte mich wie eine Prinzessin.«

Der Baron unterbrach den Austausch von Höflichkeiten. »Unmittelbar vor Ihrer Ankunft, Iskander, hat Madame de Montmorency uns dargelegt, was wir derzeit wirklich bräuchten, seien ein paar rasch geführte Kriege in Europa. Ich vermochte Ihren Ausführungen nicht ganz zu folgen, Madame, doch wenn ich Sie recht verstanden habe, könnte dies Ihrer Ansicht nach bei den Überlebenden eine Verbesserung des Erbguts zur Folge haben. Habe ich Sie womöglich missverstanden? Würden Sie uns freundlicherweise noch einmal vor Augen führen, auf welchen weltanschaulichen Gedanken diese Idee beruht?«

Der ironische Unterton des Barons entging ihr völlig.

»Selbstverständlich, Monsieur le Baron, aber diesmal müssen Sie ein braver Junge sein und mir genau zuhören. Ich bin zu dem Schluss gelangt, dass wir mit sehr ernsthaften Problemen konfrontiert sein werden, wenn wir keine Kriege mehr führen. Es wird dann zu wenig Arbeit für zu viele Männer geben. In der Folge werden sie kriminell und lassen sich auf gefährliche Dinge ein. Und jene sozialistischen Agitatoren, die stets Unruhe zu stiften versuchen, finden bei ihnen ein offenes Ohr, so wie dieser Mulatte aus Kuba – wenn ich nicht irre, heißt er Lafargue. Zu viele Leute ohne Arbeit stellen eine Gefahr dar. Menschen in unserer gesellschaftlichen Stellung sind dann nicht mehr länger sicher. Unter solchen Umständen ist es doch nur zu begrüßen, wenn junge Männer aus den ärmeren Kreisen zur Armee gehen und einander töten, glauben Sie nicht auch? Nur die Besten werden überleben und dann durch die Erfahrung des Krieges gute Arbeiter werden. Denn für sie ist alles besser, als umgebracht zu werden. Deshalb werden sie sich dann auch nicht gegen jene erheben, die ihnen Arbeit geben, und auf diese Weise werden alle unsere Länder zu neuer Blüte gelangen. Früher benutzten die Ärzte Blutegel, um ihren Patienten Blut auszusaugen. Doch der Krieg kann das viel besser. Er ist im Großen und Ganzen eine gute Sache. Und wenn auf der Rue Fontaine ein paar Patronenhülsen herumliegen, wird mich das nicht allzu sehr erschüttern. Es ist doch eigentlich ganz simpel, nicht wahr?«

Drei ihrer Zuhörer nickten eifrig.

»Genau, Madame«, erwiderte Mehmed. »Ganz simpel. Aber wenn Sie uns nun entschuldigen wollen, der Baron, Nilofer und ich müssen über die Vorbereitungen für das morgige Kinderpicknick sprechen.«

Schweigend setzten wir uns auf eine Bank im Garten. Dann enthüllte ich, was Hasan Baba mir zuvor erzählt hatte, woraufhin der Baron verächtlich schnaubte.

»Ich hätte ihm einen besseren Geschmack zugetraut. Da hätte doch irgendein Flittchen vom Montmartre mehr hergegeben!«

»Iskander hatte schon immer eine Schwäche für vollbusige Frauen«, versuchte Onkel Mehmed die Torheiten seines jüngeren Bruders zu entschuldigen. »Aber ich gebe euch beiden Recht. Diese Frau hat überhaupt nichts vorzuweisen, was für sie spricht. Unser Ausschuss für öffentliche Sicherheit sollte sie ohne Zögern aus dem Verkehr ziehen!«

Wir lachten, und dann brachte ich eine bessere Erklärung für Iskander Paschas Blindheit vor: »Ich glaube nicht, dass sie viel miteinander gesprochen haben, als sie zusammen waren.«

Der Baron stellte wieder einmal seine Schlagfertigkeit unter Beweis. »Nein«, stimmte er zu, »Iskander Pascha hat ihr sicherlich keine Liebesbeweise intellektueller Natur abverlangt.«

Abermals brachen wir in Gelächter aus, und so fand unser Unmut darüber, dass wir die Frau des französischen Botschafters ertragen mussten, auf natürliche Weise ein Ventil. Die beiden Männer glaubten, sie sei lediglich hergekommen, um Eindruck zu schinden, doch das bezweifelte ich. Ich spürte, dass mehr dahinter steckte, etwas, was Iskander Pascha womöglich aufregen könnte. Zwar war er von seinem Schlaganfall gänzlich genesen, doch nach einhelliger Meinung der Ärzte musste er sich noch ein Jahr lang schonen. Und schlechte Nachrichten sollten wir ihm, wenn irgend möglich, vorenthalten. Eine innere Stimme warnte mich vor dieser Frau. Sie verhieß nichts Gutes.

Zum Glück blieb sie nicht lange. Binnen einer Stunde ließ sie die Pferde anspannen und reiste wieder ab. Wir standen alle auf der Treppe und winkten ihr nach. Offenbar war Iskander Pascha bester Laune. Unter dem Arm trug er ein Schreibheft und einige alte Briefe, die mit einem Band zusammengebunden waren.

»Nun«, sagte Mehmed, »was wollte sie?«

»Nichts«, erwiderte Vater. »Gar nichts. Sie hat mir lediglich ein paar Briefe und ein Tagebuch zurückgegeben, das ich während meines Aufenthalts in Paris ein paar Monate lang geführt habe.«

»Das war alles?«, fragte ich.

»Sie hat noch etwas erwähnt, doch das ist nicht weiter von Belang. Sie zeigte mir eine Fotografie von ihrem ältesten Sohn. Ich fürchte, der nächste Vicomte de Montmorency trägt osmanische Züge.«

Also war sie tatsächlich nicht ohne Grund hergekommen. Ich konnte es kaum erwarten, Salman und Halil zu berichten, dass sie einen französischen Halbbruder hatten.

»Ist der Junge hier?«, erkundigte sich Mehmed.

»Nein«, erwiderte sein Bruder. »Er ist in der Militärakademie von St. Cyr.«

»Hat sie noch weitere Kinder?«, fragte der Baron.

»Ja, zwei Töchter, die offenbar das Ebenbild ihrer Mutter sind.«

»Der Himmel stehe ihnen bei«, brummte Mehmed.

»Sind deine Briefe an sie und das Tagebuch, das sie dir zurückgegeben hat, zur öffentlichen Einsichtnahme freigegeben?«, neckte ich meinen Vater. »Werden sie künftig als historisch bedeutsame Dokumente in der Bibliothek aufbewahrt?«

»Jugendwerke dieser Art sollte man grundsätzlich immer vernichten«, entgegnete er. »Aber wenn mich mein Gedächtnis nicht trügt, ist das Tagebuch nicht im Mindesten privat. Gedulde dich ein wenig, Nilofer, ich werde es nochmals lesen, ehe ich entscheide, ob es sich für die Bibliothek eignet oder nicht.«

Ich war ein wenig bestürzt darüber, dass er Yvettes Enthüllung mit solcher Gemütsruhe hinnahm. War es ihm wirklich derart gleichgültig? Ich wollte es genauer wissen.

»Vater, bist du denn kein bisschen neugierig auf diesen Jungen? Würdest du ihn nicht wenigstens einmal sehen wollen?«

»Nein, mein liebes Kind. Nein.« Er umarmte mich und küsste mich auf die Stirn. »Hast du vergessen, was ich dir vor einigen Wochen gesagt habe? Dass mir Blutsverwandtschaft nicht das Geringste bedeutet?« Er zog mich von Mehmed und dem Baron weg, und wir gingen schweigend zum Rand des Gartens.

»Verrate mir eines, Nilofer«, sagte er schließlich. »Bist du zuweilen neugierig, was deinen leiblichen Vater betrifft? Würdest du ihm gern von Angesicht zu Angesicht gegenüberstehen, wenigstens ein einziges Mal? Sei aufrichtig.«

»Ja«, hörte ich mich antworten. »Ja, aber nicht um meinetwillen. Ich würde gerne sehen, was meine Mutter so anziehend an ihm fand, als sie jung war.«

»Wenn du willst, mein Kind«, fuhr Iskander Pascha fort, »können wir ohne weiteres eine Reise nach New York für dich in die Wege leiten. Mein Bruder Kemal besitzt Schiffe, die regelmäßig dorthin fahren. Eine Überfahrt für euch alle ließe sich leicht arrangieren.«

Bei diesen Worten umarmte ich ihn innig. »Weißt du, ich habe keineswegs den Wunsch, zwei Monate auf Reisen zu gehen, bloß um einmal in das Gesicht dieses Mannes zu blicken. Du bist und bleibst mein Vater. Was ich vorhin meinte, war, dass ich ihn durchaus gerne sehen würde, wenn er zufällig einmal in Istanbul wäre. Und auch nicht, um mit ihm zu sprechen, lediglich um ihn zu sehen. Weibliche Neugier, weiter nichts.«

Iskander Pascha lächelte, dann fing er an zu lachen. Als ich ihn nach dem Grund fragte, schüttelte er nur den Kopf und machte eine wegwerfende Handbewegung. Doch ich gab nicht nach und war erleichtert, als wir auf ein anderes Thema als auf leibliche Väter und Söhne zu sprechen kamen.

»Als du ›weibliche Neugier‹ sagtest, fiel mir eine Begebenheit aus meiner Jugend ein. Damals war ich sechzehn oder siebzehn Jahre alt und betört von einer verheirateten Frau, die uns häufig zusammen mit ihrem Ehemann besuchte, denn die beiden waren mit unserer Familie befreundet. Sie war wunderschön, oder zumindest dachte ich das damals, und sie hatte ein wahrlich byzantinisches Antlitz. Wahrscheinlich entstammte sie einer der älteren Familien der Stadt. Ich starrte sie oft ganz unverhohlen an, wofür mich meine Mutter danach unter vier Augen schalt. Es wurde mir zur Gewohnheit, ihr zu folgen, wenn sie Einkäufe erledigte. Zudem ließ ich von einigen meiner Schulfreunde ihr Haus beobachten, das nicht weit von unserem entfernt lag. Schließlich beschwerte sie sich bei meiner Mutter, und mein Vater warnte mich, er würde mich streng bestrafen, wenn ich nicht sofort damit aufhörte. Doch seine Drohungen verfehlten ihre Wirkung auf mich.

Eines Tages kam mein bester Freund mit einer wichtigen Neuigkeit zu mir. Er hatte herausgefunden, dass meine Angebetete jeden Donnerstag das Frauenbad besuchte. Diese Nachricht erregte mich aufs Äußerste und stachelte meine Fantasie an. Schon bald war ich besessen von dem Verlangen, sie unbekleidet zu sehen, und bestach zu diesem Zweck die Bediensteten des Bades. Du machst ein ganz erschrockenes Gesicht, Nilofer, aber damals war das gang und gäbe. Natürlich nicht für Knaben meines Alters – aber junge Männer, die feststellen wollten, ob der Körper ihrer künftigen Frau mit Makeln behaftet war, bezahlten den Dienern oft eine gewisse Summe, damit sie die fragliche Dame heimlich in Augenschein nehmen konnten. Angeblich taten manche Frauen dasselbe in den Männerbädern, allerdings war dies wohl eher selten der Fall. Jedes dieser Bäder birgt so manches kleine Geheimnis. Wie auch immer, ich bekam meinen Willen, und es war ein wundervoller Anblick. Ich will uns beiden die Peinlichkeit ersparen und auf eine ausführlichere Schilderung verzichten. Doch von da an wurde der Donnerstag für mich zum Feiertag, zu einem Tag reinster Wonne, und die Nachmittage waren sakrosankt. Das Leben ging seinen schönen, geregelten Gang, bis mich jemand bei meiner Mutter verriet – bis heute weiß ich nicht, wer es war, aber vermutlich jemand aus der Dienerschaft. Nachdem ich eines Nachmittags zwei Frauen zugesehen hatte, wie sie den zarten, weichen Körper meiner Angebeteten an jeder Stelle voller Hingabe massierten, ging ich wie in Trance nach Hause. Wenn sie es gewollt hätte, wäre ich auf der Stelle mit ihr nach Albanien durchgebrannt. Doch als ich unser Haus durch den Vordereingang betrat, stand ich unversehens meinem Vater gegenüber, der in der Halle auf mich gewartet hatte. Seine Miene kündete von Zorn und Abscheu. Das war der erste Schreck.

›Wo bist du gewesen? Ich will die Wahrheit hören!‹ Den zweiten Schrecken hatte ich mir selbst zuzuschreiben. Ich war selbst verblüfft über das schiere Ausmaß der Lüge, die mir über die Lippen kam in der Hoffnung, ich könnte einer Bestrafung entgehen. ›Ich war vor dem Palast, Ata. Der Sultan ist tot.‹ Mein Vater glaubte mir, und seine Stimmung schlug um. Er stürmte nach oben, um sich zu baden und umzuziehen und danach in der Blauen Moschee seine Gebete zu sprechen. Du lachst, mein Kind, doch bedenke mein damaliges Alter! Ich war wie gelähmt vor Schreck. Ich versteckte mich in meinem Zimmer und fragte mich, was nach der Rückkehr meines Vaters geschehen würde. Als er heimkam, fing ich an zu zittern. Ich rechnete mit dem Schlimmsten, aber stattdessen kam er in mein Zimmer, um mich zu trösten. Er sagte, es handle sich nur um ein unwahres Gerücht. Zwar sei der Sultan letzte Nacht sehr krank geworden, er sei jedoch nicht gestorben. Ich konnte mein Glück kaum fassen. Vielleicht ist es diesem Ereignis zu verdanken, dass ich mich einige Jahre darauf vom Mystizismus der Sufi in Bann schlagen ließ. Mein Vergehen blieb jedenfalls ungesühnt. Du siehst also, Nilofer, nicht nur Frauen sind neugierig!«

ACHTZEHN

Hasan Baba stirbt und wird in der Tradition der Sufi beigesetzt. Kemal Paschas Rückkehr. Saras Zorn.

Ich vernahm ein sachtes Klopfen. Selim hingegen schlief tief und fest. Nichts konnte ihn aus dem Schlummer reißen, wahrscheinlich nicht einmal ein Erdbeben. Da ich dachte, es sei eins der Kinder, stand ich hastig auf, schlüpfte in meinen Morgenmantel und öffnete. Meine Mutter stand vor mir.

»Du solltest ihn wecken«, flüsterte sie. »Die Dienstmädchen waren soeben bei mir und haben mir gesagt, sie hätten den armen Hasan Baba tot in seinem Zimmer vorgefunden, als sie ihm das Frühstück bringen wollten. Ich sage jetzt deinem Vater Bescheid. Er wird sehr bestürzt sein.«

Ich musste Selim richtiggehend schütteln, damit er aufwachte. Die traurige Nachricht erschütterte ihn zutiefst, und er brach in Tränen aus.

»Er hat ein ehrbares Leben geführt, Nilofer. Und er sagte selbst: ›Es war ein ehrbares Leben, deshalb bin ich so alt geworden‹. Erst vor wenigen Monaten hat er seinen einundneunzigsten Geburtstag begangen. Natürlich ist das ein hohes Alter, das wusste ich ja, aber ich wollte nicht, dass er stirbt. Er ist nie strenggläubig gewesen. Oft hat er mich gefragt, welches Tier ich am liebsten mag, und ich habe jedes Mal geantwortet: ›Den Adler‹, woraufhin er mir erklärte: ›Selim, wenn ich sterbe, werde ich ein Adler.‹ Er gehörte einer Sufi-Bruderschaft, einer *tekke* an, die den Glauben lehrte, man dürfe sich aussuchen, in welchem Körper man wieder geboren werden möchte, sofern man in der diesseitigen Welt Vollkommenheit erlangt hat. Er wird mir fehlen, Nilofer, ach, er wird mir fehlen.«

Wir traten aus dem Haus und durchquerten den Garten, bis wir den kleinen Raum erreicht hatten, wo sein Leichnam aufgebahrt lag. Als Iskander Pascha uns erblickte, stand er auf und nahm Selim in die Arme. Beide Männer fingen an zu weinen.

»Du hast in ihm sowohl einen Vater als auch einen Großvater verloren, Selim. Er ist unersetzlich. Das weiß ich wahrlich besser als die meisten anderen, doch vergiss nie: Wann immer du mich brauchst, ich bin für dich da.«

Es war Hasan Babas Wunsch gewesen, auf einer Anhöhe, die ein paar hundert Meter von der Steinernen Frau entfernt lag, zur letzten Ruhe gebettet zu werden. Erst wenige Wochen zuvor hatte er dem Chefgärtner genaue Anweisungen gegeben, wo das Grab auszuheben sei und wie tief es sein solle. Seit Hasan Babas Hinscheiden am frühen Morgen schaufelten die Männer nun jenes Grab, derweil Petrossian ihnen unter Tränen zusah. Mit dem Toten verbanden ihn unzählige Erinnerungen. Beide waren gemeinsam in diesem Haus aufgewachsen, hatten später Iskander Pascha auf all seinen Reisen begleitet und wussten mehr über unsere Familie als wir selbst. Hasan Baba nahm viele Geheimnisse mit ins Grab. Nun war nur noch Petrossian übrig, der jedoch über alles, was unsere Familie betraf, stets Stillschweigen bewahrte.

Überdies hatte Hasan Baba darum gebeten, kurz vor Sonnenuntergang begraben zu werden. Alle Angehörigen unseres Haushalts hatten sich eingefunden – Männer und Frauen, Herrschaften und Bedienstete –, als sein Leichnam in die frisch geschaufelte Ruhestatt hinabgelassen wurde. Die Erde war feucht, und der Duft der Bäume und der wild wachsenden Blumen hätte den Alten gewiss mit Freude erfüllt. Selbst aus dem wenige Kilometer entfernten Dorf waren Trauergäste herbeigekommen, um Abschied zu nehmen. Als wir die Hände ineinander legten und die Begräbnissuren sprachen, verharrte Selim etwas abseits. Er hatte die Hände nicht ineinander gelegt und betete auch nicht. Aber nachdem wir geendet hatten, stimmte er ein Sufi-Lied an. Seine Stimme schwang sich einem Adler gleich in die Lüfte, um den greisen Mann, der ihm zugleich Vater und Lehrer gewesen war, auf seinem Weg zu begleiten.

»Ich singe diese Weise für dich, Hasan Baba«, stieß Selim mit derart gebrochener Stimme hervor, dass mir die Tränen in die Augen stiegen. »Für dich, mein Adler.«

Ach Sufi, Moschee und Taverne waren für dich eins,
Des Betenden Stimme und des Trunkenen Schrei waren eins,
Die Gottesandacht und der Weinkelch waren eins.
Du hast dich der Heuchelei verwehrt,
Weil Thron und Bettlerschemel für dich eins waren.
Du glühtest vor Liebe,
weil Kerze und Motte für dich eins waren,
Werde Licht und sehe, werde Licht und fliege,
Denn du und der Adler seid eins.

Als Selims Lied verklang, war eines jeden Gesicht von Tränen benetzt. Petrossian und Iskander Pascha umarmten und küssten Hasan Babas Enkel, nahmen ihn in ihre Mitte und führten ihn ins Haus. Ich folgte ihnen in die Eingangshalle, wo Selim erschöpft und hemmungslos schluchzend auf die Treppe niedersank. Wehklagend schlug er mit dem Kopf gegen das Geländer, rief ein ums andere Mal seinen Großvater an und pries ihn als einen ›vollkommenen Mann‹. Ich setzte mich neben ihn, drückte zärtlich seinen Kopf in meinen Schoß und streichelte ihm über Haar und Stirn. Lange hatten wir so gesessen, als Petrossian zu uns trat und verkündete, dass im Garten das Totenmahl angerichtet sei. Da stand Selim unvermittelt auf, wischte sich die Tränen vom Gesicht und zog mich hoch. Er lächelte.

»Komm, lass uns sein Leben feiern.«

Draußen war es bereits dunkel, doch im Schein der Petroleumlampen wirkte der Garten wie verwandelt. Iskander Pascha hatte mit einer Kutsche eine Gruppe Musikanten aus einem etwa zwanzig Kilometer entfernten Dorf herbeibringen lassen. Es waren Derwische, die nun wie in göttlicher Trance musizierten, die jedoch, wie Selim mir später erzählte, nicht auf die Nähe zum Schöpfer, sondern auf den Genuss von Haschisch zurückzuführen war. Drei Schafe brieten an einem Spieß, tiefe Kessel mit einem eigens für diesen Anlass gekochten Reisgericht standen bereit, und große Schalen mit Früchten wurden aufgetragen. Hier und dort stimmten Trauergäste Lobpreisungen für den Toten an.

Plötzlich hielten die Musikanten in ihrem Spiel inne und erhoben sich. Sie klatschten in die Hände, um die Aufmerksamkeit auf sich zu lenken, und bedeuteten den Anwesenden mitzutanzen. Als wir ihrer Aufforderung folgten, begannen die Derwische wild im Kreis herumzuwirbeln. Dabei feuerten sie uns gleichzeitig an, es ihnen gleichzutun, bis uns schwindelig wurde und wir uns, nach Atem ringend, zu Boden fallen ließen. Trotz des vielen Weins, den die Derwische bereits getrunken hatten, drehten sie sich unentwegt, bis auch sie letztlich erschöpft innehalten mussten. Doch anstatt sich auszuruhen wie die anderen, begannen sie mit neuer Kraft sogleich wieder zu musizieren.

Das Festmahl war in vollem Gange, als eine Kutsche vorfuhr. Ein Mann mittlerer Größe und mit dichtem grauen Haar stieg aus und sog die Meeresluft tief ein. Der stets achtsame Petrossian hatte das Knirschen der Räder auf dem Kies bereits vernommen und eilte hinaus, um den Gast zu begrüßen.

»Wie ich mich freue, dich hier wie eh und je anzutreffen, Petrossian.« Die Stimme des Mannes war mir seltsam vertraut. »Was in Allahs Namen wird hier gefeiert? Eine Hochzeit oder ein Begräbnis?«

»Ein Begräbnis, Kemal Aga. Der alte Hasan Baba ist gestern Nacht im Schlaf gestorben.«

Wann war Onkel Kemal nach Istanbul zurückgekehrt? Eilig machte ich mich auf die Suche nach Salman, damit wir ihn beide willkommen heißen konnten.

»Welch betrübliche Nachricht«, erwiderte Onkel Kemal. »Der alte Schurke wird mir fehlen, wenngleich er mir, als ich noch klein war, die Haare stets zu kurz geschnitten hat. Danach behauptete er immer, er habe nur die Anweisungen meiner Mutter befolgt. Doch da bin ich mir nicht so sicher. Salman! Schön, dich zu sehen. Und du lachst ja sogar wieder!«

Die beiden Männer umarmten einander und küssten sich auf die Wangen.

»Und du?«, wandte er sich dann mir zu und musterte mich eingehend. »Welche von beiden bist du?«

Ich lachte über seine unverblümte Art und antwortete: »Nilofer.«

»Natürlich! Ich kann deine grünen Augen nicht erkennen, denn sie leuchten im Dunkeln leider nicht. Wo sind deine Kinder? Ich bedaure zutiefst, was deinem griechischen Schullehrer widerfahren ist. Wirklich schreckliche Nachrichten.«

»Sie hat wieder geheiratet«, klärte Salman ihn auf.

»Das ist gut«, sagte Onkel Kemal. »Auch mir ist nichts leidiger, als lange zuzuwarten. Ah, und hier sind ja meine Brüder.«

Nachdem auch sie einander freudig umarmt hatten, verlangte Onkel Kemal nach einem Zimmer, einem Bad und einer Mahlzeit.

»Ich habe mich so darauf gefreut, dich *nicht* reden hören zu müssen, Iskander. Das wäre zur Abwechslung mal etwas Neues gewesen. Aber nein – ich kehre zurück und höre, dass du deine Sprache wiedergewonnen hast. Dabei habe ich auf meiner langen Fahrt übers Meer immer davon geträumt, wie ich dich mit meinen Geschichten unterhalten würde, ohne dass du mich mit deinen albernen Witzen unterbrechen könntest. Tja, weit gefehlt! Hättest du nicht noch eine Woche damit warten können?«

Unter Gelächter begleiteten die Brüder Onkel Kemal zu seinem Zimmer. Er war erschöpft und gesellte sich an jenem Abend nicht mehr zu uns. Petrossian brachte ihm etwas zu essen und zu trinken und klärte ihn zweifellos über sämtliche Neuigkeiten in unserer Familie auf. Erst als Petrossian wieder bei uns saß, fragte meine Mutter, wann Kemal denn nach Istanbul zurückgekehrt sei.

»Sein Schiff hat um die Mittagszeit angelegt, *hanim effendi*«, antwortete Petrossian. »Von dort ist er nach Hause gefahren und hat dann eine Kutsche angefordert, um hierher zu kommen. Nicht einmal seine Kleider hat er wechseln können, so schnell ist er wieder von zu Hause aufgebrochen.«

Meine Mutter brach in Gelächter aus. »Was für ein sonderbarer Mensch dein Onkel geworden ist! Wenn er den Anblick seiner Familie nicht erträgt, weshalb tut er nichts dagegen?«

»Aber er tut doch etwas dagegen, Mutter Hatije.« Salman war uns in die Bibliothek gefolgt und schloss das Fenster, damit man den Lärm der Musikanten nicht hörte. »Er bereist die ganze Welt und meidet so seine Familie. Mir scheint, er ist mit seinem Leben recht zufrieden. Natürlich könnte er sich von seiner Frau scheiden lassen, doch würde er ihr und seinen hässlichen

Töchtern weiterhin Unterhalt zahlen müssen. Also, weshalb sollte er etwas an der Situation ändern? So ist, denke ich, allen gedient.«

»Ist er wirklich glücklich, Salman?«, drängte meine Mutter.

»Wer von uns ist schon wirklich glücklich, Mutter Hatije? Ich bezweifle, dass es so etwas wie wahres Glück überhaupt gibt. Das ist nur eine Erfindung der Dichter. Wir alle durchleben in unserem Dasein unterschiedliche Phasen. Eine davon ist Glück. Aber hat es auf ewig Bestand? Ich glaube nicht. Das Dasein eines jeden unterliegt einem unaufhörlichen Wechsel der Gefühle, so dass sich die Frage nach dem ewigen Glück erübrigt. Aber Nilofer ist offenbar anderer Ansicht, nicht wahr?«

»Selim und ich sind sehr glücklich miteinander, Salman!«

»Möge euer Glück lange währen, meine schöne Nilofer. Ich würde niemals leugnen, dass es Ausnahmen von der Regel gibt, aber ich widerspreche mir nicht, wenn ich sage, dass sie dennoch das genaue Gegenteil beweisen. Onkel Kemal wirkt ausnehmend heiter, und das ist ein schlechtes Omen. Das bedeutet nämlich, dass er uns vom Frühstück bis zum Abendessen mit seinen Geschichten drangsalieren wird. Ich gehe jetzt zu Bett, damit ich genügend Kraft habe, den morgigen Tag zu überstehen. Friede sei mit euch beiden. Und noch etwas, Nilofer, ehe ich es vergesse: Bitte richte Selim aus, dass mich sein Lied tief berührt hat. Wie alle anderen habe auch ich weinen müssen. Er hat eine sehr schöne Stimme. Reine Vergeudung, wenn er in die Armee eintritt.«

Eigentlich wollte ich zurück in den Garten gehen, um mich zu Selim zu setzen, doch meine Mutter riet mir, ihn an diesem Abend lieber allein zu lassen. Sie meinte, es sei besser, wenn er auf seine Weise von Hasan Baba Abschied nahm, ohne auf jemanden Rücksicht nehmen zu müssen. Zwar war ich nur kurz von seiner Seite gewichen, um mit den Musikanten ein Glas Wein zu trinken, und hatte ihm versprochen, bald zurück zu sein. Aber durch die Worte meiner Mutter ließ ich mich umstimmen.

»Wahrscheinlich wird er die ganze Nacht durchwachen und bei Sonnenaufgang noch einmal ein Lied am Grab anstimmen.

Es ist eine schöne Nacht. Lass ihn gewähren und leiste mir Gesellschaft. Wir wollen zusammen eine Tasse Pfefferminztee trinken.«

Ich war erschöpft. Sanft massierte mir meine Mutter den Nacken, während ich an dem Tee nippte. Wir verharrten eine ganze Weile in Schweigen. Da sie mich schon des längeren nicht mehr massiert hatte, wühlte die Berührung ihrer Hände erneut alle Empfindungen auf, die dieser Tag geboren hatte. Ich fühlte mich kraftlos und vermochte den Tränen, die mir über die Wangen strömten, keinen Einhalt zu gebieten. Wortlos wischte Sara sie mir fort und küsste mich. Da erzählte ich ihr von Iskander Paschas Vorschlag, nach New York zu reisen und meinen leiblichen Vater zu besuchen. Sosehr Sara dies einerseits überraschte, so sehr war sie andererseits von der Idee angetan. Und auch Iskanders Bemerkung über Blutsverwandtschaft stimmte sie unumwunden zu.

»Weißt du, Nilofer, wenn Suleiman dich jetzt kennen lernen würde, wäre ihm das gewiss sehr peinlich, denn deine Gegenwart würde ihn ständig an seine Feigheit erinnern. Selbst wenn er wollte, wäre er niemals imstande, dich so zu lieben und zu würdigen wie Iskander Pascha.«

Ich gab ihr Recht, doch was für mich galt, galt im selben Maße auch für sie. Weshalb hatte sie eigentlich niemals versucht, mehr für ihren zweiten Mann zu empfinden?

»Du sprichst reichlich altklug, Nilofer. Erinnere dich, was in dir vorging, als du vermeintlich große Gefühle für diesen mittellosen mageren Griechen empfunden hast. Geradezu meisterlich hast du dir – und leider auch ihm – etwas vorgegaukelt. Und wohin hat all dies geführt? Du hast ihn verlassen, er hat sich umgebracht, meine kleinen Enkel sind vaterlos, und du bist frisch verliebt. Ich weiß, ich weiß – diesmal ist es ernst. Nun, bei mir war es auch ernst, und dennoch bin ich bitter enttäuscht worden. Nie im Leben werde ich über Suleimans Verrat hinwegkommen. Vor kurzem erst kam mir wieder in den Sinn, dass wir – selbst wenn uns ein Kind verwehrt geblieben wäre – doch immerhin hätten zusammenleben können. Suleiman hätte keinesfalls wegen der Voraussage meines Vaters – die sich ohnehin als falsch herausgestellt hat – oder wegen seines Geldes klein beigeben müssen. Vielleicht haben wir ja doch nicht so gut zueinander gepasst. Bestimmt hundert Mal am Tag äußerte damals meine Mutter diese Vermutung, und mein Onkel Sifrah stieß in dasselbe Horn, wenn er allwöchentlich bei uns zu Mittag aß. Ja, selbst meine Freunde teilten diese Meinung, aber erst nachdem Suleiman nach New York geflohen war. Als wir noch zusammen glücklich waren, hat niemand auch nur ein Wort des Zweifels verlauten lassen. Ebenso wenig, als ich ihnen von meinen Abenteuern mit Suleiman erzählte. Nie, wenn sie uns bei einer der seltenen Gelegenheiten zusammen gesehen hatten und ihnen aufgefallen war, wie sehr wir uns liebten und wie ungezwungen wir miteinander umgingen. Erst als alles zu Ende war, als er mich verlassen hatte und sich als eine kleine Ratte entpuppte, stellten plötzlich alle fest, dass es mit uns niemals hätte gut gehen können. Ich wusste zwar, dass das Unsinn war, dennoch habe ich jenen Stimmen damals geglaubt. Ja, ich wollte ihnen glauben, denn ich hatte keine Wahl. Es war für mich die einzige Möglichkeit, mir mein Leben wieder aufzubauen und weiterzumachen.«

Ich saß ihr mit gekreuzten Beinen gegenüber und sah ihr geradewegs in die Augen.

»Schau mich nicht so an, Nilofer. Dieser Blick erinnert mich an ihn.«

Sie wirkte jetzt tief bekümmert, aber ich ließ mich nicht davon abschrecken. »Jetzt hör mir einmal zu: Ich weiß nun, was du für ihn empfunden hast und weshalb du nach annähernd dreißig Jahren immer noch so zornig auf ihn bist, aber darum geht es mir nicht. Du sprichst, als hätte sich all das erst gestern ereignet, aber es kann doch nicht sein, dass die Wunden immer noch schmerzen, Mutter. Ich möchte dich etwas fragen: Fünf, zehn, ja selbst zwanzig Jahre nachdem ich geboren war, hättest du dich noch immer bemühen können, Iskander Paschas Liebe zu gewinnen. Er ist ein so wunderbarer Mensch und ...«

»Schweig, Nilofer! Ich habe mir genug von diesem Unsinn anhören müssen. Mein Mann ist ein guter und großzügiger Mensch, und ich bin ihm sehr zugetan. Es herrscht keine Spannung zwischen uns, aber auch keine sonderliche Leidenschaft. Wir sind beide zufrieden, so wie es ist. Also bilde dir nicht ein, die Rolle einer Kupplerin spielen zu müssen, sondern hüte lieber dein eigenes Glück. Ich kann mich manchmal des Eindrucks nicht erwehren, dass du allzu romantisch veranlagt bist. Du bist zu impulsiv, lässt dich zu sehr von deinen Gefühlen leiten und denkst nicht nach, ehe du handelst.«

Ich musste lachen. »Und von wem, glaubst du, habe ich das geerbt? Gewiss nicht von ihm. O nein, denn er hat Großvaters Goldstücke eingestrichen – bestimmt war es Gold und nicht Silber – und hat dich und seine eigenen Gefühle verraten. Ist es nicht so, Mutter? Was glaubst du, nach wem ich schlage? Nach dir oder nach dieser Ratte?«

Anders als ich gehofft hatte, lachte sie jetzt nicht, sondern lächelte nur verhalten und sagte: »Geh zu Bett, Kind. Du bist ja völlig übermüdet.«

Neunzehn

Fragmente aus Kemal Paschas Leben und sein Ehrgeiz, die größte Dampfschifffahrtsgesellschaft der Welt zu gründen. Nilofer denkt über das Glück und den Sinn des Lebens nach. Der Tod Mariams.

»Nein, Iskander, es war nicht so, wie du sagst.«

Wir saßen immer noch am Frühstückstisch, wo die drei Brüder, die seit dem Tod ihres Vaters vor nahezu dreißig Jahren nicht mehr zusammen an einem Tisch gesessen hatten, die Unterhaltung allein bestritten. Petrossian stand in der Ecke und lauschte versonnen lächelnd jedem Wort.

Mein Vater hatte gerade behauptet, schon als Kind sei Onkel Kemal ein Einzelgänger und überdies so selbstständig gewesen, dass ihr Vater sich davon beeindruckt gezeigt und geäußert hätte, aus ihm würde bestimmt einmal ein großer Denker, ja ein Philosoph. Doch Kemal Pascha widersprach. »Vielleicht hatte man es wirklich so deuten können, doch der Sachverhalt war ein anderer. Nicht etwa, weil ich ein scheuer Eigenbrötler war, verließ ich mich schon in jungen Jahren nur auf mich selbst, sondern weil Mehmed und du ständig so viel Aufmerksamkeit forderten. Ich weiß noch, wie unsere Mutter einmal zu mir sagte, wie schön es doch gewesen wäre, wenn ich als Mädchen zur Welt gekommen wäre. Dann hätte sie mich mit ihren Kleidern und ihrem Schmuck ausstaffieren können. Das war ihre Art, mir zu sagen, dass sie sich mir gerne mehr gewidmet hätte.«

Mit liebevoller Nachsicht lächelte Mehmed ihn an. »Meine Erinnerungen sind anderer Art. Ich weiß noch, wie man mich einmal ziemlich scharf gerügt hat, weil ich dir nicht genug Beachtung schenkte. Einmal fragte mich Vater sogar, ob ich denn eifersüchtig auf dich sei. Diese Frage stimmte mich nachdenklich, was mir offenbar auf der Stirn geschrieben stand. Vater erklärte mir, dass nun sein ganzer Besitz – mit Ausnahme dieses Hauses, welches dank Jussuf Paschas ausdrücklichem Wunsch nur dem jeweils ältesten Sohn vererbt werden darf – durch drei geteilt werden müsse. Und als ich ihm beteuerte, dass mir ein solcher Gedanke nie in den Sinn gekommen wäre, glaubte er mir offenbar nicht. Wahrscheinlich spielten derlei Dinge in seiner Kindheit bei ihm zu Hause eine große Rolle, und in der Geburt eines jeden weiteren Bruders sahen die Älteren eine Katastrophe.«

»Das mag ja alles sein, Mehmed«, warf Kemal ein, »aber es ist nun einmal nicht zu leugnen, dass du und Iskander mir gar keine andere Wahl gelassen habt, als mich mit mir allein zu vergnügen. Am meisten ärgerte mich dabei allerdings, dass sich eure Überheblichkeit auch auf die Dienerschaft übertrug. So war beispielsweise Petrossian Iskander treu ergeben und folgte ihm überall hin. War es nicht so, Petrossian? Antworte mir.«

Alle Blicke richteten sich nun auf den alten Mann mit dem roten Bart. Er blieb eine Antwort schuldig.

»Bitte gib ihm Antwort, Petrossian«, bat ihn mein Vater. »Sonst wird dein Schweigen in dieser Aufrechnung, die unser Bruder seit zwanzig Jahren austüftelt, gegen uns gewertet.«

Petrossian lächelte. »Nun, mein Herr hatte mir unmissverständlich aufgetragen, darauf zu achten, dass Iskander Aga nicht in Schwierigkeiten geriet. Da er unbeherrscht war, hatten immer alle Angst um ihn. Und so begleitete ich ihn eben auf Schritt und Tritt.«

Kemal ließ sich davon nicht beeindrucken. »Ihr alle habt gerade mit eigenen Ohren gehört, dass Petrossian nur geantwortet hat, weil Iskander ihn darum bat. Alles ist beim Alten geblieben. Ich zweifle nicht daran, dass Vater ihm eine derartige Anweisung erteilt hat, doch ändert das irgendetwas? Zumindest nicht, soweit es mich betrifft. Und Hasan Baba, er ruhe in Frieden, hat Mehmed stets mit solcher Sorgfalt und Hingabe das Haar geschnitten und ihn rasiert, dass es von ferne aussah, als male er ein Porträt. Bei mir hingegen war er immer in Eile. Ja, ich stand in dieser Familie immer hintenan.«

Da lachte mein Vater laut heraus. »Ich freue mich so, dass du da bist, Kemal. Die Kunde von deinem aufregenden Leben erreichte uns bisher nur über Menschen, die in den entlegensten

Teilen der Welt deinen Weg gekreuzt haben. Willkommen zu Hause.«

»Es ist schön, hier zu sein«, erwiderte Kemal Pascha in versöhnlicherem Ton. »Doch erlaubt, dass ich einer letzten Beschwerde Luft mache, die mir seit langem auf der Seele liegt. Habe ich deine Erlaubnis, liebe Hatije?«

Meine Mutter lächelte. »Es braucht dich nicht zu kümmern, ob du meine Erlaubnis hast oder nicht. Dies ist dein Haus, Kemal, und du darfst hier nach Belieben schalten und walten.«

Petrossian füllte unsere Tassen wieder auf, und obgleich er für gewöhnlich zuerst Iskander Pascha bediente, eilte er heute mit übertrieben beflissenem Eifer als Erstes zu Onkel Kemal. Die drei Brüder lächelten einander an.

»Nun, dann werde ich meinen letzten bitteren Vorwurf erheben«, warnte Kemal, »bevor wir uns angenehmeren Themen zuwenden. Als es schließlich um unsere Zukunft ging, was geschah da? Mehmed wurde erlaubt, sich mit dem Baron in Berlin niederzulassen. Nun, ich freute mich für ihn. Und Iskander durchlebte eine Phase als Sufi-Anhänger und heiratete die zauberhafte Zakiye. Ich freute mich auch für ihn.«

Jeder wusste, was nun folgen würde, und Gelächter brandete auf, noch ehe er das Wort wieder ergreifen konnte.

»Ja, ja, für euch ist das sehr komisch. Mir wurde von Vater eine arrangierte Ehe aufgezwungen. Er hielt mit den Gründen nicht hinterm Berg. Die Mitgift war einfach fantastisch. Und ich durfte nicht einmal einen Blick auf die Frau werfen. Nun, im Nachhinein wundert mich das auch nicht ...«

»Aber Kemal«, unterbrach Vater ihn. »Du hättest sie doch heimlich im Bad beobachten können.«

»Das habe ich versucht. Aber sie besuchte niemals eine der verrufenen öffentlichen Badeanstalten. Meinst du etwa, die Frauen wüssten nicht, dass wir ihnen nachspionieren? O doch, sie wissen es. Und Leyla hegte offenbar eine Abneigung gegen Bäder! Also war ich gezwungen, sie zu heiraten, ohne sie jemals vorher gesehen zu haben. Und Allah ist mein Zeuge, ich kniff die Augen zusammen und tat meine Pflicht. Drei Kinder sind der Beweis dafür, alles Mädchen. Mutter war hocherfreut, bis sie älter und größer wurden. Denn als die jüngste meiner drei Grazien sechs Jahre alt geworden war, verlor auch unsere Mutter alle Illusionen. Unglücklicherweise hatte eine jede von ihnen das Aussehen ihrer Mutter geerbt hatte, doch selbst das bereitete mir kaum Kopfzerbrechen. Darüber hätte ich leicht hinwegsehen können – wenn wenigstens eine von ihnen klug oder zumindest nicht strohdumm gewesen wäre. Man spricht wirklich nicht so über die eigenen Kinder, doch noch schlimmer ist es, sich selbst etwas vorzumachen. Von schwerfälligem Äußeren und zugleich geistig beschränkt, so ein Nachwuchs ist eine zu große Strafe für einen allein. Habe ich euch je erzählt, was unsere Mutter ein paar Monate vor ihrem Tod zu mir sagte? Es war nach einem Kartenspiel mit unserer Tante, bei dem sie Geld gewonnen hatte, weshalb sie großzügig und gut gelaunt war. Sie küsste mich auf die Wangen und entschuldigte sich bei mir. Mutter war der einzige Mensch, der jemals meine schwere Bürde anerkannte. ›Mein kleiner Spatz, es tut mir so Leid, wir wussten, dass dein Weib keine Märchenfee ist, aber dein Vater und ich hatten gehofft, dass zumindest deine Kinder unserer Familie nachschlagen würden. Aber wir wurden enttäuscht, welch ein fürchterliches Unglück. Dass das Schicksal dir aber auch so übel mitspielen musste.‹ Da beschloss ich, nicht länger nutzlos mein Missgeschick zu beklagen, sondern stattdessen zur See zu fahren. Und im Gegensatz zu euren Vorstellungen war ich fortan nur selten allein. Auf jedem Schiff gibt es eine fünfzig Mann starke Besatzung, die niemals nur einer Nation angehören. Unterschiedlichste Sprachen und sonderbarste Gesten drücken dasselbe aus. Manche nicken, wenn sie ›nein‹ sagen wollen, andere schütteln den Kopf um zuzustimmen. Auch ihre Sitten und Gebräuche unterscheiden sich. Und da gibt es den Kapitän. Vielleicht ist er ein eher stiller, nachdenklicher Mann, der nur selten etwas sagt – es sei denn, um ein Kommando zu geben. Oder aber er ist redselig bis zum Überdruss, erzählt unentwegt von seinen Abenteuern und stellt die Geduld seiner Zuhörer auf eine harte Probe. Dann reisen vielleicht bis zu fünfzehn Passagiere mit – Abenteurer auf der Suche nach ihrem Glück, Händler, Frauen auf der Flucht vor einem Unglück, jüngere Söhne wohlhabender Familien, wo Haus und Hof nach dem Tod des Vaters an den ältesten Bruder gefallen sind. Sie alle suchen die Anonymität in einem fernen Winkel der Welt. Auf einem Schiff habe ich immer Gesellschaft, und ich habe dort eine Menge gelernt, denn so manches Gespräch blieb nicht unbelohnt. Man muss nicht unbedingt in den besseren Kreisen von Istanbul, Berlin, London, Paris oder irgendeiner anderen großen Stadt aus der Falschheit eine Tugend machen. Meine Schiffe ließen mich zu einem wahren Weltbürger werden. Ich habe gelernt, mich wie eine Meereswoge treiben zu lassen, und finde zuweilen – mit etwas Glück – in dem Kapitän oder dem Ersten Offizier einen Seelenverwandten. Auch wenn ich mich freue, heute hier bei euch zu sein, weiß ich eines gewiss: Ich könnte niemals wieder in Istanbul leben. Doch wenn ihr mich jetzt entschuldigen wollt, ich möchte mich rasieren, den Darm entleeren und ein Bad nehmen – Verrichtungen, die weltweit üblich sind. Nur Zeitpunkt und Häufigkeit unterscheiden sich. Habe ich euch je erzählt, dass man in Japan für einen seltsamen Kauz gehalten wird, wenn man nicht mindestens dreimal täglich seinen Darm erleichtert? Dabei habe ich es noch nie häufiger als zweimal geschafft.«

Am Nachmittag war er in weit leidlicherer Stimmung. Nachdem Onkel Kemal ein Bild seiner Kindheit und Jugend gemalt hatte, wie es schwärzer nicht hätte sein können, und auch sein Eheleben bitter beklagte, hatte er sich nunmehr entschlossen, eine neue Seite aufzuschlagen. Jetzt schilderte er die für ihn neuen Welten, die er gesehen hatte, und wie all diese Erfahrungen sein Leben und sein Weltbild verändert hatten. Er war Meister darin geworden, die Zeichen des Himmels und des Meeres zu deuten. Warum Segelschiffe das Rote Meer mieden und dass es die vorherrschenden Winde und Strömungen waren und nicht die Entfernung, welche die Dauer einer jeden Reise bestimmten, all das wusste er jetzt. Onkel Kemal erklärte, warum es zuweilen schneller war, die doppelte Entfernung zu segeln, wenn man auf diesem Kurs den richtigen Wind hatte, anstatt sein Ziel direkt anzusteuern. Mit Ausnahme von Salman, dessen Miene unbewegt blieb, verfügte keiner von uns über derartige Kenntnisse, und Onkel Kemal führte uns in eine zauberhafte Welt.

Als er dann vom Nachthimmel sprach, änderte sich sein Gesichtsausdruck, als sei allein die Erinnerung schon genug, um Frieden und Harmonie in sein Leben einkehren zu lassen. Er hatte den Himmel zu lesen gelernt, kannte die Sternbilder und ihren Platz am Firmament und wusste sie im Lauf der Jahre sogar von jedem x-beliebigen Punkt der Welt auszumachen.

Als ich ihm an jenem Tag zuhörte, begriff ich, dass er sich ein sesshaftes Leben nicht mehr vorstellen konnte. Er hatte den Konventionen in den großen Städten dieser Welt, ihren Vorzügen und Annehmlichkeiten schlicht schon vor langem den Rücken gekehrt. Jedes Leben ist eine Reise. Wenn wir die Hälfte davon hinter uns gebracht haben, hat unser Leben in jeder Hinsicht sein eigenes Maß, seinen eigenen Schritt gefunden. Wir hinterfragen unsere Lebensweise nicht länger, finden uns mit unseren Erfolgen wie mit unseren Misserfolgen ab und vertreten feste Ansichten. Manchmal sinnieren wir, dass wir heute vielleicht ganz woanders stünden, hätten wir vor vielen Jahren an einem bestimmten Punkt unseres Lebens eine andere Richtung eingeschlagen. Doch wir akzeptieren auch, dass sich jetzt wohl nichts mehr ändern wird. Wenn wir überhaupt einen Gedanken an unser Leben verschwenden, dann im Rückblick. Da die Zeit und die biologische Uhr unsere Zukunft bestimmen, haben wir einfach aufgehört, darüber nachzudenken.

Ich weiß, dass Selim in diesen Dingen eine völlig andere Meinung vertritt. Er wirft mir vor, das Leben nur mehr sehr konservativ zu betrachten. Seiner Meinung nach können bedeutsame Ereignisse nicht nur in der Gesellschaft als Ganzes Umwälzungen bewirken, sondern – unabhängig von unserem Alter – auch in unserem eigenen Leben. Nun, vielleicht stimmt das, doch ist das immer zu unserem Besten? Ich weiß, dass unser Reich vor dem Zusammenbruch steht und dass dies auch etwas Gutes hat, doch werden die Folgen wirklich segensreich sein? Im Gegensatz zu Selim bezweifle ich das manchmal. Er beharrt darauf, dass die Geschichte immer vorwärts schreitet, nie zurück. Doch darin irrt er, und Salman und ich streiten oft mit ihm und führen ihm viele Beispiele vor Augen, aus der europäischen Geschichte ebenso wie aus der des Islam. Immerhin vollziehen wir seit beinahe zweihundertfünfzig Jahren einen Rückschritt.

Vielleicht hatte mein Onkel Kemal nicht in dem Sinn das wahre Glück gefunden, wie es meiner Mutter vorschwebte, als sie davon sprach. Aber er war auch ganz bestimmt nicht unglücklich. Selbst wenn er nie jemanden geliebt und dann verloren hatte wie Sara oder Iskander Pascha, deren Erinnerungen an jene glücklichen Zeiten stets einen Schatten auf die Gegenwart warfen. Nein, Onkel Kemals Probleme waren anderer Natur gewesen. Er war der Gegenwart entflohen, um sich auf seinen Reisen eine neue Zukunft zu erobern. Salman hatte von der Frau erzählt, die in Tokio mit Kemal zusammenlebte, und es machte mir nicht den Eindruck, als entbehre er irgendetwas in seinem Leben. Falls überhaupt etwas daran zu bemängeln war, dann höchstens, dass es ein zu unruhig geführtes Leben war. Als ich dies dem Baron gegenüber erwähnte, brach er in brüllendes Gelächter aus.

»Scharf beobachtet, Nilofer«, freute er sich. »Und wenn er zudem seine sämtlichen Istanbuler über Bord werfen könnte, wäre er noch glücklicher. Doch wie wir leben, hängt nun einmal leider nicht nur von uns alleine ab. Es sind die Umstände – gute oder schlechte –, die ständig darauf Einfluss nehmen. Ein Mensch, der uns nahe steht, stirbt. Jemand, den wir nur flüchtig kennen, lebt weiter. All dies prägt unsere Lebensweise. Wenn Mehmeds Vater beispielsweise noch zwanzig Jahre länger gelebt hätte, wäre Mehmed dann tatsächlich nach Berlin gezogen? Ich weiß es wirklich nicht. Gerade wenn man im Großen und Ganzen glücklich ist, sollte man nicht allzu viele Fragen stellen. Das beschwört nur unnötige Qualen herauf.«

Nach dem Abendessen zauberte der Baron eine Flasche mit sehr gutem, alten französischen Cognac hervor, wenigstens war er das seiner Meinung nach. Ich hatte gelernt, mich in diesen Dingen auf sein Urteil zu verlassen. Kemal schnupperte am Glas, nahm einen Schluck und erklärte entzückt, dass dies schlicht der beste Cognac sei, den er jemals in seinem Leben getrunken habe. Der Baron freute sich sichtlich über das Lob und strahlte ihn über das ganze Gesicht an.

»Sag, Kemal«, erkundigte sich mein Vater, »wie geht es deiner Schifffahrtsgesellschaft? Wird der neue Kanal in Ägypten die Dauer der Reisen in den Fernen Osten nicht erheblich verkürzen?«

Kemal runzelte die Stirn. »Ach, hättest du bloß nicht diesen vermaledeiten Kanal erwähnt. Ja, es stimmt, doch die neue Wasserstraße soll vor allem dem britischen Handel zugute kommen, weshalb sie nicht für Segelschiffe ausgelegt ist. Wie ich heute Morgen bereits erläutert habe, ist das Rote Meer zu gefährlich für uns. Wenn man mit Dampfschiffen fährt und festen Kurs halten kann, ja, dann ist der Kanal wirklich eine Verbesserung.«

»Warum legst du dir nicht ein paar Dampfschiffe zu?«, warf Mehmed ein.

Kemal blickte seine Brüder an und seufzte. »Wer hätte je gedacht, dass in all der Zeit, da ich mich auf fremden Meeren herumtrieb, zu Hause in meiner eigenen Familie wahre seemännische Genies schlummern? Vielleicht sollte ich euch alle mit einem Handbuch zur Sinnlichkeit im Eheleben überraschen. Warum um Himmels willen bin ich wohl zurückgekommen? Ich bin unterwegs nach London, wo mein erstes Dampfschiff auf mich wartet. Sie haben mir ein kleines Vermögen dafür in Rechnung gestellt, doch ich werde mich früher dafür rächen, als sie es für möglich halten. Denn ich werde damit nach Yokohama schippern, und dann wollen wir doch mal sehen, ob die Japaner mir nicht für die Hälfte des Preises zehn davon bauen können. Falls ja, dann werde ich eine Dampfschifffahrtsgesellschaft gründen, die sämtliche Weltmeere beherrscht. Von London nach New York mit der Osmanischen Flotte. Via Alexandria von Istanbul nach Tokio. All das liegt im Bereich des Möglichen. Ich habe das Geld dafür selbst aufgebracht, teilweise mit Hilfe von Nilofers Großonkel Sifrah. Denn die Welt ist im Wandel begriffen, und im Gegensatz zu unserem Sultan werde ich nicht abwarten, bis mich die Ereignisse überrollt haben. Beantwortet das deine Frage?«

Nun wurden alle sehr aufgeregt, und das Gespräch nahm aberwitzige Züge an, als sogar meine Mutter meinte, mitreden zu müssen. Die Tatsache, dass außer Kemal und Salman keiner der Anwesenden auch nur die geringste Vorstellung von den Erfordernissen eines solchen Unternehmens hatte, war unerheblich. Es war eine jener Debatten, die zu nichts Wesentlichem führen, doch vermittelte sie Onkel Kemal das Gefühl, dass er als Einziger hier am Hebel des Fortschritts saß. Halil zählte nicht, denn keiner von ihnen ahnte, dass das Komitee kurz vor der Machtübernahme stand. Dabei hatten Halil und Selim den größten Teil des Tages im Sattel zugebracht und waren gerade noch rechtzeitig zum Essen eingetroffen. Allerdings hatten sie vorgegeben, Wachteln und Wildenten gejagt zu haben, was eine Ledertasche mit vielen toten Vögeln in der Küche belegen sollte. Doch ich wusste, dass dies nur eine Finte war. In Wirklichkeit hatten sie sich in einem nahen Dorf mit dem jungen Offizier aus Saloniki getroffen, um zu erfahren, wie der Eunuchengeneral beseitigt worden war, wie der Palast auf sein Verschwinden reagiert hatte und welche Schritte weiter geplant waren.

»Und ich habe schon beinahe geglaubt«, erklärte Iskander Pascha, »du hättest deinem kränkelnden Bruder einen Besuch abstatten wollen. Dabei hat dich nur der schnöde Mammon hergelockt!«

»Wenn Sie in Yokohama Probleme haben sollten, bringen Sie Ihr Schiff nach Kiel«, schlug der Baron vor. »Vielleicht können wir Ihnen ja einen besseren Preis machen als die Engländer.«

Kemal Pascha sah ihn nachdenklich an. »Danke, Baron. Doch was ich vor allem brauche, ist Salman. Er muss wieder in meine Gesellschaft eintreten und seinen alten Onkel unterstützen. Das Büro in Istanbul braucht eine strenge Hand. Aber vielleicht können wir das später noch unter vier Augen besprechen. Ich muss jedenfalls morgen früh wieder nach Istanbul und dann gleich weiter nach London.«

Ganz offensichtlich war dies als Wink gedacht, die beiden Männer allein zu lassen. Wir verabschiedeten uns, doch als ich hinausgehen wollte, hielt Salman mich zurück.

»Bleib bei uns, liebste Nilofer. Zwischen uns gibt es keine Geheimnisse. Oder hältst du es nicht länger ohne deinen Ehemann aus?«

Ich blieb also.

»Nun, Salman?«, fragte mein Onkel. »Bist du bereit, wieder an die Arbeit zu gehen?«

»Ja. Aber eine Sache beunruhigt mich.«

»Welche?«

»Die Situation hier ist, wie Nilofer bestätigen wird, alles andere als stabil. Die Griechen machen keinen Hehl aus der Tatsache, dass sie Istanbul als ihre Stadt betrachten, und werden darin von den Russen geradezu schamlos ermuntert. Die Briten spielen ein falsches Spiel. Nur die Deutschen sind wirklich auf unserer Seite, weil sie nicht wollen, dass das Reich geteilt wird. Deshalb habe ich mir überlegt, dass es geschäftlich gesehen sicherer wäre, unseren Hauptsitz zu verlegen.«

»Und wohin?«

»Ich weiß nicht recht. Nach Liverpool? Oder New York?«

Kemal lächelte. »Du darfst ein Gebäude, das als unser Firmensitz dient, nicht mit einem verwechseln, in dem unser Geld liegt. Ich pflichte dir bei, dass es im Augenblick verhängnisvoll wäre, sein Geld bei einer Istanbuler Bank zu haben. Sifrah hat mir schon vor einigen Jahren geraten, einen Teil des Kapitals in seinen Pariser und Londoner Zweigstellen anzulegen, und ich bin seinem Rat gefolgt. Falls das Reich untergeht, sind wir auf der sicheren Seite.«

Ich erkundigte mich, unter welcher Flagge seine Schiffe segelten.

»Unter der unseren natürlich. Wir haben die osmanischen Farben gehisst, das ist kein Problem. Aber wenn ich wollte, könnte ich auch die japanische Flagge aufziehen. Wann kannst du anfangen, Salman?«

»Sobald wir nach Istanbul zurückkehren. Onkel. Ich genieße im Augenblick dieses Intermezzo.«

Salman hatte die ganze Zeit gefürchtet, dass Kemal die Sprache auf Alexandria bringen würde, doch im Grunde wusste er, dass es unvermeidlich war.

»Vor ein paar Wochen habe ich Hamid Beg getroffen. Er schickt dir die herzlichsten Grüße.«

»Wie geht es ihm? Er war sehr gut zu mir, und ich schätze ihn außerordentlich.«

»Ihm geht es gut. Seine Enkel wachsen heran und bereiten ihm viel Freude. Er hat etwas, wofür es sich zu leben lohnt. Ich habe sie in seinem Haus kennen gelernt. Sie sind höflich, hübsch und klug. Was kann man mehr verlangen?«

Ein schmerzliches Lächeln lag auf Salmans Gesicht, doch er konnte der Versuchung nicht widerstehen.

»Und wie geht es ihrer Mutter?«, fragte er.

Onkel Kemal erbleichte. »Du weißt es nicht?«

»Was sollte ich wissen?«

Unser Onkel war sichtlich erschüttert und fand erst nach einer ganzen Weile seine Sprache wieder. »Man hat sie letztes Jahr tot aufgefunden, Salman. Ich war mir sicher, dass Hamid Beg dir geschrieben und dich davon unterrichtet hat.«

»Was ist passiert?«, fragte Salman mit schmerzerfüllter Miene.

»Niemand weiß es wirklich. Sie ging in der Bucht schwimmen, die du wohl damals entdeckt hast. Ihre Bücher und Handtücher hatte sie vor die kleine Höhle gelegt, bevor sie ins Wasser ging. Als sie an diesem Tag nicht nach Hause zurückkehrte, schickte Hamid Beg Bedienstete los, um nach ihr Ausschau zu halten. Ihre Dienerin wusste, dass sie oft zu der Höhle ging, und kehrte schon bald mit ihren Habseligkeiten zurück – darunter auch ein Gedichtband von Verlaine.

Am nächsten Tag fand ein Fischer ihre Leiche. Es heißt, eine Strömung müsse sie überrascht und aufs offene Meer hinausgezogen haben. Anscheinend hatte sie sich zu weit vom Ufer entfernt, ihre Kräfte erlahmten, und sie schaffte es nicht mehr zurück. Es tut mir wirklich Leid, Salman. Ich nahm an, du wüsstest Bescheid, wollte aber kein Wort darüber verlieren.«

Nun fing mein Bruder laut zu weinen an, er rief ihren Namen und dass er ihr vergebe. Mein Onkel und ich trösteten ihn, so gut wir konnten, doch die Neuigkeiten hatten ihn völlig unerwartet getroffen und ihm einen wahren Schock versetzt. Er wollte nicht glauben, dass es sich um einen Unfall gehandelt hatte. Ständig wiederholte er, was für eine ausdauernde Schwimmerin sie gewesen sei und wie gut sie das Meer gekannt habe. Er war überzeugt, dass sie sich vorsätzlich das Leben genommen hatte: Sie war so weit hinausgeschwommen, bis sie erschöpft war, und wusste genau, dass eine Rückkehr zum Ufer unmöglich war. Auf diese Weise hatte sie sich berechnend aus der Welt verabschiedet.

Nachdem er sich etwas beruhigt hatte, erzählte Salman uns, wie Mariam ihm in den ersten Wochen ihrer Verliebtheit gesagt hatte, dass sie Selbstmord begehen würde, könnten sie nicht zusammen sein. Er hatte sie nicht ernst nehmen wollen und seinen Scherz mit ihr getrieben, indem er fragte, in welcher Art und Weise sie das denn bewerkstelligen wolle. Und sie hatte ihm geantwortet, dass sie sich weder Schmerzen zufügen noch dabei überrascht werden wolle. Sie würde einfach losschwimmen, immer weiter bis zum Horizont.

»Hat Hamid Beg etwas darüber verlauten lassen, weshalb sie so unglücklich war?«

Kemal nahm Salmans Hand in die seine und streichelte sie. »Hamid sagte, sie habe es sich nie verziehen, wie sie dich behandelt hatte. Immer wieder habe sie ihm gegenüber beteuert, dass ihr der Möbelschreiner nichts bedeutet hätte. Er habe lediglich ihren Samen in sie gepflanzt, und die Saat war aufgegangen. Als die Kinder heranwuchsen und ihrem Großvater immer mehr zugetan waren, zog sie sich von jedermann zurück. Oft fragte sie ihn, ob er wisse, wo du seist, aber er schützte dich, indem er vorgab, nicht die leiseste Ahnung zu haben. Und dann erinnerte er sie daran, dass sie dir bereits genug Schmerz für eine Lebensspanne zugefügt hätte. Wenn sie sich einsam fühle, solle sie nach einem neuen Opfer Ausschau halten. Hamid Beg war immer auf deiner Seite, Salman. Er hat sie nie bedauert, und so ist ihre Beziehung mit den Jahren immer schwieriger geworden. Sie indes hat keinen neuen Mann gefunden – oder zumindest blieb dies ihrem Vater und ihren Kindern verborgen.«

»Arme Mariam«, sagte Salman. »Was muss sie gelitten haben, wenn sie sich das Leben nahm. Du wirkst besorgt, Onkel Kemal. Nun, wie du siehst, habe ich mich von dem ersten Schrecken erholt. Aber ich werde das Gefühl nicht los, dass dies nicht die ganze Wahrheit ist? Was gibt es noch?«

Er seufzte. »Manchmal schätze ich mich wirklich glücklich, nie wie du oder dein Vater geliebt zu haben.«

»Oder wie meine Mutter«, fügte ich hinzu. »Oder wie ich.«

Onkel Kemal lächelte. »Ja, genau. Obwohl du, mein grünäugiges Kind, glücklich und zufrieden wirkst. Aber die anderen sind für ihr Leben gezeichnet. Ja, ich bin froh, dass Allah mir diesen besonderen Schmerz erspart hat.«

Salman gab sich nicht mit dieser Bemerkung zufrieden. »War da noch etwas, Onkel Kemal? Ich meine es ernst, du kannst es mir ruhig sagen.«

»Hamid Beg hat mir erzählt, dass sie dir allwöchentlich einen Brief geschrieben hat, den sie jedoch niemals abschickte. Er hat die Schreiben nach ihrem Tod gefunden und alle verbrannt. Vor allem, weil er nicht wollte, dass die Kinder sie entdeckten.«

»Was stand denn darin?«

»Das wollte er mir nicht sagen, und ich wollte ihn nicht drängen. Wenn du ihn einmal wieder siehst, musst du ihn unbedingt fragen. Das ist etwas, was ich dir nicht abnehmen konnte. Und wer weiß? Vielleicht waren diese Briefe ja nicht nur die Schreie eines gemarterten Herzens, sondern beleidigend, gerade in Bezug auf ihren Vater. Aber jetzt muss ich ins Bett. Wir treffen uns am besten noch einmal, wenn ich aus London zurückkehre, dann werden wir meine Schifffahrtspläne erörtern.«

Salman und ich saßen noch viele Stunden in der Bibliothek. Ich wusste, was für ein schrecklicher und öder Ort Alexandria für ihn geworden war und wie Mariams Grausamkeit ihn beinahe zerstört hätte. Er hätte ihr alles verziehen, sogar den Tischler, doch die grundlose Freude, die es ihr bereitet hatte, ihn zu verletzen, konnte er niemals vergeben. Das hatte seine Liebe zu ihr endgültig abgetötet und alle Gefühle für sie erstickt. Oder hatte er sich einen Rest davon bewahrt?

»Nein, ich glaube nicht. Zugegeben, es war ein langwieriger Vorgang. Wochenlang beherrschte sie meine Gedanken wie eine riesige Krake. Zwar bekämpfte ich sie mit all den harschen Worten, die ich ihr bei unserer Trennung erspart hatte, doch es ist nicht einfach, in wenigen Tagen einen klaren Kopf zu bekommen, wenn dieser mit den widersprüchlichsten Gefühlsregungen voll gestopft ist. Das braucht Zeit, aber es ist immerhin möglich. Nachdem ich einmal mehr als fünf Monate auf See war und danach Japan bereiste, hatte ich plötzlich aufgehört, an sie zu denken. Es war vorbei. Und ich erinnere mich noch, welche Woge der Erleichterung mich durchflutete. Endlich hatte ich das Untier vertrieben, das mir tagtäglich auf der Brust gesessen und an meinem Herzen genagt hatte. Ich weinte vor Freude, als mir klar wurde, dass ich mich endlich von ihr befreit hatte. Es hatte so lange gedauert, dass ich auf die Überraschung gar nicht vorbereitet war.

Als ich nun hörte, dass sie von unserer Bucht aus losgeschwommen ist, kamen mir zwar ein paar alte, rührselige Erinnerungen wieder in den Sinn, doch sie hielten sich nicht lang. Bald tauchten andere Bilder von Geschehnissen auf, die sich ebenfalls genau dort zugetragen hatten. Sie war keine böse Frau, Nilofer. Wahrscheinlich ist sie nur nie darüber hinweggekommen, dass ihre Mutter sie bewusst im Stich gelassen hatte. Und dann musste sie auch noch die Feindseligkeit ihres Vaters ertragen, nachdem sie mir einen Stoß versetzt hatte. Ob ihre Mutter wohl an Hamid Beg geschrieben und ihm ihr Mitgefühl ausgedrückt hat? Oder hat er sie vielleicht nicht einmal vom Tod ihrer Tochter in Kenntnis gesetzt? Wer weiß – und wen kümmert es eigentlich? Das alles gehört der Vergangenheit an. Dennoch ist es ein seltsamer Gedanke, sie nicht länger in dieser Welt zu wissen. Viele Monate konnte ich mir meine geistige Gesundheit nur bewahren, weil ich sie mir als Tote vorstellte. Und nun, da sie tatsächlich gestorben ist, berührt mich dies sehr eigenartig.

Komm mit mir, kleine Schwester Nilofer, und lass den Schlaf noch eine Weile warten heute Nacht. Dein geliebter Ehemann kann ja derweil mit Auguste Comte vorlieb nehmen, bis du dich in seine Arme schmiegst. Ich möchte nicht allein sein, wenn ich die Sterne betrachte.«

Wir verließen die mit sechs Lampen geschmackvoll ausgeleuchtete Bibliothek und traten hinaus in die Schwärze des Gartens. Kein Mond stand am Himmel, und es dauerte einige Zeit, bis sich unsere Augen an die Finsternis gewöhnt hatten. Der Himmel war klar, und die Sterne funkelten. Wie eine dicke, dunkle Decke erstreckte sich in der Ferne die ruhige See.

In der Welt da draußen ging eine Menge vor sich. Rebellionen wurden geplant, Widerstand vorbereitet, Geschichte gemacht. Sultanen und Kaisern wurde mulmig zumute. Hier jedoch, in den wunderschönen, duftenden Gartenanlagen von Jussuf Paschas verrücktem Palast, schien das alles sehr weit weg zu sein. Mein Bruder Salman und ich setzten uns auf eine Bank und fingen an, die Sterne zu zählen, gerade so wie wir es immer getan hatten, als ich noch ein Kind war.

ZWANZIG

**Petrossians Geständnisse.
Die Ermordung von Urgroßonkel Murat Pascha.
Die Nöte der Familie Petrossians.**

»Ist es einem alten Mann und Diener gestattet, sich an dich zu wenden, Steinerne Frau? Ich weiß, dass in vergangenen Jahren viele weibliche Bedienstete, die von den Herren entehrt worden waren, hierher kamen und dir unter bitteren Tränen von ihrem Unglück erzählten. Doch dieses Schicksal erlitten nicht nur Dienstmädchen. Zu Lebzeiten von Iskander Paschas Großvater gab es viele junge Männer – Gärtner, Wächter und Lakaien jeglicher Herkunft, Kurden, Albaner, Armenier, Serben, Araber, Bosnier und Türken –, die zum Beischlaf gezwungen wurden. Sind auch sie zu dir gekommen und haben deine Füße mit Tränen benetzt, Steinerne Frau? Oder hat ihr Stolz sie gezwungen, alle Erinnerungen auszulöschen?

Ist auch der Mann, der vor sechzig Jahren Murat Pascha ermordete, den lüsternen Großonkel von Iskander Pascha, jemals zu dir gekommen, um ein Geständnis abzulegen? Man hat ja nie herausgefunden, wer die Tat begangen hat, nicht wahr?

So mancher Bedienstete hatte bestimmt einen Verdacht, aber niemand verriet den Mörder. Mein Großvater sagte immer, alle hätten insgeheim darum gebetet, dass der mutige Täter unentdeckt bliebe. Wer immer es gewesen war, er arbeitete weiterhin hier, denn in jenen Tagen ging niemand fort, sofern er nicht entlassen wurde. Mein Großvater sagte des Öfteren zu meinem Vater, wenn er jemals das Antlitz des Bösen geschaut habe, dann sei es das Gesicht Murat Paschas gewesen, und zwar nicht nur, wenn dieser zu viel Wein getrunken hatte oder von Wolllust übermannt wurde. Er war in jeder Hinsicht ein unangenehmer Zeitgenosse. Sogar seine Kinder wuchsen in Abscheu und Furcht vor ihm auf.

Es heißt, Steinerne Frau, er habe seine eigene Tochter entjungfert, als sie siebzehn Jahre alt war. Angeblich war er dabei betrunken – als ob sich die Schandtat damit entschuldigen ließe! Ist dieses arme Geschöpf jemals zu dir gekommen und hat dir seine Geschichte erzählt? War sie hier und zeigte dir ihr blutbeflecktes Gewand, ehe man sie rasch mit einem syrischen Beduinen verheiratete? Danach hat kein Mensch mehr etwas von ihr gehört. Sie kehrte nie mehr nach Istanbul zurück. Ich hoffe, dass sie in ihrem neuen Leben Trost gefunden hat und ihre Kinder ihr geholfen haben, diese Welt hier zu vergessen.

Steinerne Frau, ich muss dir etwas anvertrauen. Ich weiß, wer Murat Pascha umgebracht hat. Der Mann hat es mir selbst gesagt, und er war immer sehr stolz auf seine Tat. Es war mein Freund Hasan Baba. Deshalb war die Kehle so gekonnt durchgeschnitten, waren der Penis und die Hoden mit fachmännischer Sorgfalt abgetrennt worden. Wer sonst, wenn nicht ein junger Barbier mit geübter Hand, hätte dies zustande gebracht? Zum Glück fiel nie ein Schatten des Verdachts auf ihn, da er und sein betagter Vater Murat Pascha stets rasiert und ihm den Bart gestutzt hatten. Man sah die beiden oft zusammen im Hof, wie sie über Murat Paschas Witze lachten, und es herrschte scheinbar keine Feindseligkeit zwischen ihnen.

Hasan Baba erzählte mir, dass Murat Pascha zu ihm selbst immer sehr nett gewesen sei, sogar wenn Hasan ihn in Abwesenheit seines Vaters allein rasieren musste und dabei so nervös war, dass er ihm in die Wange schnitt. Hasan rechnete mit dem Schlimmsten, doch Murat Pascha lachte nur und brummte: ›Du wirst es schon noch lernen, mein Junge. Sieh deinem Vater nur immer gut zu.‹

Aber warum hat Hasan ihn dann getötet? Er sagte mir, er habe die Tränen all der Männer und Frauen, die von Murat Pascha so brutal missbraucht worden waren, nicht länger mit ansehen können. Doch dass dies die ganze Wahrheit sein sollte, habe ich nie so recht glauben können, Steinerne Frau. Ich meine, Hasan Baba war ein vollkommener Mensch, aber man nimmt doch nicht das Wagnis auf sich, jemanden wie Murat Pascha zu ermorden, wenn man nicht von einer seiner Taten persönlich betroffen war. Auf mein hartnäckiges Nachfragen hin vertraute er mir schließlich an, dass Murat Pascha sich an einer jungen kurdischen Wäscherin vergangen hatte.

Hasan hatte dieses Mädchen aus der Ferne geliebt. Oft saß er da und sah zu, wie sie Bündel mit schmutziger Wäsche zum Fluss trug. Er betrachtete die Bewegungen ihres Körpers, wenn sie mit der Wäsche hantierte, sie wusch, auf die Steine schlug, auswrang und sich dann auf die Zehenspitzen stellte, um sie zum Trocknen aufzuhängen. Bislang hatte er noch nicht den Mut aufgebracht, ihr seine Gefühle zu offenbaren, doch gab es für ihn keinen Zweifel, dass sie ihr nicht verborgen geblieben waren. Wenn die kurdische Wäscherin nicht in Begleitung ihrer Mutter war, schenkte sie ihm so manches Mal ein Lächeln. Ich war damals noch nicht geboren, aber Hasan Baba muss im Alter von achtzehn Jahren ein recht gut aussehender Bursche gewesen sein. Doch ehe er sich's versah, schleppte Murat Pascha das Mädchen auf seinem Pferd fort und vergewaltigte sie. Als sie später nach Hause gebracht wurde, nahm ihre Mutter sie schluchzend in die Arme, bat sie jedoch inständig, Stillschweigen zu bewahren, da sie sonst beide ihre Stellung verlieren würden. Die Tochter nahm sich den Ratschlag der Mutter zu Herzen und weinte leise. Sie trösteten einander und am Ende versprach das Mädchen, mit niemandem über den Vorfall zu sprechen.

Im Lauf der Nacht traf sie eine Entscheidung, wie sie ihr Schweigen endgültig machen wollte. Früh am nächsten Morgen, kurz vor Tagesanbruch, bereitete sie ihrer Mutter das Frühstück zu, gab ihr einen liebevollen Kuss und sagte, sie wolle spazieren gehen und den Sonnenaufgang betrachten. Und dann, Steinerne Frau, stürzte sie sich von den Klippen. Man fand wenige Stunden später ihren zerschmetterten Leichnam. Wie Menschen den Mut aufbringen können, sich selbst das Leben zu nehmen, werde ich niemals verstehen. Lautes Wehklagen drang an jenem Tag aus den Unterkünften der Diener, denn die junge Frau war wegen ihres aufbegehrenden Wesens und ihrer Anmut von allen sehr geliebt worden.

An ebendiesem Tag fasste Hasan Baba insgeheim den Entschluss, Murat Pascha zu töten. Da er wusste, dass er niemandem trauen durfte, arbeitete er den Plan ganz allein aus. Und drei Wochen später wurde Murat tot aufgefunden. Man hatte ihm den Penis abgeschnitten und ihm in den Mund gesteckt.

Ich fragte Hasan Baba nicht nach den Einzelheiten, Steinerne Frau. Es genügte mir zu wissen, dass er es getan hatte. Vermutlich war die ganze Familie erleichtert. Und es weinte wohl niemand diesem Unmenschen eine Träne nach. Er wurde auf dem Friedhof der Familie beigesetzt, doch nur wenige erschienen, um ihm die letzte Ehre zu erweisen. Selbst seine Söhne und seine Frauen blieben dem Begräbnis fern.

Ein paar Monate vor seinem Tod hatte Hasan Baba sich überlegt, ob er seinem Enkel Selim davon erzählen soll. Ob er es auch getan hat, kann ich nicht sagen. Ich habe lange genug dieses Geheimnis mit mir herumgetragen, Steinerne Frau. Im Lauf der Jahre habe ich oft Iskander Paschas Vater laut fragen hören, wer seinen Onkel getötet haben könnte. Mehmed bemerkte einmal, wer immer es getan hatte, sei ein moderner Held, den man ausfindig machen und ihm nachträglich eine Börse mit Geld schenken sollte. Was hätten sie wohl getan, wenn sie gewusst hätten, dass Hasan Baba der Täter war? Ich glaube, Iskander Pascha wäre stolz auf ihn gewesen.

Ich bin nicht hergekommen, um über die Vergangenheit zu reden, Steinerne Frau, doch in deiner Anwesenheit ist man geneigt, sich alte Geheimnisse entlocken zu lassen. Eigentlich wollte ich über die Ereignisse in meinem Dorf sprechen. Vor mehr als zweihundert Jahren gab uns die Herrschaftsfamilie Geld, damit wir uns ein Stück Land in einem Dorf kaufen konnten, unweit ihrer ausgedehnten Ländereien. Wie damals üblich, ließen sich auch andere armenische Familien hier nieder, um in unserer Nähe zu sein und den Schutz dieser Herren zu genießen. Doch Iskander Paschas Großvater konnte es nicht ertragen, auch nur irgendetwas mit seinem Bruder Murat zu teilen, und so verkaufte er nach und nach seine Ländereien. Vor fünfzig Jahren veräußerte die Familie ihr gesamtes Land und erwarb Grundbesitz in Istanbul, Damaskus und weiß der Himmel wo sonst noch. Viele armenische Kaufleute, die ihr Geld anlegen wollten, kauften der Familie Grundstücke ab. Doch dann trafen Kurden ein, die sich als Wanderarbeiter verdingten. Und manche von ihnen ließen sich ebenfalls hier nieder.

Vor vier Jahren drohten die Kurden meinen Brüdern und anderen Verwandten, ihre Häuser niederzubrennen und ihre Familien umzubringen, wenn sie nicht freiwillig fortzogen. Eine derartige Drohung braucht man nicht zweimal auszusprechen, und so geschah es, dass viele Armenier alles, was sie von ihrem Hab und Gut mitnehmen konnten, zusammenrafften und verschwanden. Doch meine Schwester und ihr Ehemann weigerten sich. Sie war schon immer sehr eigensinnig gewesen. Den Kurden entgegnete sie, sie könnten sie töten, aber sie würde niemals aus freien Stücken ihre Heimat verlassen. Als ich Halil Pascha von den dortigen Vorgängen berichtete, war er dermaßen erzürnt, dass er nicht etwa einen Untergebenen mit der Klärung der Situation beauftragte, sondern selbst mit ein paar Soldaten loszog. Wenn irgendjemandem auch nur ein Haar gekrümmt werde, so seine Warnung an die Kurden, werde er persönlich zurückkommen, sie von dem geraubten Grund vertreiben und mit aller Härte bestrafen. Und falls sie meine Schwester oder ihre Familie anzurühren wagten, würde seine Strafe nicht lange auf sich warten lassen. Halil bebte förmlich vor Zorn. Die Kurden glaubten ihm, und es kehrte wieder Ruhe ein.

Doch letzte Woche wurde das Haus meiner Schwester mitten in der Nacht in Brand gesetzt. Als ihre Söhne und Schwiegertöchter sich ins Freie retten wollten, lauerte man ihnen bereits auf und tötete sie. Ebenso ist es all den anderen Armeniern im Dorf ergangen. Gestern Abend setzte ich Halil Pascha davon in Kenntnis, und da verbarg er das Gesicht in den Händen und stöhnte. ›Das Reich ist im Untergang begriffen, Petrossian, und jeder versucht sich selbst noch zu bereichern, ehe eine neue Ordnung hergestellt wird. Ich bedauere es aufrichtig, aber im Augenblick kann ich nichts dagegen tun.‹ Wenn Halil Pascha, ein General, sagt, dass er nichts gegen die Ermordung meiner Angehörigen tun kann, welche Hoffnung bleibt uns dann noch? Ich bin ein alter Mann und werde bald sterben, doch meine Söhne und Enkel haben das Leben noch vor sich.

Jeder will mittlerweile dumme Politik machen. Sogar meine Söhne wollen politisch aktiv werden, sie sagen, es sei die einzige Möglichkeit. Aber hat uns das jemals etwas genutzt? Mein ältester Sohn hat sich einer neu gegründeten Gruppe angeschlossen, die dafür kämpft, dass wir einen eigenen Staat bekommen. Er meint, die Armenier überall auf der Welt würden uns unterstützen. Einer seiner Brüder ist bereits über die Grenze nach Russland geflohen.

Auch mein Schwiegersohn sagt, wir müssen kämpfen, aber innerhalb des osmanischen Territoriums bleiben und uns dafür einsetzen, dass unsere *vilayets* in Anatolien den Status selbstverwalteter Provinzen mit einer eigenen Regierung erhalten. Seiner Meinung nach kann man keine klare Trennlinie zwischen den osmanischen Gebieten und Armenien ziehen. Unser Volk und die von uns bewohnten Landstriche seien überall durchmischt.

Er möchte, dass wir Daschnaks werden. Wir sollen uns der revolutionären *daschnaktsutiune* anschließen, die mit dem Komitee zur Absetzung des Sultans zusammenarbeiten will. In Russland, so sagt er, seien die Daschnaks auf der Seite der Sozialdemokraten – was immer das sein mag – und gegen den Zar. Das sind für mich alles ganz neue Töne. Wenn sich plötzlich jeder in meiner Familie mit Politik beschäftigt, muss sich wahrlich etwas verändert haben.

Was wird noch geschehen, Steinerne Frau? Die ganze Welt bricht auseinander.

Mein gesamtes Leben habe ich in diesem Haus verbracht. Und man hat mich gut behandelt. Doch meine Söhne weigerten sich, hier zu bleiben. Viele Male haben sie mich gebeten, das Haus zu verlassen und bei ihnen zu wohnen. Sie meinten, die Welt habe sich verändert und sie hätten genügend Geld verdient, um mir einen beschaulichen Lebensabend bescheren zu können. Ich habe ihnen erzählt, wie sicher und geborgen ich mich in diesem Haus fühle. Wäre ich bei meiner Schwester in jenem Dorf gewesen, hätte man mich ebenfalls getötet. Jetzt drängen mich meine Söhne, aus Istanbul fortzugehen. Einer von ihnen ist Teppichhändler in Kairo. Er möchte, dass ich zu ihm und seiner Familie ziehe, dabei kenne ich seine Familie doch gar nicht, Steinerne Frau. Diese Familie hier in diesem Haus ist die einzige, die ich wirklich kenne. Ich will Iskander Pascha nicht verlassen. Ist das falsch?«

Einundzwanzig

Selim ist von Iskander Paschas Tagebuch aus den Pariser Jahren derart beeindruckt, dass er es gleich zweimal liest. Der Baron erläutert, inwiefern sich die Menschen in Paris von denen in Istanbul unterscheiden. Das sorgenschwere Dasein des General Halil Pascha.

Selim hatte sich jegliche Störung verbeten. Weit über eine Stunde las er in den Aufzeichnungen, welche die französische Dame Iskander Pascha zurückgegeben hatte. Kaum hatte mein Vater das Tagebuch in die Bibliothek gelegt, nahm ich es an mich und brachte es in unser Zimmer, damit wir es abends im Bett gemeinsam lesen konnten. Aber Selim hatte mich hintergangen und schon mit dem Lesen begonnen, während ich noch die Kinder ins Bett bringen musste. Er las die Tagebucheintragungen bereits zum zweiten Mal und war schon bei der Hälfte angelangt, weigerte sich indes, mich daran teilhaben zu lassen. Als er endlich fertig war, riss ich ihm das Büchlein aus den Händen. Er wirkte richtiggehend benommen.

»Sei mir nicht böse, Prinzessin. Ich war wie in einer Trance, weil Hasan Baba zur selben Zeit ebenfalls in Paris weilte und viel von jenen Monaten erzählt hat. Weißt du eigentlich, wann dein Vater diese Zeilen verfasst hat?«

Ich schüttelte den Kopf.

»Im Jahr 1871. Paris wurde damals von den Preußen belagert. Napoleon III., der sich selbst zum französischen Kaiser ernannt hatte, wurde gestürzt. Als man die Republik ausrief, geschah etwas Unglaubliches: Die Armen der Stadt rotteten sich zusammen, denn sie erkannten, dass ihnen unter der Geißel der Reichen von Paris das gleiche Schicksal beschieden wäre wie unter den Preußen vor den Toren der Stadt. Hasan Baba brüstete sich gern damit, er habe diesen bettelarmen Menschen beim Errichten ihrer Barrikaden geholfen. Aber ich schenkte ihm keinen Glauben, ich hielt diese Äußerung schlichtweg für erfunden. Gewiss hätte er sich gerne beteiligt, aber wie hätte er es denn bewerkstelligen können? Das Tagebuch deines Vaters bestätigt jedoch seine Behauptung. Ich bin wirklich stolz auf Hasan Baba. Aber lies selbst, Nilofer. Bitte.«

Zu seinem Missfallen weigerte ich mich, die Aufzeichnungen noch am selben Abend zu lesen, sondern legte mich schlafen. Am nächsten Morgen erwachte ich vom Kreischen der Vögel. Ich sah, dass das Meer aufgewühlt war und die Seemöwen landeinwärts flogen. Nachdem ich mich angekleidet hatte, nahm ich das Tagebuch und ging hinunter, um zu frühstücken. Als der Sturm zunehmend heftiger wurde, so dass sich die Vorhänge bauschten, schlossen die Bediensteten eilends die Fenster und verriegelten die Türen.

Ich war alleine. Niemand sonst hatte bisher den Weg nach unten gefunden. Da ich noch keinen Hunger verspürte, goss ich mir nur eine Schale Kaffee und heiße Milch ein und vertiefte mich in die Aufzeichnungen. Ein seltsames Gefühl erfasste mich. Der Himmel und das Meer waren in Aufruhr, derweil ich behaglich dasaß und etwas über einen anderen Aufruhr las, von dem ich noch nie gehört hatte.

3. September 1870

Ich hätte nie geglaubt, dass mir neben meinen Alltagspflichten und dem Dasein als Botschafter jemals Muße bliebe, Tagebuch zu schreiben. Aber wir leben in einer wahrlich denkwürdigen Zeit. Heute haben sie diese erbärmliche, anmaßende Kreatur arretiert, die sich höchstselbst zum »Kaiser von Frankreich« ernannt hat, während sein General von den Preußen vernichtend geschlagen worden ist. Ein weiterer Triumph für Bismarck Pascha!

Ich habe mir bei einem kleinen Spaziergang einen Eindruck von der Stimmung in der Bevölkerung machen können. Jeder wirkte bedrückt. Das Verlangen der Menschen, sich über die Ereignisse des Tages kundig zu machen, war so groß, dass sie über die Zeitungsverkäufer förmlich herfielen. Ich vernahm viele Stimmen, die ihre eigenen Leute weitaus heftiger anprangerten als die feindlichen Preußen. Die Besitzer einzelner Geschäfte hatten Spruchbänder mit der Aufschrift »Vive Trochu« angebracht. Trochu ist der Militärgouverneur von Paris und jener Mann, von dem nun sehr viel abhängt. Am Nachmittag ist eine riesige Menschenmenge durch die Straßen gezogen und hat die Gründung einer Republik gefordert. Die Franzosen werden nie von ihrer Liebe zur Republik als Staatsform ablassen. In dieser Hinsicht könnten wir etwas von ihnen lernen.

Aufgrund der Belagerung bin ich von Istanbul vollkommen abgeschnitten, was mir, wie ich zugeben muss, gar nicht unangenehm ist.

4. September 1870
Gestern haben sie eine Republik gefordert, heute wurde sie vor der Kammer ausgerufen, wo sich zahllose erwartungsvolle Bürger versammelt hatten. Ich war selbst nicht zugegen, aber Hasan, mein Barbier, der mich anschließend aufsuchte und mir ausführlich Bericht erstattete. Dieser sufische Mystiker entwickelt sich in Windeseile zum Revolutionär. Da ihm derzeit die Botschaft sein Gehalt zahlt, bin ich in Sorge, ob sein wachsendes Engagement später womöglich zu einem diplomatischen Skandal führt. Er sagt, die Begeisterung hätte die gesamte Place de la Concorde erfasst. Die Menschen hätten den blauen und weißen Teil der Trikolore weggerissen und nur den roten Streifen übrig gelassen. Außerdem hätten sie jedes vergoldete ›N‹ an den Geländern der Tuilerien übermalt und mit Blumen bekränzt, an denen es in dieser Stadt anscheinend niemals mangelt – im Gegensatz zu den Nahrungsmitteln. Hasan schloss sich der Menge an, als diese in den Palast eindrang, und durfte die Gründung der »Bürgerwache« miterleben. Er meinte, sein solidarisches Verhalten hätte dermaßen Eindruck gemacht, dass man ihn zum Mitglied der Wache hatte wählen wollen. Aber er lehnte ab, aus Angst, dies könne sich nachteilig auf meinen Status hierzulande auswirken.

Sein Bericht hatte meine Neugier entfacht, und ich begab mich ebenfalls auf die Straßen hinaus, wenngleich bescheiden französisch gekleidet, um unerkannt zu bleiben. In Paris war es heute sehr heiß und schwül. Vor dem Hôtel de Ville hatten sich zahllose Menschen versammelt, die spontan die Marseillaise anstimmten. So muss es 1789 gewesen sein. Welches Gespür dieses Volk für seine Geschichte hat, mutet seltsam an. Es ist, als läge sie ihnen geradezu im Blut. Auch die Blumenverkäufer haben sich an dem Aufstand beteiligt. Sie verkaufen heute nur Knopflochblumen – während die Preußen einen Vier-Tage-Marsch von der Stadt entfernt stehen. Allein die Franzosen vermögen es, selbst unter solchen Umständen ihren Kaiser zu stürzen. Wie ich sie um dieses Talent beneide.

Später war ich zu einem Diner bei den Montmorencys eingeladen. Yvette ist nach wie vor mit allem gut versorgt, selbst der Wein fließt unvermindert reichlich. Doch herrschte dort eine gänzlich andere Stimmung als auf den Straßen. Nur mit Mühe konnte ich Contenance bewahren, während alle anderen zutiefst verzweifelt schienen. Ein älterer französischer Herr äußerte sich respektvoll über die Deutschen und sagte: »Nur Bismarck kann uns von diesem Pöbel befreien.«

Da Yvette sich genötigt fühlte, nun ebenfalls ihre Ansichten kundtun zu müssen, hielt sie ihm entgegen, die französischen Generäle sollten sich lieber selbst des Gesindels annehmen. Wenn man beispielsweise Thiers – ein langjähriger Freund der Familie – damit beauftragen würde, käme es zwar in den Straßen zu einem Blutbad, aber ein solches Durchgreifen hätte eine reinigende Wirkung. Wir wären dann alle »wirklich bereit, den Kampf gegen die Preußen aufzunehmen.« Ich räumte ein, dass die Preußen den Franzosen möglicherweise standhielten, aber Yvette sie nichtsdestotrotz würde bezwingen können. Außer ihr ließ sich niemand der Anwesenden zu einem Lächeln über meine Bemerkung hinreißen. Vicomte Montmorency, der Gastgeber, meinte, das lärmende Pack würde nur Verwüstung anrichten.

Er sei für die Republik, aber nur wenn Gambetta die Führung übernähme und die linksextremen Hitzköpfe in ihre Schranken verwiese. Als ein anderer Gast, dessen Name mir entfallen ist, plötzlich am Tisch zusammenbrach und hervorstieß, ihm dränge sich gerade ein unvorstellbar entsetzlicher Gedanke auf, hielt die Abendgesellschaft in ihrer

Unterhaltung inne. Er erzählte, vor den Toren von Paris lagere eine große Menge Öl, die die Preußen womöglich in die Seine kippen, anzünden und somit die Ufer in Brand setzen würden – wie es einstmals der osmanische Admiral Haireddin Barbarossa den Venezianern angedroht hatte. Alle sahen mich an und erwarteten eine Bestätigung. Ich lächelte nur.

Da ich die Atmosphäre als allzu beklemmend empfand, brach ich bald wieder auf. Bei der Verabschiedung bat Montmorency: »Lassen Sie noch ein gutes Haar an uns, wenn Sie Ihre Berichte nach Istanbul senden. Es ist allein die Schuld des Kaisers.« Ich schmunzelte, enthielt mich indes einer Antwort.

23. September 1870
In der Stadt herrscht eine beängstigende Nahrungsmittelknappheit. Seit die preußischen Artilleriefeuer Paris unter Beschuss nehmen, klagt die Bevölkerung über den Mangel an frischem Gemüse und Fleisch. Manche Gaststätten müssen bereits schließen. Andere greifen zu Pferdefleisch, das sie als Rinderfilet ausgeben. Gestern erzählte mir jemand, es gäbe keine Austern mehr. Das muss zwangsläufig zu einer Revolution führen.

21. Oktober 1870
Ein Fremder hat heute ein riesiges Paket in der Botschaft abgegeben. Obwohl Petrossian es argwöhnisch beäugte, brachte er es mir schließlich doch samt dem beigehefteten Brief ins Büro. Ich bin immer noch überwältigt angesichts solcher Verwegenheit! Der Brief trägt die vertraute Handschrift des Barons, der sich meines Geburtstags erinnert hat. Das Paket enthält zwei Flaschen Champagner, ein Dutzend Austern, eine Flasche Claret, ein großes Rinderfilet, Pilze, Trüffeln, Kartoffeln und – unfassbar! – frischen Salat. Der Koch, der den Baron nicht kennt, war noch verblüffter als ich. Natürlich habe ich das fürstliche Mahl mit den anderen geteilt. Hasan wies allerdings nachdrücklich darauf hin, dass der Wein, den er mit dem Pöbel im Palast getrunken hatte, weitaus besser gewesen

sei – und die Gesellschaft auch. Als ich mein Glas auf das Wohl des Barons erhob, fragte ich mich, ob er sich wohl mit der preußischen Armee vor den Toren von Paris befindet.

31. Oktober 1870
Von überall her ertönt der Ruf »*Vive la Commune*«. Ich bin mit Petrossian (der eine Waffe bei sich trug, falls man uns angreifen würde) und Hasan Baba zum Rathaus spaziert, wo die kampfbereite Regierung sich ihrer isolierten Lage langsam bewusst wird. Ich befürchte, Frankreich steht am Rande eines Bürgerkriegs. Paris steht hinter der *Commune.* Da es aber auf sich allein gestellt ist, wird es zweifellos vernichtet werden. Zwar hoffe ich, dass es nicht so weit kommt, aber es scheint unvermeidlich zu sein.

7. November 1870
Die Preußen haben Frankreichs Ruf nach Waffenstillstand abgelehnt. Bismarcks Memorandum beweist den eisernen Willen des Deutschen. In Frankreich gibt es niemanden seines Formats. Diese Regierung, die sich kaum gegen ausländische Aggressoren gewappnet hat, bereitet sich nun ernstlich auf einen Kampf gegen seine eigenen Bürger vor. Wie mir unser Koch soeben mitgeteilt hat, kostet ein frisches Ei jetzt fünfundzwanzig *Sous*.

»Was liest du, Kind?«

Der Baron hatte sich zum Frühstück eingefunden, und ich legte das Tagebuch beiseite.

»Iskander Paschas Pariser Tagebücher aus dem Jahr 1870. Auch Ihr Name taucht darin auf.«

Der Baron lachte. »Ich vermute, es geht um das Lebensmittelpaket anlässlich seines Geburtstags?«

Ich nickte. »Wie ist Ihnen das gelungen? Waren Sie tatsächlich auf der gegnerischen Seite?«

»Ja, natürlich. Du stimmst gewiss mit mir überein, dass Bismarck fortschrittlicher war als dieser Stutzer Napoleon der 103., oder wie immer er sich titulierte. Ein ausgemachter Schurke, der den Namen seines großen Vorfahren wahrlich entehrte. Mehmed amüsierte sich königlich darüber, dass es mir gelungen war, das Geburtstagspaket für Iskander in sein Büro zu schmuggeln.«

»Allerdings!«, bestätigte Mehmed und nahm gähnend am Tisch Platz. Er wollte wissen, weshalb wir uns über das Paket unterhielten. Als ich es ihm erklärte, nahm er das Tagebuch sogleich an sich.

»Hmm. Das werde ich später lesen. Hast du gewusst, dass dem Großvater deines Selim in dieser unglücklichen Begegnung eine heldenhafte Rolle zuteil wurde?«

»Ja, aber so weit bin ich noch nicht gekommen und ...«

»Nach der Rückkehr von seinem ersten Parisbesuch war Hasan fest entschlossen, auch in Istanbul eine *Commune* zu gründen. Aber vermutlich hat ihm der Baron zu verstehen gegeben, wie dumm es wäre, eine Niederlage zu wiederholen. Erinnerst du dich noch, wie wütend er wurde, Baron?«

»Aber gewiss doch, ja. Allerdings ging es weniger darum, eine Niederlage zu wiederholen. Das Problem lag vielmehr bei der Bevölkerung Istanbuls, die nach wie vor den verdammten Moscheen hörig war. Dank 1789 waren die Pariser von dieser Krankheit geheilt. Ihre Haltung war ausgesprochen antiklerikal.«

»Sie haben Recht, Baron«, warf mein Vater ein, während er den Blick prüfend über den Tisch wandern ließ und feststellte, dass keine Eier bereitstanden. Für ihn war ein Frühstück ohne Eier ein unvollständiger Tag. »Petrossian, ich bin da! Meine Eier bitte. Warum sprechen wir über Frankreich, Baron?«

Zum dritten Mal an diesem Morgen nannte ich den Grund.

»Tatsache ist, Baron, dass ich mir aufgrund des Mangels an Eiern während der Belagerung gelobte, nie wieder auf Eier zu verzichten, sobald das alles überstanden wäre. Also sind Sie daran schuld.«

Mehmed kicherte leise in sich hinein, während es der Baron genoss, im Mittelpunkt der Aufmerksamkeit zu stehen.

»Vater, hat sich Hasan Baba wirklich von all dem anstecken lassen?«, fragte ich.

»Ja. Keiner von uns konnte sich dem entziehen. Selbst Petrossian ließ sich von der Begeisterung mitreißen. Allerdings hat er angesichts der von Thiers befohlenen Exekution der Kommunarden seine Meinung rasch wieder geändert. Ich vermute, ihm ist in jenem Augenblick die Macht des Staates bewusst geworden, und das hat ihm Angst eingejagt. Thiers war ein blutrünstiger Schlächter. Hasan hingegen hielt eisern an seinem Standpunkt fest. Was Istanbul angeht, teile ich die Meinung des Barons. Wir haben nie unser 1789 gehabt, geschweige denn 1793. Hätte sich etwas Derartiges hier abgespielt, wäre womöglich alles anders gekommen.«

Mittlerweile standen Vaters Rühreier, bestreut mit frischem Koriander und schwarzem Pfeffer, auf dem Tisch. Als er sich seinem Frühstück widmete, nahm der Baron die Unterhaltung wieder auf.

»Richtig, Iskander, aber es ist doch so, dass etwas Derartiges hier gar nicht hätte passieren können. In Frankreich gab es eine Aristokratie, die den Bauern bis zum letzten Blutstropfen aussaugte. Aber hierzulande umfasste der Osmanische Staat alles – die Moschee, den Sultan, den Grundbesitzer und den Armeeführer. Das war sowohl seine Stärke als auch seine Schwäche, wie Machiavelli bereits dargelegt hat. Für die Dienste eurer Familie entlohnte euch der Sultan mit fünf Lehen, doch verfügte der selige Jussuf Pascha weder über Macht noch über Grundbesitz, um eine eigene Armee aufzubauen. Anders als hier waren die Adligen Englands und Frankreichs so etwas wie kleine Könige.«

»Bitte nicht beim Frühstück, Baron«, flehte Mehmed. »Du weißt, wie schwach ich zu dieser Tageszeit noch bin.«

Ich hätte meinen Onkel küssen mögen, denn mir war genauso zumute.

»Kann mir einer sagen, wo Halil die letzten beiden Tage abgeblieben ist? Nilofer? Du steckst doch sicherlich auch hinter dieser Verschwörung, oder?«

Ich beschloss, die Provokation meines Vaters zu ignorieren. Das Komitee hatte Iskander Pascha nicht überzeugen können, und die Sache mit dem Eunuchengeneral hatte ihn sehr erschüttert. Er hatte Halil zu größter Vorsicht ermahnt, denn der Eunuch würde gewiss nicht der Erste und Letzte sein, der sie ausspionierte und hinterging. Aus seinen Worten sprach die

Sorge eines Vaters um die Sicherheit seines Sohnes, aber ich spürte, dass sich dahinter noch etwas anderes verbarg. Die Tagebücher aus Paris hatten mir eine Seite meines Vaters offenbart, die mir bis dahin entgangen war. Plötzlich kam mir ein Gedanke: Wenn in seiner Brust zwei Seelen schlummerten, zeigte er uns dann im Alltag vielleicht auch zwei Gesichter?

Da war der weltgewandte Iskander Pascha in Istanbul, der sich formell kleidete, einmal wöchentlich beim Wesir vorsprach und mühelos Abende mit seichter Konversation über den Zustand des Reiches und die Gesundheit des Sultans absolvierte. Und wenn er als Gastgeber in unserem Haus in Istanbul Würdenträger empfing, trug er stets eine verbindliche Miene zur Schau. Doch sein charmantes Lächeln und die vermeintliche Gemütsruhe waren reine Täuschung. Dahinter verbarg sich ein Mann, der oft vor Schmerz und Wut die Fäuste ballte. Die Tagebuchaufzeichnungen lieferten dafür den eindeutigen Beweis, wenngleich Iskander damals noch ein junger Mann gewesen war.

Offenbar bereitete es ihm nicht nur Sorge, dass Halil womöglich im Gefängnis landen oder ihm noch Schlimmeres widerfahren würde, sondern er war auch erzürnt, aus dem Komitee ausgeschlossen zu sein, insbesondere weil er wusste, dass ich dazugehörte. Bis zu Selims Ankunft in unserem Haus hatte ich mich für Politik nur begrenzt interessiert. Doch die Stürme der Leidenschaft, die Selim in mir entfachte, erschütterten mein Leben in den Grundfesten. Ich fing an, vieles zu überdenken, sowohl was meine Gefühle betraf als auch die Welt um mich herum. Es gab so manches, was ich stets für selbstverständlich gehalten hatte, wie beispielsweise, dass nur ich und sonst niemand Macht über meine Gefühle hätte, oder die Vorstellung, das Reich würde niemals untergehen. Iskander Pascha sah mich ungeduldig an.

»Ich weiß es nicht genau, Vater. Er hat zu Petrossian gesagt, er werde vielleicht eine Woche oder auch zehn Tage in Istanbul verbringen.«

»Politik oder Vergnügen?«

»Weder noch«, antwortete ich. »Familie.«

Er lachte. »Sind die Jungen und ihre Mutter aus Damaskus zurück?«

So war es. Und Halil, der seine Zwillinge mehrere Monate nicht gesehen hatte, hatte sich sehr auf ein Wiedersehen mit ihnen gefreut. Ich fühlte mich von jeher stärker mit Salman verbunden als mit Halil. Und daran hatte sich bis heute nichts geändert. Bereits als Kind empfand ich eine seelische Nähe zu ihm, und wir konnten schon damals über alles miteinander reden, ohne jede Scheu und Befangenheit. Dieses Gefühl hatte sich trotz Salmans langer Abwesenheit erhalten, und wir hatten es den Sommer über wieder genießen können. Manche Beziehungen sind so tief, dass sie jeden Sturm überstehen. Und unsere Beziehung war von dieser Art, das spürte ich.

Mein Verhältnis zu Halil hingegen war zwar herzlich, aber immer etwas förmlicher. Zeynep und Halil wiederum waren einander von klein auf sehr zugetan. Das lag nicht etwa an der gemeinsamen Mutter. Nein, sie hatten sich von jeher gegenseitig Geheimnisse anvertraut und besaßen ein ähnliches Temperament. Beide waren weitaus introvertierter als Salman und ich, und gerade Halil konnte zuweilen sehr verschlossen sein. Man denke nur etwa an seine Ehe.

Er hatte Catherine vor beinahe zwanzig Jahren auf einer Teegesellschaft in Istanbul kennen gelernt. Die Gastgeberin, Gräfin Galfalvy, die damals bereits mehr als achtzig Jahre zählte, war eine alte Freundin unserer Familie. Aus einer traditionsreichen griechischen Familie stammend, war sie in ihrer Jugend mit einem verarmten ungarischen Grafen davongelaufen. Das Paar kam auf dem Familiengut des Grafen unter, bezog dort drei Zimmer und nahm die Mahlzeiten mit der Familie ein. Gyorgy, ihr verstorbener Mann, war Maler gewesen und hat in ihrem gemeinsamen Leben gewiss über hundert Porträts von ihr in allen nur erdenklichen Posen angefertigt.

In ihrer Jugend galt die Gräfin als eine der namhaftesten Schönheiten Istanbuls, und es ging das Gerücht, dass auch der Sultan Interesse an ihr gezeigt hatte, was ihre überstürzte Flucht mit dem Grafen Galfalvy erklären könnte. Da sie keine Kinder hatte und nach dem Tod ihres Mannes die drei Zimmer nicht länger ertrug, kehrte sie mitsamt der Gemälde nach Istanbul zurück. Zu ihrem Erstaunen wurde sie eines Tages von einem Händler gebeten, der über einen gemeinsamen Freund von den

Bildern gehört hatte, die Porträts sehen zu dürfen. Mehrere Stunden lang prüfte er jedes einzelne eingehend. Er war offenbar ein redlicher Mann, denn er bot der Gräfin eine Menge Geld dafür. Sie nahm sein Angebot an und verkaufte ihm die Bilder bis auf einige, an denen ihr Herz besonders hing.

Ich erinnere mich, sie mehrere Male zusammen mit meiner Mutter besucht zu haben. Nur fünfzehn Minuten von uns entfernt bewohnte sie ein großes Haus, in dem selbst bei angenehmer Wintersonne die Gardinen stets zugezogen waren. Vielleicht wollte sie wieder die vertraute Atmosphäre jener drei Zimmer erzeugen, in denen sie fünfzig Jahre ihres Lebens mit ihrem Graf verbracht hatte. Aber sie war einsam. Und der Duft des Öls auf der Leinwand fehlte ihr. Sie nahm Unterricht an der Kunstakademie und lud des Öfteren junge Kunststudenten zum Tee ein. Stammten die Studenten aus mittellosen Familien, wurden sie von ihr finanziell unterstützt; kamen sie aus anderen Regionen des Reiches, bot sie ihnen Unterkunft in ihrem Haus. Catherine Alhadeff, eine Studentin aus Kairo, war eine von ihnen. Als sie die Gräfin an der Akademie kennen lernte, wohnte sie bei unsympathischen Freunden ihres Vaters. Und binnen Wochenfrist hatte die junge Studentin ein großes Zimmer im oberen Stockwerk des Hauses bezogen. Dort gab es keine Gardinen, und die meiste Zeit des Jahres strömte die Sonne ungehindert herein und sorgte für beste Lichtverhältnisse. Catherine war überglücklich.

Halil lernte sie bei einem Nachmittagstee kennen, zu dem die Gräfin seine Mutter und ihn eingeladen hatte. Die junge Frau machte einen tiefen Eindruck auf ihn, und bestimmt trug er noch am selben Tag in sein Notizbuch ein, dass er sie als mögliche Braut in Erwägung zog. Salman hat einmal das Büchlein in die Hände bekommen und geschworen, dass es tatsächlich eine Liste solcher Kandidatinnen gab. Doch als wir Halil damit neckten, errötete er und versicherte, die Liste sei nichts als ein alberner Scherz gewesen. Ich bin mir da nicht so sicher. Möglicherweise trug er sie, wenn nicht in schriftlicher Form, so doch im Geiste, stets bei sich. Und Catherine nahm unversehens den Spitzenplatz ein, ohne sich sonderlich anstrengen zu müssen.

Halil war jemand, der Risiken aus dem Weg ging, doch auch keine große Menschenkenntnis besaß. Er erzählte mir einmal, er verlasse sich nie auf seinen Instinkt, weil dieser ihn stets betrog. Als ich ein wenig nachbohrte, stellte sich heraus, dass ihn drei junge Offiziere, die er für loyal gehalten hatte, schmählich hintergangen hatten.

Zeynep erfuhr als Erste von Halils Gefühlen für Catherine. Er sagte, sie sei für ihn goldrichtig, denn er wolle nicht mit einer Frau zusammenleben, die den ganzen Tag untätig zu Hause sitze. So etwas würde ihn verrückt machen. Als er seiner Mutter mitteilte, er beabsichtigte eine Christin zu heiraten, reagierte sie ziemlich ungehalten. Wütend entgegnete Halil, er würde sogar einen Esel heiraten, wenn ihm danach wäre.

Die Enttäuschung war indes groß, als wir kurz darauf feststellten, dass Catherine aus einer orthodoxen Schia-Familie stammte. Ihr Name erklärte sich allein aus der Begeisterung ihres Vaters für ein Porträt der Katharina von Medici aus dem sechzehnten Jahrhundert, das er vor vielen Jahren von einem Händler in Istanbul erworben hatte. Das Gemälde war nicht signiert, und er erstand es zu einem günstigen Preis. Die Probleme begannen, als ein venezianischer Händler, der bei ihm zu Besuch weilte, das Bild zweifelsfrei als ein Werk Tizians identifizierte. Obwohl der Venezianer Catherines Vater eine beträchtliche Summe dafür bot, wollte sich dieser nicht von dem Gemälde trennen. Der Gedanke, es könnte sich um einen Tizian handeln, band ihn noch enger an das Kunstwerk, und seine Neigung nahm immer zwanghaftere Züge an. Als ihm ein gnädiges Schicksal nach vier Söhnen endlich eine Tochter schenkte, nannte er sie – den empörten Einwänden seiner Frau zum Trotz – Catherine.

Die Gräfin Galfalvy begrüßte Halils Entscheidung und setzte sich auch bei Catherines Eltern für die Heirat der beiden ein. Catherine selbst wirkte indes geradezu gleichgültig. Es hieß, sie habe Halil gefragt, ob sie von nun an nicht mehr malen dürfe. Erst nachdem er ihr versichert hatte, dass ihre Liebe zum Malen einer der Gründe sei, weshalb er sie heiraten wollte, willigte sie ein. Nach den anderen Gründen fragte sie nie. Auf Einladung der Gräfin reiste der Besitzer des Renaissance-Gemäldes samt

Gattin und Familie pflichtgemäß nach Istanbul, wo die Hochzeit in bescheidenem Rahmen und nur mit den beiden Familien und engen Freunden gefeiert wurde.

Catherine war eine ausnehmend schöne Frau – groß, schlank, mit dunklem Teint und schulterlangem braunem Haar. Unter ihrem Kleid zeichneten sich wohlgeformte Rundungen ab. Der schmallippige Mund und die mandelförmigen Augen verliehen ihr ein mädchenhaftes Aussehen. Als ich sie zum ersten Mal erblickte, dachte ich voller Neid: Diese Frau wird nie richtig alt aussehen.

Anderthalb Jahre später schenkte Catherine gesunden Zwillingen das Leben. Da es bis dahin weder in unserer noch in Catherines Familie Zwillinge gegeben hatte, regte sich verhaltene Skepsis. Doch sämtliche Zweifel zerstreuten sich, je älter die Knaben wurden, denn sie waren ihrem Vater Halil wie aus dem Gesicht geschnitten, und wir vergötterten sie. Sie kamen oft in unser Haus und verbrachten auch im Sommer etliche Wochen hier. Da Catherine das Haus sehr gefiel, malte sie es aus jedem Blickwinkel. Zuweilen nahm sie auch Leinwand und Farben, ging zu den Klippen und malte das Meer. Eines jener Gemälde, auf dem die schwebenden Seemöwen über dem dunkelgrünen Meer Hagelkörnern zum Verwechseln ähnlich sehen, hängt immer noch in der Bibliothek. Ich richtete oft das Wort an Catherine, doch sie reagierte meist nur kühl und reserviert, und den anderen erging es genauso. Da Halil immer wieder für längere Zeit dienstlich unterwegs war, bemühte sich jeder um ein gutes Auskommen mit ihr, aber wir erhielten alle – mit Ausnahme meiner Mutter – eine höfliche Abfuhr. Zu meiner Mutter fühlte Catherine sich aus irgendeinem Grund hingezogen. Sie malte sogar zwei sehr hübsche Porträts von ihr, von denen eines mein ehemaliges Zimmer in unserem Haus in Istanbul schmückt.

Vor ein paar Jahren – die Zwillinge hatten gerade ihren fünfzehnten Geburtstag gefeiert – wurde offensichtlich, dass es in Halils Familie Probleme gab. Wie so oft erfuhr ich über Zeynep davon.

»Es ist für den armen Halil einfach schrecklich, Nilo, einfach schrecklich. Schrecklich für den armen Halil. Ich habe geschworen, ich würde niemandem davon erzählen, aber was sie ihm antut, ist wirklich zu grausam. Zu grausam!«

Sobald Zeynep etwas Wichtiges mitzuteilen hatte, hatte sie sich angewöhnt, mehrmals den ganzen Satz oder Teile zu wiederholen, um auf diese Weise dem Inhalt mehr Gewicht zu verleihen. Auf mich hatte diese Marotte allerdings die gegenteilige Wirkung. Ich wurde zunehmend ungehaltener und vermochte mich nicht mehr auf das Eigentliche zu konzentrieren. Zwar hatte ich Zeynep bereits mehrmals darauf hingewiesen, aber sie konnte ihre Angewohnheit nicht ablegen. Was sie mir damals schilderte, war allerdings wirklich kaum zu glauben.

Wenige Monate nach der Geburt der Zwillinge hatte Catherine ihrem Mann erklärt, sie wolle keine weiteren Kinder. Er war darüber zwar erbittert, akzeptierte aber ihre Entscheidung und versuchte auch nicht sie umzustimmen. Kurz darauf weigerte sie sich, weiterhin das Bett mit ihm zu teilen und wies all seine zärtlichen Annäherungsversuche zurück. Zu ihrer Rechtfertigung brachte sie vor, dass ihr die Geburt der Zwillinge zu viel abverlangt hätte und allein der Gedanke an den Geschlechtsverkehr Übelkeit in ihr auslöse. Sie legte ihm nahe, sich eine andere Ehefrau, eine Geliebte oder was auch immer zu suchen. Sie wäre mit allem einverstanden, vorausgesetzt, sie ließen einander in Ruhe. An dieser Stelle unterbrach ich Zeynep.

»Sag, hat er dann nicht sein Notizbuch hervorgeholt und seine Liste zu Rate gezogen?«

Zeynep blieb jedoch ernst. »Nein. Lass die Witze, ich bitte dich. Lass die Witze. Das Ganze ist wirklich tragisch.«

Tragisch daran war, dass Catherine den Entschluss gefasst hatte, nach Kairo überzusiedeln und die Kinder mitzunehmen, während Halil seine Söhne ursprünglich bei sich hatte behalten wollen, damit sie ihre Ausbildung am *Lycée* beenden konnten. Aber seine Argumente stießen bei Catherine auf taube Ohren, da sie von formeller schulischer Ausbildung ohnehin nichts hielt. Ihrer Ansicht nach würden die Kinder auf Reisen weitaus mehr lernen. Also nahm sie die beiden kurzerhand mit nach Kairo. Doch schon ein Jahr später wollten die Jungen zurück zu ihrem Vater und ihren Freunden, woraufhin Catherine versprach, sie im Sommer nach Istanbul zu schicken, damit sie bei ihrem Vater sein konnten. Die Reise verzögerte sich indes, was Halil sehr verärgerte. Kaum hatte ihn die Nachricht erreicht, die Zwillinge seien in Istanbul, eilte er zu ihnen. Endlich war er mit seinen Kindern wieder vereint.

Und noch etwas berichtete Zeynep mir. Sie hatte für Halil eine Liste angefertigt und wollte, dass er auf die drei erstgenannten Namen einen Blick warf, um gegebenenfalls wieder eine Frau zu finden.

ZWEIUNDZWANZIG

Was Catherine der Steinernen Frau vor zehn Jahren erzählt hatte.

»Es war aufmerksam von Nilofer, mich zu dir zu schicken. Ich habe meine Staffelei und meine Ölfarben gleich mitgebracht. Hoffentlich stört es dich nicht, wenn ich dich male, während ich zu dir spreche. Es wird allerdings nicht leicht sein, die Farben richtig zu treffen, du hast bestimmt bemerkt, dass ich schon seit einer Stunde am Mischen bin. Denn im direktem Sonnenlicht siehst du ganz anders aus. Als ich von Halil zum ersten Mal von dir hörte, beschrieb er dich als eine Göttin, aber du bist nichts weiter als ein großer Felsen. Ich bin nicht einmal sicher, ob dein Stein tatsächlich bearbeitet wurde. Vielleicht aber doch, hier und da gibt es Spuren. Und könnte das der Rest einer weiblichen Brust sein? Nun, mag sein. Das macht dich nur umso interessanter. Ich glaube, ich werde dich einfach so malen, wie ich dich sehe. Der Farbton stimmt zwar nicht genau, aber ich fange dennoch an.

Was denkst du über diese Familie, Steinerne Frau? Meinen sie denn immer, was sie sagen? Allmählich frage ich mich, warum ich überhaupt geheiratet habe. Halil ist ein freundlicher Mann, der mich versteht, und ich will nicht klagen. Aber ich kann seine Berührungen einfach nicht mehr ertragen. Seine Umarmungen waren mir noch nie angenehm, und nachdem ich zwei gesunde Jungen geboren habe, meine ich, nun meine Schuldigkeit getan zu haben.

Ihre Geburt war äußerst qualvoll für mich, Steinerne Frau. Ich glaubte schon, die Pein würde niemals ein Ende nehmen. Und ich verlor so viel Blut dabei, dass die Hebammen bereits besorgt tuschelten. Ja, ich dachte, ich müsse sterben. Dazu mangelte es mir an jeglichem mütterlichen Gefühl, ich empfand buchstäblich nichts. Als man mir an jede Brust ein Kind legte, war ich nichts weiter als ein verängstigtes Mädchen. Und ich konnte mich des Eindrucks nicht erwehren, plötzlich zu einem

Tier geworden zu sein. Hätte man nicht zwei Ammen gefunden, die meine beiden Jungen stillten, ich wäre langsam in geistiger Umnachtung versunken, doch glücklicherweise wurde mir damit viel von meinen Sorgen abgenommen. Ich bin wohl einfach nicht für die Mutterschaft geschaffen, Steinerne Frau. Auch wenn ich diese beiden kleinen Jungen sehr gern habe, bin ich nicht von Liebe zu ihnen überwältigt, ebenso wenig wie zu ihrem Vater.

Hast du etwas gesagt, Steinerne Frau? Ich hätte schwören können, dass du gerade gefragt hast, warum ich ihn dann geheiratet habe. Nun, mein damaliges Dilemma ist einfach zu beschreiben: Entweder traf ich meine eigene Wahl und fand in Istanbul einen Ehemann, oder ich musste nach Kairo zurückkehren und mich demütigen lassen, indem ich einen Mann heiratete, den meine Mutter mir ausgesucht hatte – ein Schicksal, das all meinen Jugendfreundinnen widerfahren ist. Nein, eher wäre ich gestorben.

Meine Mutter war entschieden dagegen, dass ich Künstlerin wurde. Es war mein Vater, der mich dazu ermutigte. Ich lernte Deutsch, um in Wien Kunstgeschichte studieren zu können, doch meine Mutter drohte mit Selbstmord, und mein Vater glaubte ihr törichterweise. Dabei hat sie sich nie besonders viel aus mir gemacht. Schließlich hatte sie vier Söhne, die – wie sie gern herausstrich – ›gut situiert‹ und allesamt nicht nur verheiratet waren, sondern bereits mit Nachwuchs gesegnet. Warum also konnte sie mich nicht in Ruhe lassen? Am Ende einigten sich meine Eltern darauf, mich in Istanbul, immerhin Sitz des islamischen Kalifen, studieren zu lassen. Eine meiner Schwägerinnen, die zwar genauso fett, aber nicht so dumm wie die anderen ist, warnte mich in einem Brief, dass meine Mutter derzeit eifrig eine Liste mit passenden Bewerbern zusammenstelle. Da packte mich das Grausen, Steinerne Frau.

Als ich das Problem ganz offen mit meiner Freundin Maria, der Gräfin Galfalvy, besprach, riet sie mir, Halils Antrag anzunehmen. Sie kannte seine Familie schon seit ewigen Zeiten und meinte, dass Halils Angehörige auf ihre Art ziemlich unkonventionelle Menschen seien und meiner Karriere niemals Steine in den Weg legen würden. Ich war jung, und Maria war wie eine Mutter zu mir. Also folgte ich ihrem Rat, und Halil schien tatsächlich ein sehr netter Mann zu sein. Als ich ihn eingehender betrachtete und dabei überlegte, welchen Teil von ihm ich am liebsten malen wollte, waren es seine ausdrucksstarken, beredten Augen, die mich vor allem faszinierten. Im Gegensatz zu den meisten anderen meiner männlichen Bekannten war er niemand, der sich selbst gern reden hörte, und ich war sicher, dass er mir gegenüber niemals grob werden würde. Zwar war er nicht der Mann, den ich mir mein Leben lang erträumt hatte, aber das nur, weil ich niemals von Männern träumte, sondern immer nur davon, Malerin zu werden. Als ich noch in Kairo lebte, machten sich meine Freundinnen kichernd auf gut aussehende Jungen aufmerksam, doch mich ließen diese Begegnungen gleichgültig.

Nach unserer Hochzeit stellte ich fest, dass ich die körperliche Liebe als etwas sehr Aufdringliches empfand. Nun, ich wusste, es musste getan werden, also legte ich mich hin und ließ ihn sein kleines Ding in mich hineinstecken. Aber Steinerne Frau, ich schwöre dir: Ich hatte kein Vergnügen daran. Nicht das geringste. Als ich das einigen meiner Freundinnen erzählte, vermuteten sie, dass mit mir etwas nicht stimmte, woraufhin ich noch gehemmter und unglücklich wurde. Ihm mangelte es nicht an Leidenschaft, doch seine Liebkosungen ließen mich einfach kalt. Wenn ich überhaupt jemals das Bedürfnis spürte, zwischen den Beinen berührt zu werden, tat ich das lieber selbst – es war weit weniger schmierig und eine wesentlich lustvollere Erfahrung. Als ich dies meiner besten Freundin in Istanbul anvertraute, ebenfalls eine Malerin, meinte sie scherzhaft, das sei, als ziehe man eine rohe Skizze dem fertigen Ölbild vor. Diese Bemerkung ging mir lange nicht aus dem Sinn und verleidete mir beinahe das Malen in Öl.

Nun habe ich schon seit drei Jahren, seit der Geburt der Kinder, nicht mehr mit Halil geschlafen. Und ich habe auch nicht das Verlangen nach einem anderen Mann. Nein, im Gegenteil. Ich empfinde überhaupt kein Verlangen, das durch andere Menschen gestillt werden müsste. Meine Arbeit erfüllt mich ganz und gar.

Als ich eines Tages Maria davon erzählte, fürchtete ich, sie wäre entsetzt. Doch zu meiner Überraschung verstand sie mich vollkommen und meinte, manche Frauen seien eben leidenschaftlich und andere wiederum nicht. Sie zähle zu den Glücklichen und habe in ihrem Leben die leidenschaftlichsten Gefühle für den Grafen Galfalvy gehegt. Aber ich hätte keinerlei Grund, mich für irgendetwas zu schämen. Dann musterte sie mich sehr genau und stellte mir eine Frage, die mich – und das ist wirklich wahr, Steinerne Frau – zutiefst bestürzte. Maria fragte mich, ob ich mich körperlich eher zu anderen Frauen hingezogen fühle als zu Männern. Ich muss dunkelrot angelaufen sein, denn sie brach in Gelächter aus und versicherte mir, wenn dem so sei, brauche mich das nicht zu beunruhigen. In Istanbul gebe es eine Menge Frauen, die lieber untereinander Zärtlichkeiten austauschten, das sei wirklich keine Katastrophe.

Mich hatte ihre Frage jedoch derart erschüttert, dass ich sie ein paar Wochen lang mied. Aber da mein Atelier noch immer im Dachgeschoss ihres Hauses war, konnte ich nicht auf Dauer fern bleiben. Und als ich eines Tages hinkam, um zu malen, erwartete mich dort eine junge Frau, die ebenfalls aus Kairo stammte und einen Brief meines Vaters bei sich hatte. Die Frau war die Tochter eines Kunden, den er sehr hoch schätzte – mein Vater ist nämlich Antiquitätenhändler –, und wollte ebenfalls Malerin werden. Vor ihrer Weiterreise nach Florenz verbrachte sie ein paar Wochen bei ihrem Onkel in Istanbul.

Rachel war einige Jahre jünger als ich und verdiente es wirklich, in Florenz zu leben. Ihr wunderschönes Gesicht wurde von üppigen, goldblonden Locken eingerahmt – es war das lieblichste Antlitz, das ich je gesehen hatte. Ich wusste sofort, was ich mir mehr als alles auf der Welt wünschte: Ich wollte Rachel malen. Ich wollte dieses Gesicht so haarfein nachzeichnen, dass mir nicht eine einzige Sommersprosse entging. Und ich wollte ihren Körper malen, mit und ohne Kleider.

Ich zeigte Rachel Istanbul und führte sie in die ältesten Winkel der Stadt. Ich saß mit ihr am Ufer, während das Wasser des Goldenen Horns im Licht des Vollmonds schimmerte und wir den köstlichsten Istanbuler Kaffee tranken, den ich jemals gekostet hatte.

Ich nahm sie mit zu mir nach Hause, und sie hielt die Zwillinge in ihren Armen. Auch Halil lernte sie kennen, er mochte sie und freute sich, dass ich eine Freundin gefunden hatte. Als ich sie bat, sie malen zu dürfen, fühlte sie sich geschmeichelt und willigte ein. Rachel blieb einen ganzen Monat in Istanbul, und in dieser Zeit malte ich jede Wölbung, jede Linie ihres Gesichts und ihres Körpers. Obwohl sie sich nicht für mich ausziehen wollte, erahnte ich, was unter den Stofffalten verborgen war, und sie war überrascht von der Genauigkeit der Details.

Dann reiste sie ab nach Florenz, und wir fingen an, einander regelmäßig zu schreiben. Sie schilderte die Hügel um Fiesole und das Licht kurz vor Sonnenuntergang und gleich nach Einbruch der Dämmerung, sie erzählte, an welcher Arbeit sie gerade saß und wie sehr sie mich vermisste. Einmal schrieb sie mir, dass sie ein Bild beinahe eine ganze Stunde lang betrachtet hatte, weil sie anhand der verschiedenen Farbschichten herausfinden wollte, wie oft es sich der Meister wohl anders überlegt hatte. Als sie sich dann umdrehte, um die Frage mit mir zu erörtern, hatte sie betrübt feststellen müssen, dass ich ja gar nicht mit ihr zusammen vor dem Bild stand. Oft überkam mich der Wunsch, alles stehen und liegen zu lassen und zu ihr nach Florenz zu reisen. Aber Maria Galfalvy als lebenserfahrene Frau gab mir den Rat, vorsichtig zu sein, und ich beherzigte ihre Worte. Stattdessen verschwand ich stundenlang mit meinem Skizzenblock und zeichnete Rachel, wie ich sie mir in den verschiedensten Ecken von Istanbul vorstellte. Sie blieb drei Jahre in Florenz.

Doch nun ist sie nach Kairo zurückgekehrt, und die Blutsauger fühlen sich auf den Plan gerufen. Jede Mutter will Rachel als Frau für ihren Sohn, was nur zu verständlich ist. Ihr Vater ist ein vermögender Jude, und sie ist sehr schön. Die Unausweichlichkeit ihres Schicksals erfüllt mich mit Schwermut. Ich habe es satt, ohne sie zu leben, Steinere Frau. Deshalb werde ich mit meinen Kindern nach Kairo zurückkehren. Bald wird Rachel selbst Kinder haben. Wir werden einander trösten, einander malen und in den Sommermonaten, wenn es in Kairo unerträglich ist, ein Atelier in Alexandria miteinander teilen.

Was aus Halil werden soll? Nun, er wird es überstehen. Er wird eine andere Frau finden, eine, die ihn liebt und ihm die Befriedigung schenken kann, die ich ihm nie geben konnte. Immerhin habe ich ihm zwei Söhne geboren. Ich glaube, ich habe meine Pflicht erfüllt.

Schade, dass du das Bild nicht sehen kannst. Ich habe dich als gewaltigen Felsbrocken gemalt, Steinerne Frau, und erst jetzt sehe ich, wie sehr deine Augen jenen Rachels ähneln.«

Dreiundzwanzig

Ein Bote aus New York bringt einen Brief für Sara. Mehmed Pascha schmiedet Ränke, um Jo den Hässlichen mit einer von Kemal Paschas Töchtern zu verheiraten.

»Wer ist dieser lärmende Sohn eines Esels?«

Emineh glaubte, diese Bemerkung sei auf Orhan gemünzt, und fing an zu kichern, doch es waren nicht die Kinder, die meinen Onkel gestört hatten. An diesem Tag war es sehr heiß, und Onkel Mehmed hatte die kluge Entscheidung getroffen, sein Mittagsschläfchen im Freien zu halten, im schattigen Teil des Gartens, wo die Meeresbrise die Hitze erträglicher machte. Ich saß neben ihm auf einem Stuhl und versuchte Auguste Comtes Gedankengängen zu folgen, während die Kinder herumalberten und einander mit unreifen Walnüssen bewarfen.

Was Onkel Mehmed aus seinem Schlummer gerissen hatte, waren die Geräusche einer vorfahrenden Kutsche und fremde Stimmen, die von der vorderen Terrasse zu uns drangen. Ein Gärtner kam auf uns zu, gefolgt von einer höchst sonderbaren Gestalt. Onkel Mehmed erhob sich und bedachte die beiden Männer mit bösen Blicken.

Der Gärtner deutete auf mich und zog sich dann zurück. Indes verbeugte sich die sonderbare Gestalt ungelenk vor Mehmed und mir, ehe sie im schlechtesten Französisch, das ich jemals gehört habe, zu sprechen begann.

»Ich bin vor einigen Wochen von New York nach Europa gekommen und habe Madame Sara, der Frau von Iskander Pascha, ein Päckchen zu übergeben. Doch habe ich strikte Anweisung, es ihr nur persönlich auszuhändigen.«

Wie aus dem Nichts war Petrossian aufgetaucht, sichtlich verärgert darüber, dass ein Fremder es wagte, unsere Ruhe zu stören. Ich trug ihm auf, unserem Besucher Erfrischungen anzubieten, und befleißigte mich dann meines erlesensten französischen Akzents.

»Ich werde meine Mutter von Ihrer Ankunft in Kenntnis setzen und anfragen, ob sie Sie zum gegenwärtigen Zeitpunkt empfangen kann. Wie war bitte Ihr Name, Monsieur?«

»Äh, Joseph Solomon, aber Jo genügt. Alle nennen mich Jo.«

»Petrossian, führe Monsieur Jo bitte ins Empfangszimmer.«

Als die beiden gegangen waren, brach Mehmed in schallendes Gelächter aus. »Es freut mich, dass du ihn in der Folterkammer schmoren lässt.«

Der Spitzname, den der Baron dem Ballsaal nach Yvettes Besuch gegeben hatte, war inzwischen zu einem Dauerwitz in unserem Haushalt geworden.

»Ist dir aufgefallen«, fuhr mein Onkel fort, »wie hässlich er ist? Geradezu abstoßend. Er würde bestens zu einer von Kemals Töchtern passen. Komm, Nilofer, lass uns ein bisschen Unheil und eine Ehe stiften! Wir sagen Kemals Frau, dass ein neuer Sultan aus New York eingetroffen ist, und zwar ein vermögender Sultan namens Jo der Hässliche.«

Ich lachte. Mehmeds Bemerkung war zwar grausam, aber zutreffend. Und es lag nicht nur daran, dass Jo Solomon sich in seiner Haut nicht wohl zu fühlen schien, weil er einen viel zu engen Anzug trug und seine Jacke unter den Achseln durchgeschwitzt war – an sich bereits unverzeihlich. Nein, noch schlimmer waren seine gedrungene, verfettete Statur und der dümmliche Ausdruck auf seinem feisten, pockennarbigen Gesicht, aus dem eine Knollennase ragte, welche mich an die kranken Gurken erinnerte, die unser Gemüsegärtner immer ins Meer warf. Brauchte Jo der Hässliche dringend eine Mitgift? Das war im Augenblick die entscheidende Frage. Wenn sie sich bejahen ließ, würden wir ihn vielleicht zusammen mit einer Braut nach New York zurückschicken können.

Zuerst hatte ich ihn für einen Juwelier gehalten, der meiner Mutter ein Geschenk von Onkel Kemal überbringen wollte, denn er schickte uns häufig Präsente. Doch dann fiel mir auf, dass er für einen Boten viel zu schlecht gekleidet war. Und plötzlich wurde mir klar: Er musste Suleimans Sohn sein.

Was mochte jenes Päckchen enthalten? Ich ließ allen geziemenden Anstand fahren und rannte ins Haus, wo ich gerade noch meine Mutter gemessenen Schrittes die Treppe herabkommen sah. Ehe ich sie darauf aufmerksam machen konnte, dass der Besucher möglicherweise mein Halbbruder war, hatte Petrossian die Tür der Folterkammer schon aufgestoßen und versetzte mich in Erstaunen, als er mit volltönender Stimme und recht ordentlicher französischer Aussprache verkündete: »Madame Iskander Pascha et Madame Nilofer Selim Pascha.«

Wir kicherten über seine Verwegenheit, spielten jedoch die Posse mit und schritten jetzt Arm in Arm mit Grandezza in den Ballsaal. Und Jo Solomon war tief beeindruckt. Petrossian hatte seine Denkart ziemlich schnell durchschaut. Sogleich verbeugte sich Jo der Hässliche vor meiner Mutter.

»Ich bin entzückt, dass Sie mich empfangen konnten, Madame. Dieser Saal ist ganz großartig. Was für einen herrlichen Palast Sie hier haben! Ich bin Joseph Solomon, Madame, und habe ein Päckchen, das ich auf Anweisung meines verstorbenen Vaters nur Ihnen persönlich aushändigen darf.«

Sara erblasste sichtlich. »Ihr verstorbener Vater?«

»Jawohl, Madame. Suleiman aus Damaskus, unter diesem Namen haben Sie ihn einst gekannt. Er wurde niemals müde, die Großzügigkeit Ihrer Familie zu preisen.«

Meine Mutter setzte sich auf das Sofa und verlangte nach einem Glas Wasser. Eingehend musterte sie Jo den Hässlichen. Dass sie seine Gegenwart als Ärgernis empfand, war nicht zu übersehen.

»Ich bedauere zu hören, dass Suleiman verschieden ist. Sie sehen ihm überhaupt nicht ähnlich.«

Jo der Hässliche überreichte meiner Mutter das Päckchen.

»Er wurde niemals müde, mich auch daran zu erinnern, Madame.«

Während sich meine Mutter zur Bank am Fenster begab, schenkte ich Jo gerade noch ein mattes Lächeln. Er erwiderte es, und in diesem Moment wurde mir wirklich übel. Sein Mund war eine einzige Brutstätte für Keime aller Art. Sämtliche Schneidezähne waren bräunlich-gelb verfärbt und faulten an den Ecken. Das war nicht mehr menschlich. Da kam zu meiner Erleichterung Salman herein, der auf Empfehlung von Onkel Mehmed diese absonderliche Gestalt mit eigenen Augen hatte begutachten wollen, wie er mir später erzählte. Ich entschuldigte mich und ging zu meiner Mutter am anderen Ende des Raumes.

Sie saß mit dem Rücken zu Jo dem Hässlichen und Salman und weinte leise vor sich hin. Ich legte meine Arme um sie. Wortlos reichte sie mir den Brief, den sie gerade zu Ende gelesen hatte.

Meine liebste Sara,

unsere Fähigkeit zur Selbsttäuschung kennt keine Grenzen, und infolge dessen habe ich mein Leben lang gelitten. Dieser Brief soll der Erklärung dienen, Sara. Ich werde dir die Wahrheit schreiben. Etwas anderes wäre für einen Sterbenden nutzlos.

Seit sechs Monaten sieche ich nun dahin. Die Ärzte kennen kein Heilmittel, denn sie wissen nicht, welche Bestie meine Eingeweide auffrisst. Jetzt bleibt keine Zeit zu bedauern, dass ich Maler und nicht Arzt geworden bin. Wer weiß, möglicherweise hätte ich mich selbst heilen können. Vielleicht ist es die Reue, die mich aufzehrt, vielleicht sind es die Gewissenbisse, die immerfort an mir nagen, seit ich an jenem schicksalsträchtigen Morgen an Bord eines Schiffes ging, das nach Liverpool und New York auslief.

Wenn du diesen Brief in Händen hältst, werde ich tot und begraben sein. Es sind nun mehr als dreißig Jahre vergangen, seit ich Istanbul hinter mir gelassen habe. Erinnerst du dich noch, was du mir an jenem Morgen erwidert hast, als ich dir erzählte, wie elend ich mich fühlte? Du sahst mich mit einem eisigen Lächeln an und sagtest: »Du verlässt mich mit einem gebrochenen Herzen, aber einer wohlgefüllten Börse. Ich bin mir sicher, dass das eine das andere aufwiegen wird.« Diese Worte habe ich niemals vergessen. Wie konntest du nur so gehässig sein, Sara? Und so genau ins Schwarze treffen.

Dein Vater hat sich großzügig gezeigt, und du warst zornig. Ich wusste, du wolltest von mir hören, dass wir eben keine Kinder bekommen würden, wenn die Gefahr bestünde, dass sie krank geboren würden. Doch ich befürchtete, dass du mir später grollen und verbittern würdest, weil ich dir die Mutterschaft verwehrt hatte. Aber dieser letzte Satz ist mir eben erst in den Sinn gekommen, Sara. Er ist nicht wahr. Wenn man sich erst einmal angewöhnt hat, die Unwahrheit zu sagen, fällt es schwer, diese Gewohnheit abzulegen, selbst wenn man im Sterben liegt. Aber ich bin fest entschlossen, hier und jetzt damit zu brechen.

Selbst nach all den Jahren kann ich mir nur schwerlich eingestehen, dass ich mich von der Großzügigkeit deines Vaters so leicht habe beeinflussen lassen. Du hast mir Feigheit und Niedertracht vorgeworfen, weil ich die Liebe, die du mir so freigebig geschenkt hast, verraten habe. Und du hast dich nicht geirrt.

Ich glaube nicht, dass deine Eltern die Geschichte mit der Krankheit erfunden haben, um unsere Heirat zu verhindern. Auch mein eigener Vater bestätigte mir, dass es sich um ein ernst zu nehmendes Problem handle, wenngleich meine Mutter ebenso nachdrücklich behauptete, der Fall sei keineswegs eindeutig und aus vielen ähnlichen Ehen seien gesunde Kinder hervorgegangen. Allerdings räumte sie ein, dass ein gewisses Risiko nicht auszuschließen sei.

Es vermag uns heute beide nicht zu trösten, dennoch möchte ich dich wissen lassen, dass ich es mein Leben lang bereut habe, aus Istanbul fortgegangen zu sein. Hätte ich doch das Wagnis auf mich genommen! Hätte ich doch. Ach, hätte ich nur. Von deinem Onkel Sifrah habe ich erfahren, dass du eine wunderschöne Tochter hast. Das freut mich ganz besonders. Mir ist dieses Glück versagt geblieben. Ich weiß, was du jetzt denkst. Aus Hässlichkeit entspringt Hässlichkeit, in der Wesensart wie in der äußeren Erscheinung. Wie du bemerkt haben wirst, verfügt der Überbringer dieses Briefes vielleicht über die eine oder andere angenehme Eigenschaft, aber eine Augenweide ist er gewiss nicht. Er schlägt den Brüdern seiner Mutter nach, die allesamt Gauner und Schurken sind und sich an ihren eigenen Leuten bereichern.

In Damaskus und Istanbul herrschte ein Geist wechselseitiger Hilfsbereitschaft. Aber nicht in dieser Hölle. Als ich mit »einem gebrochenen Herzen, aber einer wohlgefüllten Börse«

hier ankam, mietete ich mich auf eine Empfehlung hin bei einer Familie polnischer Juden ein, die sich wegen der Pogrome gegen ihr Volk vor zehn Jahren hierher geflüchtet hatten. Die Freundlichkeit, die mir diese Menschen entgegenbrachten, nahm ich für bare Münze. Sie behandelten mich sehr nett, während sie versuchten, mich um meine wohlgefüllte Börse zu erleichtern und meinen Herzschmerz zu lindern. Sie drängten mich, ihre älteste Tochter Tamara zu heiraten, und als ich schließlich nachgab (aus Bequemlichkeit, Verzweiflung und Einsamkeit, doch aus keinem anderen Grund; es hat meine Liebe zu dir niemals geschmälert, Sara), stellte ich fest, dass meine Börse Tag für Tag leichter wurde. Ich mietete mir ein Atelier und begann, Porträtbilder zu malen. Im Lauf der Zeit machte ich mir einen Namen, und als Mr. Rockefeller mich bat, ihn zu porträtieren, wusste ich, dass ich fortan ein sorgenfreies Leben führen konnte. Doch was nützt materieller Wohlstand, Sara, wenn man an Geist und Gefühl verarmt?

Die ganze Zeit über peinigte mich der Gedanke, dich verloren zu haben, und ich wünschte dir stets nur, dass du glücklich werden solltest. Meine eigenen Freuden beschränkten sich auf gelegentliche Zusammenkünfte, meist in meinem Atelier, mit Frauen, die für mich Modell stehen wollten. Den Verlockungen jungen Fleisches vermochte ich nicht zu widerstehen.

Ich musste mir dann einen anderen Platz dafür suchen, denn eines Tages platzte meine Frau mit ihren Brüdern herein und erwischte mich mit einer anderen Frau. Sie taten mir nichts an, aber dem armen Mädchen ritzten sie mit einem Messer die linke Wange auf, so dass sie fürs Leben gezeichnet ist. Ich erinnere mich, dass ich nach diesem Vorfall an dich dachte und mich fragte, was du von mir halten würdest, wenn du sehen könntest, wie tief ich gesunken war.

All das schreibe ich dir, damit du weißt, dass das Leben mich für den Fehler, den ich vor dreißig Jahren begangen habe, hart genug bestraft hat. In diesem Paket findest du die Skizzen, die ich in Istanbul von dir angefertigt und seitdem wie meinen Augapfel gehütet habe. Zuweilen betrachtete ich sie heimlich, um meinen Schmerz zu lindern und mir unsere gemeinsame Zeit ins Gedächtnis zurückzurufen. Sie war kurz bemessen, aber die schönste Zeit meines Lebens. Weißt du noch, wie wir einmal in der Bibliothek deines Vaters auf die Geschichte vom Propheten Bileam und den Moabitern gestoßen sind und uns vor Lachen die Bäuche halten mussten? Das ist auch etwas, was aus meinem Leben verschwunden ist – das Lachen.

Außerdem schicke ich dir ein winziges Ölporträt von dir, das ich aus dem Gedächtnis gemalt habe. Vielleicht möchten deine Kinder oder Enkel es ja als Andenken haben. Das sind meine letzten Geschenke an dich, Sara. Ich hoffe, du verzeihst mir.

Suleiman

Ich betrachtete die Skizzen und das Ölbild von meiner Mutter. Die Zeichnungen waren sehr lebendig, voller Bewegung, und auf einer davon sah man eine nackte Brust. Die Miniatur war vor dunkelrotem Hintergrund gemalt, und die Augen meiner Mutter hatten einen überaus traurigen Ausdruck. So hatte er sie wohl zum letzten Mal gesehen, und dieses Bild hatte sich ihm eingeprägt.

»Überlass sie mir, mein Kind. Du kannst sie haben, wenn ich einmal nicht mehr bin. Der arme Suleiman! Auf ewig eingesperrt. Ich empfinde ehrliches Mitleid mit ihm, aber er hat nun einmal sein und mein Leben ruiniert.«

»Du hattest doch mich, Mutter Sara. Mich! War das nichts?«

Voller Rührung schlang sie die Arme um mich. »Du warst mein Ein und Alles, wirklich. Ohne dich wäre ich jetzt womöglich auch tot. Aber diese Leute dürfen nie erfahren, dass du seine Tochter bist. Bei der Vorstellung, dass du mit diesem fetten Kerl verwandt bist, wird mir ganz übel.«

»Vielleicht gehört er dennoch bald zur Familie. Mehmed und Salman – und auch der Baron, wie ich gerade sehe – wollen nichts unversucht lassen, um ihn mit einer von Onkel Kemals Töchtern zu verkuppeln!«

Meine Mutter brach in ein unmäßiges Gelächter aus, das sie nicht mehr unterdrücken konnte. Ich reichte ihr ein Glas Wasser, dann gesellten wir uns zu den anderen.

»Monsieur Jo, ich danke Ihnen, dass Sie eigens von New York hierher gereist sind, um mir dieses Paket zu übergeben, das mir sehr viel bedeutet. Haben Sie eine Fotografie von Ihrer Mutter und Ihrer übrigen Familie bei sich?«

Jo schüttelte den Kopf. »Ich reise mit leichtem Gepäck, Madame, vor allem im Sommer.«

Jeder Ton in des Barons Gelächter war falsch. »Sehr vernünftig. Gerade habe ich unserem jungen Jo empfohlen, auf der Rückfahrt von Damaskus Zwischenhalt in Istanbul einzulegen und Kemal Pascha kennen zu lernen. Wissen Sie, Sara, Jo ist Rechtsanwalt und könnte Kemal bei der Gründung seiner Dampfschifffahrtsgesellschaft von großem Nutzen sein.«

Eifrig nickte Jo. »Mein Spezialgebiet ist Wirtschafts- und Handelsrecht. Ich könnte Kemal Pascha eine Menge Arbeit abnehmen, besonders in New York. Es wird mir ein Vergnügen sein, ihn kennen zu lernen. Eigentlich liegt mir nicht viel an dem Besuch in Damaskus. Man hat mir gesagt, im Sommer sei es dort immer sehr staubig und unerquicklich, doch die Angehörigen meines Vaters leben noch dort, und ich muss ihnen meine Aufwartung machen.«

»Gewiss«, meinte Salman. »Und sie werden sich sicherlich freuen, Sie zu sehen. Es wird eine echte Überraschung für sie sein, weil Sie Ihrem Vater so gar nicht ähneln.«

»Warum bleiben Sie nicht zum Abendessen?«, schlug Mehmed vor.

Das ging nun wirklich zu weit, und wir funkelten ihn alle vorwurfsvoll an. Glücklicherweise hatte Jo jedoch andere Pläne, außerdem musste sein Kutscher abends wieder in der Stadt sein.

Kaum hatte Jo sich verabschiedet, mussten wir alle lauthals losprusten. Nur meine Mutter wirkte ein wenig mitgenommen, allerdings weniger, als ich befürchtet hatte. Sie fasste ihren Schwager ins Auge.

»Wirst du es schaffen, Mehmed?«

»Wenn ihr mir alle helft, könnte es gelingen. Der dicke Tölpel ist nicht im Mindesten religiös, und das ist gut so. Denn mit ein bisschen Bestechung und Schmeichelei lässt er sich bestimmt zu unserem Glauben bekehren. Wir könnten einen Eunuchen dafür bezahlen, dass er sich als Sultan und Kalif unseres Glaubens verkleidet, und dann kann er ihn höchstselbst von Jo dem Hässlichen in Ibrahim den Würdigen verwandeln. Seid ihr alle einverstanden? Gut. Heute Abend müssen wir noch Iskander von unserem Vorhaben überzeugen. Und Kemal wird zweifellos hoch erfreut sein. Im Januar kehrt Jo der Hässliche nach Istanbul zurück. Lasst uns das neue Jahrhundert mit seiner Hochzeit begehen. Wer weiß, ob die nächsten hundert Jahre nicht vielleicht Leuten von seinem Schlage gehören? Es freut mich sehr, dass wir uns alle einig sind. Das war ein außerordentlich fruchtbarer Tag für mich, Baron.«

»Wie schön, das von dir zu hören, Mehmed. Mitunter bin ich nämlich in Sorge, ob du auch genügend intellektuelle Anregung findest.«

Als ich später meine Mutter in ihrem Zimmer aufsuchte, saß sie auf dem Boden und betrachtete das Ölporträt.

»Möchtest du lieber allein sein?«

»Nein, meine teure Nilofer, ich hätte dich jetzt lieber bei mir.«

Sie berichtete mir von dem Traum, der sie damals zur Steinernen Frau getrieben hatte. »Wie kann so etwas sein, Nilofer? Ich bin nicht abergläubisch. Ich halte nichts von dem Hokuspokus der Astrologen, dennoch stimmt mich dieses Erlebnis nachdenklich. Ist man für solcherart Eingebungen besonders empfänglich, wenn sie jemanden betreffen, der uns nahe gestanden hat oder dem wir vielleicht noch immer verbunden sind? Vermutlich ist das die einzige Erklärung. Merkwürdig finde ich indes, dass ich lange Zeit überhaupt nicht an Suleiman gedacht hatte, bis mich jener Traum aus dem Schlaf riss.«

Ich nahm ihre Hand und küsste sie. »Hat dich die Nachricht von seinem Tod sehr erschüttert?«

»Nein«, hauchte sie. »Nach diesem Traum wusste ich, dass er sterben würde, und da ich darauf vorbereitet war, konnte ich meine Gefühle im Zaum halten. Was mich erschüttert hat, war der Brief. Niemals hätte ich ihm zugetraut, dass er sich zur Wahrheit bekennen würde. Er kannte mich so gut, dieser junge Bursche damals. Er wusste, dass ich mich noch heute fragen würde, welches die wahren Gründe dafür waren, dass er mich verlassen hatte. Es war aufmerksam von ihm, mir zu schreiben, wenngleich ich mit Entsetzen lesen musste, dass ihn mein Vater tatsächlich mit Geld bestochen hatte. Was für ein Narr!«

»Ist die Marter jetzt überstanden, Mutter? Ist jetzt alles vorbei?«

»Ja, meine Tochter. Nun lebe ich in Frieden mit mir. Wenn er dich einmal gesehen und gewusst hätte, dass du seine Tochter bist, wäre ich noch glücklicher gewesen. Armer Suleiman! Er hatte einen ausgeprägten Sinn für schöne Menschen und schöne Dinge. Der tägliche Anblick von Jo dem Hässlichen muss ihm eine Qual gewesen sein. Nein, Nilofer, du brauchst nicht die Stirn zu runzeln. Das Problem ist, dass der Charakter des Burschen seinem Äußeren gleicht. Das haben wir alle instinktiv erkannt. Und auch dein Vater.«

»Was war das für eine Geschichte über Bileam, die euch so sehr zum Lachen gebracht hat?«

Sara schmunzelte, ging zielstrebig zu dem kleinen Schrank in ihrer Ankleidekammer und kam mit einem Talmudband zurück.

»In unserer Religion, Nilofer, gingen die Rabbiner nicht zimperlich mit ihren Widersachern um, damals ebenso wenig wie heute. Und wenn sie glaubten, jemand habe die Juden – mit anderen Worten: die Schriftgelehrten – verraten, kannten sie keine Gnade. Der Betreffende musste in praktisch jeglicher Hinsicht schlecht gemacht und sein Name vor der ganzen Gemeinde in den Schmutz gezogen werden. In Bileam fanden sie ein solches Opfer. Sie warfen ihm vor, mit seinem eigenen Geschlechtsorgan Zauberei getrieben zu haben. Doch lies die Geschichte selbst.«

Sie reichte mir das Buch, und ich las die Stelle, die sie angestrichen hatte:

Bileams Gespräch mit den Moabitern

Als sie ihn fragten, warum er nicht ein Pferd reite, entgegnete er ihnen: »Für gewöhnlich reite ich ein Pferd. Doch heute reite ich einen Esel.«

Daraufhin fragte die Eselin Bileam vor den Moabitern: »Bin ich denn nicht deine Eselin?«

»Nur um Lasten zu tragen«, antwortete Bileam und versuchte ihr das Wort abzuschneiden, ehe sie ihm weiter widersprechen konnte.

»Die du hast reiten können«, fuhr die Eselin fort und widersprach so Bileams Behauptung, sie diene ihm lediglich als Lasttier.

»Nur gelegentlich«, meinte Bileam, um zu verstehen zu geben, dass er für gewöhnlich nicht auf ihr reite.

»Dein Leben lang bis zum heutigen Tage«, widersprach die Eselin abermals Bileams Behauptung, er habe sie nie geritten außer bei seltenen Gelegenheiten.

»Und nicht nur das«, setzte sie hinzu, »des Nachts vollziehe ich sogar den Liebesakt mit dir.«

So ging die Eselin siegreich aus dem Wortgefecht mit Bileam hervor. Doch wie konnte Bileam dann behaupten, dass er »den Geist des Höchsten« kenne, dass er also die Gedanken Gottes lesen und beeinflussen könne und es ihm deshalb gestattet sei, die Juden zu verfluchen, wenn er doch offensichtlich nicht einmal imstande war, den Geist eines Tieres zu erkennen und zu beeinflussen?

Bei der Lektüre musste ich mehrmals lachend innehalten, und danach fiel auch Sara in mein Gelächter ein, doch die Erinnerung an einen wunderbaren Tag, der viele Jahre zurücklag, dämpfte ihre Heiterkeit.

»Das ist doch kindisch, Mutter, meinst du nicht?«

»Jede Religion hat auch etwas Kindisches, Nilofer.«

Vierundzwanzig

Das Jahrhundert neigt sich seinem Ende zu. Selim und Halil reden über die Zukunft. Dante und Verlaine. Orhan stellt Iskander Pascha eine Frage.

»Das Jahrhundert geht zu Ende.« Selims Stimme klang beunruhigt. »Und mit ihm wird man die Sultane und das Reich zu Grabe tragen, denn ihre Zeit ist gekommen. Doch wann wird unsere Zeit anbrechen, Bruder Halil? Wann? Sollen wir etwa auch sterben? Deine Neuigkeiten stimmen mich gar nicht froh.«

Die beiden Männer saßen allein in der Bibliothek, als ich eintrat. Sie blickten auf und lächelten mich an.

»Was gibt es?«

Keiner von beiden antwortete.

»Ein militärisches Geheimnis?«

Halil seufzte. »Nein. Das Komitee hat nach mehreren Unterredungen mit dem Palast ...«

»... und zusätzlichen Gesprächen mit dem deutschen Botschafter ...«, warf Selim ein.

»Es wurde beschlossen«, fuhr Halil geduldig fort, »unsere Pläne zur Machtübernahme auf unbestimmte Zeit zurückzustellen.«

»Warum?«

»Weil man uns derart umfangreiche Reformen versprochen hat, Nilofer, dass sich unser Vorhaben erübrigt. Es wäre ein Verbrechen, unnötig Blut zu vergießen. Außerdem erklärte sich der Wesir damit einverstanden, im nächsten Jahr führende Mitglieder des Komitees in die Regierung zu berufen, damit sie die Reformen höchstselbst überwachen.«

»Bei Allah, das ist ja eine fabelhafte Neuigkeit! Wir haben demnach gesiegt, ohne dass ein einziger Schuss abgefeuert worden ist.«

»Richtig«, erwiderte Halil. »Aber die Machthaber wussten sehr wohl, dass Schüsse fallen würden – und nicht nur Schüsse –, wenn sie nicht eingelenkt hätten. Und sie wussten auch genauestens darüber Bescheid, was dem Eunuchengeneral widerfahren ist. Sein Verschwinden wurde einfach hingenommen. Niemand stellte uns irgendwelche Fragen. Dass sie dermaßen untätig geblieben sind, verrät viel über die Geisteshaltung jener Leute.«

Selim sah nicht sonderlich glücklich aus. »Mich erstaunt, wie sehr ihr beiden darauf vertraut, dass der Wesir seine Versprechungen einhält. Aber vielleicht denkt er sich ja: Verschaffe den Rädelsführern einflussreiche Positionen, dann werden sie im Lauf der Zeit schon korrupt. Stimme der einen oder anderen Reform zu, doch widersetze dich jedem Versuch, den Sultan zu stürzen oder den Einfluss der Geistlichkeit zu schmälern.«

»Sollte es jemals so weit kommen, Selim, werden Schüsse fallen!«, beteuerte Halil. »Unsere jungen Freunde in Saloniki teilen deine Zweifel und deine Ungeduld. Ich bin nicht so radikal wie ihr, aber eines weiß ich sicher: Wenn es uns nicht gelingt, innerhalb der nächsten Jahre Modernisierungen auf den Weg zu bringen, sind wir am Ende. Und mit ›wir‹ meine ich nicht das Reich, sondern einen neuen, modernen Staat. Daher werden sich Menschen wie ich – sanfte, moderat eingestellte, vorsichtige Menschen – mit jenen Hitzköpfen aus Saloniki verbünden, weil wir ein Scheitern der Reformen verhindern wollen. Nachdem wir bereits zweihundert Jahre vertan haben, kommt es auf ein paar Monate oder gar ein Jahr auch nicht mehr an.«

Selim lächelte. Er wirkte jetzt etwas entspannter. Ich fragte Halil nach den Zwillingen.

»Sind die Kinder zurück?«

»Ja. Allah sei Dank. Beiden geht es gut. Ich habe ihnen angeboten, sie mit hierher zu nehmen, aber sie sehnten sich nach ihren Freunden in Istanbul. Deshalb habe ich sie bei Zeynep gelassen.«

»Bleiben sie nun auch weiterhin bei dir?«

»Ja, und darüber bin ich sehr glücklich. Aber ich habe ihrer Mutter zugesichert, dass sie sie sehen kann, sooft sie möchte. Außerdem habe ich auf Catherines Wunsch hin in die Scheidung eingewilligt. Da uns der Palast Aufschub gewährt hat, werde ich mich wohl nach einer neuen Mutter für meine

Zwillinge umsehen. Hast du nicht vielleicht einen guten Vorschlag parat, Nilofer? Irgendwelche Schönheiten gesichtet in letzter Zeit?«

»Ich dachte immer, du würdest eine Liste führen, auf der du die geeignetsten Kandidatinnen deutlich hervorgehoben hast.«

Er musste über diese Bemerkung lachen. Die Rückkehr seiner Söhne hatte ihm seine Heiterkeit zurückgegeben, und ich war froh, seine Stirn wieder bar jeder Sorgenfalte zu sehen.

»Ich führe schon seit langem keine solche Liste mehr. Im Übrigen, mach dich nicht über meine Listen lustig, du freches Ding! Sie sind manchmal als Gedächtnisstützen sehr hilfreich.«

»Kein Wunder, dass dich die Frauen so romantisch finden, Halil. Du verstehst es wahrlich, ihre Gefühle zu wecken.«

Mein Bruder lächelte. »Sobald ich meine Wahl getroffen habe, feure ich eine Ladung Leidenschaft ab, die sie zunächst in Erstaunen und dann in Entzücken versetzen wird.«

Unsere Unterhaltung fand ein jähes Ende, weil die Bibliothek plötzlich zum Sammelpunkt der ganzen Familie wurde. Iskander Pascha und Sara kamen mit meinen Kindern zu der einen Tür herein, während der Baron und Mehmed aus dem Garten hereinschlenderten. Wenige Minuten später folgte Salman, dessen tief gebräuntes Gesicht sich stark von seinem weißen Haar abhob. Er wirkte gelöst und richtiggehend glücklich. Wie stets hatte er seine abgewetzte Ausgabe des Verlaine bei sich, ein Buch, das er bereits mit acht Jahren gelesen hatte und dessen Einband mittlerweile von der Mittelmeersonne und vielleicht auch von seinen Tränen vollkommen ausgebleicht war. Alle freuten sich, ihn zu sehen, insbesondere Orhan und Emineh, die sich an seine wechselnden Stimmungen gewöhnt hatten. Kinder haben ein viel ausgeprägteres Gespür für die Probleme, die wir mit uns herumtragen, als wir uns vorstellen können.

Der Baron war friedlich gestimmt, was seiner Vorliebe für geistige Herausforderungen indes keinen Abbruch tat. »Weshalb liest du uns nicht dein Lieblingsgedicht von Verlaine vor, damit ich herausfinden kann, ob es an die Verse meines Lieblingspoeten heranreicht?«

Salman legte das Buch auf den Tisch.

»Dieses Gedicht trägt den Titel ›Mon rêve familier‹ und stammt aus den *Poèmes saturniens*. Ich habe es selbst übersetzt, wenngleich es – wie alle Gedichte – in der Originalsprache am schönsten klingt. Ich lese euch jetzt Verlaines ›Vertrauter Traum‹ vor:

Ich träume oft den Traum, so nah und sonderbar,
dass eine fremde Frau mich liebt, so wie ich sie,
die jedes Mal nicht ganz dieselbe ist und die
doch stets sie selber bleibt und mich versteht sogar.

Denn sie versteht mich ganz, für sie allein ist klar
mein Herz, und dunkel wird es, ach, und fremd ihr nie.
Nur sie ists, welche Trost der matten Stirne lieh
mit ihren Tränen stets, wenn je ich müde war.

Ist braun sie, goldrot oder blond? Ich weiß es nicht.
Nur dass ihr Name süß und dunkel ist und schlicht
wie Namen jener, die dem Leben ferne sind.

Ihr Blick ist wie der Blick von Statuen, fremd und eigen,
und in der Stimme, welche ruhig klingt und lind,
*hat sie den Ton von jenen Stimmen, welche schweigen.***

Niemand sprach ein Wort. Halil betrachtete seinen Bruder liebevoll. Vielleicht hatte Verlaine die eine oder andere Saite im Herzen des Generals zum Schwingen gebracht, was nur günstige Auswirkungen haben konnte. Salman lächelte den Baron an.

»Nun ist es an Ihnen, etwas Entsprechendes dagegenzuhalten, Baron!«

Der Baron stand auf und trat an das Bücherregal, in dem die lateinische und italienische Lyrik ihren Platz hatte – eine der am seltensten benutzten Sammlungen in unserer Bibliothek. Er stieg auf das kleine Holzpodest, griff zielsicher nach dem gesuchten Werk und stieß einen kurzen triumphierenden Grunzlaut aus, ehe er wieder vom Podest stieg.

»Die Bücher verstauben dort oben ein wenig, vor allem wenn sie so selten gelesen werden. Keiner von euch – mit Ausnahme von Mehmed und Salman – hat diese Sprachen jemals gelernt. Ich werde indes keine Übersetzung lesen, das wäre eine Verfälschung des Ursprungstextes. Gerade die *terza rima* verblüfft jedermann. Im 5. Gesang der *Göttlichen Komödie* trifft der Dichter im zweiten Höllenkreis auf die Liebenden Francesca und Paolo. Hör gut zu, Salman, und sag mir ehrlich, ob die seidenweichen Verse deines geliebten Verlaine es mit diesem Glanzstück aus der florentinischen Renaissance aufnehmen können:

Quand' io intesi quell' anime offense,
china'il viso, e tanto il tenni basso,
fin che 'l poeta mi disse: »Che pense?«
Quando rispuosi, cominciai: »Oh lasso
Quanti dolci pensier, quanto disio
menò costoro al doloroso passo!«
Poi mi rivolsi a loro e parla' io,
E cominciai: »Francesca, i tuoi martiri
A lagrimar mi fanno tristo e pio.
Ma dimmi: al tempo d'i dolci sospiri
a che e come concedetti amore
che concosceste i dubbiosi disiri?«
E quella a me: »Nessun maggior dolore
Che ricordarsi del tempo felice
Ne la miseria; e ciò sa 'l tuo dottore.
Ma s'a conoscer la prima radice
Del nostro amor tu hai cotanto affetto,
Dirò come colui che piange e dice.
Noi leggiavamo un giorno per diletto
Di Lancialotto come amor lo strinse;
Soli eravamo e sanza alcun sospetto.
Per più fiate liocchi ci sospinse
quella lettura, e scolorocci il viso;
ma solo un punto fu quel che ci vinse.
Quando leggemmo il disïato riso
Esser basciato da cotanto amante,

Questi, che mai da me non fia diviso,
La bocca mi basciò tutto tremante.
Galeotto fu 'l libro e chi lo scrisse:
quel giorno più non vi leggemmo avante.«
Mentre che l'uno spirto questo disse,
l'altro piangëa; sì che di pietade
io venni men così com' io morisse.
E caddi come corpo morto cade.

Erschöpft von seinem geradezu bühnenreifen Vortrag ließ sich der Baron in den Sessel fallen. Suchend tastete seine Hand nach dem nicht vorhandenen Glas Champagner. Da ich des Italienischen nicht mächtig war und somit kein Wort des Gedichts verstand, hatte ich während der Rezitation die Miene jener betrachtet, die die Sprache beherrschten. Während Salman von der ersten bis zur letzten Verszeile aufmerksam zuhörte, malte sich auf Mehmeds Gesicht tief empfundene Zärtlichkeit. Leise sagte er jetzt zu seinem Freund:

»Ich war derjenige, der dir diese Passage einst vorgelesen und sie dir nahe gebracht hat, Jakob. Erinnerst du dich? Venedig?« Es war das erste Mal, dass jemand in unserem Haus den Baron mit seinem Vornamen anredete.

Der Deutsche hatte sich unterdessen wieder erholt. Auf Mehmeds Worte ging er allerdings nicht ein, denn öffentlich geäußerte Zuneigungsbekundungen waren ihm ein Gräuel.

»Nun, Salman?«

Mein Bruder musterte den Preußen skeptisch.

»Lieber Baron, gewiss stimmen Sie mit mir überein, dass es unsinnig wäre, wollten Sie oder ich die zwei Dichter miteinander vergleichen. Beide haben ihre Gedichte im Geist ihrer Zeit verfasst, daher hat jedes seine eigenen Qualitäten. Würden Sie etwa Machiavelli mit Hegel vergleichen?«

»Ein absurder Gedanke.«

»In der Tat! Ein Vergleich ist müßig. Und ebenso verhält es sich mit Dante und Verlaine.«

»Da bin ich aber ganz anderer Meinung.« Der Baron ließ eine gewisse Gereiztheit erkennen. »Der Florentiner war ein Genie, der Franzose ein Dichter von hohem Niveau.«

Diese Bemerkung ärgerte wiederum Salman, aber er zuckte nur die Achseln und schwieg. Wir glaubten schon, damit sei das Gespräch beendet, als Salman unerwartet die Stimme erhob.

»Etwas verwirrt mich, Baron. Der Auszug aus dem 5. Gesang ist mir vertraut. Ich habe mich schon immer gefragt, weshalb Dante die Wirkung dieser gefühlvollen Passage zunichte gemacht hat, indem er behauptet, die beiden hätten die Geschichte von Lanzelot gelesen. Eine Legende, die für gewöhnlich nur Einfaltspinsel anzusprechen vermag. Glauben Sie, der Dichter verfolgte damit eine bestimmte Absicht? Wollte er dem Leser vielleicht die verschlüsselte Warnung zukommen lassen, dass Liebe die Kritikfähigkeit mindert?«

Plötzlich wurde der Baron lebhafter. »Deine Frage ist so profund, dass ich heute Abend darüber nachdenken will und sie dir morgen beantworten werde.«

Salman und ich mussten kichern. Unvermittelt schaltete sich mein Vater ein.

»Das war für heute genug Lyrik! Orhan hat mir eine Frage gestellt, auf die ich ihm noch eine Antwort schulde. Ich habe ihm vorgeschlagen, Salman und Halil selbst zu fragen. Komm her, Orhan.«

Orhan stellte sich neben Iskander Pascha.

»Ich wollte von Großvater wissen, ob die Schufte, die meinen Vater umgebracht haben, bestraft werden, wenn es den Sultan nicht mehr gibt und wenn Onkel Halil, Selim und die Männer, die unser Haus besucht haben, die Macht im Reich übernehmen.«

Selim bedeckte das Gesicht mit den Händen, während Halil den Kopf gedankenvoll hin und her wiegte. Schließlich beantwortete Salman die Frage.

»Beide würden darauf gerne mit ›ja‹ antworten, Orhan, weil sie dich sehr lieb haben, aber eben aus diesem Grund möchten sie dich nicht belügen. Einige von den Männern, die deinen Vater umgebracht haben, weil er Grieche war, gehören der Gruppe an, die den Sultan stürzen will. Daher lautet die Antwort: Nein, sie werden vermutlich nie bestraft werden.«

Orhans Augen füllten sich mit Tränen, während Emineh aus dem Fenster blickte. Meine Eltern standen auf und führten die beiden wortlos aus dem Zimmer. Auch Mehmed erhob sich, als wolle er aufbrechen.

»Wir müssen zusehen, dass alles Nötige gepackt ist, Baron. Wir brechen morgen in aller Frühe auf.«

Mir war nicht bewusst, dass ihre Abreise schon so bald bevorstand. »Sie verlassen uns in einer Stunde, in der wir Ihren Beistand brauchen, Baron.«

»Alte Reiche fallen, und an ihre Stelle treten neue, Nilofer. Du kannst dich glücklich schätzen, du wirst sowohl in dem einen als in dem anderen Reich Freunde haben.«

Mehmed setzte sich wieder hin. »Berlin als Herz eines neuen Reiches, Baron? Ich bezweifle, dass die Briten, Franzosen oder Russen die Erschaffung jenes neuen Reiches dulden werden.«

»Auch diese Länder sind nicht unbesiegbar, Mehmed.«

»Das wird sich zeigen.«

»Lass es mich anders ausdrücken, Mehmed. Jede Macht, die stark genug ist, um Deutschland in die Knie zu zwingen, wird eines Tages die Welt beherrschen.«

»Nach dieser mystischen, geradezu wagnerianischen Bemerkung sollten wir uns nun zurückziehen, Baron.«

»Einverstanden«, willigte der Baron ein. »Aber zuvor möchte ich Salman, Nilofer und Selim zum Silvesterball meiner Familie nach Berlin einladen. In diesem Jahr wird es eine besonders große Feier geben. Falls du magst, Selim, lasse ich dir über meinen Freund Urning ein paar Karten für den Ball der Deutschen Sozialdemokraten zurücklegen. Sie planen immer schon weit im Voraus. Das entspricht ihrem Naturell.«

»Das wäre wirklich ein Anreiz für mich, Berlin zu besuchen«, antwortete Selim.

»Gut. Abgemacht. Aber ihr seid meine Gäste.«

Selim begleitete ihn hinaus. Salman und ich blieben allein zurück.

»Freust du dich darauf, wieder mit Onkel Kemal zu arbeiten?«

Salman sah mich an und strich mir über die Wangen.

»Ja, meine Nilofer, ich bin bereit, mich auf etwas Neues einzulassen. Ich habe im Osten einen Versuch gewagt, doch er ist fehlgeschlagen. Ich möchte gerne nach Amerika reisen und

Chicago und New York besuchen. Das Land ist so groß, dass man sich in seiner Weite verlieren kann, und ich freue mich darauf, mich wieder zu verlieren. Die Schiffsgesellschaft wird an jeder Küste eine Niederlassung gründen müssen.«

»Vater wird dich sehr vermissen. Das weißt du, nicht wahr? Ich glaube, dir fühlt er sich mehr als allen anderen verbunden. Du hättest sein Gesicht sehen sollen, als du Verlaine vorgelesen hast. Er liebt dich sehr, Salman. Als Kinder hassten wir ihn, wenn er dich bestraft hat. Aber auch damals hat er dich geliebt. Wir waren nur zu jung, um dies zu erkennen.«

»Du hast Recht. Auch ich fühle mich ihm jetzt sehr nahe, was in meiner Jugendzeit nie der Fall gewesen ist. Mach dir keine Sorgen, Schwester. Ich habe nicht vor, schon so bald abzureisen. Ich werde noch viel Zeit mit Vater verbringen.«

Wenig später lag ich im Bett und wartete darauf, dass Selim sich auszog und neben mich legte. Jeder war im Begriff fortzugehen, aber er mit seinem sonderbar beharrlichen Blick und seinem stolzen Wesen würde stets bei mir bleiben. Er war aus dem Nichts gekommen, und als ich mich unglücklich fühlte und das Leben mit Dmitri vorbei war, rettete er mich aus meiner Einsamkeit. Ich wollte nicht länger über Liebe, Leidenschaft oder Betrug nachdenken.

Selim kam ins Bett. Er lächelte mich an.

»Heute Abend möchte ich nicht über unsere Liebe sprechen. Ich möchte nicht wissen, ob sie gewachsen ist, sich vertieft hat, oder wer den anderen mehr liebt. Nicht heute.«

Ich musste lachen. »Warum reden wir eigentlich unablässig darüber, Selim? Aber gut, sprechen wir nicht über unsere Liebe, sondern über unsere Schwächen. Es ist das Wissen um die Schwächen des andern, das ein emotionales Gleichgewicht schafft, wie der Baron es nennen würde.«

Selim kuschelte sich an mich.

»Genug der Worte, Prinzessin. Jetzt gilt nur Leidenschaft und sonst nichts!«

Fünfundzwanzig

Der Vollmond versinkt, und die neue Sonne geht auf.

Heute Morgen wachte ich sehr früh auf, und da ich ganz allein sein wollte, zog ich mich leise an und verließ das Haus durch einen Seiteneingang. Der Rasen war noch ins Licht des Vollmonds getaucht.

Ich kletterte auf einen kleinen Hügel gleich hinter der Steinernen Frau, unweit der Stelle, wo Hasan Baba begraben liegt. Das hatte ich schon einmal getan, als ich gerade sechzehn Jahre alt war und von dem Prinzen träumte, der eines Tages aus dem Nichts auftauchen, mich vor sich in den Sattel setzen und mit mir für immer davonreiten würde.

Da stand er nun am Himmel, der volle Mond, riesig groß und ganz dicht über dem Meer – ein Anblick, den ich viele Jahre entbehrt hatte. Im Geiste umarmte ich ihn von meinem Hügel aus, und eine geheimnisvolle Kraft durchströmte meinen Körper.

Ich war hergekommen, um den Mond im Westen untergehen und die Sonne des jungen Tages im Osten aufsteigen zu sehen. Innig nahm ich Abschied von diesem großen, trägen Mond. Wie viele Träume waren hier, auf diesem Hügel hinter Jussuf Paschas Sommerresidenz, wohl schon geboren worden? Und wie viele andere warteten seit Hunderten von glücklichen Sommern darauf, irgendwann wieder erweckt zu werden?

Ich wandte mich nach Osten, wo ein paar Federwölkchen am Horizont standen. Die noch verborgene Sonne färbte sie zuerst leuchtend rosa, bevor sie allmählich rot und immer röter wurden: vergängliche Schönheit, nur für kurze Zeit zu sehen. Ich wusste, dass die Sonne nun jeden Moment durch die Wolken brechen und meine Augen blenden würde. Gerade rechtzeitig wandte ich den Blick ab. Und als ich den Hügel wieder hinunterging, sah ich etwas, von dem oft gesprochen wurde, das aber noch niemand von uns je gesehen hatte.

Als die ersten Sonnenstrahlen auf die Steinerne Frau trafen, warf sie – nur für eine Minute – einen Schatten in Gestalt eines riesigen urzeitlichen Wals. Während ich noch ehrfürchtig um Atem rang, war er schon wieder verschwunden. Da hielt ich inne, um den Felsen zu betrachten, der unsere Steinerne Frau war, und flüsterte ein leises Abschiedswort, gerade so wie wir es als Kinder immer getan hatten.

Meine Brüste sind in den letzten Wochen sehr empfindlich geworden, und ich habe schon seit zwei Monaten keine Blutung mehr gehabt. Wieder einmal bin ich schwanger. In sieben Monaten wird Selims Kind auf die Welt kommen, es wird dann immer gerade so alt sein wie das neue Jahrhundert.

Der Sommer ist vorbei. Morgen kehren wir nach Istanbul zurück.

Anhang

5. Gesang aus Dantes *Göttlicher Komödie*

Als die unsel'gen Geister ich vernommen,
Senkt' ich das Haupt und hielt es so geneiget,
Bis mir der Meister sagte: Nun, was sinnst du? –
Darauf erwidernd, hub ich an: O Himmel,
Wie mancher stille Liebeswunsch, wie manches
Verlangen führte sie zum Schritt voll Schmerzes! –
Dann wendet' ich mich ihnen zu und sagte:
Francesca, deiner Qualen Anblick macht
Vor Trauer mich und vor Mitleiden weinen.
Doch sage mir, zur Zeit der süßen Seufzer,
An was und wie gestattete dir Amor,
Das schüchterne Verlangen zu erkennen? –
Drauf sagte sie zu mir: Kein Schmerz ist größer,
Als sich der Zeit des Glückes zu erinnern,
Wenn man in Elend ist; das weiß dein Lehrer.
Hegst du jedoch, die Wurzel unsrer Liebe
Zu erkennen, solch entschiedenes Verlangen,
So werd' ich tun, wie wer im Reden weinet:
Wir lasen eines Tages zum Vergnügen
Von Lanzelot, wie Liebe ihn umstrickte,
Allein und unbeargwohnt waren wir.
Oft hieß des Buches Inhalt uns einander
Scheu ansehn und verfärbte unsre Wangen;
Doch nur ein Punkt war's, welcher uns bewältigt.
Denn als wir, wie das lang ersehnte Lächeln
Von solchem Liebenden geküsst ward, lasen,
Da küsste, dem vereint ich ewig bleibe,
Am ganzen Leibe zitternd, mir den Mund.
Zum Kuppler ward das Buch und der's geschrieben.
An jenem Tage lasen wir nicht weiter. –
Und während so der eine Schatten sprach,

Vergoss der andre solchen Strom von Tränen,
Dass ich ohnmächtig ward, wie wenn ich stürbe,
*Und nieder fiel ich, wie ein toter Körper.****

---

* Die Dichtung des Michelangelo (S. 105) übersetzte Rainer Maria Rilke.

** Das Gedicht »Vertrauter Traum« von Verlaine (S. 306) übersetzte Hannelie Hinderberger.

*** Den 5. Gesang aus der »Göttlichen Komödie« von Dante Alighieri übersetzte Karl Witte.

Personenverzeichnis

Die Familie des Iskander Pascha

Iskander: osmanischer Aristokrat, Vater von Salman, Halil, Zeynep und Nilofer
Zakiye: erste Frau Iskanders und Salmans Mutter, starb bei dessen Geburt; Iskanders große Liebe
Sara/Hatije: dritte Frau Iskanders und Mutter von Nilofer, Jüdin, nahm den Namen Hatije beim Übertritt zum islamischen Glauben an, war vor der Hochzeit mit Iskander mit Suleiman liiert
Mehmed: Iskanders älterer Bruder, Lebensgefährte des Barons
Kemal: Iskanders und Mehmeds ältester Bruder
Leyla: Kemals Frau
Mahmud: Großvater von Iskander, Mehmed und Kemal
Sabiha: Mahmuds Ehefrau
Salman: Sohn von Zakiye und Iskander, verheiratet mit Mariam
Mariam: Hamids Tochter, Salmans Frau
Halil: Sohn von Iskander und seiner zweiten Frau, General, verheiratet mit Catherine; sie trennen sich im Sommer 1899
Catherine Alhadeff: Halils Frau, aus Kairo
Zeynep: Tochter von Iskander und seiner zweiten Frau
Nilofer: Tochter von Sara und Suleiman, offiziell von Sara und Iskander, Mutter von Orhan und Emineh, war verheiratet mit Dmitri, nach dessen Tod heiratet sie Selim
Orhan: Sohn von Nilofer und Dmitri
Emineh: Tochter von Nilofer und Dmitri
Ahmed: Ururgroßonkel von Salman, Halil, Zeynep
Murat: Großonkel von Iskander, Mehmed und Kemal
Jussuf: Vorfahre von Iskander, Mehmed und Kemal, war vom Sultan aus Istanbul verwiesen worden
Enver: albanischer Vorfahre der Familie

Personen im Umfeld der Familie

Petrossian: Haushofmeister
Hasan Baba: Barbier

Selim: Hasan Babas Enkel, Barbier und Derwisch; Nilofer und er verlieben sich und heiraten

Der Baron: Jakob von Hassenberg, deutscher Baron, Lebensgefährte Mehmeds, war vor vielen Jahren als Lehrer zur Familie gestoßen

Die Tscherkessin: Mahmuds Geliebte

Dmitri: griechischer Schullehrer in der türkischen Stadt Konya, Nilofers Ehemann, wird von rebellierenden Türken ermordet

Suleiman: verheiratet mit Tamara, lebt in New York; Sara und Suleiman liebten sich, als sie jung waren, konnten nicht heiraten, weil sie zu eng miteinander verwandt waren

Tamara: Suleimans Frau, polnische Jüdin in New York

Jo der Hässliche: Sohn von Suleiman und Tamara

Beatrice: Saras Mutter, Nilofers Großmutter

Hamid: ägyptischer Diamantenhändler in Alexandria, Kopte, Mariams Vater, Salmans Schwiegervater

Arabella: Halb-Engländerin, Halb-Chinesin, Hamids Frau und Mariams Mutter

Marco: italienischer Möbelhändler in Alexandria, Mariams Geliebter und Vater der offiziellen Kinder von Salman

Maria Gräfin von Galvalvy: alte Freundin der Familie, lebt in einem Anwesen nahe dem der Familie Iskanders, vermietet Zimmer ihres Hauses an Kunststudenten

Sifrah: Nilofers Großonkel, Saras Onkel

Vicomte Paul-Henry de Montmorency: französischer Botschafter in Istanbul

Yvette de Montmorency: die Ehefrau des Vicomte, hatte mit Iskander, als er in Paris weilte, ein kurzes Verhältnis

Sultan Abdulhamid: zur Zeit der Geschichte regierender Sultan

Giulio Bragadini: Fotograf, nimmt Jahr für Jahr die Familie des Iskander Paschas auf

Der Islam als Alternative

Mit einem Vorwort von Annemarie Schimmel

216 Seiten, Paperback

Das Buch lohnt sich für alle, die einen intelligenten und kenntnisreichen tour d'horizon durch Geist, Geschichte und Traditionen des Islam einerseits und eine entschiedene (...) Auseinandersetzung mit der westlichen Welt andererseits suchen.

Knapp und bisweilen erfrischend sarkastisch räumt Hofmann, philosophisch und theologisch umfassend gebildet, mit allfälligen westlichen Vorurteilen über den Islam auf, die (...) offenbar nicht auszurotten sind.

Frankfurter Allgemeine Zeitung

Was »der Islam« sei, glauben die meisten zu wissen; nur wenige bemühen sich darum, dieses Wissen einigermaßen verständlich darzustellen. Deshalb trägt ein Buch wie jenes des deutschen Muslims und Botschafters Murad Hofmann (...) mehr zur Entwirrung der Islam-Diskussion bei als viele historische oder politische Betrachtungen, Polemiken und Theorien.

Neue Zürcher Zeitung